À PROPOS DES AUTRICES

Adeptes des comédies romantiques, **Déborah Guérand** et **Mily Black** prennent plaisir à tomber amoureuses de leurs héros de papier. Si leurs maris et leurs enfants sont de grandes sources d'inspiration, un rien leur suffit pour imaginer des histoires savoureuses.

Objectif : saboter le mariage (et choper le témoin !)

MILY BLACK &
DÉBORAH GUÉRAND

Objectif : saboter le mariage (et choper le témoin !)

Harper Collins
POCHE

HARPERCOLLINS FRANCE

83-85, boulevard Vincent-Auriol, 75646 PARIS CEDEX 13
Tél. : 01 42 16 63 63

www.harpercollins.fr

ISBN 979-1-0339-1447-1

Chapitre 1

Oreiller incrusté dans la joue. Couette par-dessus la tête. Je remue les orteils. Mes jambes semblent peser des tonnes, mais je gère. Je me dandine. Un élancement au niveau des reins. Ça se gâte… Doucement, je lève le bras gauche pour le glisser sous la tête. OK. Jusque-là, tout va bien. Ou presque. Mon matelas bouge, et je grimace en sentant une pointe se ficher entre mes omoplates.

— Tu m'as oublié, hein ?

Mon sang pulse à mes tempes. Si je ne réponds pas, il s'en ira peut-être…

— Sur une échelle de un à dix ? insiste mon tortionnaire.

— Quinze…

Je serre les mâchoires avant d'ajouter :

— … mille.

Mon fils, que je devine assis à côté de moi, acquiesce d'un petit bruit. Nous avons mis au point cette « échelle » pour mesurer notre mal-être. Bon, d'accord, il s'agit plus souvent du mien que du sien, mais l'idée est là. Toujours est-il que j'ai mal partout, et que ma grasse matinée me paraît compromise.

— Combien ? demandé-je sans quitter ma cachette.

— De… ?

Ça croustille. Il mange. Sur mon lit. Je devrais exiger qu'il parte. Je devrais. Pour cela, il me faudrait hausser le ton. Et ce n'est pas dans mes objectifs de la journée. Si tant est que j'en aie…

— Tu dors ? s'enquiert-il.

— Dis-moi ce que tu veux pour sortir de ma chambre !

— Des restrictions ?

Sentant arriver une longue séance de négociation, je soupire. À quel point suis-je désespérée ?

— Balance, on verra, grogné-je.

— Le dernier *FIFA*.

— Tu n'as pas cette console.

— Je sais.

Sa réponse est ponctuée d'un tintement de cuillère contre un bol. Il me nargue, l'insolent !

— Même pas en rêve ! grommelé-je.

— Sûre ?

Après une rapide évaluation du peu d'argent que j'ai devant moi, ma décision est prise. Enfin, ce n'est pas comme si j'avais une alternative. Je n'ai pas les moyens de lui offrir une PlayStation et un jeu.

— Oui.

— Comment fait-on ? demande-t-il, la bouche pleine.

Grimaçant devant ce manque d'éducation, je me tourne délicatement sur le côté. Je n'ai pas le choix, il va me falloir sortir de sous ma couette et affronter la journée, ma gueule de bois et…

— Oh ! merde !

— Cool, un euro ! s'exclame le monstre insensible en s'agitant.

Les soubresauts du matelas, quoique faibles, m'arrachent un râle.

— Clara est partie à quelle heure ? demande-t-il.

— Dans le salon.

Petit acquiescement et nouveaux bruits de mastication. Il est sans pitié. Il ne s'arrêtera pas tant que je n'aurai pas cédé. Je fronce les sourcils, incapable de me souvenir de la raison de sa présence à mes côtés à une heure aussi matinale. Millimètre après millimètre, je fais glisser la couette pour découvrir mon visage. Une fois que mes yeux se sont habitués à la luminosité, je fixe mon petit gars qui se délecte de mon état.

— Crache le morceau !

Avec un sourire, il s'essuie la bouche du dos de la main.

— Stage.

— Mouais…

— Sport.

— Et… ? Tu as l'espoir que je quitte mon lit pour faire du sport ? demandé-je, incrédule.

Et c'est là que je me rappelle.

— Merde !

— Et de deux ! dit-il en sautant au bas du matelas. Vingt minutes, ajoute-t-il en franchissant la porte de ma chambre.

— Quoi, « vingt minutes » ? hurlé-je, avant de me maudire.

Mon mal de crâne prend de l'ampleur. Entre deux clignements d'yeux, je consulte mon réveil : 8 h 10. Le rendez-vous est… dans vingt minutes. Au stade. À dix minutes de route.

— On est bon, dis-je en m'asseyant.

Un étourdissement me cueille à l'instant où je me lève, tandis que mes orteils se recroquevillent au contact du carrelage froid. La journée va être dure. Pas que la journée… Tel un zombie, je me dirige vers la salle d'eau. Je me déshabille en un clignement d'œil, relève mes cheveux bruns et saute dans la douche. Je me glisse sous le jet sans attendre qu'il ait atteint une température convenable, et lâche un nouveau juron.

— Trois euros ! hurle mon fils du couloir.

— Occupe-toi de Clara ! réponds-je. Elle va être à la bourre.

— Déjà fait, grommelle ma meilleure amie en entrant. Ma vessie a besoin d'être soulagée, alors tu te bouches les oreilles et tu n'arrêtes pas la douche.

Bien cachée derrière le rideau opaque, je secoue la tête et attends son top pour me savonner. Le signe tant espéré arrive sous la forme du bruit de la chasse d'eau et d'un jet glacé qui me frappe de plein fouet.

— Putain, Clara !

— Quatre.

— Axel, tu n'as rien d'autre à faire ? crié-je. Ton sac, par exemple ?

— *Nope!*

— Ton sandwich ?

— Repas inclus.

Il m'agace d'avoir toujours réponse à tout ! Grognant tout bas, je me rince et m'essuie une fois sûre d'être seule dans la pièce. Au bout de plusieurs tours sur moi-même, je m'aperçois que je n'ai pas pris de sous-vêtements ni de vêtements.

— Axel, amour de ma vie ! l'appelé-je de ma voix la plus mielleuse. Il me faudrait des habits. Enfin, si tu ne veux pas te taper la honte dès ton premier jour de stage.

Pas de réponse. Je répète, obtenant un vague « Comme si tu avais besoin de ça ». Il est vrai que je suis assez forte pour me retrouver dans des situations aussi embarrassantes que ridicules. À une époque, Blanche, mon autre meilleure amie, me surnommait « le Paratonnerre ». Dès qu'une tuile se pointe (sans mauvais jeu de mots), elle est pour moi. Un pinceau qui s'échappe de la main d'un peintre ? Pour moi. Enfin, pour la petite robe noire achetée spécialement pour une sortie en boîte. Je l'avais dénichée dans une friperie, heureuse d'avoir mis la main sur une tenue qui masquait la plupart des zones de mon corps qui me filent des complexes.

Personne n'est parfait, et j'en ai douloureusement conscience, face à l'impartialité de mon miroir. Œil en berne, cheveux en fouillis et remontés n'importe comment pour la douche, teint digne de celui d'un geek qui n'a pas croisé le soleil depuis…

— Tiens !

Je saisis le tas de vêtements qu'Axel me tend par la porte entrebâillée. Les yeux clos, il tâtonne pour attraper la poignée et refermer, sans avoir vu mon corps de déesse en décomposition.

— Merci, amour de ma vie !

— C'est ça ! grogne-t-il.

Une chose est certaine, il ne deviendra pas styliste… Lingerie dépareillée, jogging difforme et T-shirt qui a connu ses heures de gloire au siècle dernier. Je vais ressembler à une clocharde.

— Douze minutes !

— C'est bon !

Tout en soulageant à mon tour ma vessie, je m'habille et me promets de lui apprendre à mieux choisir mes tenues. Et je vais m'assurer qu'il n'est pas atteint de daltonisme – mes chaussettes ne sont pas de la même couleur.

— Ax…

— Dix ! m'interrompt-il. Je suis officiellement en retard. Et…

— Tu détestes ça, je sais, dis-je en ouvrant la porte.

— Tu t'es lavé les mains, au moins ? me demande-t-il en me suivant jusque dans la cuisine.

— Ça me fera des anticorps.

Je lui lance un sourire hypocrite et avise ma thermos sur la table, à côté des clés de la voiture. Sur le dossier d'une chaise, mon blouson dans lequel se trouvent mes papiers.

— Mon tél…

— Je l'ai ! crie Axel en sortant de l'appartement.

— Tu sais que je l'aime, murmure Clara, mais y a des jours, je me demande bien pourquoi.

Pas d'humeur à entamer une conversation hautement philosophique, je hausse une épaule et les suis jusqu'à l'extérieur, non sans avoir verrouillé la porte derrière nous. Du moins, je crois.

Prise d'un doute, je m'arrête à l'entrée du bâtiment et tâche de regrouper mes idées. Il y a des gestes du quotidien que je fais de manière tellement mécanique qu'il m'est parfois difficile de me souvenir.

— Tu l'as fait ! déclare Clara en tapant le capot de ma voiture.

— Quoi ?

— Couper le gaz !

— On a l'induction, grommelle Axel. Et oui, tu as fermé la porte, ajoute-t-il pour moi.

— Sûr ?

Il hoche la tête et me montre la portière.

— Et la chatte ? Vous l'avez vue ? m'inquiété-je.

— Dans le salon, répond Axel. Dans sa panière.

— Alors, je pense que nous pouvons y aller…

— Je pense aussi, réplique-t-il.

Pendant que tout le monde s'installe, je bois une gorgée de café. Les yeux fermés, il me semble suivre le chemin que parcourt cette liqueur des dieux. À moins que ce ne soit l'autre nom du vin…

— Qu'est-ce qu'on appelle la « liqueur des dieux », au juste ? demandé-je.

Deux paires d'yeux incrédules me dévisagent, comme si un second nez venait de me pousser au milieu du front.

— J'ai compris…

Je démarre en me promettant de chercher l'information un peu plus tard pour que cette question existentielle ne me pourrisse pas périodiquement l'esprit.

L'odeur de café se répand dans l'habitacle, et il me tarde d'en absorber une nouvelle dose. La nuit n'a pas été aussi courte que cela, mais mes excès d'alcool l'ont rendue chaotique, sans parler du réveil…

Une fois que nous sommes arrivés à destination, je tourne à gauche pour entrer sur le parking du stade et remarque le peu de véhicules qui y sont garés. Ce stage de football est très populaire parmi les enfants du coin, et les places sont chères. Il m'a fallu m'y prendre tôt et faire jouer mes relations pour m'assurer qu'Axel pourra y participer. Toujours est-il que les nombreux emplacements libres m'interpellent.

Pour la première fois depuis mon lever, je consulte l'heure.

— Espèce de…

— Je crois qu'elle vient de regarder l'heure, se moque Clara.

— Tu étais au courant ?

— Bah, disons que, dans le salon, il y a le modem, répond-elle en décrochant sa ceinture de sécurité. Beaucoup plus difficile à dissimuler qu'un réveil à dérégler…

— Tu m'en veux ? demande Axel en affichant un air contrit.

Envahie d'une pointe de fierté, je contemple mon fils installé sur son rehausseur. Il n'a pas hésité à toucher à mon réveil pour être certain d'être à l'heure. Est-ce que ça fait de moi une mauvaise mère ?

— Pas de bisous ni d'effusions, dit-il en haussant un sourcil. Je suis un grand, maintenant, et je refuse d'être câliné comme un bébé devant les autres.

— Tu mériterais que je me venge.

— Pourquoi ? On est à l'heure, l'honneur est presque sauf.

— Pourquoi « presque » ?

Il ouvre la bouche, mais ne répond pas à ma question, se concentrant sur sa ceinture de sécurité.

— Valentine, dois-je te rappeler que tu as la poisse ? me glisse Clara.

— Non, pas besoin…

Vaincue, je secoue la tête et sors de la voiture. Ils ont raison tous les deux, avec moi tout est possible et, malheureusement, je suis loin d'attirer les tickets de loto gagnants. Nous avons donc un quart d'heure d'avance et l'occasion de ne pas nous faire remarquer. Enfin, à condition de supporter l'enfer qui va commencer…

— Bonjour Valentine !

… là, maintenant…

— Bonjour !

Renonçant à me rappeler le nom de cette femme, j'accompagne mon salut d'un geste de la main. Ma thermos ! Je me penche vers l'intérieur de ma voiture pour le récupérer. J'en avale une gorgée, savourant la chaleur qui se propage dans mon corps encore endolori. Je marche à la suite des deux autres, observant Axel qui se redresse toujours un peu plus pour cacher sa timidité derrière une attitude bravache.

Pour patienter, nous nous installons, Clara et moi, sur les gradins, assez haut pour que personne n'ait l'idée de venir nous déranger. Axel, de son côté, reste près du terrain pour discuter avec un de ses amis.

— Ton fils est génial, murmure Clara.

— C'est un monstre, tu veux dire ! Quel enfant de huit ans trafique le réveil de sa mère pour arriver quinze minutes en avance à un stage de sport ?

— Le tien.

Mon sourire s'agrandit : je suis très fière de lui, en vérité. Je l'observe rire, chahuter… Il est beau, plein de vie… mais trop sérieux pour son bien.

Comment lui en vouloir ? Sa naissance a été un bouleversement pour moi, et elle a fait les choux gras de toutes les cancanières à des kilomètres à la ronde. Une jeune fille de seize ans enceinte ? De la mauvaise graine ! Ah, c'est la fille du pharmacien ? Et le père ? Aucune idée… Beaucoup s'imaginent que je ne le sais pas moi-même.

— On parle d'hier ?

Je hausse une épaule sans quitter des yeux la petite tête brune, en bas. Ses traits se détendent, alors qu'une fille de son âge s'approche.

— Valentine !

Surprise par l'éclat de Clara, je me tourne vers elle. Une de ses mèches s'échappe de sa queue-de-cheval et vient caresser sa joue. D'un geste nerveux, elle la coince derrière l'oreille.

— Tu n'étais pas sérieuse, n'est-ce pas ? s'enquiert-elle.

— Pour… ?

— L'opération « Bridezilla ».

— Oh ! ça ? Non !

Je secoue la tête avant de me maudire. Pourquoi n'ai-je pas pris le temps d'avaler un médicament contre le mal de crâne ? Si seulement Axel ne m'avait pas pressée de la sorte !

— Tu me rassures, déclare Clara sans cacher son contentement.

— Non, je préfère opération « On dézingue la meringue ».

— Tu déconnes !

Les gens autour de nous se retournent et nous observent, attendant visiblement qu'elle précise. À la place, elle les foudroie du regard et patiente. Dès que leur attention se porte ailleurs, elle réattaque :

— Valentine, tu ne peux pas être sérieuse !

— Si.

Ma réponse a claqué. Ce qui est fou, c'est que je suis la première à trouver cette histoire hallucinante, débile, aberrante. Pourquoi le ferais-je ? Pourquoi chercher à détruire un mariage ? Parce qu'on me l'a demandé.

— Tu ne peux pas vouloir…

Mon amie secoue la tête et s'assure que personne ne nous écoute avant de continuer :

— Imagine si ça leur vient aux oreilles ! S'ils apprennent que…

— Chut ! lui ordonné-je. Personne ne doit savoir qui m'a confié cette mission.

Je feins de tourner une clé au niveau de ma bouche et souris en voyant Axel rougir lorsqu'une fille se dirige vers lui. À l'école, il joue indifféremment avec garçons et filles, petits et grands. Difficile, dans ces conditions, de repérer un nom en particulier, celui de cette blondinette par exemple. Me promettant de mener discrètement l'enquête, je jette un coup d'œil à Clara.

— Quoi ?

— Valentine, je te connais.

— Jusque-là, je te suis, dis-je, amusée.

— Tu n'es pas fleur bleue, mais de là à briser un mariage…

— Ils ne sont pas mariés, argué-je.

— Apprécierais-tu que quelqu'un intervienne dans ton couple ?

Un rire nerveux m'échappe. Voilà presque neuf ans que je n'ai pas été « en couple ». Si la conséquence de mon amour d'adolescente se porte comme un charme à quelques mètres de moi, j'ai été sérieusement échaudée. L'homme amoureux qui m'assurait tous les jours désirer fonder une famille avec moi s'est engagé dans l'armée dès que mon test de grossesse positif a été confirmé par une prise de sang. Oh ! j'ai bien tenté de rencontrer quelqu'un avec qui « faire un bout de chemin ». J'ai fait machine arrière au bout de deux essais infructueux.

— Clara…

— Si ce mariage ne doit pas se faire, ce n'est pas à toi d'en décider !

— Et ce n'est pas moi ! répliqué-je sèchement.

Elle secoue la tête. Fronce le nez.

Hier, je lui ai tout raconté. Elle est au courant de tout : qui, pourquoi… mais elle n'arrive pas à se faire à l'idée. Personnellement, j'ignore encore pourquoi j'ai accepté et comment je vais m'y prendre. Cela va contre ma morale. Clara s'en doute, et la personne qui m'a demandé ce service également.

— Je ne pouvais pas refuser, murmuré-je.

— Peut-être, mais ça va se retourner contre toi.

— Peux-tu me dire ce que ça va changer ?

Elle grimace, ce ne sera qu'une chose en plus. J'habite dans le village qui m'a vue grandir, entourée de gens qui m'ont pointée du doigt lorsque mon ventre s'est arrondi, alors que j'étais encore au lycée. Ils ont cru les rumeurs sur mon compte, répandues par des personnes malveillantes. Aucun n'a cherché à connaître la vérité ou à me parler. J'ai été jugée et condamnée sans avoir eu droit à un procès équitable.

La semaine dernière, j'ai appris que ma liaison avec le gérant du supermarché de la ville d'à côté me permettait d'obtenir de bonnes réductions. Assez comique, quand on sait que je n'ai été intime avec personne depuis le père d'Axel.

— Valentine, en faisant ça, tu leur donneras du grain à moudre !

— Du grain à moudre ? Je crois que tu passes trop de temps en compagnie de ta grand-mère.

— Une femme sage qui te frotterait les oreilles si elle apprenait dans quoi tu t'es engagée !

— Ou qui me filerait de bons tuyaux, ajouté-je en riant.

Clara grommelle, consciente que j'ai raison.

— Alerte rouge ! gronde-t-elle.

D'un mouvement discret du menton, elle m'indique l'entrée du stade et le groupe de femmes qui arrive. Toutes vêtues avec soin, malgré la décontraction ambiante, elles marchent la tête haute, à la suite de leur progéniture. Je les croise régulièrement à la sortie de l'école. Elles m'examinent toujours de la tête aux pieds, affichant un air suffisant qui m'agace prodigieusement. Âgées d'une trentaine d'années, elles participent à toutes les manifestations possibles, confectionnent des gâteaux parfaits, accompagnent les sorties scolaires…

Soudain, l'une d'elles se fige en apercevant Axel.

— Et merde ! grogné-je.

Elle interpelle une autre mère, la plus proche d'elle, et lui dit quelque chose.

— On intervient ? demande Clara.

— Je suppose.

Si je peux comprendre que ma condition les dérange, j'ai du mal à saisir pourquoi elles se montrent si méprisantes vis-à-vis d'un enfant.

Je finis mon café et me lève avec un soupir. Puis je descends les marches rapidement et m'arrête à quelques pas d'Axel. Il fronce les sourcils, avant de comprendre la raison de mon apparition.

— Maman…

— Oui, oui, dis-je en lui adressant un clin d'œil. Pas de sang. Pas de témoin.

Il me sourit et retourne à sa conversation. Je veille sur lui, tout comme je le surprends parfois à faire de même avec moi.

— Valentine ! s'exclame l'une des femmes du gang des mères parfaites. Je ne savais pas que tu avais les moyens de payer un tel stage.

Je ne les ai pas. Seulement, mes faibles revenus m'ont fait bénéficier d'une remise, et mes parents l'ont offert à leur petit-fils pour le récompenser de son excellent bulletin. À moins que ce ne soit simplement parce qu'ils l'adorent. Ils étaient divorcés depuis des années, quand je suis tombée enceinte. Au lieu de se rejeter la faute, ils se sont unis jusqu'à devenir les meilleurs amis du coin. Cet été, ils comptent même partir en vacances tous les trois, avec Axel.

— Et toi, il t'en reste, après ta dernière…

— Valentine, grommelle Clara avec un sourire factice. Ton fils appréciera que tu évites le scandale du lundi matin.

— J'allais juste lui demander si sa dernière liposuccion avait été concluante, dis-je comme une enfant frustrée.

— Et c'est bien là le problème…

Amusée, je hoche la tête et reporte mon attention sur la femme devant moi.

— Tu disais ?

— Qu'Axel avait de la chance que tu aies pu récolter suffisamment d'argent pour lui payer ce stage, répond-elle.

Le silence s'installe entre nous, et cette paix toute relative me plaît. Nous ne sommes pas amies mais, pour un instant, nous ne sommes pas ennemies non plus. Elle laisse mon fils rire avec ses copains et les autres enfants qui se sont mêlés à leur conversation.

Soudain, les gens assis se lèvent. Certains se dirigent vers le club-house derrière moi. Il est temps de disparaître, mais avant, je dois m'assurer qu'un adulte s'occupera d'Axel.

— Faudra que tu m'expliques comment tu as trouvé les fonds pour l'inscrire, murmure la mère en me dépassant. Je suis sûre qu'il y a une histoire croustillante là-dessous.

Elle pose une main presque amicale sur l'épaule d'Axel et l'encourage pour la semaine à venir. Déstabilisée par cette gentillesse apparente, je la laisse poursuivre son chemin.

— Elle pense toujours que tu as couché avec son mari ? s'enquiert Clara.

— Son mari ou son beau-frère… Je m'y perds, avec tous mes amants imaginaires.

— On y va ? demande Axel en se postant à côté de moi.

J'acquiesce et me tourne vers le club-house, devant lequel une file s'est formée. Je me place derrière un homme accompagné d'un garçon blond. Mon regard se fait vague, je songe à l'opération « On dézingue la meringue ». Je ne suis toujours pas convaincue d'avoir pris la bonne décision, mais ma loyauté m'a empêchée de refuser.

— Tu réfléchis trop, dit Clara.

— Et toi, tu ne vas pas être en retard au travail ?

Elle hausse les épaules et consulte toutefois l'heure sur son portable.

— Si tu me déposes en rentrant chez toi, ça devrait le faire.

— La douche est accessoire ? me moqué-je.

— Pour ce matin, oui. Je me laverai à midi.

Amusée, je regarde autour de moi. Le gang des mères parfaites jette des coups d'œil dans notre direction. Leurs visages reflètent de la cordialité et une pointe d'envie. L'une d'elles repousse son épaisse chevelure en arrière, une autre relève ses lunettes…

— Si tu me cherches, je suis à la voiture, déclare Clara. J'ai besoin d'une cigarette.

— Bonne journée, Clara ! lance Axel.

— À toi aussi, petit gars !

Elle nous laisse et s'éloigne d'un pas nonchalant. Curieuse de savoir pourquoi le gang des mères parfaites vient de se transformer en celui des groupies en chaleur, je me dresse sur la pointe des pieds pour voir par-dessus l'épaule de l'homme devant moi. Ce type est immense ! Je ne découvre vraiment rien qui puisse expliquer le changement d'humeur de mes détractrices de toujours.

Je me remets à réfléchir à un plan pour annuler le mariage. Deux mois. J'ai deux mois, soit un peu plus de soixante jours pour qu'ils rompent leurs fiançailles, de préférence avec la bénédiction de leurs parents.

Je me penche et dresse le pouce. Un : attaquer l'organisation du mariage. Dans tous les films, téléfilms et séries, cela semble une plaie et la cause de nombreuses tensions au sein du couple. J'ajoute l'index. Deux : mettre en évidence les défauts de l'autre. Je grimace et reformule : accentuer les dissensions entre les fiancés. En transformant un gravillon en montagne, l'ambiance sera moins rose et plus propice à la rupture.

Ça ne fait pas beaucoup d'angles d'attaque. D'autant que je devrais compter sur mon commanditaire pour me renseigner. Je laisse retomber ma main et fixe le vide. Comment vais-je faire ? Si mes parents l'apprennent…

Je déglutis et rougis en songeant au sermon auquel je ne pourrais échapper, si cette histoire leur venait aux oreilles.

— Madame ?

Quelqu'un me tire la manche. Axel. Il pointe le garçon devant lui, qui m'interpelle de nouveau :

— Madame, pourquoi vous regardez les fesses de mon père ?

Stupéfaite, j'observe mon environnement proche. Me voyant penchée comme je l'étais, il pouvait en effet croire que je me rinçais l'œil. Et, franchement, cela aurait été normal de mater ce derrière rebondi qui est en train de disparaître de mon champ de vision, remplacé par… OK, il est temps pour moi de relever la tête.

— Un souci, Jonas ? demande une voix grave et chaude.

— Non, je voulais juste savoir pourquoi la dame regardait tes fesses.

Consciente que la situation ne va pas jouer en ma faveur, je me tourne vers Axel, qui secoue légèrement la tête. Il a raison, avec moi, impossible de rester discrets.

Comme la meilleure défense, c'est l'attaque…

— Grillée, dis-je en levant le visage vers le papa en question.

Mon sourire tressaille devant le charme de mon interlocuteur. Je viens de comprendre ce qui fait baver le gang des mères parfaites.

— Je vous montre le mien, et on est quittes ?

Chapitre 2

Dans une minute, je serai définitivement en retard sur mon programme au cabinet. Malgré tout, je ne regrette pas d'avoir bousculé mon emploi du temps pour accompagner Jonas à son stage de foot. Un stage pour lequel il a beaucoup insisté. Officiellement, il adore ce sport depuis qu'il est en âge d'en comprendre les règles. Officieusement ? Participer à ce type d'activités durant les vacances est aussi un excellent moyen de se faire des amis. Voilà presque deux mois que nous nous sommes installés dans ce petit village de Provence, et je ne lui connais pas encore de véritables copains. « Ça va venir », c'est ce que je lui répète tous les jours avec l'espoir que ce sera « tôt » plutôt que « tard ».

— Papa, tu peux me laisser. J'suis grand, maintenant, je peux me débrouiller.

J'abandonne l'écran de mon téléphone portable et reporte mon attention sur lui. Son sac en bandoulière sur l'une de ses épaules, il a les bras croisés sur son petit torse et jette des coups d'œil furtifs à la ronde en fronçant les sourcils. Je soupire.

— Je sais, mon bonhomme… Pardon, je sais, Jonas. Mais, pour ton premier jour, je tiens à rencontrer les animateurs. Si tout se passe bien, promis, je me contenterai de te déposer devant le centre, à partir de demain.

Cynthia se chargera de te récupérer de la même façon le soir. Marché conclu ?

Il me gratifie d'une moue à mi-chemin entre la grimace et l'assentiment, hochant la tête. Je prends ça pour un oui. Il fut un temps où il était plus loquace, plus joyeux aussi, mais ce temps me paraît loin désormais. Cela dit, la résilience dont il a fait preuve ces dernières années m'a épaté, en plus de me forcer à aller de l'avant. Sans lui, je n'aurais sans doute jamais tenu le choc. En contrepartie, les épreuves que nous avons dû traverser et les bouleversements qu'elles ont engendrés dans nos vies lui ont à jamais volé une partie de son innocence d'enfant.

D'humeur un peu plus maussade, je reviens à mes mails sans grande conviction. Le nouveau protocole de l'accueil préop de la clinique finit par m'ôter de l'esprit mes idées noires. À ma droite, Jonas ne cesse de se retourner. Son comportement commence à m'intriguer.

Soudain, je l'entends apostropher une dame dans la file derrière nous et lui demander pourquoi elle regarde… *mes fesses* ?

Je relève précipitamment la tête, doutant d'avoir entendu correctement.

— Un souci, Jonas ?

Il oriente son petit visage contrarié vers moi et réitère sa remarque.

OK, mon ouïe fonctionne donc correctement, c'est déjà une bonne nouvelle. Évidemment, après ça, comment résister à l'envie de me retourner pour voir qui est cette « dame » prise en flagrant délit de « reluquage » de mon postérieur.

Mon regard rencontre alors celui d'une jeune fille. Le garçon qui l'accompagne, son petit frère certainement, secoue la tête d'un air atterré. Je me retiens de rire pour ne pas aggraver sa gêne.

— Grillée, me lance-t-elle avec amusement.

Je lève un sourcil sarcastique en songeant qu'elle ne manque pas de cran. Je lui souris. Son propre sourire vacille alors légèrement. Après observation, je me rends compte qu'elle est plus âgée que je l'ai cru, dans les vingt-quatre, vingt-cinq ans. Son look d'ado mal fagotée m'a induit en erreur.

— Je vous montre le mien et on est quittes ?

— Pardon ? manqué-je de m'étouffer.

D'autant que son jogging informe, qui pourrait en contenir deux comme elle, ne risque pas de me dévoiler grand-chose de son anatomie. En matière d'équité, on a vu mieux. Là, c'est plus fort que moi, j'éclate de rire pour de bon, et tant pis pour le monde autour de nous.

Tandis que je m'esclaffe, je repère, à quelques mètres de nous, un attroupement de commères apparemment très intéressées par la scène. Nous voilà bien !

— Excusez-moi, mademoiselle, mais je crois que je n'étais pas préparé à vous rencontrer, ce matin.

— Figurez-vous que moi non plus ! Je suis désolée. Votre fils m'a vue penchée en avant et en a conclu que j'étais en train de…

— … regarder mes fesses ?

— Voilà ! Alors que je ne faisais qu'énumérer une liste de choses à faire sur mes doigts. Loin de moi cependant l'idée de prétendre que votre postérieur ne mérite pas toute mon attention, mais, comme je ne suis pas une fille contrariante, j'ai choisi de ne pas le contredire et de m'enfoncer dans le quiproquo. C'est un moyen comme un autre de briser la glace, vous ne trouvez pas ? Vous êtes nouveau dans le village ? Il ne me semble pas qu'on se soit déjà rencontrés.

— En effet, je m'en serais souvenu, sans aucun doute. Jonas et moi nous sommes installés dans la région il y a quelques semaines seulement.

— Alors, soyez les bienvenus, votre fils et vous ! Je suis Valentine, et voici Axel.

— Et moi : Vincent. Enchanté de faire votre connaissance, Valentine.

Nous nous sourions franchement, et les garçons se saluent timidement. Elle me tend la main, que je saisis devant un parterre de spectatrices indiscrètes. C'est moi ou l'attroupement de mamans semble s'avancer vers nous de quelques centimètres chaque fois que nous ne les regardons pas ? On se croirait dans une version d'un, deux, trois, soleil !

— On dirait que vous avez déjà un fan-club, Vincent, me chuchote Valentine avec malice.

Elle l'a donc remarqué, elle aussi. Je me penche un peu plus, sans lui lâcher la main, et réplique, sur le même ton de connivence :

— L'attrait de la nouveauté… Ça leur passera.

— Je n'en serais pas si certain, si j'étais vous. Attendez-vous plutôt à devoir répondre à un questionnaire très détaillé sur votre personne, dont les réponses alimenteront leurs réunions thé-café-potins de l'après-midi.

Je grimace. Elle pouffe de rire sous les regards dubitatifs des garçons.

— Je vous remercie pour la mise en garde, mais c'est trop tard. Plus de la moitié d'entre elles ont déjà défilé dans mon cabinet pour me passer sur le gril.

Valentine s'écarte subitement…

— Un cabinet ? Vous êtes médecin ?

— Pour animaux. Je suis vétérinaire.

Elle se tend légèrement, sans que je comprenne la raison de son brusque changement d'humeur.

Jonas et Axel mettent un terme à notre discussion en se précipitant vers l'entraîneur, qui vient de faire son apparition. J'ai à peine le temps de me tourner pour souhaiter une bonne journée à mon fils que Valentine s'éclipse.

Encore un peu étourdi par notre rencontre, je la regarde s'éloigner en direction du parking, non sans une pointe d'incompréhension.

Au cabinet, la matinée me file entre les doigts, comme toujours. Entre les urgences de la nuit à traiter, les interventions au bloc opératoire et les consultations habituelles, mon associé et moi ne débriefons qu'à la pause déjeuner.

Après lui avoir exposé ce que j'envisageais pour notre future organisation, je lui parle d'une de ses patientes, dont j'ai repris le dossier médical.

— Mme Jouve était très inquiète. Je lui ai expliqué que j'avais besoin de prescrire une IRM à Poupette pour confirmer mon diagnostic.

— Lequel est… ?

— Une syringomyélie[1].

— Poupette n'est-elle pas un peu trop vieille ?

Je mords dans mon sandwich et attends d'en avoir terminé avec ma bouchée pour lui répondre :

— L'apparition de la maladie est certes nettement plus fréquente entre les six mois et les trois ans de l'animal, mais reste possible à n'importe quel âge. Si c'est vraiment ça, nous aviserons quant au traitement à administrer.

— Très bien. Je te laisse gérer ce cas comme tu l'entends. Poupette est ta patiente, maintenant, et j'ai cru comprendre que sa maîtresse te trouvait à son goût.

— J'en conclus que tu n'es pas jaloux.

— Absolument pas !

Au grand sourire de Pierre-Emmanuel, je devine que la situation l'amuse plus qu'autre chose.

— Allez, dis-le !

— Quoi ?

— Ce qui te retient de me rire au nez.

— Moi ? Rien du tout. Tu deviens parano, mon cher Vince.

Je lève un sourcil dubitatif. Il capitule.

1. Anomalie congénitale dont les signes cliniques sont des démangeaisons frénétiques, des cris spontanés et des difficultés locomotrices.

— Bon, d'accord… Je constate simplement que tu t'investis de plus en plus au sein du cabinet. Ce qui me fait penser que tu as pris ta décision. Tu vas rester.

— Je crois, oui. Jonas a l'air de se plaire ici, et l'endroit me plaît bien, à moi aussi. C'est calme, déjà, et rien ne me la rappelle…

Toute trace d'amusement déserte le visage de Pierre-Emmanuel. Quant au mien, j'imagine qu'il s'est assombri, comme c'est le cas dès que nous abordons le sujet de ce qui m'a poussé à emménager ici.

— C'est toujours aussi douloureux ?

— Tu n'imagines pas à quel point… Il est des blessures qui ne guérissent jamais vraiment.

— Je suis navré, mon vieux. Mais sache que ça me fait plaisir que tu envisages de t'établir ici, et je ne dis pas ça seulement parce que tu es un excellent véto. Je suis heureux d'avoir retrouvé un de mes plus vieux amis. C'est sincère.

— Merci, ça me touche.

— Tu sais quoi ? Tu devrais passer chez mes parents un de ces jours. Eux aussi seraient contents de te revoir. Ils habitent à Sanary-sur-Mer maintenant que mon père est à la retraite. Il me disait encore la dernière fois toute l'estime qu'il avait pour le tien et à quel point il est satisfait que nous fassions affaire ensemble. Donc, associé ?

— Associé.

Une poignée de main scelle notre accord, puis je me lève de table et débarrasse les restes de mon repas. Mon ami m'imite et va laver son tupperware dans l'évier.

— Tiens, ajouté-je, j'ai fait une étonnante rencontre ce matin, en amenant Jonas à son stage de foot.

— « Étonnante » ? Tu m'intrigues. Qu'est-ce qui pourrait justifier un tel qualificatif dans notre charmante mais très tranquille petite ville où rien de bien intéressant ne se passe ?

— Est-ce que le prénom de Valentine te dit quelque chose ?

Un bruit de casse accompagne ma question. Puis Pierre-Emmanuel pivote sur ses talons et me dévisage étrangement.

— Valentine ? Brune, un mètre soixante-dix environ, yeux marron-vert et langue trop pendue pour son bien ?

Tout en réprimant un sourire, j'incline la tête sur le côté en enfonçant les mains dans les poches de mon pantalon.

— Moui... je crois que je ne l'aurais pas mieux décrite. J'en déduis que tu la connais ?

— C'est une des amies de Blanche, même si je préférerais de loin qu'elle ne le soit pas.

— Ce serait indiscret de demander pourquoi ?

Pierre-Emmanuel ferme le robinet, soupire et se tourne vers moi pour me faire face.

— Écoute, Vincent, ce que je m'apprête à te dire n'est en rien de la médisance, mais Valentine n'est pas ce qu'on appelle une personne fréquentable. En tout cas, pas si tu souhaites éviter d'alimenter les ragots. Le fait est que, depuis le lycée, elle multiplie les frasques.

Je fronce les sourcils, surpris que celui que je considère comme l'un de mes plus fidèles amis s'abaisse à colporter des commérages sur une personne à l'aspect aussi inoffensif que Valentine.

— Qu'entends-tu par « frasques » ?

— Tomber enceinte à l'âge de seize ans, par exemple ?

— Ce n'était donc pas son petit frère, marmonné-je.

— Non, Axel n'est pas son frère. Et si ce n'était que ça... On pourrait croire qu'elle fait exprès de ne jamais agir comme tout le monde. Elle paraît en permanence dans la provocation et, comme je te le disais, elle n'a pas la langue dans sa poche. Ce qui fait qu'elle possède un don certain pour mettre les pieds dans le plat, quand il ne le faut pas bien entendu. C'est pour ça que les parents de Blanche et moi-même préférons qu'elle se tienne éloignée.

Ma fiancée est trop gentille pour lui tourner complètement le dos. En fait, c'est l'une des rares personnes à avoir été là lorsque Axel est né.

— Je vois…

— Tu en es sûr ?

— Oui. J'ai compris le message, rassure-toi. Restons-en là en ce qui la concerne. C'était une simple curiosité de ma part, compte tenu de la façon dont nous nous sommes rencontrés, elle et moi.

— Du café ? Je m'en prépare un, me propose-t-il en attrapant une dosette dans le bol en verre.

— Oui, s'il te plaît.

Pierre-Emmanuel nous sert deux mugs de café, puis m'invite à le suivre dans son bureau pour les boire. Alors qu'il est confortablement installé sur son siège derrière sa table de travail, et moi assis sur une des chaises en face, je le sens qui m'observe. Je souffle sur ma boisson, feignant de l'ignorer.

— Tu comptes me raconter la façon dont tu as fait la connaissance de Valentine ou me faire languir ?

— Je croyais que tu ne t'abaissais pas à commérer ?

— Je m'intéresse à tes fréquentations, nuance.

— Je ne fréquente personne, Pim's, rétorqué-je.

— Arrête avec ça, j'ai horreur de ce surnom !

— Je sais. C'est justement pour cette raison que je l'utilise quand tu commences à m'emmerder.

Pierre-Emmanuel éclate de rire, levant les mains en signe de reddition.

— Très bien, je n'obtiendrai rien de toi à ce sujet. Je l'ai bien compris. Bon ! Quelle heure est-il ?

— Bientôt 13 h 30. Céline ne devrait plus tarder. La pauvre, le téléphone n'a pas arrêté de sonner, ce matin. À croire qu'ils se sont tous passé le mot.

— Lendemain de week-end classique. C'est excellent pour les affaires, en même temps, décrète Pierre-Emmanuel en s'étirant. Il faudra qu'on discute de l'aménagement de ton nouveau bureau.

— Inutile, celui que j'ai me suffit.

— Je pensais que ça t'aiderait à te sentir plus à l'aise.

— Pas la peine, j'ai déjà exercé dans des conditions moins… confortables.

— Le boulot en Afrique te manque ?

Je croise les jambes, tout en promenant le regard à travers la pièce meublée avec raffinement. Assurément, il accorde bien plus d'importance que moi aux apparences. Son bureau ressemble à ceux que l'on peut voir dans les magazines de déco, alors que le mien, hérité de mon prédécesseur, est simplement fonctionnel, ce qui me convient amplement.

— Non, mais les personnes avec qui j'ai vécu tous ces fabuleux moments, oui.

Pierre-Emmanuel hoche la tête avec lenteur. Un long silence s'installe, jusqu'à ce que le bruit de la porte d'entrée nous indique le retour de Céline, notre auxiliaire vétérinaire. Elle est suivie d'Ophélie, en formation pour la seconder.

— Tu fermes le cabinet, ce soir ? demande-t-il en consultant son téléphone portable.

— Aucun problème. J'ai une baby-sitter qui s'occupe de récupérer Jonas au centre. Au fait, merci de m'avoir laissé le temps de l'accompagner à son stage, ce matin.

— Normal ! Tu es mon nouvel associé, pas mon employé. Du moment que tu gères ton planning sans que ça interfère avec le bon fonctionnement de la clinique, je n'ai rien à dire.

— Très bien, c'est noté.

— Parfait ! Pour cet après-midi, j'ai prévenu Céline que j'arrêtais les consultations à 17 heures. Ce soir, j'emmène Blanche au théâtre. Ils jouent *L'Éveil du printemps*, de Frank Wedekind, à Aix.

— Eh bien, mon vieux ! Tu es vraiment un homme chanceux d'avoir trouvé une femme qui partage ton engouement pour les œuvres d'auteurs allemands. En plus de ta maniaquerie pour l'ordre, j'entends. Personnellement, ce n'est pas mon cas.

Tandis que je lui parle, il gonfle le torse façon Tarzan roi de la jungle. Je masque mon sourire moqueur derrière mon mug.

— Oui, tu as raison, je le suis. En réalité, Blanche n'éprouve pas vraiment le même intérêt que moi pour la chose. Je dirais même que le théâtre a tendance à l'ennuyer.

— Alors pourquoi tu l'emmènes ?

— Parce que, moi, j'aime ça, et qu'elle a accepté quand je le lui ai proposé ! Une femme qui fait des efforts pour plaire à son mari, n'est-ce pas la perle rare ?

À la manière dont il s'esclaffe, avant de me gratifier d'un clin d'œil entendu, je comprends qu'il s'agit plus d'une affirmation que d'une question. Impossible de ne pas avoir une pensée pour la future épouse, parce qu'à mon humble avis, Pim's a encore deux ou trois petites choses à apprendre sur le mariage avant de passer devant le curé. Je parle d'expérience.

L'après-midi se déroule dans une routine dont j'apprécie les bienfaits. Aucune nouvelle du centre, ce qui signifie que Jonas ne rencontre pas plus de difficultés que moi au cabinet, même si, avec mon métier, nous ne sommes jamais à l'abri de quelques surprises.

Justement, l'une de ces « surprises » s'est matérialisée sous la forme d'une trentenaire, fausse blonde, brushing impeccable et sourire affable sur des lèvres rouge sang comme celui de ses victimes, laissé sous ses bottes à talons spéciales scoliose. Non, je plaisante.

Quand Céline m'a annoncé une urgence, en remplacement de mon désistement de 15 heures, je n'ai pas soupçonné le traquenard. À présent que je termine d'ausculter la prétendue « urgence », le doute n'est plus permis. D'ordinaire, qu'on me fasse perdre ainsi mon temps me rend furieux, mais le grotesque de la situation me pousse à relativiser.

— Eh bien, je peux vous assurer qu'Olaf se porte comme un charme, madame !

— C'est vrai ? *Coooomme* je suis soulagée, docteur ! Vous auriez dû voir mon pauvre chouchou après le déjeuner. Il était tout bizarre. J'ai craint qu'il n'ait avalé quelque chose de toxique dans le jardin. On m'a souvent parlé de chenilles…

— Processionnaires, oui. Mais non, soyez tranquille, tout en restant vigilante, surtout dans la région.

Je m'éloigne de la table d'auscultation et me dirige vers mon bureau. Tandis que je consulte le carnet de santé d'Olaf, sa maîtresse ne me quitte pas un instant des yeux. C'est bien simple, en dix minutes, son regard acéré a fait une centaine de fois le tour de la pièce, inspecté les environs à la recherche d'objets personnels qui lui en apprendraient davantage sur moi que mes silences, et vérifié que je ne porte pas d'alliance.

— Hormis le poids d'Olaf, tout est impeccable. Je vois que vous êtes passée la semaine dernière prendre son vermifuge et l'antiparasitaire extérieur.

— Oui, vous n'étiez pas là, d'ailleurs.

— Hum… Il faudra prendre rendez-vous le mois prochain avec Céline pour le rappel de la leishmaniose.

— Oui, j'y songerai… On ne vous a pas vu au carnaval. Un empêchement ? Votre dame, peut-être ?

— Jonas et moi n'étions pas disponibles. Le déménagement a été compliqué.

— Oh oui… c'est du changement, tout ça. Où habitiez-vous avant, déjà ?

— Je ne crois pas que nous ayons déjà abordé le sujet ensemble. Vous désiriez me poser d'autres questions au sujet de l'état d'Olaf, madame Mongeront ?

Elle ricane bêtement, consciente de s'être montrée trop indiscrète, encore…

— Appelez-moi Amandine. Vous savez, tout le monde se connaît, par ici, et on s'appelle presque tous par nos prénoms. Mon fils, Corentin, est dans la même classe que le vôtre. Je l'ai reconnu, ce matin, en l'amenant au stage de foot. J'espère qu'à terme, ils deviendront amis, ce serait formidable, n'est-ce pas ? Il ne faudrait pas que Jonas tombe dans le piège des mauvaises fréquentations dès son arrivée. Bien sûr, je ne blâme pas les enfants, le plus souvent, le problème vient des parents. Je vous ai vu discuter avec Valentine. Ne me dites pas qu'elle vous a importuné avec une de ses réflexions idiotes ? Remarquez, ça ne m'étonnerait pas ! Certaines femmes ne manquent pas d'air et s'autorisent un comportement tout à fait déplacé, sous prétexte qu'on leur passe leurs excentricités. Hum… la connaissiez-vous déjà ?

Un bruit assourdissant provenant de la salle d'à côté me sauve la mise ; je n'aurais pas su comment envoyer paître cette commère de haut vol sans me montrer désobligeant.

À la place, je fuis mon bureau, direction la scène de crime où je découvre un Olaf tout heureux d'avoir déniché l'endroit où nous stockons les friandises pour notre patientèle canine.

— Olaf ! s'écrie sa maîtresse d'un ton scandalisé.

— Bien, ce n'est donc pas le colonel Moutarde avec le chandelier !

Je me penche vers le petit bouledogue, le gratouille derrière l'oreille et le prends dans mes bras pour le sortir de là. Attirée par le boucan, Céline nous retrouve devant la réserve et pousse un cri en découvrant le carnage.

— Nous avons trouvé le coupable ! Olaf a échappé à notre vigilance un court instant et en a profité pour faire l'inventaire de nos fournitures, c'est bien ça, Olaf ?

En réponse, le toutou se met à aboyer, avant de me gratifier d'une léchouille sur la mâchoire.

— Il a fait tomber quelques étagères de l'armoire en procédant, ajouté-je en grimaçant.

— Vous voulez dire qu'il a tout mis sens dessus dessous, oui ! Ça m'a pris deux bonnes heures pour tout ranger, la dernière fois !

Je souris devant la moue contrariée de Céline qui, remarquant enfin Mme Mongeront derrière moi, lève les yeux au ciel dans une mimique équivoque. Je me suis tout de suite bien entendu avec cette cinquantenaire joviale et sans chichi, contrairement à Pierre-Emmanuel qui m'avait mis en garde contre le caractère difficile de son auxiliaire. Un défaut, selon lui, largement compensé par les compétences de cette employée fiable et sérieuse.

— Ce n'est pas grave, Céline. S'il le faut, je m'en occuperai après mes consultations.

— Il faudrait que vous en ayez le temps, peuchère ! Il est presque 16 heures et votre rendez-vous de 15 h 15 est là, ainsi que ceux de 30 et 45. Sans compter que j'en ai ajouté trois à la longue liste. Votre journée est loin d'être finie !

— Dans ce cas, je vais tâcher d'éviter d'être encore plus en retard. Le devoir m'appelle, Olaf ! Tenez, madame Mongeront, je vous rends votre chenapan !

— Merci, docteur. Je… euh, je vous présente toutes mes excuses pour le désordre. C'est qu'Olaf peut parfois se montrer trop curieux.

— Un p'tit fouineur, vous voulez dire ! rouspète Céline en se penchant pour commencer à ramasser les boîtes tombées au sol.

De mon côté, je masque mon hilarité derrière une expression songeuse, tout en me massant la barbe.

L'occasion est cependant trop tentante pour que je ne la saisisse pas, et je lance à la commère du village une petite réflexion de mon cru :

— Vous savez ce qu'on dit souvent à propos des enfants et de leurs parents… Eh bien, cela s'applique également au maître et à son animal. Je vous souhaite une bonne fin de journée, madame !

J'ai fait la soirée de Céline et plus encore, avec ma petite pique à Mme Mongeront, car elle n'a pas arrêté d'y revenir jusqu'à son départ à 18 heures.

Il est à présent 20 heures, et je viens tout juste de poser un pied chez moi. Cynthia, la baby-sitter que j'ai engagée pour s'occuper de Jonas pendant les vacances, est la seule à venir à ma rencontre à mon arrivée. Aucune trace de mon fils dans son sillage.

— Tout s'est bien passé, Cynthia ? Rien à signaler ?

— Non, rien, monsieur. J'ai préparé des croque-monsieur pour le dîner avec une salade de carottes, mais Jonas n'a presque rien mangé.

— D'accord. Où est-il ?

— Dans sa chambre. Il a refusé son dessert. Bon, je vais rentrer. J'ai de nouveaux horaires au boulot, mais demain, je devrais finir à 16 heures comme aujourd'hui, et je pourrai récupérer le petit au centre.

— Parfait, merci.

Je referme la porte derrière elle et me dirige vers l'escalier que je monte après un instant d'hésitation. Là, face à la porte close de la chambre de mon fils, je me demande si je ne suis pas allé trop vite en besogne en lui imposant ce déménagement dans une nouvelle région, une nouvelle ville. Cela fait trois ans que notre vie a irrémédiablement été chamboulée, pour ne pas dire dévastée, et je continue de m'interroger sur la façon de gérer tout ce que cela implique.

Je frappe. Une petite voix m'invite à entrer. Je souffle un bon coup avant de m'exécuter, le temps de rassembler le courage nécessaire pour être le père que mérite Jonas, à défaut d'être le héros de son enfance, un héros qui a failli à toutes ses promesses…

Chapitre 3

Le mardi, je suis d'humeur taquine et m'emploie à chanter faux de la meilleure des façons.

— Ma chère Valentine, vous avez une voix…

M. Ponelli se racle la gorge avant de reprendre :

— Vous avez un timbre de voix intéressant.

Faussement satisfaite de ma performance, je hoche la tête, consciente que le vieil homme se montre flatteur autant par gentillesse que par crainte de ma réaction. Il faut dire que notre première rencontre, il y a maintenant deux semaines, a été explosive. Décontenancé par mon allure jean-baskets, il a pensé qu'un voyou du coin l'avait choisi comme victime.

Il m'a accueillie avec sa canne brandie et un chapelet de menaces qui a eu le don d'attiser mon hilarité. Après une nuit à maudire mes piètres talents de couturière et mon fils qui m'avait prévenue au dernier moment qu'il se devait d'être déguisé pour le carnaval, mon arrivée chez lui avait brisé toute ma retenue.

— Vous m'encouragez à participer à cette émission de télécrochet ? demandé-je, taquine.

Il pince les lèvres et m'observe, tandis que je termine de laver la vaisselle.

— Je pense qu'il serait dommage que nous vous perdions. Une assistante de vie telle que vous est une perle qu'il vaut mieux prendre soin de garder en sûreté.

Les joues rouges, je savoure ses mots, écartant l'idée tenace qu'il s'agit de belles paroles, prononcées dans l'unique objectif de détourner mon attention. S'il savait que je chantonne pour qu'il puisse rire de mes pitreries. Cet ancien professeur de musique est un amour qui ne voit que très rarement son fils et ses petits-enfants. Beaucoup de mes bénéficiaires sont dans ce cas de figure, mais certains ont la chance de passer quelques jours ou quelques semaines chez leurs proches durant l'année.

— Vous me conseillez donc de continuer à m'occuper de vous plutôt que de courir après la gloire ?

— Oui.

— Peut-être que j'aurais rencontré un producteur de disques. Il m'aurait prise sous son aile, épousée et mise à l'abri du besoin.

— Trop vieille.

— Pardon ? m'exclamé-je en m'étranglant à demi.

— Valentine, sans vouloir être désagréable, vous êtes trop âgée et bien trop posée pour un pygmalion !

Je fronce les sourcils, incapable de déterminer s'il m'insulte ou non. C'est bien la première fois qu'on dit de moi que je suis mature ! Certes, je suis plus réfléchie que d'autres personnes de mon âge. Axel y est pour beaucoup. Mais mon attitude dissuade quiconque de penser que je suis « posée ».

— Ma chère enfant, ces vieux dégoûtants ne s'attaquent pas à une femme mûre qui a déjà une piètre opinion de la gent masculine.

— Je n'ai pas une « piètre opinion de la gent masculine » ! m'offusqué-je.

— Mais vous avez conscience que tous les membres de mon genre sont dépourvus de cou… de courage.

Amusée, j'acquiesce et m'essuie les mains. M. Ponelli me sourit gentiment. Son regard bleu clair, rendu translucide par une cataracte récalcitrante, m'apporte un regain de vitalité.

— Je serais peut-être plus difficile à convaincre que certaines jeunes filles qu'il m'est arrivé de croiser, c'est vrai, mais je sais me montrer niaise quand il est question de confort.

— Vous ne devriez pas tenir ce type de propos.

Zut ! Quelqu'un de « bien-pensant » a dû lui parler de ma réputation. À tous les coups, il va me sermonner et me répéter qu'il est de très mauvais goût de coucher à droite et à gauche. La mine renfrognée, je prends un verre et le remplis d'eau.

— N'oubliez pas de boire, monsieur Ponelli !

Décidée à mettre fin à cette conversation, je pousse une chaise sous la table et me dirige vers la porte de la cuisine. Il est temps pour moi de partir avant d'être la cible de remarques acérées. Si cela ne me dérange pas dans la bouche des autres, les entendre dans celle de M. Ponelli me blesserait. En deux semaines, je me suis attachée à lui bien plus que de raison.

— Valentine, je ne voudrais pas que les gens s'imaginent que vous êtes sérieuse.

— Comment ça ?

— L'assistante de vie qui vous a précédée connaissait ma passion pour l'histoire et m'a vivement encouragé à regarder la série *Vikings*. Un peu trop sanguinaire à mon goût, si vous voulez mon avis…

Surprise par cette digression, je croise les bras et attends qu'il en vienne au but.

— Connaissez-vous ? m'interroge-t-il, posant ses mains parcheminées devant lui.

— Pas vraiment. J'évite les séries violentes…

… Parce que je suis une fille super trouillarde qui vit seule. Certes, je peux paraître bravache la plupart du temps, mais une fois dans le noir, toutes mes insécurités reviennent, accompagnées de peurs toutes plus bêtes les unes que les autres. La jeune femme de vingt-quatre ans qui a grandi trop vite pour prendre soin d'un adorable bébé tremble comme une feuille aux moindres couinements, grincements ou craquements. Inutile de préciser que, les soirs de tempête, je ne ferme pas l'œil !

— Il y a une *skjaldmö*, Lagertha.

— Une quoi ?

— Une guerrière, Valentine. Comme vous !

— Je ne pense pas que nous ayons la même définition de ce mot.

— Pourtant, comme elle, vous faites face à votre destin et vous ne vous arrêtez pas à ce qui est dit et fait. Vous affrontez les mauvaises langues avec brio, mais si ce genre de propos arrivait aux oreilles de vos détracteurs, ils s'en serviraient aussitôt contre vous. Tout comme Lagertha, qui ne pouvait se fier à personne.

Touchée par la vision romanesque qu'il a de ma petite personne, je décroise les bras et lui souris.

— Me conseilleriez-vous d'apprendre à manier l'épée ?

— Drapez-vous dans votre plus belle indifférence et continuez sur la voie que vous vous êtes tracée !

— Le sarcasme est malheureusement l'arme que je maîtrise le mieux.

— Je n'en doute pas ! s'esclaffe-t-il.

L'instant est chargé de non-dits, et le silence qui s'ensuit me réconforte plus que mille paroles. Cette connivence que je sens croître entre nous m'apporte cette chaleur qui me manque depuis que j'ai laissé Axel à son stage de foot, et qu'il a filé s'asseoir sur un banc, loin des autres enfants.

— Je suppose que cette *ska… sko…*

— *Skjaldmö.* Lagertha, si vous préférez.

— Et comment ! Lagertha ne matait pas les fesses des hommes, par hasard ? Non, parce que hier matin…

— Non, elle ne les matait pas, dit-il en insistant sur le verbe. Elle couchait avec ! Et elle n'a pas hésité à en châtrer quelques-uns… Enfin, quand elle ne les tuait pas, tout simplement.

Outrée, j'écarquille les yeux. Mon cerveau, tétanisé à l'idée de parler de sexe avec un homme de plus de quatre-vingts ans, se réveille et mouline dans le vide à la recherche d'un sujet qui me permettrait de dévier la conversation.

— Ne faites pas cette tête ! s'exclame-t-il. Les femmes nordiques de l'époque étaient plus libérées, et peut-être plus respectées.

— Une épée à la main, n'importe quelle femme le serait !

Il rit et essuie la larme qui s'échappe de son œil. Avec un sourire attendri, il secoue la tête et consulte son horloge comtoise.

— Vous devriez y aller, Valentine. Vous avez de la route jusqu'à votre prochaine mission.

À mon tour, j'avise l'heure. Je n'ai que cinq minutes de retard sur mon planning. Cinq petites minutes qui ne se ressentiront pas, puisque je dois être chez ma bénéficiaire suivante dans une heure.

— À demain, monsieur Ponelli !

— Vous pourriez m'appeler Gustave…

— Je garde ça pour le premier rendez-vous !

Je lui adresse un clin d'œil et me dirige vers l'entrée pour récupérer mes affaires. J'enfile mon blouson trois fois trop grand. Il a l'énorme avantage d'avoir de nombreuses poches, dans lesquelles je peux ranger mes papiers, mon téléphone… Pas besoin d'un sac à main avec lui !

— Toujours aussi hideux, déclare M. Ponelli en me rejoignant pour fermer la porte derrière moi.

— Vos compliments me vont droit au cœur. À demain !

Il me salue et m'observe alors que je monte dans ma voiture. Appuyé sur sa canne, il attend que je sois installée derrière le volant pour disparaître. Maintenant qu'il est seul, il va se poser dans son fauteuil et allumer la télévision pour suivre un documentaire. Il les adore et ne peut s'empêcher de m'en parler. Non pas pour étaler sa science et me prendre de haut, mais pour le plaisir de partager.

D'un geste sec, je tourne la clé et me réjouis que ma voiture démarre du premier coup. Elle est si vieille que je m'étonne chaque fois de ne pas devoir me rendre chez le garagiste tous les mois. Blanche me demande souvent de ses nouvelles, s'extasiant de la longévité de mon « antiquité ». Une petite blague qui nous amuse depuis des années, puisque j'ai été la première à avoir le permis et à faire le chauffeur. Amoureusement, je caresse le volant, puis le levier de vitesse, nostalgique d'une époque où les attaques perfides sur mon statut étaient plus rares.

Tout en louant les mérites de ma bonne étoile, je m'insère dans la circulation. Guillerette, je massacre une chanson en anglais qui passe à la radio et me félicite de cette semaine aux allures de vacances. Beaucoup de mes bénéficiaires sont partis dans leur famille et ont choisi par hasard la même période. Je peux donc déposer Axel à son stage de foot le matin et aller le chercher le soir. Un véritable exploit quand on sait que mes journées peuvent s'étaler de 7 h 30 à 19 heures, et que je travaille un samedi sur deux.

Avec un soupir, je songe à mes rêves d'école d'infirmières et d'une feuille de salaire bien plus alléchante. Plus que deux ans et quelques miettes ! Je me suis promis de passer les concours quand Axel entrera au collège. Il sera bien plus autonome et… je devrai retourner chez ma mère. Ou chez mon père. J'aurai quelques économies et la possibilité d'obtenir des aides, mais ce ne sera pas suffisant pour nous permettre de vivre correctement.

Ou bien tu reportes…

Je grimace à cette idée. Si je repousse encore, je n'oserai jamais me lancer dans l'aventure, et ma vie ne sera qu'une succession de déceptions et de… Holà ! On va stopper l'apitoiement et le pessimisme de bas étage !

J'augmente le son de la radio et chantonne l'air qui passe. Il parle d'amour éternel, de serments… De mariage. Bien que mon opération « On dézingue la meringue » soit omniprésente dans mon esprit, je n'ai pas pris le temps de songer à ce que j'allais faire.

Rouer le marié de coups ? Le châtrer, comme cette Lagertha ? Même si l'idée est tentante, je doute que la police apprécie. Enfin, eux, mes parents et Axel, quoique… Bref, évitons toute forme de violence physique.

Le droguer et le photographier en plein milieu d'une orgie. J'aime. Mais autant écarter l'idée tout de suite, tant elle sera difficile à mettre en œuvre. Un petit rire m'échappe. Elle est surtout totalement illégale et malsaine. Et puis, comment savoir où a lieu une orgie ? Ou le laisser croire, en éparpillant autour de lui des godemichés, des menottes…

Tandis qu'une image très, trop, précise de la chose se dessine dans mon esprit, je me gare non loin de chez ma prochaine bénéficiaire, à l'entrée d'un parc. Je sors de ma voiture et marche tranquillement vers le banc que j'ai l'habitude d'occuper. Après avoir fouillé dans mes poches pour débusquer mon portable, je compose un rapide message.

Pause ?

Je rejette la tête en arrière, pour offrir mon visage au soleil. La chaleur me réchauffe et me fait oublier un instant le quotidien.

Dans ma main, une longue vibration m'indique l'arrivée d'un appel.

— Valentine Anielle, à votre service…

— Prends une voix un peu plus suave et tu pourras te recycler dans le téléphone rose, commente Clara.

Je ronronne, prétendant que l'idée pourrait avoir un tant soit peu d'attrait, alors qu'au contraire, elle me répugne. Imaginer que des hommes soient assez désespérés pour rechercher ainsi de la compagnie féminine m'interloque. Je ne doute pas que certaines intonations donnent des frissons ou poussent à fermer les yeux, mais de là à écouter une inconnue débiter un laïus impersonnel et convenu d'avance…

— Ce n'est pas beau de juger, murmure Clara avec un petit rire.

— Je ne juge pas, me défends-je. Je suis juste dépitée que des gens soient contraints d'en arriver là pour avoir du plaisir.

— J'en déduis que tu ne t'es jamais essayée au sexe par téléphone.

— Non !

— Si tu savais ce que tu manques ! soupire-t-elle.

Au bruit qui accompagne sa repartie, je comprends qu'elle tire une bouffée de sa cigarette. Elle est aussi entre deux bénéficiaires et prend sa pause nicotine.

— C'est un cocktail détonnant de frustration, d'anticipation et… et de tellement de choses que je crains d'être incapable de tout te citer.

Prise d'une idée subite, je partage ma trouvaille :

— Et si je laissais un message sur le répondeur du fiancé en me faisant passer pour la comptable d'un site de ce genre. Je pourrais appeler pour le féliciter d'avoir choisi l'abonnement VIP…

— Valentine ! Tu ne peux pas être sérieuse !

— Pourquoi ? rétorqué-je, agacée. C'est un coincé du cul, mais il peut avoir des bizarreries.

— Si c'est un coincé, comme tu le prétends, ce serait plutôt elle qui devrait prendre l'abonnement VIP.

— Pas faux…

Tandis que je réfléchis à la question, elle me parle de l'une de ses bénéficiaires, qu'elle a trouvée allongée sur le sol. Elle me décrit par le menu sa surprise et son affolement.

— J'ai préféré appeler son médecin pour qu'il vienne s'assurer que sa chute n'était pas due à un mauvais dosage dans ses médicaments, conclut-elle. Il les lui a changés la semaine dernière, vendredi, et je la trouve bien plus mollassonne depuis.

Je l'écoute exprimer ses craintes pour une femme dont elle s'occupe depuis un bon moment maintenant.

Satisfaite de ma journée, je me gare sur le parking du stade, à côté d'une voiture flambant neuve. Le contraste entre sa carrosserie brillante, immaculée, et celle, bosselée et tachée, de la mienne est saisissant. Sans oublier que la première fait facilement deux fois la mienne. Un jour… un jour, je m'achèterai un tel engin. Certes, ce sera une occasion, parce que, soyons réalistes, je ne roulerai jamais sur l'or, mais j'aurai moi aussi une voiture qui ne ressemblera pas à une épave. Pour l'instant, je chéris celle que j'ai.

Avec un petit sourire, j'en caresse le capot, avant de m'éloigner vers le stade d'où des cris me parviennent. Sur le terrain, deux équipes s'affrontent. Les rouges cherchent visiblement à marquer, alors que les bleus font tout leur possible pour repousser l'offensive. L'un des défenseurs arrive à intercepter le ballon et à le dégager vers les buts adverses.

Dressée sur la pointe des pieds, je ferme à demi les yeux pour m'assurer que le joueur en bleu, à la réception, est bien Axel. Oui, c'est lui ! Heureuse de le voir en pleine action, je scande son prénom et m'attire le regard noir du gang des mères parfaites. Hier, déjà, elles ont très clairement affiché leur dédain. Le menton relevé, elles m'ont toisée du haut de leurs talons hauts. Sérieux, qui vient chercher son enfant à un stage de foot avec des escarpins ?

Soudain, je me fige et lâche une exclamation de joie !

— T'es trop fort, mon…

M'arrêtant avant de balancer un dossier sur mon fils, alors que nous sommes entourés de nos « détracteurs », pour reprendre le terme employé par M. Ponelli, je sautille sur place. Les bras levés au-dessus de la tête, j'applaudis à m'en faire mal aux mains, tandis que l'équipe bleue se congratule. Enfin, presque tous… Axel est laissé de côté.

Mon cœur de mère se brise devant ce spectacle. Pourquoi ? Pourquoi faut-il qu'ils s'en prennent à lui ? Qu'a-t-il fait de mal ? Et moi, après tout, qu'ai-je fait de mal ? Je suis tombée amoureuse, j'ai attendu des semaines pour être sûre de mes sentiments et des siens. Nous avons utilisé des protections… Seulement, un préservatif n'est pas fiable à cent pour cent. Axel voulait tant vivre qu'il a battu les statistiques. C'est un battant.

— Tu es ridicule.

Douchée par cette entrée en matière, j'observe Amandine qui se poste à mes côtés. Ses cheveux blonds sont impeccablement coiffés, brushés, permanentés… Comment obtient-elle un tel résultat ? Elle a le temps ou la possibilité de prendre soin d'elle. C'est bien.

— Puis-je connaître la raison de ce compliment ? demandé-je en me tournant vers elle.

— Compliment ?

Elle fronce le nez, comme s'il lui paraissait inconcevable de m'en faire un. À bien y réfléchir, je pense que le jour où elle se risquera à être gentille avec moi, ou avec une personne n'appartenant pas au gang des mères parfaites, tout s'effondrera. Et je dis bien tout : Wall Street inclus.

— Valentine, tu es mère maintenant, tu devrais te comporter comme telle.

— Et péter plus haut que mon cul ? m'enquiers-je d'une voix faussement naïve. Mon fils a mis un but magnifique, je n'allais pas rester figée comme si un œuf coincé dans mon cul pouvait tomber au moindre mouvement.

Elle ouvre la bouche et cherche de l'appui auprès de ses copines, qui se sont rapprochées de nous. Chouette, me voici cernée !

J'inspire un grand coup, gonfle la poitrine et m'apprête à livrer bataille…

— Entraîneur ! roucoule Frédérica.

Comme dans un soap opera bas de gamme, elle porte la main à sa nuque et lui adresse un sourire plus explicite qu'un sexto bien déluré.

— Je tenais à vous dire, mesdames, que vos fils sont de vrais compétiteurs !

Alors qu'elles se rengorgent toutes, je songe à Axel qui a dû en faire les frais. Et si ce stage était une mauvaise idée ? Si ses camarades, déjà peu sympathiques à l'école, continuaient ici… C'est probablement le cas, puisque demander à ce que Corentin, le fils d'Amandine, ne soit pas dans la classe d'Axel n'a pas suffi pour mettre fin au harcèlement de ce suppôt du diable. Enfin, de sa mère.

Je me souviens de ce dicton qui dit que lorsqu'une femme se venge, le diable s'assoit et prend des notes. Mais que se passerait-il, si le diable était une femme ? Par exemple, celle qui repousse ses cheveux d'un geste élégant pour charmer l'homme devant nous, alors que son mari travaille d'arrache-pied pour lui offrir un niveau de vie au-dessus de celui du commun des mortels ?

— Vous êtes la maman d'Axel, si je ne me trompe pas ?

Le sourire de l'entraîneur m'irrite aussitôt. J'y lis tant de sous-entendus que je ne peux m'empêcher d'être sur la défensive. Il faut dire que, ces derniers temps, les hommes qui m'accostent ont soit une idée derrière la tête, soit une vision erronée de la facilité avec laquelle nous finirions ensemble transpirants et…

— Oui, c'est bien moi.

— Il est très doué. Peut-être pourrait-il s'inscrire au club, l'an prochain.

— Peut-être.

Ou pas. Je n'ai pas l'intention de demander les tarifs devant témoins et de les laisser voir ma déconvenue quand le chiffre me paraîtra mirobolant, alors que c'est le budget maquillage quotidien de ces harpies.

— Corentin aussi aimerait s'inscrire à la rentrée, intervient Amandine, qui ne doit pas supporter d'être ainsi tenue à l'écart.

L'entraîneur la regarde d'un air circonspect, mais s'abstient de tout commentaire.

— Bonne soirée, mesdames, dit-il avec un petit geste de la main.

Il a à peine rejoint un autre groupe de parents qu'une nuée de garçons braillards débarque. Chacun vante ses mérites, non sans égratigner le copain qui se trouve à côté et fait de même. Joyeuse bande de potes !

Sans un regard pour moi, le gang des mères parfaites s'éloigne vers le parking en prenant soin de féliciter leur progéniture.

Soudain, elles s'arrêtent. Un frisson me remonte le long de l'échine, accompagnant un mauvais pressentiment.

— On y va, maman ? me demande Axel en rajustant l'anse de son sac à dos.

— Oui.

On carre bien les épaules… Prête, comme toujours, à recevoir des piques, je me dirige avec lui vers l'entrée du stade. Les caquètements prennent brusquement fin, tandis que Frédérica sort de la masse pour venir à ma rencontre.

— Valentine, nous aurions une proposition à te faire.

— Il est hors de question que je chante vos louanges, dis-je aussitôt.

Ses délicats sourcils se froncent. L'expression d'incompréhension qui gagne ses traits est presque risible, tant tout cela paraît surjoué.

— Je n'ai pas saisi, murmure-t-elle.

La bouche ornée d'un sourire qu'on réserve à un enfant un peu simplet, elle se penche vers moi. Elle s'apprête à me prendre le bras, puis se ravise. Finalement, elle n'est pas totalement folle, la guêpe.

— Voilà, avec les filles…

De la main, elle désigne le gang des mères parfaites qui me regardent avec tant de compassion que je suis sur le point de hurler. Des petits doigts touchent les miens, Axel est là, il me soutient. Mon tout-petit va encore être témoin de mon humiliation. Le cœur brisé, je me redresse néanmoins, pour ne pas me laisser piétiner.

— Nous allons vider nos armoires des vêtements qui… sont… comment dire ? trop justes.

— Félicitations, vous avez enfin compris que vous n'étiez plus des poules de l'année et que vous commenciez à vous empâter !

Méprisante, Amandine renifle avant d'attaquer à son tour :

— Nous pensions te donner les affaires que nos fils ne peuvent plus mettre.

Cool ! Après avoir été harcelé pour son statut d'enfant né d'une mère adolescente, il va subir les moqueries de tous les gamins du village qui reconnaîtront leurs vieux vêtements ! Si l'intention peut paraître géniale et altruiste, venant d'elles, cela ressemble plus à une insulte.

— Il y a aussi quelques tenues que je ne remettrai plus et qui pourraient te convenir. Tu comprends, quand on devient une femme respectable…

— Mariée, tu veux dire ? l'interromps-je, sarcastique.

Avec un regard noir, elle balaye mon argument de la main. Elle sait que je l'ai surprise en plein flirt avec un homme bien trop jeune pour être son époux. Pour dire vrai, il était même trop jeune pour moi, d'après ma rapide évaluation.

— Valentine, ce n'est pas en portant ces guenilles que tu rencontreras quelqu'un pour ton fils et toi.

— Qui te dit que notre vie ne nous convient pas ainsi ? rétorqué-je, agacée.

De nouveau, elle fait un geste vague qui prouve qu'elle ne me croit pas une seconde. Elle n'a pas entièrement tort. Je souhaite trouver la perle rare. Quelqu'un capable d'aimer

Axel et de l'accompagner vers l'âge adulte. Quelqu'un qui lui montrerait comment devenir un homme bien, apte à prendre ses responsabilités et respectueux de ses semblables. Un miracle, quoi !

— Vous devriez y aller, grogné-je.

— Nous t'apporterons ça vendredi sans faute, ajoute Amandine avant de pousser son fils vers l'énorme voiture à côté de laquelle je suis garée.

Sans bouger, je les observe quitter une à une le parking, suivies par des inconnus venus chercher leurs enfants. Certaines familles des villages limitrophes, en gros des étrangers, me dépassent avec des sourires gênés. Super, ils ont tout entendu !

— Maman…

— Deux secondes, répliqué-je, je n'ai pas fini de les maudire.

Retrouvant un semblant de calme, je pose la main sur son cou et joue avec les petits cheveux au creux de sa nuque.

— Tu te rends compte que je vais avoir besoin d'un maxi-câlin de mon champion ?

— Oui.

— Tu as mis un but d'anthologie, mon chéri !

Il acquiesce distraitement et se dirige vers la voiture. Du coin de l'œil, je repère un blondinet sur un banc, qui me rappelle quelque chose… Ah oui, le gosse qui m'a demandé pourquoi je matais les fesses de son père ! Père qui travaille dans le cabinet véto de Pierre-Emmanuel, surnommé Monsieur Parfait. Ce qui n'est pas un compliment !

Je consulte mon portable. Les parents du gamin devraient être là depuis un quart d'heure. Fulminant intérieurement, je regarde les environs à la recherche d'un adulte ou d'une voiture en approche. Rien.

— Qu'est-ce que tu fais ?

— Ton pote…

— Ce n'est pas mon pote, me corrige aussitôt Axel.

— Peut-être, mais je ne vais pas le laisser seul ici.

Il acquiesce avec cette lueur de fierté que j'aime tant. Le garçon nous observe avec une curiosité non dissimulée, tandis que nous le rejoignons. Sans échanger le moindre mot, je m'assois à sa droite. Axel fait de même à sa gauche.

— Si on te le demande, dis-je sur le ton de la confidence, je suis là pour vérifier que ton père a toujours de belles fesses.

— Maman ! grogne Axel. L'écoute pas ! ajoute-t-il. Elle n'aime pas l'idée de te laisser seul ici. Franchement, dans un conte de fées, elle serait le plus redoutable des dragons.

— Et pourquoi pas la princesse ? répliqué-je.

— Parce que aucun prince n'aurait assez de courage pour te supporter. Et qu'aucun dragon ou sort ne réussirait à te maintenir prisonnière.

— Ça me va.

Heureuse qu'il ne me voie pas comme une pauvre fille...

Je les écoute comparer la puissance de certains vilains dans des jeux, des films et des dessins animés. J'essaye de visualiser les personnages. Ils détruisent les préparatifs du mariage en un clin d'œil et transforment mon opération « On dézingue la meringue » en un franc succès.

Soudain, Jonas, si j'ai bien compris son prénom, bondit. Une voiture vient d'entrer sur le parking. Le modèle est luxueux, bien entretenu... À l'image de Pierre-Emmanuel, le père de Jonas est un snob prétentieux qui ne se soucie pas de son propre fils.

— Accorde-moi deux secondes, dis-je à ce dernier.

— Maman ! intervient Axel, les yeux écarquillés.

— T'inquiète : pas de sang, pas de témoin.

Je redresse les épaules et m'approche de la berline. Arrivée à la hauteur de la fenêtre, côté passager, je frappe à la vitre et attends qu'elle soit suffisamment baissée pour examiner l'intérieur.

— Classe, m'exclamé-je avec un sifflement vulgaire.

— Merci.

Mon regard s'attarde sur le tableau de bord high-tech, le GPS intégré…

— Dommage qu'elle ne donne pas l'heure !

Je lâche un petit cri et pointe la pendule.

— Ah si ! Mais peut-être est-ce une option que vous ne maîtrisez pas encore. Je vous comprends, arriver à l'heure pour récupérer son fils, c'est tellement surfait !

Je tapote la portière et appelle Axel. Il accourt vers moi, avant de bifurquer vers notre voiture. Saleté de… Une fois derrière le volant, je jette un coup d'œil à mon fiston d'amour, qui finit de s'attacher.

— Il a l'air cool, ce Jonas.

— Tu te doutes bien que demain, il ne voudra plus me parler. Pas après ce que tu as dit à son père.

— Je ne lui ai rien dit de mal ! Et puis, tu étais bien trop loin pour entendre quoi que ce soit.

— Je peux espérer que tu as été polie et gentille ?

— Tu me connais, grommelé-je en mettant le contact.

— Oui, je sais que toi, tu ne me laisserais pas attendre seul.

Touchée par sa réponse, je lui souris et file vers la maison. Je suis vannée, et il a besoin d'une bonne douche. Dans l'immédiat, j'aère pour dissiper l'odeur de chaussettes pourries.

Chapitre 4

Je jette un nouveau coup d'œil à l'heure sur le tableau de bord. Merde ! Ce n'est vraiment pas ma journée…

Après la panne d'électricité au cabinet qui nous a forcés à nous dépatouiller entre les appels à EDF et une patientèle à poils agitée, je pensais en avoir terminé avec les galères. C'était compter sans l'appel de Cynthia, à 17 h 28 pour être précis, m'annonçant qu'elle était coincée dans les bouchons de l'A7. Difficile de faire plus pourri en matière de timing ! Résultat, j'ai été forcé de quitter le bureau en catastrophe, afin de récupérer Jonas à son stage de foot.

Pour les explications, Pierre-Emmanuel attendra le lendemain.

Je m'engage enfin dans le parking du stade d'où je peux apercevoir mon fils. Il est assis sur un banc. Deux personnes sont avec lui. Il bondit à la seconde où il me repère. Je suis soulagé qu'il n'ait pas eu à poireauter tout seul. Si j'avais eu un moyen de le prévenir de cet imprévu ! Peut-être devrais-je reconsidérer le non ferme que je lui ai opposé, lorsqu'il m'a réclamé un portable, comme certains de ses camarades de classe. Voilà qui me donne matière à réfléchir.

Tiens, tiens… Mais c'est Valentine… Elle adresse un signe de la main à Jonas tout en le précédant vers ma voiture. Entre le stress d'être en retard et la surprise de la trouver là, je m'emmêle les pinceaux pour baisser la vitre, si bien que ce n'est que lorsqu'elle frappe à la fenêtre, côté passager, que je parviens à trouver le bon bouton.

— Classe !

Je fronce les sourcils en remarquant son ton rugueux. Quant à la manière avec laquelle Valentine détaille l'habitacle du véhicule, elle ne laisse que peu de place au doute : elle me prend selon toute vraisemblance pour un p'tit bourge aux goûts de luxe !

— Merci.

— Dommage qu'elle ne donne pas l'heure ! commente-t-elle avant de pousser un petit cri faussement surpris en désignant la pendule. Ah si ! Mais peut-être est-ce une option que vous ne maîtrisez pas encore. Je vous comprends, arriver à l'heure pour récupérer son fils, c'est tellement surfait !

Ces paroles sont grinçantes de sarcasme ! Là encore, la surprise et l'incompréhension m'empêchent de répondre. De toute façon, que dire pour ma défense ? Je suis effectivement en retard et, sans elle, Jonas aurait attendu seul sur un banc comme une âme en peine. Je ne peux donc que me taire et la regarder tapoter la portière en appelant son fils, lequel se précipite dans notre direction, avant de changer d'avis et de dévier sa course pour se diriger vers une autre voiture. Valentine s'éloigne en marmonnant.

Je cligne plusieurs fois des paupières pour m'assurer que je ne viens pas de rêver cette scène. Le claquement d'une des portes à l'arrière me ramène à la réalité.

Je me contorsionne afin de voir mon fils s'installer.

— Excuse-moi d'être arrivé en retard, mon grand.

Il me répond par un haussement d'épaules indolent.

— Comment s'est passée ta journée ? Mieux qu'hier, j'espère ?

— Pourquoi est-ce que c'est toi et pas Cynthia qui viens me chercher ?

OK. Il préfère changer de sujet plutôt que de me répondre. Très bien… Je n'insisterai pas ; il y aura bien un moment où il se décidera à me parler librement. En attendant, je reviens à ma position initiale et démarre le moteur.

— Elle a eu un empêchement de dernière minute.

— Ah. Désolé.

— Non, c'est aussi bien comme ça. Ça nous donne l'occasion de passer un peu plus de temps ensemble. Qu'est-ce que tu dirais d'une soirée pizza devant un replay de *Ninja Warrior* ?

Nouveau haussement d'épaules. Inutile de préciser que j'aurais préféré davantage d'enthousiasme de sa part.

Je profite d'un arrêt devant un passage piéton pour l'observer par le rétroviseur intérieur. Il a le visage tourné vers la rue. Je remarque l'ébauche d'un sourire sur ses lèvres et, tournant la tête vers ce qui semble l'intéresser sur le trottoir d'en face, je découvre un gamin à vélo, ou plutôt par terre, après ce qui m'a tout l'air d'une chute.

— Tu le connais ?

— Ouais, c'est le copain de Corentin, mais il n'est pas au stage avec nous. Lui, il fait du judo. Dommage que son pote ne l'ait pas suivi, marmonne Jonas, tandis que je redémarre.

— Attends… On parle bien de Corentin Mongeront ?

— Oui.

Tout s'explique…

— Si je te demandais si ce garçon est sympa, tu me répondrais ?

— Autant qu'un hippo qui aurait le derrière qui le démange !

J'éclate de rire, Jonas aussi. On croirait entendre sa mère…

— Je vois… J'ai eu l'occasion de discuter avec sa maman, au cabinet. Elle avait l'air d'espérer que son fils et toi pourriez devenir amis.

Si je devais interpréter son regard, à cet instant précis, je le traduirais par « Dans ses rêves ! » ou « Plutôt crever ! ».

Je poursuis sur ma lancée :

— À l'inverse, elle te conseillait d'éviter le fils de Valentine. Alex, c'est ça ?

— Axel. Comme il ne parle à personne, l'éviter ne sera pas trop difficile. Il a pas trop de copains, lui non plus.

— Ah bon ?

— Ouais. Moi, je suis nouveau, ça s'explique. Et encore, on me parle plus qu'à lui. Mais lui, il est d'ici. C'est trop bizarre, et j'ai un peu les boules quand j'entends certains se moquer de sa mère et lui. Surtout de sa mère, en fait.

Nous ne sommes plus qu'à quelques mètres de la maison, pourtant je ne résiste pas à l'envie de continuer à l'interroger. J'aimerais comprendre pourquoi Valentine et son fils sont ostracisés par une poignée d'habitants du village. Cela a-t-il un rapport avec le fait qu'elle soit tombée enceinte à l'adolescence ? Si telle en est la raison, je trouve cela insensé, à notre époque. Si j'en crois ma conversation avec Pierre-Emmanuel, il semblerait bien que ce soit le cas.

— Qu'est-ce qu'ils disent d'elle ?

Tandis que les battants du portail électrique s'ouvrent devant nous, je me retourne vers mon fils et constate qu'il hésite à me rapporter ce qu'il a entendu.

— Je t'en prie, mon chéri. Si ce garçon est victime de harcèlement, il faut me le dire. Un adulte doit intervenir et en parler à sa maman.

— Elle est au courant, enfin, je crois. Et puis, c'est aussi sa faute à elle. Elle a l'air gentille, c'est pas ça, le problème, mais elle dit des trucs bizarres que les autres utilisent contre lui. Y en a qui ont entendu, quand elle a reconnu avoir regardé tes fesses, hier.

— C'était faux. Elle s'est justifiée, il s'agissait d'un malentendu. Tu l'as entendue toi-même.

— Oui, mais les autres, ils s'en fichent. Ils n'ont pas arrêté de rigoler avec ça toute la journée. Pourquoi elle n'a pas dit que je me trompais, aussi, au lieu de te proposer de te montrer les siennes pour être quittes ? Maman n'aurait jamais fait ça !

J'ouvre ma portière, sors et aide Jonas à s'extraire de la voiture, en lui prenant son sac de sport.

— Probablement pas. Encore que…, dis-je en souriant. J'imagine que ta mère aurait rétorqué au gamin l'accusant de reluquer l'arrière-train de son père de se gratter où il a été piqué !

— Qu'est-ce que ça veut dire ?

— C'est un proverbe africain qui signifie que chacun devrait s'occuper de ses affaires. C'était l'un de ses préférés et même la première chose qu'elle m'ait dite, quand on s'est rencontrés !

— Pourquoi ? Qu'est-ce que tu avais fait ?

— Elle était comme ça. Quand on la cherchait, on la trouvait, et elle me pensait sans aucun doute trop curieux, à l'époque.

Jonas pouffe de rire en prenant le chemin de la maison. Mon sourire, lui, se fane : personne ne nous y attend, et plus jamais je n'entendrai cette femme au caractère unique rouspéter en utilisant une de ses fameuses expressions…

Mercredi, 14 h 30. Je prends place derrière l'écran de mon ordinateur et savoure un moment de tranquillité bien mérité, après un début de semaine sur les chapeaux de roues. On pourrait même entendre une mouche voler tant c'est calme.

Hier, Jonas et moi avons partagé une excellente soirée père-fils devant la télé avec au menu, comme promis, une pizza quatre fromages. Ce matin, aucun problème d'électricité n'est venu perturber l'opération du chat de Mme Gougeon, et j'ai même pu m'octroyer une pause déjeuner au bistro du coin avec Pierre-Emmanuel. Une parenthèse fort agréable, durant laquelle nous avons évoqué nos souvenirs de jeunesse, parlé de golf (sa passion), de

Blanche et de sa façon d'envisager l'avenir avec elle. J'ai été soulagé d'apprendre que la « perle rare » avait survécu à sa soirée au théâtre, activité qui l'ennuie fermement. Ceci étant, comme me le répétait souvent mon père : la vie de couple est faite de compromis.

— Docteur Agniel… Vincent ?

Je fais pivoter mon siège et découvre Céline, ou plutôt sa tête, dans l'entrebâillement de la porte.

— Oui, qu'y a-t-il ?

— Une urgence, m'annonce-t-elle en esquissant une grimace.

Tout en quittant ma place, je réprime une envie de rire sous mon air le plus professionnel.

— Eh bien ! Je commençais à trouver ça louche. Voilà qui me rassure. Qu'avons-nous ?

— Deux lapins nains salement amochés dans une bagarre.

— Une bagarre ? Entre lapins ? De mieux en mieux ! L'ensauvagement de notre société est bel et bien en marche, soufflé-je en lui décochant un clin d'œil.

Son gloussement me parvient alors que j'atteins le comptoir du secrétariat pour accueillir nos deux blessés ainsi que leur maîtresse.

Une fois dans mon bureau, j'ausculte les deux terreurs qui en sont venues aux mains, ou plutôt « aux pattes ». Quoi qu'il en soit, le résultat de leur match de boxe s'est soldé par de vilaines blessures à l'œil gauche pour l'un, de multiples griffures et une touffe de fourrure en moins pour l'autre.

— Comment s'appellent ces deux affreux jojos ?

— Pan-pan et Scratch, docteur.

— Je propose de les rebaptiser Bim-bam et Boum. Ça leur irait à merveille, à l'heure actuelle ! dis-je en remettant la boule de poils numéro deux à sa maîtresse. Il faudra veiller à nettoyer régulièrement les plaies de… ?

— Celui-ci, c'est Pan-pan.

— De Pan-pan donc, et administrer à Scratch le collyre que je vais vous donner. Autre chose, maintenant qu'ils sont adultes, il faudrait les séparer. Faire chambre à part les empêcherait de récidiver. Ce n'est pas toujours bon d'obliger deux mâles adultes à cohabiter, et ces deux-là n'ont pas l'air de bien s'entendre. En règle générale, il y en a toujours un qui cherchera à dominer l'autre, et ça se termine rarement bien, ce genre d'affaires.

— Oui, entendu. On va les séparer. Merci, docteur.

— Ce serait plus prudent.

Je caresse le pelage blanc de Pan-pan. Dans les bras de la jeune femme, il est redevenu un adorable lapin nain à qui l'on donnerait le Bon Dieu sans confession.

— Vincent !

Céline m'appelle de nouveau, mais depuis l'accueil du cabinet cette fois. Je lui réponds de la table d'examen :

— Laissez-moi deviner ! Une autre urgence ?

— Non, téléphone ! C'est l'entraîneur de foot de votre fils. Enfin, si j'ai bien compris. Il y a un de ces boucans, derrière lui !

Voilà autre chose…

Je m'excuse auprès de ma patiente occupée à placer les deux lapins dans leurs caisses de transport et rejoins Céline qui s'empresse de me tendre le combiné. Peu après, Pierre-Emmanuel sort de son bureau à la suite d'un énorme leonberger et de son maître. Il m'adresse un signe de la main, pouce levé, en avisant mon expression. Je secoue la tête et lui désigne la sortie. Les nouvelles ne sont pas bonnes…

C'est la journée des bagarres ! Je n'ai pas d'autres explications, ou alors il y a un truc dans l'air qui rend les animaux et les gens particulièrement agressifs, aujourd'hui. J'aurais cependant préféré que mon fils soit épargné, mais ça aurait été trop demander.

Vingt minutes de trajet en voiture plus tard, je me présente à l'accueil du service pédiatrique de l'hôpital, où une femme me demande de patienter, le temps de s'informer. En attendant son retour, je fais le pied de grue dans le couloir, où je finis par croiser la route du président du club de foot de Jonas. Je le reconnais immédiatement. Il est venu tout récemment au cabinet : le nouveau perroquet exotique de sa femme avait besoin de soins. Lui aussi m'a repéré et se dirige vers moi. Au même instant, les portes de l'ascenseur s'ouvrent sur Valentine.

Au moins, maintenant, je sais qui est le deuxième gamin impliqué dans la mêlée.

— Impeccable ! nous lance-t-il. Vous êtes là tous les deux.

— Que s'est-il passé ? Où est Axel ?

Je me tourne vers Valentine, hésitant : dois-je la saluer et prendre le risque de recevoir de plein fouet sa mauvaise humeur, ou me fondre dans le mur plus tout à fait blanc du long corridor fleurant bon les produits nettoyants ?

J'ai toujours eu le goût du risque…

— Bonjour, Valentine.

En réponse, son bonjour claque comme un coup de fouet sur le cul d'un fauve.

— C'est donc avec Jonas qu'il s'est battu. Super !

Arnaud, le président du club, paraît soudain embarrassé.

— À vrai dire, la bagarre a commencé entre Axel et ses copains. Puis Jonas est intervenu, les deux petits se sont ensuite disputés, et ça a dégénéré.

Je hausse les sourcils, enfonçant les mains dans mes poches.

— Et pas qu'un peu, puisqu'ils ont fini ici ! Quels sont les dégâts ?

— Oh ! rien de bien méchant ! Mais on a jugé plus prudent de les amener ici, nous explique-t-il avec l'accent chantant du Sud-Est. C'est que, dans l'agitation, la cage des buts leur est tombée dessus. Du coup, le coach et moi, on a préféré les faire voir à un toubib. Mais, tout va bien, sinon.

— Encore heureux ! fulmine Valentine. Vu le prix du stage, il ne manquerait plus qu'on me rende mon fils en kit. Peut-on les voir, maintenant que nous sommes là ?

— Euh, je crois, oui… Je viens de les laisser. On n'a qu'à demander à l'un des médecins ou quelque chose comme ça.

— Quelque chose comme ça, oui…, dis-je en apercevant l'infirmière de tout à l'heure.

— Agniel ? appelle-t-elle en consultant les documents qu'elle tient.

Valentine et moi avançons d'un même mouvement et répondons en chœur : « C'est moi ! » S'ensuit un bref instant de flottement.

Je baisse alors les yeux pour la dévisager.

— Vous vous appelez aussi Agniel ?

— On dirait. Il devait y avoir une promo, quand nos familles ont choisi !

Comme je la sens d'humeur à manger du lion… ou à bouffer du véto, je ne relève pas le sarcasme. Cela dit, voilà qui est intéressant… et complètement inattendu. Non qu'Agniel soit un patronyme rarissime en France, mais tout de même. Excepté qu'après plus amples explications, il s'avère que l'orthographe de nos patronymes diffère. Mettant de côté ce léger quiproquo, nous sommes conduits par l'infirmière auprès de Mohammed « Axel » Ali et Mike « Jonas » Tyson.

La première chose que je remarque en pénétrant dans le box de mon fils est la fantastique ecchymose sur sa mâchoire. Heureusement que sa grand-mère n'est pas dans les parages ni même dans la région, car elle aurait poussé des cris d'orfraie. Elle avait déjà horreur de mes propres gnons, quand j'étais gosse, alors voir ceux de son petit-fils adoré l'achèverait.

Comme pour les lapins, j'évalue l'état du blessé et constate qu'Arnaud avait raison, plus de peur que de mal.

— Sacrée beigne, commenté-je en effleurant de l'index la marque violacée. C'est douloureux ?

— Assez.

Mon toucher lui arrache une grimace équivoque, mais il demeure peu loquace sur les circonstances de l'incident.

— Tu m'expliques comment tu t'es fait ça, ou je vais le demander au garçon du box d'à côté ?

Il rechigne, soupire, mais mon air déterminé lui indique que je ne passerai pas sur des explications.

— Je me suis battu avec Axel, souffle-t-il.

— Dis-moi quelque chose que je ne sais pas déjà.

Nouveau soupir.

— Des garçons l'ont encore charrié. Apparemment, il doit récupérer certaines de leurs vieilles fringues, et ils l'ont traité de clochard. Axel leur a demandé plusieurs fois d'arrêter, mais ils ont continué. Maxence et Corentin ont ensuite balancé un truc sur sa mère, et ça a dégénéré. Au départ, je ne comptais pas m'en mêler, je te le jure, mais ça m'a énervé, alors je leur ai crié d'arrêter et j'en ai poussé quelques-uns. L'entraîneur est arrivé avec deux animateurs, et ils ont séparé tout le monde.

— D'accord. Jusque-là, rien n'explique le coup que tu as pris. Donc, poursuis, je t'en prie.

— Ben, après, je suis allé voir Axel pour lui demander si ça allait. Je lui ai dit que ce n'était pas bien ce que disaient les autres sur sa mère. Il s'est mis en colère contre moi en m'accusant. Pour lui, c'était ma faute si on le charriait encore plus avec sa mère, et que ce serait mieux si je me mêlais de mes affaires. Du coup, ça m'a énervé, et je lui ai dit un truc… que je regrette un peu maintenant.

— Qui est… ?

— Que les autres n'avaient peut-être pas tort, finalement, en le traitant d'abruti. Après ça, il m'a poussé contre le but. J'ai riposté, et c'est parti en cacahuète.

— En cacahuète… Bon, rassemble tes affaires ! Tu n'as rien à la tête, alors on peut y aller. Comment va ton genou ? Il est bien amoché. Tu t'es fait ça en chutant ?

— Oui, mais ça va. Je peux marcher.

Nouvelle grimace, néanmoins. Alors qu'il se met debout, je constate en prime qu'il boite. Je lève les yeux au ciel et secoue la tête en songeant à Pan-pan et Scratch.

Dans le couloir, nous croisons Arnaud. Il s'apprête à quitter l'hôpital, après avoir pris une dernière fois des nouvelles de Jonas.

M'apercevant que Valentine et Axel sont encore là, je décide de patienter, afin de leur soumettre une proposition.

— On y va ? me demande mon fils.

— Non, pas encore.

— Qu'est-ce qu'on attend ?

— Axel et Valentine. Tu ne pensais pas t'en sortir aussi facilement, jeune homme ?

Ses épaules s'affaissent aussi sûrement que ses traits. Moins de cinq minutes plus tard, Valentine et son fils émergent de leur box. Si le mien a écopé d'un beau bleu à la mâchoire, le sien arbore un coquard à l'œil droit.

— Comment va-t-il ? Enfin, mis à part ceci, dis-je en désignant mon propre œil.

— Il s'en remettra. Axel, ajoute-t-elle en poussant le petit en avant, n'as-tu pas quelque chose à dire à Jonas ?

Axel ne manifeste aucun enthousiasme à cette perspective, mais s'exécute après un échange de regards avec sa mère.

— Je suis désolé, bougonne-t-il enfin.

— Peut mieux faire, recommence ! exige Valentine.

Encore plus réticent, Axel s'éclaircit la voix avant de s'essayer à nouveau à l'exercice.

Ayant pitié de lui, je l'interromps en levant la main.

— Jonas aussi aurait des excuses à te faire. Ce que je vous propose, à tous les trois, c'est qu'étant donné l'heure, on aille manger une crêpe quelque part. De préférence un endroit où l'on pourrait reparler de tout ça au calme. Qu'en pensez-vous ?

Seul un silence dubitatif me répond.

Bien. Le moins qu'on puisse dire est que mon offre ne rencontre pas un franc succès. Je suis déçu, mais pas surpris. Quoique, Valentine paraît hésiter. A contrario, Axel adopte l'attitude de celui qui souhaiterait franchement être ailleurs. Quant à Jonas, il ne trépigne pas de joie à l'idée de partager un autre moment avec eux. Tant pis, je prends le risque de me montrer lourd en insistant.

— En outre, Valentine, je ne vous ai toujours pas remerciée d'avoir attendu avec Jonas, l'autre jour. C'était très aimable à vous, d'autant que rien ne vous y obligeait. Acceptez, je vous en prie.

Son regard vacille. Elle en est toujours à peser le pour et le contre. Je lui souris. Ses lèvres frémissent légèrement avant de se plisser de côté.

— Bon. OK. À une condition : on ne retourne pas au village. J'aimerais autant éviter que le gang de… que les gens cancanent dans notre dos en nous voyant ensemble.

— Si vous croyez que ça les en empêchera… mais c'est d'accord. Ma voiture est au parking.

— J'ai trouvé une place dans la rue. On se retrouve à la sortie ?

— Après vous ! lui lancé-je en m'effaçant pour les laisser passer.

La météo est idéale, et nous nous sommes installés à la terrasse d'un café-restaurant. Après n'avoir fait qu'une bouchée de leurs crêpes au chocolat, les garçons ont migré à l'intérieur de l'établissement. La raison ? Rien ne rivalise avec l'irrésistible attrait d'un flipper.

Je profite donc de leur absence pour entamer la discussion avec Valentine.

— Jonas n'est pas un bagarreur, d'habitude.

— Axel non plus.

— Alors, je pense que nous serons tous les deux d'accord pour dire qu'à la base le problème vient d'une bande de petits malins…

— Et encore, vous êtes poli !

— Oui, c'est vrai. D'une bande de…

— Petits cons ? me suggère-t-elle.

J'incline la tête de côté, puis acquiesce.

— Va pour la « bande de petits cons » qui a cherché Axel à propos d'un don de vêtements.

— Je sais. Il m'a tout raconté pendant que nous étions dans le box, à l'hôpital.

Elle marque une pause et reprend sur un ton désabusé :

— Non, mais sérieusement, j'y crois pas qu'ils aient utilisé ça contre lui !

— J'imagine que la personne qui vous a fait cette offre « généreuse » s'est arrangée pour que la nouvelle s'ébruite.

— Évidemment. Elles étaient plusieurs bienfaitrices, en vérité. Je les appelle le gang des mères parfaites !

Je ne retiens pas mes ricanements. Le surnom est on ne peut plus approprié, compte tenu de ce que j'ai pu observer de ces femmes jusqu'à présent, Mme Mongeront en tête.

— J'en ai ma claque de leurs mesquineries. Il faut que ça s'arrête, sinon je risque de péter un câble !

C'est aussi ma crainte. Valentine se rencogne dans son siège en se massant le front. Je me penche au-dessus de ma tasse de café.

— C'est à cause de… votre situation, c'est ça ? Ils vous jugent.

Mes propos sans doute trop directs la surprennent, je le remarque à la façon dont elle relève brusquement la tête pour me fixer.

— Euh… écoutez, Vincent… Je veux bien reconnaître que je me suis trompée sur votre compte. Vous êtes beaucoup moins imbu de votre personne que je ne le pensais…

— Je vous remercie.

— Il n'empêche, cela ne fait pas de nous des amis, encore moins des confidents. Je réglerai donc mes problèmes toute seule comme une grande fille. Ne vous inquiétez pas, j'en ai l'habitude, depuis le temps.

Sur ce, elle attrape l'anse de son sac pour la glisser sur son épaule et se lève. Je la retiens par le bras. Ce geste nous étonne tous les deux. Je la relâche aussitôt.

— Pardonnez-moi, je ne désirais pas me montrer indiscret, loin de là. Je sais simplement ce que c'est que d'élever un enfant seul. Encore que ma situation soit récente et qu'il me reste beaucoup à apprendre. Vous en avez eu un aperçu pas plus tard qu'hier, quand la baby-sitter m'a planté juste avant l'heure d'aller chercher Jonas.

— C'était donc pour ça que vous étiez en retard, dit-elle d'un air pensif.

— Oui, parce que, entre nous, je ne trouve pas l'idée de récupérer son enfant à l'heure si surfaite que ça.

Ma remarque l'amuse, et je me surprends à aimer sa manière de rire. De ce que je sais d'elle, Valentine m'a tout l'air d'être franche et sans artifice.

— Vous venez de vous séparer ?

— Je suis veuf, depuis trois ans.

— Oh… je suis vraiment désolée.

— Vous n'y êtes pour rien.

Les hurlements des garçons nous obligent à tourner la tête dans leur direction, ne serait-ce que pour vérifier qu'ils n'essayent pas de nous rejouer un second round. Mais non, aucune casse n'est à déplorer. Ils viennent juste de remporter une partie. Au moins, leurs rapports se sont améliorés au cours de l'heure écoulée.

Du coin de l'œil, je vois Valentine sortir son portefeuille de son sac.

— C'est pour moi, annoncé-je.

— Aucune raison ! En plus, j'ai pris un Coca et une crêpe, et vous, un simple expresso.

— J'insiste. Ça me fait plaisir, et rappelez-vous que c'était mon idée, pour vous remercier.

— Bon… Comme vous voulez.

Remarquant mon haussement de sourcils surpris, elle réagit au quart de tour.

— Quoi ? Vous avez changé d'avis ?

— Non. Je… je m'attendais à devoir batailler pour vous convaincre. Je suis ravi que vous m'ayez épargné cette peine.

— Considérez que je suis dans un bon jour, alors, me lance-t-elle avec un clin d'œil.

Elle appelle Axel qui, contre toute attente, traîne les pieds sur le chemin de la sortie. Jonas et moi les regardons quitter le restaurant.

— Qu'est-ce qu'on fait, maintenant ? demandé-je à mon fils.

— On rentre ?

— Allez !

À la maison, Jonas se lamente pendant que je m'occupe de sa plaie au genou, après sa douche.

— Papa, non ! Arrête, c'est un pansement Pat'Patrouille. Y en a pas d'autres ? gémit-il.

— Navré, tu vas devoir faire avec. Ça te servira de leçon. Tu y réfléchiras à deux fois, avant de te castagner avec les copains.

— OK. Mais je te préviens, j'en mettrai pas pour le stage, demain. Sinon les autres vont se moquer de moi !

— Quoi ? T'adorais ça, *La Pat'Patrouille*, avant ! Chase, Ruben, Rocky, Stella…, énuméré-je en chantonnant le générique.

— J'avais cinq ans, papa. C'est limite trop loin pour que je m'en souvienne !

— Très bien, voilà, jeune homme ! Termine de t'habiller et viens me rejoindre en bas pour tes devoirs de vacances. Je suis sûr que tu as déjà oublié la moitié de tes leçons. On va te rafraîchir la mémoire.

Jonas s'exécute, tandis que je ramasse mon barda. Alors que je m'éloigne, il m'interpelle :

— Papa ?

— Oui, mon grand ?

— Je crois qu'il n'y a pas que *La Pat'Patrouille* que je commence à oublier…

Je baisse les yeux dans un premier temps, ne sachant comment réagir. Puis, face à son désarroi, je lui ouvre les bras afin qu'il puisse s'y blottir.

— Elle me manque, sanglote-t-il contre moi.

— Je sais, mon chéri. Je sais…

Chapitre 5

Il y a des jours où rien ne va. Il y a même une loi là-dessus : la loi de l'emmerdement maximum. Moi, j'ai poussé le vice jusqu'à la semaine de merde. Je dirais bien que ça fait des années que ça dure, mais je m'interdis de penser de la sorte à cause d'Axel. Ou « grâce » à lui. Toujours est-il que je les enchaîne, et que ce n'est pas près de s'arrêter.

— Ma petite Valentine…

— Je vous préviens, madame Tutti, il est hors de question que je touche à vos médicaments !

— Mais puisque je vous répète que l'infirmière a oublié !

— Alors je vais l'appeler pour qu'elle revienne, déclaré-je, intransigeante.

En février, l'infirmière était si pressée par le temps qu'elle ne lui avait pas prodigué tous les soins. Un oubli sans conséquence sur le plan médical, seulement, depuis, la vieille femme me demande régulièrement de lui donner tel ou tel médicament, sous prétexte qu'il y aurait eu un nouvel oubli. Or il m'est interdit de faire ce genre de choses, et les débats stériles comme celui-ci me fatiguent.

Je téléphone donc à Bernadette et lui explique la situation. Elle me confirme qu'elle a bien procédé à tous les soins et m'invite à lui passer notre « amie commune » pour la rassurer. Pendant qu'elles discutent, je reprends le ménage et songe à Axel que je dois déposer chez ma mère, après son stage de foot. Celle-ci, après avoir vu son « magnifique et adorable » petit-fils avec un œil au beurre noir, a décidé que le week-end serait placé sous le signe de la dilettante. Matinée pour paresser, fast-food à midi et balade à vélo pour conclure le samedi. Le dimanche, ils iront chez bonne-maman, ma grand-mère. Axel va être bichonné comme un coq en pâte pendant la semaine.

Habillée d'un tablier fleuri qui a connu des jours meilleurs, ma bénéficiaire se poste à mes côtés et soupire plusieurs fois, sans obtenir mon attention. Si elle est très agréable et suffisamment autonome pour que le nettoyage de son appartement ne relève pas d'un travail herculéen, elle est têtue, et nos caractères menacent d'exploser quand nous restons trop longtemps en contact.

— Je demeure persuadée…

— Madame Tutti, grogné-je.

— Et s'il m'arrive quelque chose, Valentine ?

Comprenant que nous allons enchaîner sur un autre sujet délicat, celui de son isolement, je me redresse, le balai devant moi pour lui rappeler que je dois aussi travailler.

— Madame Tutti, s'il vous arrivait la moindre chose, nous serions prévenus par votre alarme, dis-je en pointant sa poche où se trouve la télécommande.

— Et si je perds connaissance ?

— Vous avez trois visites par jour, ce qui nous permettrait de vite nous en apercevoir.

— Pas si je tombe la tête la première…

J'inspire un grand coup, carre les épaules et me répète pour la millième fois depuis mon arrivée qu'il est interdit d'envoyer bouler une bénéficiaire. Même si elle vous gonfle.

— Seriez-vous en train d'utiliser une technique de relaxation, alors que je vous parle de problèmes réalistes et douloureusement tragiques ?

Oui… non… Je n'ai pas le temps de décider de la meilleure réponse à cette question épineuse qu'elle reprend :

— Vous aussi, vous mesurez à quel point c'est dangereux, hein ?

« Dangereux » n'est pas le terme auquel je songe, mais…

— Madame Tutti, vous ne pouvez pas vivre avec cette crainte. Vous devriez vous trouver un dérivatif pour ne pas angoisser à ce sujet.

Pour lui montrer que la conversation est close, je saisis mon balai et finis de nettoyer la salle à manger où nous sommes. Elle me suit, ouvre la bouche plusieurs fois, et se reprend toujours. Sa main marquée par le temps glisse sur sa permanente impeccable, avant de s'arrêter sur son pendant d'oreille, qu'elle frotte entre le pouce et l'index.

— Et si…

Mes épaules s'affaissent. S'il y a bien un aspect de mon travail qui m'indispose, c'est celui-ci. Comment persuader une femme veuve et sans enfants qu'au moindre problème, quelqu'un se souciera d'elle ? Veuf. Il est veuf. Mon esprit retourne à Vincent, tandis que ma bénéficiaire fait machine arrière et disparaît dans le salon.

Si nos rencontres sont à chaque fois mémorables, je ne peux nier que cet homme dégage une aura de force tranquille qui me déstabilise. Et cette phrase, « C'est à cause de… votre situation, c'est ça ? Ils vous jugent… ». Il l'a lancée avec tant de franchise et si peu d'artifice qu'il est clair qu'il ne comprend pas cet acharnement. Si seulement je le comprenais moi-même !

Tout en ramassant mon tas de poussière, je songe à notre première rencontre, la cause de la troisième. Ma proposition de le laisser reluquer mes fesses a été entendue et déformée. Une boutade sans arrière-pensée, devenue une invitation à peine voilée d'une femme facile qui se cherche un bon parti. Axel a fini par m'avouer jeudi soir que c'était la raison de la bagarre de la veille.

Tous les enfants sont maintenant convaincus que… Ma gorge se serre, tandis que mes gestes se font mécaniques. J'ai mal. Je suis à bout. Je ne sais même plus comment qualifier l'état dans lequel je suis actuellement. Je veux qu'on nous foute la paix ! On ne demande rien à personne, alors pourquoi ne cessent-ils jamais de commenter les moindres de nos faits et gestes, de détailler nos vêtements ? Rien n'est laissé au hasard, tout est sujet à interprétation.

Je referme sèchement le placard où sont entreposés les produits d'entretien. Je n'ai jamais souhaité ça, et si c'était à refaire, je recommencerais. Je garderais Axel, parce qu'il est la meilleure chose qui me soit arrivée, quoi qu'ils en disent. Il est si… Une vague d'amour m'envahit alors que je songe à lui. Il est la raison pour laquelle je dois tenir bon, sans ployer.

— Madame Tutti, dis-je en entrant dans le salon, je vais y aller.

Elle ne m'accorde pas un regard, son attention accaparée par une émission people dont elle adore le présentateur. Il se pavane sur son plateau, envoie des sourires aux caméras et ponctue une phrase sur deux de clins d'œil agaçants et terriblement impersonnels.

— Madame Tutti, avez-vous besoin de quelque chose avant que je parte ?

— Non.

Touchée par sa mauvaise humeur, je secoue la tête et me dirige vers la porte.

Dans ce métier, il est malvenu de s'attacher à ses bénéficiaires. Nous nous devons d'avoir un type de relation qui me frustre souvent. Par exemple, cette femme adorerait que mon fils m'accompagne. Elle aime les enfants, et Axel n'est pas particulièrement dérangeant. Seulement, c'est impossible. Tout comme je ne peux m'asseoir à ses côtés et partager quelques minutes de télévision afin de briser sa solitude. Ma responsable s'est montrée très claire sur ce point et n'a pas hésité à renvoyer une assistante de vie pour un tel écart.

— À demain, dis-je en veillant à ne pas avoir la voix trop sèche.

Les températures sont particulièrement clémentes, pour ce dernier jour d'avril. Le manteau ouvert sur un T-shirt uni, je rejoins ma voiture tout en consultant mon téléphone.

Toujours OK pour le restaurant, ce soir ?

Je souris et réponds à Blanche :

Tu m'acceptes en jean-baskets ?

Elle s'est faite un peu rare, ces temps-ci. Entre ses études et ses fiançailles avec Monsieur Parfait qui la traîne au théâtre pour assister à des représentations dont le simple nom l'ennuie à mourir, elle est beaucoup moins disponible. Je ne lui en veux pas, je sais que tout cela est temporaire, et qu'une fois juin passé, nous reprendrons nos habitudes.

Non.

Une soirée entre filles… Voilà exactement ce dont j'ai besoin !

— Et m…

Agacée, je ferme les yeux et passe en revue le contenu de ma penderie. Je n'ai rien d'autre que des tenues *casual*, *basic* ou tue-l'amour. Mes finances étant ce qu'elles sont, je privilégie les jeans, qui sont plus résistants, les T-shirts unis pour ne pas choquer mes bénéficiaires, et les baskets pour le confort. Je suis donc une adepte du look « jeune femme qui s'habille toujours comme une ado ». Il doit pourtant bien me rester une autre robe que la noire avec de la peinture ?

Tout en réfléchissant, je conduis jusqu'au stade, puis m'appuie contre la barrière pour observer le match en cours. Axel est sur le banc des remplaçants et demeure stoïque, que son équipe soit sur le point de marquer ou au contraire en difficulté. Il paraît tellement détaché que je me demande s'il suit ce qui se passe devant lui. Y a-t-il eu un problème, aujourd'hui ?

Quand les enfants sont libérés, j'accueille le mien avec une furieuse envie de l'étreindre pour qu'il oublie ses soucis et se souvienne que je l'aime plus que tout. Seulement, il est à l'âge où cela ne se fait plus en public, pas devant les copains, encore moins devant des malintentionnés comme ce Corentin de malheur !

— Valentine, justement, je voulais te voir !

— Frédérica…

Craignant le pire, je me redresse et attends qu'elle attaque, ou du moins qu'elle poursuive, pour savoir sur quel terrain je vais être humiliée.

— J'ai le carton avec les vêtements dont nous t'avons parlé en début de semaine…

Sérieusement ? Nos fils se sont battus, mercredi, au point que j'ai récupéré le mien aux urgences, et elle pense… Non, rectification, il a été conduit à l'hôpital à cause de son « accrochage » avec Jonas. Mais tout de même…

— Ce ne sera pas la peine, dis-je avec un sourire crispé.

— Si, nous insistons…

Tu m'étonnes ! Elle doit jubiler à l'idée de me voir dans d'anciens vêtements à elle. Je l'imagine déjà se vanter de sa bonne action, tout en me pointant du doigt devant un parterre de parents. Il est hors de question qu'Axel ou moi les utilisions !

— Tu devrais les donner à de bonnes œuvres, répliqué-je, le plus calmement possible.

— Nous voulons te les donner à toi, pas à des inconnus.

Trop gentilles… Le reste du gang des mères parfaites m'entoure, et je me sens brusquement angoissée. Généralement, quand je me trouve dans une telle situation, j'en prends plein la poire. Désireuse de ne pas attirer plus l'attention sur nous, je patiente. Hors de question que j'ouvre les hostilités et qu'après on se plaigne de mon attitude auprès de mon fils. Jonas n'aurait pas mâché ses mots, à ce qu'Axel m'a rapporté. Bizarrement, je ne lui en veux pas. Dans une certaine mesure, il a raison. Ma propension à parler sans réfléchir ne joue pas en ma faveur, même si mes détractrices trouveront toujours quelque chose à redire.

Par-dessus l'épaule d'Amandine, je vois justement Jonas s'éloigner en compagnie de sa baby-sitter. Il nous jette un coup d'œil discret. Quand nos yeux se croisent, il se détourne. Je crois déceler de la pitié sur son visage. Je refuse qu'un garçon de huit ans éprouve cela pour nous ! Alors j'attaque…

— Que voulez-vous ?

— Savoir comment tu allais, prétend une des mamans.

— Et comment allait Axel, après cette vilaine bagarre, renchérit Frédérica.

— Aussi bien que Corentin, répliqué-je sèchement.

Le silence se fait.

— C'est tout de même dommage de se mettre à dos un homme tel que le Dr Agniel, déclare Amandine. Il est charmant et célibataire.

— Et… ?

— Et n'importe quelle femme de ta condition sauterait sur l'occasion…

Prise de nausée, je me félicite d'être arrivée juste à l'heure, hier, et de ne pas avoir eu à trop me frotter à elles.

— Je ne cherche pas…

Ma gorge se noue. Je trouve néanmoins la force de dépasser cette sensation pour continuer :

— Nous sommes très bien tous les deux. Je ne cherche pas d'« homme » comme M. Agniel ou…

Me retenant au dernier moment de citer le nom de l'amant de l'une d'entre elles, je me redresse et leur demande poliment de s'écarter pour que nous puissions partir. Frédérica s'exécute aussitôt ; les autres me dévisagent encore un instant avant de faire un pas de côté.

Soulagée que notre « discussion » ne prenne pas un tour moins amical, je saisis la main d'Axel et l'entraîne vers la sortie.

Quand nous sommes suffisamment loin, je l'interroge sur le ton de la confidence :

— C'est moi ou ça a presque été trop facile ?

— C'est louche, grogne-t-il en regardant par-dessus son épaule.

Voilà qui n'est pas très rassurant ! Pressée de mettre le plus de distance entre cette fourmilière et nous, j'accélère le pas et me fige brusquement en découvrant Frédérica avec un gros carton. Aimablement, elle me sourit et le pose à l'arrière de ma voiture. Je suis bloquée, pour ne pas dire que je suis bais…

— Maman ?

— Quoi ?

— Tu ne vas pas rouler dessus, hein ?

La tête levée vers moi, il attend ma réponse avec appréhension. Étant garée face à un mur, je ne peux quitter ma place qu'en reculant. Or le carton est juste devant mon coffre. J'ai deux solutions : reculer dessus sans me soucier des vêtements ou le prendre. Ah non, je pourrais aussi le pousser sur le côté.

— Il n'est pas très lourd, rassure-toi ! s'exclame Amandine en s'arrêtant à notre niveau.

Prête à rétorquer que je n'ai jamais demandé la charité et que le jour où j'en serais réduite à ça, elles seraient les dernières personnes vers qui je me tournerais, je prends conscience du fait que nous avons des témoins. Des parents et des élèves de l'école d'Axel, mais aussi des inconnus, qui paraissent touchés par l'initiative du gang des mères parfaites.

Toujours dans l'optique de ne pas attirer l'attention sur nous, je souris gauchement et ouvre le coffre. Crispée d'accepter l'aumône au vu et au su de tout le monde, je m'accroupis et soulève le carton pour le poser à l'intérieur.

Une voiture passe derrière moi, tandis que Frédérica se félicite de cette bonne action, bientôt imitée par ses amies.

Quand elles sont parties, je relâche ma respiration et refoule les larmes qui me sont montées aux yeux.

— Maman, m'appelle doucement Axel.

— Grimpe, mon chéri.

Je me frotte le nez et fais mon possible pour dissimuler mon mal-être. Il est hors de question que je craque devant mon fils.

— Allons-y ! m'écrié-je en refermant le hayon.

Le claquement me remet les idées en place et effraye des oiseaux qui s'envolent à tire-d'aile de l'arbre le plus proche.

— Ne pas les écouter, tu devrais, déclame Axel en croisant mon regard dans le rétroviseur intérieur, tandis que je m'installe.

— Les conseils de maître Yoda, suivre, je devrais.

Je souris et démarre.

Après avoir déposé Axel chez ma mère pour le week-end, je reste un instant devant mon bâtiment à contempler les aspérités de mon volant et ses marques d'usure. La tension accumulée durant la journée est en train d'avoir raison de moi. Je suis parcourue de frissons qui me font osciller entre euphorie et pleurs. Pour le moment, aucun n'a gagné, mais je crains le pire. Savoir le carton dans le coffre, malgré ma volonté de le refuser, n'arrange rien à mon état d'esprit. Pour la énième fois de la semaine, je me demande pourquoi le gang des mères parfaites me pourrit autant la vie.

Avec des gestes secs, je sors de ma voiture et récupère les affaires. Je rentre chez moi, déposant le carton dans l'entrée. Mes chaussures volent, mon manteau tombe… Je suis de plus en plus révoltée par l'attitude des autres à mon égard. Heureusement, la perspective de ma sortie avec Blanche adoucit mon humeur. Je continue jusqu'à la salle de bains et prends une longue douche chaude pour dénouer mes muscles. Et dire que demain je commence à 7 h 30 !

Enroulée dans mon peignoir, je gagne ma chambre, en quête d'une tenue qui pourrait convenir. J'ai envie de me sentir belle, femme et, pourquoi pas, désirable. Le temps d'une soirée, je ne veux plus être Valentine la pauvre fille. Sans surprise, aucun de mes vêtements ne retient mon attention. Chacun a son histoire ou ne me permet pas de me sentir autrement que comme une mère fatiguée du comportement de ses homologues.

Assise en tailleur sur mon lit, je rumine tous les coups durs que j'ai dû encaisser, jusqu'à l'humiliation de tout à l'heure.

Ne pas répliquer n'a pas changé quoi que ce soit. Tout ça pour des vêtements dont je ne veux pas.

En colère, je saute et file dans l'entrée, où le carton me nargue. C'est à cause de lui, tout ça ! Je lui donne un violent coup de pied. Mon gros orteil se plaint du traitement que je viens de lui faire subir, tandis que le contenu se répand sur le sol.

Des sweats, un jogging, des jeans… Puis mon regard accroche un tissu plus délicat, aux couleurs pastel. J'hésite avant de l'extraire. C'est une robe, et je dois dire que sa forme titille un peu plus ma curiosité. Je l'essaye ? Ma bouche se tord. L'enfiler reviendrait à renoncer à tous mes principes. Mais qui le saura ? Moi. Conscience de…

Et puis, zut ! Je pourrai vivre avec ça. Je retourne dans ma chambre et laisse tomber mon peignoir. Je choisis des sous-vêtements couleur chair et fixe la robe, que j'ai étalée sur le lit. Elle est encore plus jolie ainsi. Je me vois déjà dedans, les cheveux relevés, légèrement maquillée. Oui, une coiffure simple mais sexy. Mince, j'ai tellement envie de me sentir désirable, ou autre chose qu'un cas social !

Mes derniers doutes sont annihilés par cette envie soudaine qui me prend aux tripes. J'attrape la robe et la passe. Je remonte la fermeture Éclair et inspire un grand coup. La sensation du tissu sur ma peau est nouvelle, douce et un peu excitante. Pour la première fois depuis des semaines, mes formes ne sont pas dissimulées sous une tenue plus pratique qu'autre chose.

À pas mesurés, j'entre dans la salle de bains et contemple mon reflet. Mes joues rouges, mes yeux pétillant de malice… Je m'amuse. Cet essayage a un effet étrange sur moi, et j'aime ça.

Alors, d'un geste hésitant, je brosse ma lourde chevelure brune. Je me fais un chignon duquel dépassent des mèches que je m'empresse de faire onduler. Le résultat est saisissant, au point que je vide le tiroir pour sortir ma trousse de maquillage qui y végète depuis des mois.

Du fond de teint, un peu de fard, d'eye-liner… Les réflexes reviennent, et la Valentine qui me sourit me plaît. Mon reflet me renvoie exactement l'image de la femme que j'ai envie d'être, aujourd'hui. Et si… ? Je baisse les yeux et agite les orteils. Mes ballerines. Elles sont noires et trancheraient avec le reste, mais pourquoi pas ? Pourquoi ne pas sortir avec Blanche dans cette tenue ?

Rêveuse, je pulvérise un peu de parfum sur mes poignets et les essuie délicatement sur mon cou, sous mes oreilles. Et si… ? Si je ne réfléchissais pas à tous les scénarios catastrophe possibles ? Une des mères parfaites pourrait reconnaître sa robe, et alors… ? Il y en a plus d'une de ce modèle…

Au loin, j'entends mon portable sonner. Je cours vers l'entrée et fouille dans mon manteau toujours au sol. L'appel de Blanche bascule sur mon répondeur avant que j'aie décroché. Je la rappelle aussitôt.

— Tu es prête ? me demande-t-elle.

— Non.

— Ouvre-moi, alors !

Désarçonnée, j'ouvre la porte de mon appartement et la trouve sur le paillasson. Ses cheveux blonds détachés encadrent un visage sans imperfections, qui reflète une grande douceur. Elle me détaille de la tête aux pieds, et je me sens plus légère, à ma place. Elle est mon amie, elle ne me juge pas et m'épaule depuis notre rencontre.

— Tu es magnifique ! s'exclame-t-elle en dénouant la ceinture de son manteau. Je suppose que tu n'as pas de chaussures à talons ? Des nu-pieds, de préférence ?

— Des ballerines.

Elle penche la tête, avant d'acquiescer avec un fin sourire.

— Ce sera parfait.

Touchée par ce compliment, je me dépêche de trouver ma paire de chaussures et de les enfiler. Je prends un imperméable et un sac à main que je n'utilise que très rarement. Dans cette tenue, je me sens différente au point que j'ai la sensation de marcher sur des nuages. Je flotte loin au-dessus de mes soucis.

Dans la voiture de Blanche, je contemple son profil et décrète que l'opération « On dézingue la meringue » est annulée. Je ne suis pas ce type de personnes. Même pour rendre service à quelqu'un que j'apprécie plus que tout, je ne peux détruire un mariage.

— Nous y voilà ! déclare Blanche en s'arrêtant devant un restaurant haut de gamme dans lequel je n'ai jamais eu la prétention de vouloir manger.

— Tu es sûre ?

Un seul quignon de pain dans un tel établissement aurait raison de mes faibles économies. Je ne peux me permettre de dépenser sans réfléchir.

— Je t'invite, dit-elle en me saisissant le bras pour m'entraîner vers la porte d'entrée.

— C'est trop, répliqué-je en secouant la tête. Nous pouvons très bien aller chez Giordano manger une pizza. Ou ce nouveau restaurant libanais ! Tu voulais l'essayer, la dernière fois que nous nous sommes vues.

— Ce soir, nous dînerons ici, Valentine ! insiste-t-elle en me poussant devant elle.

Dès le seuil franchi, je tombe dans la quatrième dimension, ou la cinquième… L'atmosphère est feutrée. Les conversations ne sont que de petits murmures couverts par de la musique classique. Les gens se tiennent tous droits et sont concentrés sur les personnes face à eux. Je suis loin de l'ambiance des restaurants où j'ai les moyens de me rendre.

— Blanche…

— Viens, ils sont arrivés !

Ils ? Qui, « ils » ? Décidée à ne pas me faire remarquer en rebroussant chemin, je la suis, tandis qu'elle slalome entre les tables. Que j'aimerais avoir sa prestance et ne pas ressembler à ce que je suis, une usurpatrice ! Je n'ai pas ma place…

— Bonsoir, Blanche ! Bonsoir, Valentine !

Vincent ? J'écarquille les yeux avant de me tourner vers ma meilleure amie, qui s'est postée près de son fiancé. Ce dernier me lance un regard noir qui a le don de me remettre les pieds sur terre. J'ai beau être plus apprêtée que les autres jours, je reste la jeune femme dont on a honte et qu'on méprise.

— Bonsoir, dis-je le plus fermement possible.

Je reporte mon attention sur Vincent et remarque pour la première fois ses fossettes : une petite au menton et deux qui encadrent ses lèvres quand il sourit. Pourquoi ne les ai-je pas remarquées avant ? N'a-t-il pas souri quand nous avons mangé une crêpe après la courte visite aux urgences ? Peut-être. Quelque chose me dit que j'étais bien trop sur la défensive ce jour-là pour y prêter attention.

Il se penche élégamment pour faire la bise à Blanche, avant de faire de même avec moi. La moindre des choses serait de saluer Pierre-Emmanuel, mais je n'arrive plus à bouger ou à parler. Moi qui espérais une soirée tranquille entre filles…

— La politesse exige que tu me fasses la bise, s'exclame ce dernier, mais je suppose que ce serait trop te demander.

Blanche le reprend discrètement, sans que cela ait le moindre effet sur lui. Nerveusement, je repousse une mèche de cheveux qui a dû s'échapper de mon chignon et la place derrière mon oreille, tout en lui adressant le sourire le plus froid de la création.

— Je ne voudrais pas qu'on m'accuse de te draguer, répliqué-je.

Si l'allusion à une critique qu'il m'a faite quelques mois auparavant est tout sauf subtile, elle a l'avantage de le déstabiliser.

Forte de cette constatation, j'ajoute à voix basse, pour que les autres clients n'entendent pas :

— Puis, qui sait où a traîné ce visage, aujourd'hui…

Il blêmit, et je savoure.

— C'est quoi, cette histoire ? demande Blanche en ouvrant son manteau.

— Figure-toi qu'une de mes bénéficiaires a eu vent d'une très vilaine rumeur à mon sujet, quand elle est allée faire vacciner son chien au cabinet de P.-E.

— Pierre-Emmanuel, rectifie ce dernier sans réagir au reste de mes propos.

— Oh ! oui ! J'oublie toujours que tu détestes quand on égratigne ton si beau et si long prénom… Dis, puisque nous ne sommes qu'entre nous, est-ce dû à un problème de taille ?

Je lève la main, écartant l'index et le majeur, pour qu'il comprenne bien mon allusion à son sexe.

Il fulmine et s'apprête à répliquer, quand Blanche intervient :

— Et si nous nous installions ? J'ai bien envie d'un apéritif, qu'en pensez-vous ?

Qu'il va me falloir une sacrée dose d'alcool fort pour supporter cette soirée !

J'ôte mon manteau et le pose sur le dossier de ma chaise, avant de prendre place entre Tête d'Abruti et Vincent. Celui-ci est silencieux depuis mon arrivée et mes reparties cinglantes. Super, il va réellement finir par croire que je suis une furie qui aime la vue du sang !

Du coin de l'œil, je l'observe tandis qu'il discute avec son ami. Blanche, située en face de moi de l'autre côté de la table ronde, m'envoie un sourire d'excuse qui ne prend pas. C'est un traquenard, ou je ne m'y connais pas ! Je lui ai pourtant répété que moins je voyais son mec, mieux je me portais.

— Ah, la voilà ! s'exclame brusquement Pierre-Emmanuel.

Il lève la main, certainement pour attirer l'attention de quelqu'un. Curieuse, je me retourne et découvre Marie-Simone, sa sœur, qui se dirige droit sur nous. Grande et élancée, elle marche la tête haute, avec l'assurance de quelqu'un qui ne craint rien. Son collier de perles lui donne un air vieillot qui renforce l'impression de confiance qu'elle dégage. Elle fronce le nez quand nos regards se croisent. Il faut dire que j'ai une très mauvaise cote dans cette famille, ainsi que dans celle de Blanche.

— Vincent, je me demandais… Depuis combien de temps n'as-tu pas vu Maryvonne ?

Il est vrai que ne pas réussir à me souvenir de son prénom ne joue pas en ma faveur… Mais, franchement, leurs parents avaient bu quoi ?

— Pas loin de neuf ans.

— Comme je suis heureuse de te revoir enfin ! dit-elle en se collant à lui dans une embrassade qui a le don de me mettre mal à l'aise.

Je me tourne vers Blanche, un sourcil relevé. Je rêve ou sa future belle-sœur flirte avec Vincent ? Non que ça me chiffonne, c'est juste que je me sens reléguée à la place de cinquième roue du carrosse. Assise entre les deux hommes, je ne peux parler avec l'unique allié que j'ai ici.

Dès que Vincent fait preuve de politesse et m'inclut dans la conversation, l'autre coincé du cul dévie sur le travail et emploie des termes techniques incompréhensibles.

Quand les plats arrivent, je suis au bord de l'implosion. Je n'ai pas dit un mot depuis plusieurs minutes, et il serait très regrettable que je sorte de mon mutisme.

— Tu t'es fait plaisir, commente P-E en regardant mon assiette. C'est l'équivalent de deux ou trois repas pour toi, non ?

Il ponctue sa phrase d'un petit rire qui me hérisse. J'ouvre la bouche pour répliquer et mettre un terme à cette comédie, quand Blanche intervient :

— Valentine, Vincent, si nous vous avons fait venir ce soir, c'est pour vous demander officiellement d'être nos témoins.

Émue, je me mordille la lèvre. Dire que c'est justement ce mariage que je dois « dézinguer ».

— Blanche, dit P-E un brin embarrassé, je pensais que tu proposerais à Maryvonne de t'épauler… Nous savons tous les deux qu'il nous faut des personnes réactives et organisées pour que tout soit prêt le 26 juin.

Pourquoi ai-je la sensation que je viens encore de me faire insulter ?

— Et j'en serai ravie ! renchérit la future belle-sœur.

— Bah, c'est bête, mais ce n'est pas à toi qu'elle a demandé, m'exclamé-je.

Puis, me tournant vers Blanche :

— Je serai très heureuse de *t'épauler* dans cette épreuve.

— Valentine, le mariage n'est pas une épreuve, me corrige P-E de son air coincé.

— Ça dépend avec qui…

Un silence accompagne ma repartie et refroidit l'ambiance. Par chance, Marie-Simone… oui, je tiens à continuer d'écorcher son prénom à défaut de l'égratigner, elle… Donc, Marie-Simone commence à parler des différentes animations auxquelles elle a pensé pour égayer le vin d'honneur, le repas…

Discrètement, je sors mon téléphone en quête d'un prétexte pour prendre la poudre d'escampette. Prête à mentir en annonçant que je dois me rendre chez ma mère où Axel a besoin de moi à tout prix.

— Vous cherchez une excuse pour filer ? me demande Vincent à voix basse.

Je lève les yeux et remarque que les trois autres discutent de… de quelque chose. Reportant mon attention sur le regard bleu clair de Vincent, j'avoue mon plus grand souhait :

— Je n'aurais jamais tant aimé recevoir un appel de ma mère…

— Téléphonez-vous, suggère-t-il en me glissant son portable dans la main.

J'acquiesce et compose mon numéro avant de lui rendre son appareil. Ma sonnerie retentit dans tout le restaurant. Des têtes se tournent vers moi, mais je n'en ai pas grand-chose à faire.

Chapitre 6

Si on m'avait dit que la soirée prendrait cette tournure, je me serais abstenu de demander à la baby-sitter de Jonas d'effectuer des heures supplémentaires.

Autour de nous, l'air est tellement chargé d'électricité qu'on pourrait le trancher avec le couteau à beurre ou… s'électrocuter en agitant un doigt mouillé.

Pour ma part, je ne suis pas loin de dégainer le drapeau blanc, surtout quand ma nouvelle tentative d'inclure Valentine dans ma conversation avec Pierre-Emmanuel échoue lamentablement. Résultat, la pauvre paraît s'ennuyer ferme et lance de temps à autre des œillades désespérées en direction de Blanche maintenant installée entre son fiancé et Maryvonne. Cette chère Maryvonne que je n'ai pas revue depuis presque neuf ans et qui, selon toute vraisemblance, s'évertue à me charmer en pensant que j'ai oublié que je la connaissais depuis le berceau.

En clair, tout cela ne présage rien de bon pour la suite. Étant donné la manière dont les festivités ont commencé, si on peut toutefois utiliser ce terme à l'aune de l'ambiance actuelle, entre insultes à peine voilées et insinuations scabreuses, je n'ai plus trop d'espoir de voir la situation s'améliorer. Sans compter que Valentine m'a tout l'air d'avoir été entraînée dans un traquenard par la « perle rare ».

À son changement d'expression, en arrivant près de nous, j'ai deviné qu'elle ne s'attendait pas à nous découvrir ici, et inversement. Sur ce coup, Blanche s'est révélée une véritable cachottière. Un imprévu qui a nécessité l'ajout d'un couvert, en plus de réveiller la mauvaise humeur de Pierre-Emmanuel, puisque à l'origine il était convenu que nous ne serions que quatre et non cinq. Et Dieu seul sait combien mon ami a en horreur les couacs de ce genre…

Maintenant, puis-je me permettre une confidence ? Une part de moi est heureuse de cette convive supplémentaire, qui me permet d'échapper aux ongles manucurés de Maryvonne, une jeune fille… femme que j'ai toujours considérée comme une cousine, son père étant un très vieil ami du mien et mon parrain.

Les plats arrivent. Oserais-je soupirer « Enfin ! », histoire que l'on embraye sur le dessert et que l'on en finisse ? Malheureusement, comme si l'atmosphère déjà pesante avait besoin de ça, Pierre-Emmanuel ne peut s'empêcher de titiller une Valentine au bord de l'explosion.

— Tu t'es fait plaisir, lance-t-il à l'intention de cette dernière en fixant son assiette. C'est l'équivalent de deux ou trois repas pour toi, c'est ça ?

Pour ne rien arranger, il ponctue sa phrase d'un petit rire que j'estime de trop. Avec ça, si la principale concernée ne lui saute pas à la gorge afin de lui faire avaler d'un coup son homard, je nous estimerai chanceux.

C'est justement le moment que choisit Blanche pour intervenir ou plutôt pour désamorcer la situation :

— Valentine, Vincent, si nous vous avons fait venir ce soir, c'est pour vous demander officiellement d'être nos témoins !

Pardon ? Toute cette mise en scène qui, soulignons-le, a manqué de peu de tourner au pugilat n'était destinée qu'à nous demander d'être leurs témoins ? Malgré tout, je suis honoré qu'ils aient songé à moi pour ce rôle stratégique et m'apprête à accepter avec un petit discours.

Je suis coupé dans mon élan par Pierre-Emmanuel.

— Blanche, je pensais que tu proposerais à Maryvonne de t'épauler… Nous savons tous les deux qu'il nous faut des personnes réactives et organisées pour que tout soit prêt le 26 juin.

Bon. Pour le discours de remerciement, ce sera plus tard…

— Et j'en serai ravie !

Je tourne la tête vers Maryvonne en m'interrogeant sur la pertinence de son intervention à un moment comme celui-ci. Je comprends aussi qu'en plus de la mise en scène ratée, nos deux tourtereaux ne se sont même pas accordés sur le choix de leurs témoins avant ce soir. Résultat, l'instant est gênant, en plus de l'insulte faite à Valentine.

— Bah, c'est bête, mais ce n'est pas à toi qu'elle a demandé. Et je serai très heureuse de pouvoir t'épauler dans cette épreuve.

Un point pour Valentine qui ne s'est pas démontée face à ce nouvel affront.

— Valentine, le mariage n'est pas une épreuve.

Ah ? Je sens Pierre-Emmanuel piqué au vif. Aussi amusé qu'agacé, j'abandonne mes couverts et me prépare à mentalement compter les points de cette partie ridicule. Qui sera le prochain à couper le sifflet de l'autre avec une repartie cinglante ? Blanche, Pierre-Emmanuel, Maryvonne ou…

— Ça dépend avec qui…

Valentine ! Je l'aurais parié.

Un court silence suit cet échange d'amabilités avant que Maryvonne entreprenne d'énumérer tout ce qu'elle projette de mettre en place pour l'animation de la réception. En tant que sœur du marié, j'imagine qu'elle n'a pas besoin d'être l'un des témoins pour s'investir dans cette noce, pourtant je gage que Pierre-Emmanuel fera tout pour convaincre Blanche de revenir sur son choix.

Je promène le regard sur les différentes personnes autour de cette table, tout en faisant glisser mon index sur mes lèvres closes. Les deux têtes blondes de Pierre-Emmanuel et Blanche se touchent, tandis qu'ils se disputent en chuchotant. Maryvonne, quant à elle, donne l'impression d'être imperméable à l'incongruité de tout cela. Valentine… Valentine fixe son téléphone portable comme si elle espérait qu'il sonne à l'instant.

Comprenant ce qu'elle mijote, je jette un coup d'œil aux futurs mariés. Ils en ont terminé avec leur conciliabule et font visiblement semblant de s'intéresser aux idées de cette brave Maryvonne.

— Vous cherchez une excuse pour filer ? dis-je en me baissant discrètement vers Valentine.

Je l'ai surprise. Elle relève brusquement la tête et la tourne en direction des trois autres pour s'assurer que personne ne nous surveille.

— Je n'aurais jamais tant aimé recevoir un appel de ma mère.

— Téléphonez-vous.

Pour ce faire, je lui glisse mon téléphone sous la table, ni vu ni connu. Elle acquiesce avant de le saisir et de composer son propre numéro, puis me le tend pour que je le récupère. Je réprime une envie de rire en appuyant sur le bouton d'appel.

La sonnerie du générique de *Benny Hill* interrompt la discussion en cours et attire l'attention des fiancés sur Valentine qui, en bonne comédienne, joue la surprise en attrapant son portable.

Je me mords la joue pour conserver l'air impassible. Valentine doit se faire la même réflexion, car elle s'excuse, puis se lève et s'éloigne.

Avec tout ça, j'en ai oublié que les plats sont servis. Je reporte mon attention sur le mien, fixe mon risotto aux fruits de mer, remue le riz, soulève une belle gamba avec ma fourchette, et rien… Quel gâchis ! Mon appétit s'est évaporé en même temps que ma patience. Entre le rythme au cabinet, mes inquiétudes à propos de Jonas et la tonne de paperasses qu'il me reste encore à traiter à cause du déménagement, je me dis que j'aurais été plus avisé de décliner cette invitation au profit de mon canapé.

— Vincent ? Un problème ?

J'abandonne la contemplation de mon assiette et dévisage Pierre-Emmanuel.

— Non, tu crois ?

Il me fait la grâce de paraître gêné.

— Ah… Maintenant que le calme est revenu, si cela tient toujours, j'accepte avec plaisir d'être ton témoin, ajouté-je.

— Génial, mon vieux ! Même si je suis vraiment désolé pour… enfin, tu sais. Ça me fait très plaisir que tu dises oui.

Blanche et lui me remercient. La tension se dissipe légèrement. Tout n'est donc pas perdu. Je note que Blanche lance par intermittence des regards inquiets en direction de l'endroit où s'est isolée Valentine. Laquelle revient, affectant un air embarrassé.

— Je dois y aller, annonce-t-elle.

— Quelque chose ne va pas ? s'inquiète Blanche.

— Oh ! euh… Axel est chez ma mère et… il ne se sent pas bien. Il aurait apparemment de la fièvre et me réclamerait. J'espère que vous m'excuserez de vous fausser compagnie.

— Je crois que nous nous en remettrons, lâche Pierre-Emmanuel, décidément irrécupérable.

J'entends Maryvonne glousser. Cette fois, c'en est trop pour moi. Je fais pivoter mon siège et leur lance un regard désapprobateur.

— Très bien, je te raccompagne, déclare Blanche en posant sa serviette sur la nappe.

— Pourquoi ? s'offusque son fiancé en la voyant se lever.

D'un calme olympien, celle-ci lui explique la raison de sa décision, à savoir que Valentine et elle sont arrivées avec sa voiture, et qu'il est donc normal qu'elle ramène son invitée chez elle. À la façon dont elle s'adresse à son cher et tendre, je soupçonne qu'elle lui en veut de son attitude envers son amie.

— T'inquiète, Blanche, je peux tout aussi bien prendre un Uber, propose Valentine, avant de marmonner un truc sur le bras que ça va lui coûter.

Si j'attendais le meilleur moment pour intervenir, celui-ci vient de m'être servi sur un plateau d'argent.

— Laissez, je me charge de reconduire Valentine à son domicile. Si vous êtes d'accord, bien entendu ? ajouté-je en m'adressant directement à elle.

Elle accepte mon offre. Je décèle même un profond soulagement dans ses yeux.

Pierre-Emmanuel proteste, sans tenir compte du coût que serait pour Valentine un trajet de plusieurs dizaines de kilomètres en taxi un vendredi soir. Maryvonne manifeste sa déception de me voir partir avant d'avoir eu le temps d'évoquer « le bon vieux temps ». Seule Blanche paraît satisfaite. Pour ma part, je n'éprouve aucun regret, heureux que Valentine accepte la main que je lui tends pour l'escorter hors du restaurant.

Dans la voiture, le silence règne en maître.

J'imagine qu'après un début de vendredi soir aussi merdique, lui-même venu clôturer une semaine chaotique, nous aspirons tous les deux à un peu de calme. Au moins ma compagne semble-t-elle un peu moins sur les nerfs que lorsque nous avons quitté les trois autres.

— Merci pour votre aide, Vincent.

Je détourne les yeux de la route pour la considérer un bref instant. Vêtue d'une robe patineuse couleur lilas, coiffée d'un chignon flou laissant deux mèches libres d'encadrer son visage joliment maquillé, elle est différente de la jeune femme m'ayant proposé de me montrer ses fesses pour « être quittes », et que j'avais d'abord prise pour une adolescente. Je souris.

Il est évident qu'en s'apprêtant, elle s'attendait à vivre une tout autre soirée que celle à laquelle elle a eu droit. Je ne peux que regretter la duperie de Blanche. La préparer à affronter l'hostilité de Pierre-Emmanuel aurait été plus judicieux, à mon sens.

— Je vous en prie. Je crois que nous serons tous les deux d'accord pour qualifier ce repas de pénible.

Son ricanement ne laisse planer aucun doute sur son ressenti.

— Est-ce que tout ce qui s'est passé s'est réellement produit, ou j'ai simplement cauchemardé ?

Je grimace.

— Je crains que nous ayons été victimes du même cauchemar, vous et moi.

— Mon Dieu…, souffle-t-elle en se massant le front. Il faut que j'aie une franche discussion avec Blanche.

— À mon avis, elle a compris que ce coup de fil n'était qu'une ruse pour vous aider à fuir.

Elle relève la tête et me dévisage en fronçant les sourcils.

— Non, je ne parlais pas de ça… Ce… J'ai… Laissez tomber, ce serait trop compliqué à expliquer.

— Essayez, pour voir ? Je suis quelqu'un de patient.

— Hum… On ne se connaît pas assez pour que je puisse l'affirmer, mais… vous m'avez l'air de quelqu'un de bien, Vincent Agniel.

Elle me gratifie d'un sourire que je lui rends.

— On ne se connaît pas assez pour que je puisse l'affirmer, dis-je en lui renvoyant ses propres mots, mais vous me semblez être une personne franche et une amie attentionnée, Valentine Anielle. D'ailleurs, Blanche vous est sans doute reconnaissante de ne pas avoir assommé son fiancé avec votre chaise.

— Oh ! ce n'est pas l'envie qui m'a manqué, loin de là ! Je me suis même imaginé lui épiler l'ensemble du corps à la cire brûlante !

— Ouch ! Ça doit être douloureux, ça… J'ai du mal à comprendre l'attitude de Pierre-Emmanuel à votre égard.

— Sous ses airs de Monsieur Parfait, il n'est peut-être qu'un sale con. Vous y avez pensé ?

— Je sais que ça va vous paraître difficile à imaginer, compte tenu de son comportement avec vous, mais Pim's…

— Pim's ?

— Oui, c'est le surnom que je lui donnais quand nous étions mômes et qu'il raffolait de ces gâteaux de grand-mère fourrés à l'orange. Ça m'est resté. Bien sûr, il déteste que je l'appelle ainsi.

— Comme P-E !

— Oui. Toujours est-il que le Pierre-Emmanuel que je connais ne ressemble pas à celui qui vous lance toutes ces piques gratuites. C'est ce qui est le plus surprenant, de mon point de vue. J'ai beaucoup de mal à comprendre pourquoi il se conduit comme ça avec vous.

— Parce qu'il me juge incontrôlable, alors que le contrôle, c'est son dada. Il a peur des rumeurs, de ce que les gens pourraient raconter dans son dos en nous voyant en compagnie l'un de l'autre, peur que je puisse influencer Blanche. Mais vous savez quoi ? C'est sans importance ! P-E, le gang des mères parfaites, la terre entière peut bien médire sur mon compte, je m'en fiche royalement tant que mon fils et moi sommes ensemble, et mes proches heureux et en bonne santé.

Son visage ne reflète plus une once d'amusement. Il m'apparaît alors évident que le sujet la préoccupe bien plus qu'elle ne le prétend. Comment pourrait-il en être autrement ?

— Se soucier du regard des autres a toujours tendance à transformer les gens en idiots, surtout dans certains milieux.

— Pourtant, vous ne me paraissez pas être comme ça, Vincent. Là encore, je peux me tromper, mais j'en ai l'intuition.

— Je ne le pense pas, en effet, même s'il est toujours compliqué et peu objectif de porter un jugement sur soi-même. Sans doute est-ce dû au fait que j'ai longtemps vécu à l'étranger. En Afrique, les choses sont différentes, à plus forte raison si vous côtoyez plus les animaux que les hommes, car eux ne mentent pas sur ce qu'est leur vraie nature.

Valentine approuve mes propos d'un hochement de tête, avant de se laisser aller contre son siège en soupirant.

— Mmm… tout serait tellement plus simple si les personnes jouaient franc-jeu…

Nous quittons l'autoroute pour emprunter la départementale menant au village. L'horloge du tableau de bord indique 21 heures, et je me dis que la soirée n'est peut-être pas perdue pour nous.

— Je connais un p'tit restau sympa dans le vieux village. Une pizzeria. Un de mes patients m'en avait vanté la bonne cuisine, et j'ai pu le tester avec Jonas. Ça vous tente ?

— À un autre moment, ça aurait été avec plaisir, mais là, je suis vannée.

— Je comprends.

Le silence réinvestit l'intérieur de l'habitacle. Je me concentre sur la route à défaut d'autre chose. Mon portable, que j'ai calé sur la console centrale, sonne. Je vérifie qu'il ne s'agit pas de Cynthia pour Jonas et vois, à la place, apparaître à l'écran le nom de Pierre-Emmanuel. N'étant pas d'humeur à lui parler, je choisis de renvoyer l'appel sur la messagerie. J'ai eu mon compte pour la soirée !

Valentine m'observe sans un mot. Puis, après avoir consulté son propre téléphone, elle se tourne vers moi.

— Ma proposition ne pourra pas rivaliser avec un succulent dîner dans un établissement gastronomique, mais, si vous voulez, j'ai un paquet de macaronis dans le placard et du gruyère râpé dans le frigo. Inutile de préciser que je cuisine ces deux ingrédients comme personne.

J'éclate de rire devant son petit air de défi tandis qu'elle formule son invitation.

— J'accepte volontiers.

En chemin, je m'arrête à une supérette ouverte vingt-quatre heures sur vingt-quatre, afin d'acheter du vin et des fleurs pour mon hôtesse. Si je parviens à dénicher sans problème une bouteille correcte, je rencontre quelques difficultés pour le reste.

— Un bouquet de persil ? s'esclaffe Valentine alors que je lui tends ma trouvaille, une fois de retour dans la berline.

Je prends mon air le plus contrit pour me justifier :

— J'ai interrogé Google et, malheureusement, aucun fleuriste des environs n'est ouvert après 19 heures. Bon, j'avais l'option d'en cueillir dans un jardin, au hasard, mais ça nous aurait fait perdre du temps.

Elle éclate de rire en agitant le persil sous son nez. Je lui décoche un clin d'œil tout en démarrant.

— Pas la peine. Je le mettrai dans un joli vase en arrivant à la maison, plaisante-t-elle.

Sitôt rentrée chez elle, elle se met à son aise en enfilant un pantalon de jogging et un T-shirt pouvant accueillir deux personnes comme elle. L'hypothèse qu'il puisse s'agir d'un premier rencard s'en trouve aussitôt enterrée.

De mon côté, je me débarrasse de ma veste pour demeurer en bras de chemise. Dans la cuisine, je propose mon aide à Valentine, qui la décline en m'invitant plutôt à m'installer sur l'un des tabourets du bar.

Je sens soudain qu'on se frotte à ma cheville et me penche pour vérifier.

— Hé, salut, toi ! m'exclamé-je en me baissant pour caresser la boule de poils. Vous avez un chat.

Valentine se contorsionne au-dessus du plan de travail pour apercevoir l'animal.

— Oh ! elle ? C'est une emmerdeuse de première. Je vous présente Fous-moi le Camp !

— Qui ça ?

— Fous-moi le Camp, baptisée ainsi parce qu'elle n'arrêtait pas de miauler sur ma terrasse dès l'aube, aussi bien en semaine que les week-ends. Je crois que ce sont même les premiers mots que je lui ai adressés.

— Un chat errant… Elle a l'oreille gauche à moitié grignotée et d'anciennes traces de morsure. T'as dû en voir de belles, ma grande ! commenté-je en lui frottant le cou.

— J'ai eu beau la chasser avec mon pistolet à eau, elle revenait toujours. Un jour, j'en ai eu marre de la repousser et, comme Axel me suppliait de la garder, bah ! j'ai cédé.

— Eh bien, c'est une preuve que la ténacité est parfois payante et que vous avez bon cœur, Valentine.

Tout en surveillant la cuisson des pâtes, elle sort d'un placard deux verres à vin que je me charge de remplir.

— Où est Jonas ? me demande-t-elle en trempant les lèvres dans le liquide. Mmm… il est bon !

— À la vôtre !… Il est à la maison avec Cynthia, sa baby-sitter, dis-je après l'avoir goûté à mon tour. Il m'a donné la permission de minuit.

Valentine esquisse un sourire en coin.

— Vous avez de la famille dans les parages ?

— Non. Mes parents se sont installés sur la côte atlantique il y a quelques années, à Arcachon plus précisément. Avant, ils vivaient à Paris, en plein centre. C'est là que j'ai grandi et fait mes études. Ma sœur vit en Bretagne avec son compagnon.

— Vous avez une sœur, donc.

— Oui, Élise. Elle est plus jeune de quatre ans. Et vous ?

— Un frère, plus âgé de deux ans, et qui prend un malin plaisir à me taquiner dès qu'il en a l'occasion.

— Je crois que c'est le passe-temps favori de tous les frères. Comment se porte Axel, depuis mercredi ? m'enquiers-je en piochant un cracker dans le bol servi par Valentine.

— Ça va, répond-elle avec un haussement d'épaules. Le stage s'est terminé sans heurt, et il était content de partir quelques jours chez son arrière-grand-mère. Pour le reste, j'espère que d'ici à la rentrée, cette histoire se sera tassée. Et Jonas ?

— Il est résilient, même si je sais qu'il aimerait se faire des copains. C'est un désir légitime, à son âge. Disputer une partie de flipper et rire avec Axel lui ont fait du bien, l'autre jour. Ça l'aide à ne pas trop ruminer.

— À quel sujet ? m'interroge-t-elle en reprenant une gorgée de vin.

— Sa mère et les souvenirs qu'il a d'elle. Il avait à peine cinq ans quand elle nous a quittés et il a l'impression d'oublier certains détails la concernant. J'ai essayé de lui montrer des photos, de lui repasser des vidéos de l'époque où nous vivions en Afrique du Sud, mais je ne suis pas sûr que ça ait eu l'effet escompté. Je ne sais pas… C'est difficile de devoir expliquer l'absence d'un de ses parents à un enfant, quand on a soi-même des difficultés à surmonter le manque.

— Vous vous débrouillez plutôt bien, je trouve. Jonas m'a paru être un garçon équilibré et gentil. Ce dont ne peuvent se targuer certains crétins, qui ont pourtant leurs deux parents pour les élever. C'est prêt !

Son ton triomphant achève de me sortir de ma soudaine mélancolie. Je hume l'air comme si elle avait préparé un mets au parfum délicieux.

— M'est avis que votre plat n'a rien à envier à celui que nous avons abandonné en fuyant la compagnie des futurs mariés.

Elle me jette un regard surpris, avant de se mordre la lèvre inférieure.

— Vous avez de l'humour, Vincent. J'aime bien ! On mange devant la télé ? propose-t-elle, une assiette dans chaque main.

— Je me charge des verres et de la bouteille !

Après nous être installés à même le sol, face à la table basse, nous dégustons nos macaronis devant une rediffusion de *Columbo* sur une chaîne de la TNT. Affirmer que la soirée a pris un tour inattendu serait un euphémisme. Si on m'avait dit que je la terminerais chez Valentine à manger des pâtes au fromage en visionnant une série culte des années 1970, je ne l'aurais pas cru. Comme quoi…

— Franchement, dès lors que Columbo vous rend visite deux fois de suite sur votre lieu de travail, vous êtes sûr que c'est cuit pour vous ! commente-t-elle. Ça va ? Vous ne dites rien depuis tout à l'heure.

J'avale ma bouchée, attrape une feuille de sopalin afin d'essuyer l'excédent de gruyère sur mon menton, et pivote vers elle.

— Tout va très bien, merci. Je prends simplement le temps de savourer la nourriture et votre compagnie.

Elle rougit.

— C'est gentil, mais ne vous sentez pas obligé…

— De quoi ? la coupé-je. De me montrer sincère en vous disant que je suis plus content d'être ici avec vous que dans ce restaurant à supporter une ambiance délétère ?

Elle incline la tête de côté comme pour me signifier qu'elle m'accorde ce point.

— À partir de ce soir, je vous place dans la case de mes alliés, Vincent.

— Eh bien… j'en suis honoré, Valentine. Peut-être pourrions-nous nous tutoyer ? Ce serait plus sympa et, entre alliés, ça n'a rien d'étrange.

Nous échangeons un sourire que je souhaite complice.

— Je suis d'accord, m'annonce-t-elle en me tendant une main que je saisis.

La soirée se poursuit ainsi, jusqu'à ce que sonne 23 h 30 et que l'inspecteur Columbo en soit à sa seconde arrestation.

Je quitte Valentine en vantant une nouvelle fois ses talents de cuisinière et en la remerciant de son hospitalité.

À mon retour à la maison, je trouve Cynthia allongée sur le canapé du salon. La pauvre… la réveiller alors qu'elle ronfle si paisiblement me cause un cas de conscience. Seule la pensée que Céline, sa tante et mon assistante vétérinaire, vit à moins de dix minutes en voiture de mon domicile m'incite à le faire.

Je monte me coucher après son départ, en effectuant un détour par la chambre de Jonas afin de vérifier qu'il dort bien dans son lit.

Plus tard, alors que je suis étendu sous la couette et que le sommeil continue à me fuir malgré la fatigue, je cogite sur les derniers événements : Valentine, Pierre-Emmanuel et cette façon qu'il a de l'attaquer sans motif. Je songe aussi à Blanche qui, bien que très agréable comme personne, me semble en décalage par rapport aux aspirations de mon vieil ami. Il faut davantage que de l'amour pour bâtir une union solide, selon moi. Il faut également une vision commune de l'avenir. Et je doute que ce soit le cas pour eux.

Mes paupières se ferment toutes seules, tandis que j'entends la voix d'une certaine personne comparer le mariage à une épreuve…

Le lundi soir, alors que je rentre d'une visite vétérinaire au club hippique, je constate que Pierre-Emmanuel s'attarde au cabinet. Sa voiture est garée à son emplacement habituel. Personnellement, je préfère laisser la mienne dans la rue, cela m'évite les manœuvres pour sortir du parking.

Ce n'est qu'en m'approchant du véhicule que je remarque du mouvement, côté passager. Et là, quelle surprise ! Une femme, de dos, est penchée sur la vitre entrouverte, munie d'une… canne à pêche ? Je toussote dans mon poing pour manifester ma présence.

Elle sursaute et se retourne. Un hoquet surpris m'échappe.

— Valentine ?

Chapitre 7

On est lundi, et je n'ai toujours pas décoléré à propos du guet-apens dans lequel je suis tombée comme une débutante. Blanche m'a laissé un nombre phénoménal de messages sur mon répondeur. J'ai écouté les premiers, savourant sa culpabilité. Mais son ton enjôleur n'a pas eu raison de mon ressentiment. Oser m'imposer la présence de Monsieur Parfait alors qu'elle m'avait vendu une soirée entre filles ! Je n'avais pas mérité ça.

Bon, l'échec n'a pas été total, cela dit, malgré l'amertume qui me reste en bouche. Ou peut-être devrais-je dire dans l'esprit. Bref, filer avec Vincent a été le moment le plus savoureux de cette histoire. J'ai apprécié le calme dans sa voiture, alors que nous partions loin de cette table maudite. Il n'a pas cherché à me faire parler pour ne rien dire. Il a accepté mon silence, et j'ai pu reprendre pied dans la réalité, la mienne. Celle où le fiancé de ma meilleure amie me déteste au point de l'énoncer à haute et intelligible voix, devant tout le monde.

Même moi, dans une période de grande franchise, je ne pense pas pouvoir atteindre ce niveau-là. Certes, quelqu'un que je n'aime pas le sait, mais de là à l'affirmer devant des témoins, il y a un gouffre que je n'ai jamais franchi.

— Vous allez bien, Valentine ?

Mme Dupond me regarde avec cet air bienveillant qui m'agace et m'apaise à la fois. Cinquantenaire pétulante, elle a eu un terrible accident de voiture, il y a quelques années. Maintenant dans un fauteuil roulant, elle a besoin d'aide pour ses repas et son ménage.

— Désolée, j'étais perdue dans mes pensées, avoué-je avec un sourire torve. Vous disiez ?

— Que ma semaine à Paris, chez mon fils, s'est plutôt bien déroulée, mais je suis ravie d'avoir retrouvé le calme du Sud.

Le calme ? Voilà bien une chose que je ne trouve pas dans la région. Enfin, dans les environs. Peut-être parce que beaucoup trop de monde me connaît. Et lorsque ce n'est pas le cas, je suis sur la défensive, incapable de profiter du moment. En atteste ma presque crise de panique, vendredi, à l'idée d'aller au restaurant avec Vincent et d'y croiser quelqu'un de ma connaissance. Pire, même… Tomber sur l'une des membres actives du gang des mères parfaites… Elles s'en seraient donné à cœur joie, entre ma tenue tout droit sortie du carton qu'elles m'ont si gracieusement confié et l'homme à mes côtés !

À quelles affreuses rumeurs aurais-je été confrontée ? Et Vincent ? Le pauvre n'a pas mesuré toutes les conséquences de son invitation. Il ne s'imaginait peut-être pas me voir enfiler un vieux jogging et un T-shirt difforme, à peine le seuil de mon appartement franchi. Quant à la suite de la soirée…

Et après, je m'étonne de ne pas rencontrer d'homme digne de ce nom ! En même temps, ce n'est pas comme si j'en cherchais réellement un. D'accord, si un spécimen cochant toutes les options souhaitées apparaissait miraculeusement devant moi et m'enlevait loin de ce village de malheur et de ces mauvaises langues, je ne résisterais pas très fort. « Toutes les options souhaitées ? » J'entends quoi par là, au juste ?

Des muscles finement taillés ? Un sens de l'humour qui compléterait le mien ? Des fossettes autour d'un sourire craquant ? Des yeux d'un bleu tel qu'ils doivent changer de nuance suivant l'humeur…

Vincent ! Je suis en train de rêver de Vincent !

Je sursaute et regarde autour de moi pour trouver une occupation. Quelle chance que personne ne puisse lire dans mes pensées, sinon je serais bien embarrassée ! Ou pas. Après tout, c'est un homme séduisant, que de nombreuses femmes ont déjà remarqué. Des mariées et des célibataires qui saisissent le moindre prétexte pour se présenter au cabinet.

— Pourquoi grognez-vous, Valentine ?

Pour rien, madame Dupond, juste une pointe de jalousie mal placée… Mais genre TRÈS mal placée.

Jamais il ne s'intéressera à moi. Enfin, en supposant que je souhaite qu'il… Mais qui je crois berner ? J'adorerais retenir son attention autrement que par mes pitreries et mes moments de gêne intense. Par exemple, vendredi soir, en entrant dans le restaurant. Pour une fois, j'étais à mon avantage. Je n'avais simplement pas le bon public.

Toujours songeuse, je me baisse pour prendre le seau d'eau sale, que je n'ai pas encore vidé dans les toilettes. J'entends ma bénéficiaire m'appeler une nouvelle fois, plus sèchement. Je note son ton exaspéré, ou désespéré.

Mes réflexions tournent court. Deux pattes atterrissent sur mes épaules au moment où je cherche à me relever. Vamos, le chien, vient de me plaquer au sol pour une raison qui m'échappe. Dans ma chute, j'entraîne le seau qui se déverse pratiquement sur moi.

Je suis maudite !

— Valentine, tout va bien ?

Non, rien ne va, au contraire.

— Que s'est-il passé ? demandé-je sans desserrer les dents, pour éviter d'invectiver le golden retriever maintenant assis à côté de sa maîtresse.

— Comme vous ne répondiez pas, il a dû vouloir attirer votre attention, déclare cette dernière.

Son air désolé ne trompe personne. Elle a envie de rire, et peut-être le ferais-je si j'étais à sa place et non dans des vêtements trempés.

— Il vous reste beaucoup de visites, aujourd'hui ?

— Oui.

Et pas le temps de rentrer chez moi pour me doucher.

Abattue, je me relève et regarde le désordre autour de moi. Je suis bonne pour relaver le sol, ou tout du moins l'éponger. Je décolle mon jean de ma cuisse et me penche pour redresser le seau vide. D'un pas raide, je me dirige vers la cuisine et prends des serpillières sous l'évier.

— Vous devriez vous changer..., grommelle Mme Dupond.

— Seulement, je n'ai pas de vêtements de rechange. Figurez-vous que je ne m'attendais pas à participer à un concours de T-shirts mouillés !

— Pendant que vous finissez ça, je vais vous chercher de vieux vêtements que ma fille adore porter quand elle vient à la maison ! Je vous pose le tout dans la salle de bains...

— Je ne suis pas autorisée à...

— Que nenni ! m'interrompt-elle. Ça restera entre nous !

Aussitôt, elle fait rouler son fauteuil dans son couloir, en direction de sa chambre. Pour elle, la discussion est close, alors que pour moi... Si ma supérieure apprend que j'ai pris une douche chez une de mes bénéficiaires, je peux être renvoyée. Ce qui ne serait pas une grosse perte en soi, vu l'ambiance, mais mon banquier n'aimerait pas.

Quand Mme Dupond revient, le sol est de nouveau propre et sec. Le chien est reparti dans son panier, peut-être conscient que son intervention était inappropriée.

Elle me sourit et me désigne le couloir. J'hésite un instant, avant qu'un effluve du produit de nettoyage me remonte aux narines et anéantisse mon peu d'arguments contre.

— Je vous ai sorti une serviette.

Je la remercie vivement et me presse jusqu'à la salle de bains. Je me déshabille et plie mes vêtements. En me dépêchant, je ne serai que très peu en retard chez mon prochain bénéficiaire. Je défais mon chignon et me lave de la tête aux pieds. Enroulée dans la serviette, je déchante.

Sa fille apprécie réellement ces vêtements ? Un legging en lycra à imprimé léopard ? Et ce T-shirt ! La couleur rose orangé fluo décollerait la rétine d'une personne aveugle. À tous les coups, il s'illumine dans le noir ! Seules la culotte en coton et la brassière de sport sont « potables ». Et encore… Disons que leur mérite est qu'elles seront dissimulées, et que personne ne pourra me voir avec. Il y a des jours, j'ai vraiment de la chance d'être célibataire ! Parce que, avec cette tenue « tue-l'amour », je serais bonne pour repartir à la chasse, sur Tinder et compagnie.

— Valentine, tout se passe bien ?

Oui, ma transformation en Bozo le clown est en cours…

— Parfait, dis-je avec une joie feinte.

Une fois habillée, j'examine mon reflet. Ayant pour principe de ne pas m'attacher les cheveux quand ils sont mouillés, j'hésite à m'affranchir d'une règle que je me suis imposée. L'autre solution serait de les natter à la Laura Ingalls[1], ou, pour être plus moderne, comme Anna, la sœur de la Reine des neiges. Vu mes vêtements, je ne suis plus à ça près…

Quand je sors de ma cachette, Mme Dupond ouvre des yeux ronds, mais ne prononce pas un seul mot. Encore heureux, parce que mon doux caractère est sur le point de se faire la malle.

1. Personnage principal de la série télévisée *La Petite Maison dans la prairie*, tirée du livre de Laura Ingalls Wilder.

Si mon humeur était plutôt sombre en partant de chez elle, elle ne s'est guère améliorée au fil de la journée. Et… pompon sur le gâteau, cerise sur le cul du cochon, c'est…

— Inadmissible !

Je déglutis afin de retenir tout un flot d'injures qu'il serait malvenu de laisser s'échapper. Une voiture passe derrière moi, mais, par chance, aucun badaud n'est à déplorer. Il n'y a donc pas de témoin du remontage de bretelles que je m'apprête à subir.

— Est-ce que c'est une tenue pour s'occuper de mon père ? hurle la femme devant moi, plantant les poings sur les hanches. On peut savoir ce qui vous a pris de choisir des vêtements aussi dépareillés et…

Sa moue de dégoût me confirme qu'elle ne me les volera pas. Rappelons, à ma décharge, que je ne les ai mis que mue par la nécessité.

— Et votre coiffure !

Mes tresses n'ont pas supporté mon emploi du temps, et je les soupçonne de ne plus ressembler à grand-chose. Elles jouent néanmoins leur rôle – retenir mes cheveux –, ce qui est une bonne nouvelle.

— Madame…

— Mademoiselle, me reprend-elle en redressant le menton. Je ne suis pas mariée et je tiens à ce que ça se sache.

OK.

— Mademoiselle, comprenez qu'un incident a eu lieu plus tôt dans la journée et que je n'ai pas pu…

— Vous auriez dû prévoir une tenue de rechange plus en adéquation avec votre métier !

Euh… Elle sait que je suis assistante de vie et que l'association legging-T-shirt est la meilleure au monde pour travailler ?

Refusant de polémiquer, je hoche la tête et prie pour que mon enfer se termine rapidement, soit par une extinction de voix, soit par la mort. La sienne, s'entend, j'ai encore de belles années à vivre et mon fils à élever.

Je recule discrètement pour mettre plus de distance entre nous, espérant rentrer chez moi. À peine ai-je fait un pas qu'elle en fait deux !

— J'ai confié mon père à votre association, parce qu'elle avait de bonnes appréciations. Vos clients indiquent que vous êtes une équipe de professionnels triés sur le volet qui œuvrent pour le bien-être des gens dont ils ont la responsabilité.

C'est vrai.

— Je suppose que vous venez d'être embauchée !

Pas vraiment…

— Je vais devoir me plaindre à qui de droit.

Eh bien, vas-y…

— Mada… moiselle, ma supérieure est déjà au courant de l'incident qui m'a conduite à porter cette tenue ridicule.

Pourquoi l'ai-je appelée entre deux bénéficiaires ? Je l'ignore, mais là, tout de suite, je m'en félicite. Et plutôt deux fois qu'une !

— C'est une de mes collègues, actuellement en vacances, qui s'occupe habituellement de votre père…

— Encore une fainéante, grommelle-t-elle.

— Il est entre de bonnes mains, et mes vêtements n'altèrent en rien mon professionnalisme, ajouté-je sans relever sa pique. Ma supérieure pourra vous confirmer qu'aucune personne dont je m'occupe ne s'est plainte de moi.

— Vous pensez que je vais croire sur parole quelqu'un vêtu de la sorte ?

— L'habit ne fait pas le moine…

Elle pince les lèvres, et son regard se fait meurtrier. Génial, encore une qui n'a pas le temps de prendre soin de son père, mais qui a toujours un moment pour nous expliquer notre travail ! Que j'aimerais lancer à ces enfants de pacotille qu'au lieu de se défouler sur nous, ils pourraient trouver une solution pour venir voir leurs parents plus souvent !

— Maintenant, si vous voulez bien m'excuser, je vais rentrer chez moi. Bonne soirée !

Ma voix, quoique ferme, est un brin sarcastique, juste ce qu'il faut pour montrer à cette femme que la conversation est terminée et n'a pour moi aucune espèce d'importance. J'espère en douce que je ne me trompe pas et que ma supérieure ne fera pas de moi un exemple…

La tête droite, je me dirige vers ma voiture et expire une fois sûre que personne ne peut me voir.

Bon, d'accord, pour un premier contact, j'aurais pu faire mieux. Cela dit, son père n'a pas eu l'air de s'offusquer de ma tenue. Certes, mon pantalon est un peu trop moulant, mais j'ai veillé à ne jamais lui présenter de vue dégagée sur mes fesses, j'ai géré !

D'un geste nerveux, je repousse mes tresses dans mon dos et démarre. J'ai une bonne demi-heure de route avant d'arriver chez moi. En supposant que je ne me perde pas en chemin !

Tout en étouffant un juron, je quitte ma place de stationnement et me concentre sur le nom des rues, pour m'assurer de repartir dans le bon sens. Une boulangerie… Un arrêt de bus scolaire… Tout me semble familier, jusqu'à un petit pont que je franchis sans croiser âme qui vive.

Un paysage d'arbres, de champs d'oliviers, de nature et de maisons éparses apparaît bientôt. *Hum*… Lorsque je dépasse le panneau du patelin suivant, je comprends que j'ai merdé à un embranchement. Ce nom, je ne le connais pas. Et ce club de strip-tease à l'entrée, encore moins.

Décidée à ne pas perdre plus de temps, je m'engage sur le parking et me gare pour consulter le GPS de mon téléphone. Lequel mouline désespérément à la recherche d'un réseau mobile… J'aurais aussi vite fait de…

Je grimace à l'idée de pénétrer dans un tel établissement, habillée de la sorte, en plus. Non que j'aie quoi que ce soit contre ! Ou que je juge les clients et les habitués. Je crains simplement la prochaine embrouille qui ne manquera pas de me tomber sur le coin du nez.

Je ferme les yeux un instant et appuie la tête contre le dossier. Peut-être qu'en poursuivant vers le centre du village je trouverai un commerce encore ouvert à 19 h 32.

Et puis, zut ! Je suis une grande fille !

M'armant de courage, j'ôte les clés du contact et sors de la voiture. Puis je marche d'un bon pas vers l'entrée du club et entre sans baisser la tête. Je peux le faire.

— Salut, roucoule un homme à ma droite.

Sans le moindre scrupule, il me détaille de la tête aux pieds, et je me sens soudain dans la peau d'un bon gros hamburger devant un morfal.

— Même pas en rêve ! grogné-je.

Un peu plus loin, je repère un homme qui a tout de l'agent de sécurité. Avec un peu de chance, il se montrera galant et pourra répondre à ma question sans que j'aie envie de l'étrangler.

— Bonsoir, j'aurais besoin d'un renseignement…

— J'appelle le patron !

— Je ne pense pas que ce soit nécessaire, dis-je en le voyant porter la main à l'oreille.

Je croyais que seuls les espions avaient ce genre de matériel ? Soudain, le nom qu'il prononce me hérisse. Je le connais. Journée de merde, je confirme…

— Il arrive.

Trop bien ! L'établissement appartient au père de Maxence, le meilleur ami de Corentin. Les deux petits monstres qui pourrissent la vie d'Axel.

Pourquoi ? Mais pourquoi, bon Dieu, a-t-il fallu que je m'arrête ici ?

— Valentine ? Que puis-je faire pour toi ?

Encore un qui se croit autorisé à m'appeler par mon prénom et à me tutoyer !

— Je me suis perdue, avoué-je en redressant le menton.

— Bien sûr… Si nous allions dans mon bureau ?

Il désigne avec élégance la porte par laquelle il est apparu, tel le méchant dans un cauchemar.

— Ce ne sera pas la peine, j'ai juste besoin d'indications pour retrouver le chemin de chez moi.

— Valentine, dit-il d'un ton paternaliste qui a le don de me foutre en boule, si tu as besoin d'un boulot…

— J'en ai déjà un.

— Qui ne paye pas assez, visiblement.

L'horrible goujat a l'audace de pointer ma tenue.

— La route, insisté-je.

Il soupire et secoue la tête, comme un adulte devant un enfant trop obstiné.

— Valentine, je recherche justement une danseuse pour ce soir…

Il est sérieux ?

— Mon chemin…

Alors qu'il répète mon prénom, je m'aperçois que je ne connais pas le sien. Je me sens défavorisée dans ce face-à-face que je tiens à gagner rapidement, afin de rentrer chez moi et me mettre à l'aise.

Je me rends alors compte que j'aurais pu appeler Clara. Peut-être sait-elle… Ah non ! Elle dîne avec ses parents ce soir. Ma mère ! Mon père ! Pourquoi faut-il que ce soit maintenant que j'y pense ? Même Vincent… Oui, j'aurais pu lui téléphoner. Il aurait ri, mais je ne me serais pas mise dans cette situation scabreuse et n'aurais pas l'intime conviction que tout le village sera au courant avant que je sois garée devant chez moi.

— Il n'y a pas de honte à avoir…

— Comment ça ? m'exclamé-je.

— Je sais que certaines personnes ont un avis tranché sur la question et pensent à tort qu'un club de strip-tease est un lieu de dépravation. Je t'assure que je fais tout pour que mes danseuses travaillent dans les meilleures conditions, et que mes clients ne soient pas importunés dans leur vie de tous les jours.

Alors que je réfléchis à ses paroles, une idée me vient à l'esprit. Nous sommes lundi et, si je me souviens bien, Pierre-Emmanuel emmène son futur beau-père visiter quelque chose. Blanche m'en a parlé, et je mesure maintenant l'importance d'une telle information. Que se passerait-il si le père de Blanche découvrait une brochure d'un club de strip-tease dans la voiture de son futur gendre ?

— Dans mon bureau, nous pourrions discuter de tes prestations…

— Mon chemin ! répété-je.

Comprenant qu'il est vain d'insister, il m'invite à repartir d'où je suis venue et à tourner à gauche à la deuxième intersection.

— Après, c'est tout droit.

— Merci !

Je lui adresse un sourire hypocrite.

— Si tu as besoin…

— Même pas en rêve ! l'interromps-je.

— Tu as un corps splendide, Valentine. Tu aurais plus de pourboires que toutes mes danseuses réunies.

Il dit ça parce qu'il ne m'a jamais vue danser ! Je n'ai aucun sens du rythme, quant à la souplesse… Pour ne pas écorcher davantage mon ego, je conclurai qu'on a connu pire. Prête à lui demander de garder cette entrevue pour lui, je me ravise. Il en parlera à sa femme et, s'il pense que j'ai quelque chose sur la conscience, il s'empressera de mentionner ma venue à tout le monde.

— Bonne soirée !

Avant de partir, je prends un prospectus et m'enfuis vers ma voiture. Mon courage m'a désertée au moment où un client plus carré qu'une armoire normande est entré et m'a envisagée comme son prochain repas. Comment font ces femmes pour tolérer ou aimer être regardées de la sorte ?

Je m'empresse de démarrer et suis les indications données. Je n'ai pas trop perdu de temps, en fin de compte.

Tout en conduisant, je réfléchis au dépliant que j'ai posé avec soin sur le siège passager. Si mon idée m'a paru géniale à première vue, elle n'est pas aboutie. Comment vais-je pouvoir placer ce prospectus pour que le père de Blanche ne puisse pas le manquer ? Si je me souviens bien, il doit rejoindre Pierre-Emmanuel au cabinet, qui le conduira avec sa voiture. Compte tenu de la chaleur, les vitres seront sans doute entrouvertes pour laisser passer l'air. Un bon point pour moi. Mais… glisser le feuillet par l'interstice ne suffira pas. Je dois m'assurer qu'il sera bien en vue.

Et si j'utilisais une canne à pêche ? Je pourrais ainsi le placer correctement. Seulement, je n'en ai pas. Une cordelette dans la boîte à gants et des chewing-gums sont mes seules richesses. Avec un bout de bois, voilà qui pourra très bien faire l'affaire !

Fière de mon idée, je me surprends à chantonner durant le reste du trajet. La journée se terminera peut-être sur une note positive, et l'opération « On dézingue la meringue » débutera enfin.

Ou pas…

Retenant un cri de frustration, je regarde le prospectus qui pend au bout de ma canne à pêche de fortune. Si l'idée de départ était assez bien pensée, je me rends compte qu'elle présente également un inconvénient de taille : comment décoller le papier du chewing-gum une fois qu'il sera posé sur le siège ? Les astres étaient alignés pourtant ! P-E avait garé sa voiture dans un coin assez reculé du parking pour que personne ne prête attention à moi. Les vitres étaient entrouvertes…

— Valentine ?

Je sursaute et sors rapidement ma « canne à pêche » pour la cacher dans mon dos. De toutes les possibilités de complication dans mon plan de conquête de l'univers, j'ai oublié Vincent.

Je lui souris de toutes mes dents, mon cerveau moulinant dans le vide à la recherche d'une excuse solide. Tentative totalement vaine, l'unique solution viable est donc de détourner la conversation ou de nier en bloc.

— Vincent…, dis-je sans cacher mon malaise.

— Mais que diable fabriques-tu sur le parking de la clinique avec une canne à pêche ?

Bon, il a remarqué…

— On peut faire comme si tu n'avais rien vu ?

Son sourire s'agrandit tandis que ses yeux bleus pétillent de malice.

— Je ne crois pas, non…

Détourner la conversation. Nous éloigner à tout prix de cette canne à pêche, et… Et tant pis ! Je ne mettrai pas le prospectus sur le siège passager, le père de Blanche ne le découvrira pas, et le mariage ne sera pas annulé. Certes, cela n'aurait pas été suffisant pour rompre les fiançailles, mais le stratagème aurait constitué un bon début. Il faut bien commencer quelque part.

— Tu te rends compte que, pour rééquilibrer les forces cosmiques, tu dois me raconter un truc super embarrassant sur toi.

— Non plus.

Il secoue la tête, et mon humeur s'allège. Ma journée prend un tournant qui me plaît.

— Ce qu'il y a de formidable, avec toi, c'est que tu réussis toujours l'exploit de me surprendre.

— Il t'en faut peu pour être heureux !

— Ce n'est pas une chanson, ça ? demande-t-il en se tenant le menton.

— Si tu t'attends à ce que j'imite Baloo, tu te mets le doigt dans l'œil, genre jusqu'au coude !

— Il est vrai qu'habillée de la sorte, je t'imaginais plutôt chantant *Libérée, délivrée* !

Feignant d'être offusquée, j'ouvre la bouche et fredonne :

Non, jamais
Je ne serai faite pour le mariage
Ni une fille bien sage, je le sais,
Cette vie n'est pas pour moi.
J'ai compris que si je veux rester ce que je suis,
Mes parents seront meurtris[1].

Je lui souris et ajoute d'un ton moqueur :

— Ou pas.

Il rejette la tête en arrière et éclate de rire. Son rire me réchauffe. J'aime l'entendre et… et quoi ? Je ne suis pas en train d'avoir un coup de cœur pour lui… Si ?

Je déglutis et le contourne, tout en prenant soin de ne pas lui montrer ce que je cache dans mon dos. Ce n'est qu'au deuxième ou troisième pas que je prends conscience de l'impensable : le chewing-gum est collé à mes vêtements. À ma fesse droite, plus exactement.

— Un souci ? demande-t-il, moqueur.

— Non, réponds-je sèchement.

Je ne peux m'empêcher de grimacer en songeant au problème qui va se poser au moment de m'asseoir dans ma voiture.

— Sûre ?

— Vincent, je ne me rappelle plus… Est-ce qu'on était ex aequo, à propos du matage de fesses ?

— Tu as prétendu ne pas les avoir regardées, si je me souviens bien.

— D'accord, on garde cette version ! dis-je avec un petit froncement de nez. Donc, tu pourrais ne pas regarder ce que je m'apprête à faire… Tu briserais l'équilibre, sinon…

— L'équilibre cosmique, c'est ça ?

1. Dans *Mulan*, le dessin animé de Disney.

— J'ai un chewing-gum collé aux fesses, et il est hors de question que tu me voies m'agiter dans tous les sens pour l'enlever…

À moins que…

Je tire sur le prospectus et le place sur le chewing-gum. Je m'occuperai de tout ça chez moi. Le siège de ma voiture est à l'abri, c'est l'essentiel pour le moment.

— C'est bon, déclaré-je, fière d'avoir trouvé une solution. Je vais me diriger avec autant de dignité que possible vers mon auto, et toi… tu vas faire ce que tu as à faire au cabinet.

Il acquiesce, mais croise les bras sans faire mine de se retourner.

— Tu vas regarder, c'est ça ?

— Je m'en voudrais de manquer le clou du spectacle !

Ses fossettes se creusent ; il est manifestement très content de sa soirée. Si seulement je pouvais être dans le même état d'esprit et ne pas avoir l'impression d'être une pauvre gamine incapable de bien me présenter devant un homme attirant. Non, pas attirant ! Pas séduisant ! Il est… Non, non, non ! Je ne peux pas craquer pour lui, ni pour aucun autre.

— Je vais…

Je désigne ma voiture et me demande à quel point il serait ridicule de marcher à reculons jusqu'à elle. Serait-ce pire ou mieux que de lui laisser voir le prospectus collé sur mon legging ? Vaincue, je choisis de lui tourner le dos. Tout sauf la honte suprême de m'étaler par terre devant lui.

Décidée à rester digne, malgré l'hilarité qui ne pourra que le gagner face au spectacle désolant, je relève le menton et fais demi-tour. M'enjoignant de ne pas courir, je m'éloigne.

— Un club de strip-tease ?

Et m…

La meilleure défense, c'est l'attaque… Je carre les épaules et lance :

— Une proposition pour décoincer Pim's. Tu peux en garder l'idée pour son enterrement de vie de garçon !

— Et pourquoi pas une prostituée ? Elle lui apprendrait peut-être des choses utiles pour Blanche…

Oui, c'est vrai, ça, pourquoi pas une prostituée ?

Chapitre 8

L'air songeur de Valentine m'alerte aussitôt. À la voir les lèvres pincées et les paupières plissées, en une mimique d'intense réflexion, on pourrait croire qu'elle considère ma remarque autrement que pour ce qu'elle est : une simple boutade destinée à l'amuser.

— Valentine ?

— Hum ? répond-elle en paraissant émerger de ses pensées.

— C'était une plaisanterie ! Je doute que Pierre-Emmanuel, et Blanche encore moins, apprécient ce genre « d'attention », surtout si l'idée émane d'un de leurs témoins. Sans parler de leurs familles, très traditionalistes. Leurs parents pourraient bien faire pression pour annuler le mariage sur de simples soupçons de conduite contraire à leurs valeurs morales.

De mieux en mieux ! Ses yeux s'arrondissent, et elle soulève les sourcils en une expression entre stupeur surjouée et intérêt véritable.

Avant que j'aie le temps d'éclaircir ce point, elle me rassure.

— Oui, j'ai compris que tu plaisantais, bien entendu. Je… je me représentais simplement ce que ça pourrait donner. À coup sûr, les commères du village me foutraient une paix royale, devant ce nouvel os à ronger au parfum de scandale. Personnellement, je trouve que ça ferait les pieds à ce cher P-E. S'il ne fallait pas préserver Blanche, j'aurais été tentée.

Comment lui reprocher son esprit de revanche, après l'affligeant spectacle de la dernière fois ? Au moins, Valentine a pour elle son extrême franchise, qualité dont certaines personnes sont malheureusement dépourvues. Pour ma part, la soirée de vendredi dernier me rend toujours aussi mal à l'aise.

Je glisse la main dans mes cheveux en soupirant.

— Je te comprends. Je n'ai pas encore eu le temps d'en discuter avec Pierre-Emmanuel, mais je compte bien lui faire savoir à quel point son attitude avec toi est inacceptable et me déçoit. Je suis vraiment désolé.

— Je te le répète, tu n'y es pour rien, réplique-t-elle, balayant mes excuses d'un revers de main. Franchement, je me fiche de ce qu'il pense de moi. Est-ce que ça m'agace prodigieusement ? Oui. Ce serait mentir que de prétendre le contraire. C'est simple, chaque fois qu'il joue son numéro de Monsieur Parfait en ma présence, j'ai envie de l'emplâtrer. Mais comme on se fréquente peu, en fin de compte, je l'oublie sitôt qu'il sort de mon champ de vision.

— Alors je le ferai pour moi, afin de soulager ma conscience.

Elle me gratifie d'un adorable sourire, avant de sursauter au klaxon d'une voiture. Il sonne comme un rappel à l'ordre, à en juger par sa réaction. Nous ne sommes pas seuls dans son salon à déguster un plat de macaronis au fromage devant une vieille série TV, mais dans une rue passante, devant la clinique vétérinaire où quelqu'un, une des commères de haut vol que compte le village par exemple, pourrait nous surprendre. Et qui sait ce que cette personne serait susceptible de colporter comme odieux mensonges pour nuire à Valentine ? Parce que, là encore, j'ai bien compris que c'était une activité comme une autre aux yeux de certaines.

La façon dont elle s'écarte m'indique qu'elle en est arrivée à la même conclusion que moi. Je ne la retiens pas, quand bien même je le voudrais. Pourquoi ? Parce que sa compagnie m'est toujours agréable, que sa fraîcheur et sa spontanéité, jugée comme de l'irrévérence par Pierre-Emmanuel et d'autres, me plaisent aussi beaucoup. J'apprécie Valentine et n'ai pas honte de le montrer en apparaissant en sa compagnie. Au contraire, je pense qu'un peu de soutien, même s'il ne s'agit que du mien, ne serait pas du luxe face à la guéguerre puérile qu'une poignée d'habitants de ce village semble mener contre elle. Tout cela sous prétexte qu'elle a été une mère adolescente !

Elle me souhaite une bonne soirée en reculant jusqu'à son véhicule. Je lui adresse un petit signe avant de me détourner et me diriger à grandes enjambées vers le cabinet.

J'en pousse la porte avec la ferme intention de dire ses quatre vérités à mon plus vieil ami, que cela lui plaise ou non.

Comme le laisse supposer la présence de sa voiture sur le parking, il s'est attardé à la clinique après l'heure de fermeture au public. Je pénètre dans son bureau alors qu'il s'apprête à s'en aller.

— Ah, Vincent, te voilà ! s'exclame-t-il en éteignant son ordinateur. Comment s'est passée ta visite au centre équestre ?

— Très bien. Tout le monde se porte à merveille, et le poulain de Starlight grandit normalement. J'ai été ravi de constater qu'il gagnait en robustesse. Ce petit revient de loin, alors ça fait plaisir. Jonas m'a demandé un cheval, l'autre jour. J'avoue qu'un instant j'ai été tenté d'adopter celui-ci.

Pierre-Emmanuel ébauche un sourire en coin tout en se levant pour attraper son manteau suspendu à la patère, près de la fenêtre.

— Tu n'as pas changé, mon vieux.

— Pourquoi dis-tu ça ?

— Parce que tu as toujours eu un faible pour les cas particuliers.

— Je te rappelle que j'ai aidé la jument à mettre bas. Ça a été un grand moment d'émotion, même après dix ans de métier, surtout que nous avons failli les perdre, le petit et elle. Alors, si par « cas particuliers » tu désignes ceux qui ont le mérite de se battre pour survivre, oui, c'est tout à fait vrai.

— Ce n'était pas un reproche, mon vieux, se défend-il.

— Vraiment ?

Je l'observe tandis qu'il enfile son élégant manteau. Il a l'air d'un trader de Wall Street plutôt que d'un vétérinaire après une journée de consultations. À côté, j'ai vraiment la dégaine type du véto de campagne, avec ma parka et mes chaussures de marche souillées d'avoir marché dans le crottin. Il est vrai que, parfois, il ne faut pas avoir peur de se salir les mains non plus.

Là, il m'est impossible de ne pas avoir une petite pensée pour Valentine. Je regrette de ne pas l'avoir interrogée sur cette curieuse association legging à imprimé léopard et T-shirt que n'aurait pas renié le brave Casimir[1]. Je me demande si je ne préfère pas ses pantalons de jogging trop larges et ses sweats informes. À tous les coups, il y a encore une histoire rocambolesque là-dessous.

Je ne la connais que depuis peu, mais j'ai l'impression que c'est du pur Valentine de se fourrer dans des situations cocasses. En plus de son joli minois, elle me fait rire, et cela m'aide à tenir les idées noires à distance. Celles que je dissimule à Jonas, parce que je me doute qu'il se débat également avec les siennes. Sa mère lui manque, et si je m'acquitte honorablement de mon rôle de père – enfin,

1. Personnage de fiction d'une émission pour les enfants, créé par Yves Brunier et Christophe Izard. Casimir est caractérisé par sa couleur orange vif.

je l'espère –, je ne saurais remplacer à moi seul ce qu'il a perdu. Ce que nous avons perdu…

Des images d'une époque qui me semble à présent lointaine resurgissent, des éclats de rire retentissent à mes oreilles. Il y a ces trois silhouettes devant moi, celles de deux adultes et d'un enfant, dans le soleil couchant de la savane. J'aimerais les rejoindre, me balader avec eux, mais c'est impossible. Ils sont heureux, inconscients qu'une ombre nommée « maladie » emportera bientôt leur bonheur, tel le vent avec les feuilles mortes.

— Vince ? Hé, ho ! Tu m'écoutes ?

Je reporte mon attention sur Pierre-Emmanuel. Il n'a pas bougé, alors que j'ai l'impression d'avoir effectué un bond dans le temps et l'espace.

— Non, je… j'étais dans mes pensées.

— J'ai vu ça. Bien, quelle heure est-il ? On avait dit 19 heures, pourtant…

Il consulte sa montre, après avoir jeté un coup d'œil à l'extérieur.

— Tu attends quelqu'un ?

— Le père de Blanche. Nous sortons entre hommes, ce soir. Je te disais donc que nous avons reçu les résultats des examens neurologiques que tu as prescrits à Poupette. Tu avais raison, l'IRM confirme ton diagnostic.

— Elle a bien une syringomyélie.

— Oui. Qu'est-ce que tu vas faire ?

— Eh bien, je vais d'abord en avertir Mme Jouve. Compte tenu de l'âge de l'animal, nous allons privilégier le traitement médicamenteux, avec un drainage du liquide céphalo-rachidien. Si c'est insuffisant, il faudra avoir recours à un acte chirurgical, mais je préfère l'éviter autant que possible.

Pierre-Emmanuel approuve d'un hochement de tête.

— Dis-moi, tu as l'intention de présenter tes excuses à Valentine ? ajouté-je sans transition.

Il se fige et me fixe comme si des cornes avaient poussé sur ma tête. Je l'ai peut-être déstabilisé en sautant du coq à l'âne.

— Pardon ? Présenter quoi à qui ?

— Tes excuses, à Valentine, répété-je en articulant bien chaque mot. Tu sais, pour la façon dont tu t'es conduit avec elle, l'autre soir.

— La façon dont… ? Tu plaisantes, j'espère ?

— Non.

Pierre-Emmanuel se pince l'arête du nez entre le pouce et l'index. Il a compris que j'étais on ne peut plus sérieux.

— Attends, tu y étais, toi aussi. Tu as bien vu comment elle s'est comportée ? Elle ne nous a même pas salués en débarquant dans ce restaurant avec Blanche ! Cette fille ne maîtrise pas les plus élémentaires règles de politesse.

— Sans doute parce que ta fiancée avait omis de la prévenir que nous y serions également. Tu n'as pas remarqué son air surpris, quand elle nous a découverts à table ? Elle non plus ne s'attendait pas à nous voir là.

— Qu'est-ce que tu insinues ? Que c'est la faute de Blanche ?

— Un peu, oui. Si Valentine avait su dans quoi elle mettait les pieds, elle aurait agi différemment. Au lieu de quoi, tu t'en es pris à elle gratuitement, et…

— Mais c'est elle ! Tu n'es pas sourd, pourtant ! Tu l'as bien entendue comparer la longueur de mon prénom à celle de mon… Bref ! Cette fille est d'une impolitesse qui frise la provocation permanente, Vincent.

— À qui la faute, on se le demande ?

— Quoi, tu la défends ?

Il se braque. Les mains sur les hanches et l'œil noir, il arbore la tête de quelqu'un qui aurait bu un verre de vin trop aigre. Le connaissant, j'aurais dû me douter que ma position ne lui ferait pas plaisir, mais il pourrait avoir l'honnêteté de reconnaître ses torts.

— Je dis simplement que si tu n'avais pas sorti les crocs dès qu'elle est apparue, elle aurait sans doute fait un effort pour que le dîner se déroule sans joute verbale à la noix. De plus, quelle idée de nous faire venir dans un restaurant pour nous demander d'être vos témoins, sans consultation préalable ? Tu peux m'expliquer ? Cela nous aurait épargné une scène gênante en plus d'une humiliation supplémentaire pour Valentine. Tu lui as jeté à la figure qu'elle serait nulle comme témoin, et que Blanche aurait mieux fait de solliciter l'aide de Maryvonne. C'était grossier et méchant. Vraiment !

— Je sais… Il est clair que, sur ce point, Blanche et moi avons merdé, admet-il enfin en s'affalant sur son siège en cuir.

C'est à mon tour de prendre la mine sévère du mec hors de lui. À celle, déconfite, de mon ami, je sens que j'ai mis le doigt sur un point sensible. Il aurait sauté aux yeux de n'importe qui que ce moment calamiteux était du fait des fiancés, lesquels avaient été incapables d'accorder leurs violons avant de procéder aux grandes annonces. D'après mon humble expérience en la matière, la communication est le ciment d'un couple. Si celui-ci est solide, la réussite a davantage de chance d'être au rendez-vous. Dans le cas contraire, l'effet parfois corrosif du temps agrandit les fissures et se charge de réduire les rêves de château en un tas de gravats.

— Bien. Au moins, tu le reconnais. Qu'envisages-tu pour te rattraper ?

Je m'avance. Il se redresse, me jetant un œil torve.

— Vous vous êtes passé le mot, Blanche et toi, ou quoi ?

— Pourquoi ?

— Parce que c'est précisément ce qu'elle a exigé de moi, ce week-end ! Elle veut que j'arrange les choses avec Valentine. Que je… que je…

Je fronce les sourcils. Quelle attitude étrange… Pierre-Emmanuel paraît soudain bloqué dans son élocution. Je me retiens de ne pas lui rire au nez en comprenant ce qui le rebute autant.

— Vas-y, tu peux y arriver, Pim's, le taquiné-je.

Son regard prend un éclat plus mauvais alors que j'utilise ce surnom qu'il abhorre.

— Blanche veut que je recontacte Valentine pour lui présenter mes excuses et l'inviter à un autre dîner.

— Je suis complètement d'accord avec elle !

— Le contraire m'aurait étonné, après ton vibrant plaidoyer ! Tu vois, j'avais raison, tu adores les causes perdues ! Je me demande bien ce qu'elle t'a fait, après que tu l'as raccompagnée, vendredi soir, marmonne-t-il.

Ni son ton ni le sous-entendu graveleux ne me conviennent.

— Parce que tu es mon plus vieil ami et que je t'apprécie, je vais faire semblant de ne rien avoir entendu, Pim's. Mais ce sera pour cette fois seulement. Alors, bien que ma vie sentimentale et celle de Valentine ne te concernent en rien, je tiens à préciser qu'il n'y a jamais rien eu entre elle et moi, ni avant ce soir-là, ni pendant, ni après. Donc, j'espère que non seulement tu écouteras ta fiancée au sujet de son amie et témoin à ton mariage, mais que tu ne répandras plus de stupides rumeurs sur son compte. Moi qui te croyais bien trop intelligent pour tomber dans de tels travers, je ne te cache pas que je suis déçu.

Pierre-Emmanuel souffle en consultant sa montre une nouvelle fois.

— Eh bien, tu es plus convaincant que ma future épouse… Je contacterai Valentine cette semaine, promis, juré ! Et, oui, je te promets aussi de ne pas écorner davantage sa réputation. Elle n'a pas besoin de moi pour ça, de toute façon.

— Parfait. Si tu aimes vraiment Blanche, tu ne peux continuer de dédaigner sa meilleure amie comme ça, Emmanuel.

— Évidemment que c'est le cas, elle est parfaite ! Je vais le faire, je te dis !

J'acquiesce.

— Bonsoir, messieurs !

Surpris par cette voix masculine, je me retourne et découvre un homme entre cinquante et soixante ans, bien de sa personne. Sa ressemblance avec Blanche m'indique que je suis en présence du futur beau-père de P-E. La raison pour laquelle mon ami n'arrêtait pas de surveiller l'heure.

Il s'arrête à ma hauteur. Je lui tends la main tout en me présentant :

— Vincent Agniel, enchanté.

— Jacques Vigneux, le papa de Blanche. Vous êtes l'ami de Pierre-Emmanuel et son nouvel associé au sein du cabinet, c'est ça ?

— Tout à fait, monsieur.

— Appelez-moi Jacques, me lance-t-il en s'approchant de Pierre-Emmanuel, qu'il gratifie d'une chaleureuse accolade. J'ai ouï dire que vous aviez été choisi pour être son témoin. C'est un rôle à ne pas prendre à la légère, jeune homme, j'espère que vous en avez conscience.

— Absolument ! J'ai la ferme intention de ne décevoir personne, et surtout pas nos deux tourtereaux.

Jacques Vigneux accueille ma réponse avec une satisfaction manifeste et m'offre un sourire éblouissant, avant de tapoter l'épaule de son futur gendre en un geste traduisant leur complicité.

— J'ai vu que tu avais toujours ton ancien véhicule, ajoute-t-il en s'adressant à Pierre-Emmanuel.

— Hélas, oui ! La livraison du nouveau a été repoussée à la fin de la semaine. À ce propos, cher associé, je t'abandonne les rênes de la clinique vendredi après-midi. Je dois justement réceptionner ma nouvelle voiture.

— Pas de problème, *cher associé* ! J'en profite pour te rappeler que, demain, je prends ma journée. Jonas part chez mes parents mercredi jusqu'à dimanche soir, alors je souhaite passer un dernier moment père-fils.

— Très bien, c'est noté.

— J'ai hâte de découvrir cette petite folie, et que tu me la fasses essayer, Pierre-Emmanuel ! Ma femme, beaucoup moins. Comme Blanche, elle n'est pas adepte de jolies cylindrées, encore moins de vitesse. Vous êtes marié, Vincent ?

— Veuf.

Comme chaque fois que je fournis cette information, mon interlocuteur arbore une expression à mi-chemin entre la gêne et la compassion.

Pierre-Emmanuel finit de rassembler ses affaires pour partir. Jacques, visiblement en terrain conquis ici, jette un œil sur le dossier au sommet de la pile posée sur le bureau.

— Cacahuète… Certains affublent leurs animaux de compagnie de noms bien étranges.

— En l'occurrence, il s'agit d'un cochon d'Inde, le renseigne son futur gendre.

— Petit quiz amusant, messieurs… Savez-vous depuis quand il est possible d'ajouter la lettre « o » au mot « cacahuète » ?

Je n'en ai aucune idée et, plus important encore, m'en contrefiche royalement. Mais si le père de Blanche trouve cela amusant, chacun ses goûts…

— Depuis les années 1990 ! s'exclame P-E, tout aussi enthousiaste que lui.

— Oui ! Bravo, cher gendre !

Et voilà ! Mes soupçons sont confirmés, car j'ai la réponse à ma question muette : « Avec qui, du père ou de la fille, Pierre-Emmanuel est le plus assorti ? » Une chose est sûre, il se réjouit autant à l'idée d'épouser Blanche qu'à celle d'appeler officiellement Jacques Vigneux « beau-papa ».

Le jeudi, je débarque à la clinique avec une heure d'avance sur l'horaire habituel. La veille, j'ai déposé Jonas à l'aéroport, où je l'ai confié aux bons soins d'un agent de la compagnie aérienne chargé d'accueillir les UM[1], les enfants voyageant seuls. Il se réjouissait de séjourner le reste de la semaine chez papi et mamie, à Arcachon. Et pour cause ! Unique petit-fils, du moins pour le moment, il est traité comme un pape !

Si je l'ai quitté le cœur léger de le savoir si content, la conséquence directe de son départ est que la maison m'a paru bien vide à mon retour. Le soir, le dîner en tête à tête avec moi-même a fini de me déprimer. Et ce matin, je n'ai pas supporté le silence qui a suivi mon réveil. Le bon côté des choses, c'est que je pourrai effectuer des heures supplémentaires sans éprouver de remords à la perspective de rentrer tard chez moi, puisque personne ne m'y attend.

Je mets donc à profit l'heure qu'il me reste avant l'arrivée des patients pour trier et ranger ma paperasse. Ensuite, je prends le temps de lire les revues médicales que j'ai reçues dernièrement.

Je viens à bout de la dernière à l'instant où le carillon de la porte d'entrée émet son tintement délicat. Une seconde plus tard, la voix à l'accent chantant de Céline m'informe qu'elle n'a pas oublié les croissants pour le café du matin, après mes propres tournées de lundi et mercredi. À ce rythme-là, nous sommes bons pour quelques kilos supplémentaires !

Je quitte mon siège, emportant mon mug encore chaud, le sourire aux lèvres.

Il y a des jours comme celui-ci où l'on rencontre des difficultés à justifier son comportement. Quoique la cause de mon trouble tienne en un mot, ou plutôt un prénom : Valentine.

Pour être honnête, j'ai perdu le compte des fois où je me suis interrogé sur ce qu'elle devenait, ce qu'elle faisait… et avec qui. Acceptera-t-elle l'invitation de

1. *Unaccompanied Minors.*

Pierre-Emmanuel à ce dîner avec les parents de Blanche prévu samedi soir ? Au moins saura-t-elle dans quoi elle mettra les pieds, cette fois.

Mardi soir, au téléphone, Pierre-Emmanuel m'a juré qu'il s'était montré agréable avec elle, au moment de lui présenter ses excuses. Reste à savoir s'il a su être convaincant au point que Valentine consente à remettre les compteurs à zéro avec lui.

Tout cela n'explique pas pour autant la raison pour laquelle je n'ai pu me l'ôter de l'esprit aujourd'hui. À vrai dire, j'ai été plus d'une fois dérouté par le tour que prenaient mes pensées. Par exemple, je n'aurais pas dû songer à elle alors que j'informais une Mme Jouve inquiète de la pathologie dont souffre sa chienne. J'ai beau chercher le lien entre le sourire espiègle de Valentine et l'excès de liquide cérébro-spinal dans la boîte crânienne de Poupette, je fais chou blanc ! Et j'ai bien cru déclencher un scandale en confondant le prénom de mon assistante vétérinaire avec celui de Valentine à deux reprises, et ce devant une salle d'attente comble.

Résultat, cette journée de jeudi s'achève, et je n'ai trouvé qu'un remède pour me la sortir du crâne : lui rendre une petite visite. Tant pis si la méthode paraît douteuse.

Je me présente chez elle après avoir fermé la clinique. Ma main gauche détient mon alibi, tandis que celle de droite sonne à la porte, laquelle s'ouvre sur une Valentine en jean et chemise encore une fois trop larges pour elle. Ses yeux écarquillés m'indiquent que je suis bien la dernière personne qu'elle s'attendait à découvrir sur son palier.

— Vincent ? Bonsoir, euh… que puis-je faire pour toi ? demande-t-elle en lançant un coup d'œil circulaire au couloir du rez-de-chaussée.

— Bonsoir, Valentine. Je passais dans le quartier, et…

— Ah bon ?

Elle fronce les sourcils. Mon excuse n'est pas très crédible, j'en ai conscience. Non seulement le cabinet n'est pas à côté, mais la zone pavillonnaire où se situe ma maison est à l'exact opposé du quartier abritant son immeuble. C'est le moment de sortir mon alibi pour sauver la face.

— Tiens. J'ai pensé que ça pourrait faire plaisir à Fous-moi le Camp.

Un paquet de friandises pour chat. J'ai fait avec les moyens du bord. Valentine masque mal sa stupéfaction à la vue de mon improbable cadeau. Après le bouquet de persil, je ne pensais pas faire mieux, ou pire. Pourtant, si…

— Oh ! ce… c'est sympa. Je suis certaine qu'elle appréciera ton geste. Euh, je t'offre à boire pour te remercier ? Mais je préfère te prévenir : j'ai perdu les clés de la cave à vin, alors ce sera eau plate ou jus de pomme.

J'ai du mal à conserver mon sérieux lorsque je suis avec elle. Elle n'a pas sa pareille pour tout tourner en dérision. Si je n'y prenais pas garde, je pourrais tomber sous son charme, voire davantage. La question est : suis-je prêt ? Je l'ignore…

Le doute me dicte ma réponse :

— Merci, Valentine, c'est gentil. Mais il est tard, et je ne veux pas te déranger. Pierre-Emmanuel m'a dit qu'il t'avait appelée pour s'excuser.

— En effet, et je suis sûre qu'après il a dû avaler un litre d'eau de Javel pour se rincer la bouche.

— À ce point-là ?

— Il aura du mal à s'en remettre, si tu veux mon avis, s'esclaffe-t-elle.

Rien que d'imaginer la scène, j'en ris, moi aussi.

— Et pour le dîner, samedi soir ?

Elle soupire, prend appui contre l'encadrement de la porte et lève ses grands yeux vers moi.

— Il était tellement pressé de raccrocher qu'il en a zappé de m'en parler. Il m'a envoyé un texto, auquel je n'ai pas encore répondu, même si je n'ai pas le choix. Comment refuser sans faire de peine à Blanche ?

— J'en déduis que j'aurai à nouveau la joie de dîner en ta charmante compagnie.

— Il semblerait…

— Je savais que tu n'étais pas une lâcheuse ! dis-je en lui décochant un clin d'œil.

Je note avec plaisir la légère coloration de ses joues, preuve que je ne suis pas le seul à être troublé.

— Comment va Jonas ?

— Bien. Il est chez mes parents jusqu'à dimanche soir.

— Oh. Comme ça tu peux profiter de ton temps libre pour…

— … m'ennuyer au point d'arriver au boulot avec une heure d'avance et reculer le moment où je m'enfermerai seul chez moi le soir !

Je m'esclaffe. Elle éclate de rire à son tour.

— Au moins, ça signifie que vous vous entendez bien, ton fils et toi. Il te manque, et ça se comprend. C'est la même chose pour moi, quand Axel est chez mes parents ou ma grand-mère.

— Comment va-t-il ?

— Bien, répond-elle en jetant un coup d'œil en direction du salon, d'où un bruit de verre brisé nous parvient.

— Il est rentré ?

— Non, il est toujours chez ma grand-mère, jusqu'à dimanche. Là, je suis avec une amie. Je l'ai laissée devant *Aquaman* pour t'ouvrir. On se fait une soirée entre filles.

— Oh ! alors, je ne vous dérange pas plus longtemps.

— Sûr ?

— Oui, ça va aller. Tu as de la casse à réparer, il me semble. Bonne soirée, Valentine. Et merci de ne pas me laisser seul, samedi soir !

— Entre témoins, on se serre les coudes, pas vrai ? réplique-t-elle en me rendant mon clin d'œil.

Quarante-huit heures plus tard, c'est avec un empressement certain que je me prépare à quitter la clinique. Pierre-Emmanuel, lui, s'est sauvé il y a une bonne heure, afin de rejoindre Blanche. Malchance ou mauvais tour du samedi soir, le téléphone de l'accueil retentit dix minutes avant la fermeture officielle de la clinique, au grand dam de Céline et moi.

— Quoi encore ! s'exclame-t-elle avant de décrocher et de répondre au patient de rappliquer en vitesse.

Elle n'a pas encore reposé l'appareil sur sa base que je sais déjà ce qu'elle va m'annoncer.

— Une urgence !

Je consulte ma montre en soupirant. Cet imprévu va quelque peu modifier mes plans. Je ne pourrai pas me présenter à l'heure chez Valentine. Mon portable vibre. C'est Pim's, certainement pour s'assurer que je serai à l'heure au restaurant. Je n'ai pas trop le choix et me décide à lui répondre pour lui demander un service.

Maintenant, il ne me reste plus qu'à prier pour qu'il tienne sa promesse de ne pas déclencher les hostilités, sans quoi sa belle voiture toute neuve pourrait bien en faire les frais.

Je n'ai pas le temps de contacter Valentine que la porte du cabinet s'ouvre à la volée.

Chapitre 9

Je me pose sur mon canapé avec un soupir d'aise et compose le numéro de ma grand-mère. Mon Axel me manque au point que je me surprends à me rendre dans sa chambre tous les soirs. Habituellement, je le fais pour m'assurer qu'il dort bien, qu'il ne s'est pas découvert ou n'est pas en travers de son lit… et qu'il respire. Malgré les années, je reste profondément troublée à l'idée de ce qui pourrait lui arriver. Il m'est tellement vital !

— Bonsoir, bonne-maman !

— Ma Valie ! Comment vas-tu, ma chérie ?

— Très bien, dis-je en souriant. Et toi ?

— Ton petit homme occupe mes journées, s'esclaffe-t-elle. Grâce à lui, je retrouve ma jeunesse !

— Mais, bonne-maman, tu es encore jeune !

Elle glousse avant d'appeler Axel. Il lui répond au loin, puis j'entends un bruit de cavalcade. Les jappements du cavalier king-charles de ma grand-mère ponctuent le tout.

— Bonjour, maman !

— Salut, mon poussin d'amour !

— Maman, grogne-t-il.

— Quoi ? Il n'y a pas de témoin !

Il rit de ce rire si pur qui me réchauffe. Je ferme les yeux pour me laisser totalement gagner par la sensation d'être à ma place et de vivre un moment parfait.

— Qu'as-tu fait de beau, aujourd'hui ?

— Je me suis amusé avec King-Kong.

Ma grand-mère ronchonne derrière lui. Elle déteste le surnom que nous avons donné à son chien. Elle n'apprécie pas plus celui de notre chatte, baptisée de l'injonction que je n'ai cessé de lui lancer au début. Il faut dire que j'étais contre le fait d'avoir un animal de compagnie. Je sais à quel point cela peut être un gouffre financier. Je n'ai pas les moyens d'assumer des frais de vétérinaire : je sais que P-E ne me fera jamais crédit, loin de là.

— Je lui ai appris un nouveau tour, continue Axel, amusé. Maintenant, il s'assoit sur ses fesses et agite les pattes de devant pour avoir un gâteau.

Mon sourire s'agrandit, mais je me rappelle que le chien est un être vivant, pas un jouet, et qu'il commence à prendre de l'âge.

— Fais attention à ne pas trop lui en demander !

— Oui, oui…

Le sachant raisonnable, je n'insiste pas. De plus, ma grand-mère doit avoir l'œil sur les deux pendant les séances de dressage.

— Maman, y a *Aquaman*, ce soir…

— Et… ? dis-je, me doutant de la suite.

— Bonne-maman aimerait ton autorisation pour me laisser le regarder… Promis, demain, je reste au lit jusqu'à 11 heures pour ne pas être trop fatigué ou excité.

— Tu ne devrais pas proposer de telles choses, mon bouchon !

— D'accord, 9 heures, se rétracte-t-il aussitôt.

— 9 heures dans le noir, sans lire ?

— T'es sérieuse ? Mais je vais m'ennuyer !

— 8 heures, et une sieste l'après-midi, si bonne-maman te trouve trop fatigué ou excité, ajouté-je en reprenant ses arguments.

Il marque une pause, soupesant très certainement ma proposition avant d'y adhérer sans parlementer plus. Puis il me parle avec passion d'un livre qu'il a emprunté à la bibliothèque. Il se perd dans des descriptions de lieux, de personnages… Je l'écoute avec joie, heureuse d'entendre qu'il passe un bon moment.

Deux coups brefs à la porte me sortent de mon état de paix. Après avoir vérifié l'identité de mon visiteur, j'ouvre. Je salue silencieusement Clara, tout en lui montrant le téléphone.

— Tu ne m'as pas dit qu'il était blessé ? m'exclamé-je.

— Si, mais le grand magicien le soigne ! rétorque Axel, comme si cela était une évidence.

— OK.

— Je te laisse, maman ! On va manger.

Le cœur serré, je lui souhaite une bonne soirée et raccroche en lui promettant de l'appeler à nouveau demain. Je sais bien que je suis la seule des deux à vraiment tenir à ces appels, mais son absence me pèse trop.

— Tu ne vas pas pleurer ? me chambre ma meilleure amie, arquant un sourcil.

Je lève les yeux au ciel, m'interdisant de lui jeter au visage qu'elle agira sans doute comme moi, une fois mère. Peut-être même sera-t-elle pire, quand je vois son attitude avec ses neveux et nièces, ou encore avec Axel…

Nous filons dans la cuisine, où je nous verse deux verres de jus de pomme et mets la pizza au four. Plantée devant le réfrigérateur, j'hésite à lui proposer de la salade. Après tout, mon fils n'étant pas là, le dîner n'a pas besoin d'être équilibré !

— Alors, quoi de neuf depuis dimanche ? me demande Clara. T'es-tu vengée de la tête d'abruti ?

Si seulement…

— Pas exactement…

— OK, quand ça commence comme ça…

Elle me connaît bien. Une telle réponse est l'amorce d'une explication vaseuse, avec à la clé une de mes « aventures », dont je ne sors jamais grandie. Je la foudroie du regard.

— À ce point ?

— Lundi a été une journée… au-delà des mots.

— Merdique ? Ton morpion n'est pas là, tu peux te lâcher.

— Bien plus que ça…

Elle écarquille les yeux et emporte les gâteaux apéritifs dans le salon. Une fois que nous sommes installées sur le canapé, je commence mon récit. Je lui parle de l'incident du seau et de la tenue ridicule dans laquelle j'ai fini. Je mentionne ensuite la fille du dernier bénéficiaire chez qui je me suis rendue et marque une pause.

— Pourquoi je n'apprends ça qu'aujourd'hui ?

Parce que j'ai eu besoin de réfléchir. À Vincent, à l'opération « On dézingue la meringue »… Et ma conclusion a été sans appel : je suis totalement paumée, larguée, fichue. J'ignore où je vais, ce dont j'ai envie. J'ai tenté de tout oublier, vainement, et ce soir je me rends compte que cette affaire n'est jamais allée bien loin.

— Valentine ?

Préférant ne pas lui répondre, je reprends mon récit :

— En rentrant, je me suis perdue et j'ai atterri sur le parking d'un club de strip-tease.

N'obtenant qu'un silence en réaction, je lui situe le village en question. Elle hoche la tête, pendue à mes lèvres.

— Il est tenu par monsieur…

Incapable de me souvenir du nom de famille du propriétaire, j'ajoute :

— Le père de Maxence.

— L'ombre du fils de Lucifer.

— Oui, le copain de Corentin Mongeront, acquiescé-je avec un petit sourire. Toujours est-il qu'il pensait que je venais là pour solliciter du boulot. Le père de Maxence, insisté-je pour être sûre qu'elle me suive.

— Tu lui as fait quoi ?

— Rien ! Mais en partant, j'ai pris un prospectus que j'ai essayé de glisser dans la voiture de P-E.

— Essayé ?

— Disons que je souhaitais le placer bien en vue, mais que je n'ai pas les compétences requises pour ce genre de coups tordus.

— Pourquoi est-ce que j'ai l'impression que tu ne me racontes pas tout ?

— Parce que c'est vrai…

Je lui résume alors mes dernières aventures sur le parking du cabinet vétérinaire. Ses lèvres tressaillent, mais elle a la décence d'enrayer le fou rire qui la gagne. Pas pour longtemps, néanmoins : la minute d'après, elle éclate de rire, essuyant les larmes qui s'échappent sur ses joues. Son maquillage tient bon, jusqu'à mon récit haut en couleur de l'appel de P-E pour s'excuser de sa conduite avec moi.

— J'ai failli lui demander de répéter pour pouvoir l'enregistrer !

Je coupe la pizza que je suis allée chercher entre-temps. L'odeur de fromage fondu se répand dans l'appartement, et l'envie d'appeler Axel me saisit. Il adore la pizza et la soirée visionnage de film qui accompagne bien souvent un tel repas.

— Tu m'étonnes ! Quelqu'un a dû lui mettre un couteau sous la gorge, pour qu'il s'abaisse à ça.

Vincent. Il paraissait sincèrement peiné de l'attitude de son meilleur ami. S'il savait que j'ai enduré bien pire… Ça n'efface pas les mots perfides de P-E durant ce maudit dîner, mais je peux ainsi relativiser. Eh oui, j'en suis arrivée à ce niveau-là. J'en suis au point où un bouquet de persil est devenu le plus beau cadeau que l'on m'ait fait ces derniers temps.

La sonnette retentit. Clara et moi nous dévisageons un instant, comme si l'autre pouvait savoir qui vient chez moi à cette heure, un jeudi soir.

Nerveuse, je me lève et ouvre la porte… à Vincent. Je le salue sans parvenir à dissimuler ma surprise.

Pour éviter de poser trop longuement les yeux sur lui, je regarde dans le couloir. Seulement, son image est gravée sur ma rétine. Ses manches de chemise remontées dévoilent des avant-bras musclés et hâlés. Aussitôt, je m'interroge : est-ce un léger bronzage ou sa couleur de peau originelle ?

La raison de sa venue est étrange et sa gêne perceptible. Il se doute bien que son excuse n'est pas crédible. Tous les deux, nous le savons. Alors, comment réagir ? Et surtout, comment gérer cette petite joie qui vient d'éclore dans un coin de mon esprit ? Loin de trouver la réponse à toutes mes interrogations, j'accepte le paquet de friandises pour chat qu'il me tend.

Poliment, je l'invite à boire un verre, avant de me fustiger. S'il accepte, je devrai le présenter à Clara et… et je ne sais pas trop ce qu'il pourrait ressortir de ce face-à-face. Ma meilleure amie a le pouvoir de toujours m'étonner. Si elle ne fait jamais rien qui puisse me contrarier ou me nuire, elle n'a pas idée du trouble que Vincent fait naître en moi et de la bonne impression que je tiens à lui faire.

Par chance, il refuse et mentionne Pierre-Emmanuel et l'appel que celui-ci m'a passé pour s'excuser.

— En effet, et je suis sûre qu'après il a dû avaler un litre d'eau de Javel pour se rincer la bouche.

Discrètement, je me tords les mains pour évacuer mon malaise. Si je suis sérieusement en train de me poser des questions sur mon attirance pour Vincent, il est clair qu'il ne m'envisagera jamais autrement que comme la femme qui a regardé ses fesses avant de lui proposer… Quand donc apprendrai-je à me taire ?

Quand il s'enquiert de ma présence au dîner organisé samedi soir, mes doutes refont surface. Ce dîner, je dois m'y rendre pour Blanche, pour la soutenir comme elle l'a fait avec moi des années plus tôt. Mais Pierre-Emmanuel… comment vais-je parvenir à faire bonne figure, devant lui ? À cette perspective, je soupire, m'appuie contre le chambranle et croise le regard de Vincent.

— Il était tellement pressé de raccrocher qu'il en a zappé de m'en parler. Il m'a envoyé un texto, auquel je n'ai pas encore répondu, même si je n'ai pas le choix. Comment refuser sans faire de peine à Blanche ?

— J'en déduis que j'aurai à nouveau la joie de dîner en ta charmante compagnie.

— Il semblerait…

Et je vais sûrement me ridiculiser de nouveau. À la fin de la soirée, il aura la preuve indéniable que je ne suis qu'une inadaptée sociale qui mérite sa vie de paria.

— Je savais que tu n'étais pas une lâcheuse !

Il ponctue sa phrase d'un clin d'œil qui me fait monter le rouge aux joues. Nous devons bien avoir dix ans d'écart. Une vie ! Durant laquelle il a été marié, a vécu des choses que je ne pourrai sans doute jamais faire par manque de moyens ou d'imagination. Une gamine, voilà comment il me voit.

Blessée, je me redresse et détourne la conversation sur son fils.

— Et Axel, comment va-t-il ? me demande-t-il à son tour.

— Bien.

Soudain, un bruit de verre brisé me parvient de ma gauche. Clara se tient là, à demi penchée. Avec un sourire d'excuse, elle m'adresse un petit signe de la main et disparaît dans le salon.

— Tu l'as déjà récupéré ? demande Vincent, étonné.

— Non, il est toujours chez ma grand-mère, jusqu'à dimanche. Là, je suis avec une amie. Je l'ai laissée devant *Aquaman* pour t'ouvrir.

Visiblement, Jason Momoa n'est pas suffisant pour retenir son attention loin de ce qui se passe ici.

— On se fait une soirée entre filles, ajouté-je comme si ce n'était pas évident.

— Oh ! alors, je ne vous dérange pas plus longtemps toutes les deux.

— Sûr ?

Pourquoi ? Pourquoi insisté-je ainsi ? Il y a deux bonnes raisons de mettre un terme à cette conversation. La première est que je ne suis pas prête, nerveusement, à rester près de lui. La journée a été fatigante, et je suis bien trop touchée par sa visite et son excuse bancale pour ne pas risquer de bévue. La seconde est qu'il ne doit pas savoir à quel point j'apprécie sa compagnie. La dernière fois que je me suis rapprochée de quelqu'un, ça s'est mal terminé, et des rumeurs ont couru sur ma propension à accueillir les hommes dans mon lit… Enfin, non, entre mes cuisses.

— Oui, ça va aller. Tu as de la casse à réparer, il me semble. Bonne soirée, Valentine. Et merci de ne pas me laisser seul, samedi soir !

— Entre témoins, on se serre les coudes, pas vrai ? dis-je avec un clin d'œil.

Il acquiesce et s'en va, tandis que je sors à demi sur le palier pour le suivre du regard. Au moment de franchir la porte de l'immeuble, il se retourne et m'adresse un petit sourire qui finit de bouleverser mon monde.

— La Terre appelle Valentine !

Clara m'attend, bras croisés. Si, en début de soirée, j'étais déterminée à ne pas parler de Vincent et moi, plus exactement de ce que je ressens quand je le croise, il me semble désormais impossible de me taire.

— Alors… je n'ai pas vu le type qui va avec cette voix, mais tu as manifestement oublié de me raconter quelque chose…

Je pince les lèvres. S'il n'y avait qu'une chose !

— Ça sent le croustillant ! s'exclame-t-elle en se frottant les mains.

— Même pas…

Je contemple avec un sourire satisfait mon reflet dans le miroir collé derrière la porte de la salle de bains. Encore une fois, j'ai pioché dans les habits donnés par le gang des mères parfaites. J'ai écarté d'office la robe de la semaine dernière. À la place, j'en ai choisi une bleu foncé, que j'ai agrémentée d'une fine ceinture argentée pour marquer ma taille et cacher qu'elle est un peu trop grande pour moi.

Mes cheveux sont libres sur mes épaules, retenus par deux barrettes discrètes au niveau de mes tempes. Pour le visage, j'ai opté pour un effet *nude*. En gros, on pourrait croire que je ne suis pas maquillée, alors que ça m'a pris des heures pour obtenir cet effet.

Je me mords nerveusement la lèvre et attends que mon mal-être disparaisse. La dernière fois que je suis sortie, je pensais passer un moment tranquille avec Blanche. Mon reflet ne m'a donc pas dérangée. Mais, ce soir, savoir que Vincent sera là augmente mon stress. Tout un tas de questions m'agite l'esprit et m'empêche de savourer.

Est-ce qu'il va aimer ma tenue ? Ou bien va-t-il me trouver ridicule, après m'avoir vue dans mes vêtements ordinaires ou encore dans mon accoutrement de lundi ?

— Sois forte ! m'encouragé-je en serrant les poings.

Je bombe la poitrine et sors de la salle de bains pour regagner le salon, où Clara regarde la télévision. Elle zappe sur une chaîne de sport et change aussitôt pour une autre diffusant un dessin animé.

— Qu'en penses-tu ? demandé-je en écartant les bras.

— Il va tomber raide à tes pieds !

Un poids m'écrase l'estomac, et mon esprit se rebelle. Je ne me suis pas apprêtée spécialement pour lui. C'est aussi pour Blanche. C'est surtout pour elle !

— J'aimerais surtout que personne n'ait quoi que ce soit à reprocher à mes habits. Donc, je répète, qu'en penses-tu ?

— T'es bandante.

— Clara ! m'écrié-je en me dirigeant vers mon téléphone posé sur la table basse.

Je me penche et consulte l'heure, tout en me maudissant de ressentir une pointe de déception à l'idée que Vincent ne m'a pas envoyé de message pour me prévenir qu'il arrivait.

— Je te déconseille de te pencher de la sorte devant le père et le beau-père de Blanche. Je ne suis pas certaine que leurs palpitants supportent la vue d'un tel décolleté.

Je me redresse en grommelant et la fusille du regard.

— Tu ne me fais pas peur, s'esclaffe-t-elle en éteignant le poste de télévision.

— Je n'ai toujours pas compris pourquoi tu étais là…

— Pour ton chauffeur, Valentine ! Je tiens à saluer l'homme qui a réussi à décoincer ta petite culotte.

— Très classe ! rétorqué-je en finissant mon verre de jus de pomme.

— Je te connais depuis quoi ? Quatre ans ?

Je hausse une épaule et attends qu'elle s'explique. Nous nous sommes rencontrées le jour de son embauche. Elle était un mélange détonnant de confiance en elle et de trac.

— Depuis quatre ans, tu fuis les hommes, ou presque. Il faut dire que tu n'as pas tort, vu les saloperies que certains racontent sur ton compte.

Super, comme si j'avais besoin qu'elle mentionne ce détail !

— Toujours est-il que jeudi, j'ai bien senti que celui-ci avait un petit truc en plus, et…

Elle soupire, entretenant le suspense.

— Et quoi ? la pressé-je en comprenant qu'elle n'a pas l'intention de continuer de sitôt.

— Et je tiens à m'assurer que ce n'est pas un connard qui va te briser le cœur.

— Vincent n'est pas un… connard. Et il ne va pas me briser le cœur, tu vas un peu trop vite en…

Ma gorge se serre tandis que les mots meurent sur mes lèvres. Inutile de se mentir, je suis doucement mais sûrement en train de m'attacher à lui. Pourquoi ? À quel point ? C'est une autre histoire, à laquelle je n'ai pas envie de réfléchir pour l'instant.

— Dois-je te rappeler qu'il est un ami de Tête d'Enclume ?

— Pierre-Emmanuel, bougonné-je.

— Oui, si tu veux…

— Non, il n'y a pas de « si tu veux ». Je vais passer la soirée avec lui, alors tu seras gentille de ne pas affoler ma tension artérielle avant qu'il entre dans mon champ de vision.

Elle hausse un sourcil, tandis que je me remémore ses propos. Vincent et P-E sont amis, certes. Mais ils ne sont pas issus du même moule.

— Je ne suis pas sûre que ton Vincent…

— Ce n'est pas *mon* Vincent !

— Ouais, bah, je ne pense pas qu'il apprécie ton opération « Bridezilla ».

— « On dézingue la meringue »…

Un petit rire lui échappe. Elle penche la tête sur le côté, me demandant si je viens sérieusement de la reprendre pour un détail.

— Vu le fiasco de lundi, je crois qu'il serait plus raisonnable de l'annuler.

— Sans déc' ! s'exclame-t-elle en se levant. Tu as enfin compris que tout ça allait te sauter à la poire ?

J'acquiesce, enfilant la petite veste gris clair qu'elle me prête pour l'occasion. Dans mon sac à main, je glisse le nécessaire pour passer une bonne soirée, la flasque de whisky en moins. Et le tranquillisant pour mammouth. Je rêverais pourtant de coller une fléchette de somnifère dans le derrière de P-E.

— Ai-je envie de savoir pourquoi tu souris ainsi ? s'enquiert Clara en attrapant son blouson.

— Non.

Mon téléphone vibre, signal convenu avec Vincent pour que je le rejoigne à sa voiture.

— Il est là.

J'inspire profondément et me dirige vers la porte d'entrée, que j'ouvre en grand.

— Tu pars comme ça ? demande Clara, étonnée.

— Pourquoi ? J'ai la robe coincée dans la culotte ?

— Non.

Je lève les mains pour qu'elle m'éclaire. Avec un petit sourire en coin, elle fouille dans ses poches et en tire un paquet de cigarettes. Elle en sort une et la porte à ses lèvres, tandis que je fais le point sur le contenu de mon sac. Veste pour le retour, sous-vêtements, robe… J'ai choisi de ne pas mettre de collant à cause des températures estivales, et parce que tous ceux que j'ai sont filés.

— Et merde !

— Ah, dit Clara en s'avançant vers la porte. Tu as enfin compris que tu étais pieds nus.

— Tu n'aurais pas pu me le dire, au lieu de jouer aux devinettes ?

— Valentine, il faut savoir se faire désirer. Si tu accours dès qu'il te sonne…

Tout en sautant sur une jambe, j'enfile une ballerine et me défends :

— Je n'accours pas ! Nous avons rendez-vous, et je souhaite faire bonne impression.

— À qui ?

— Je t'ai déjà dit que tu étais fatigante ?

— Pas aujourd'hui…

Elle me dépasse et file vers la porte de l'immeuble. Nul doute qu'elle tient à tout prix à voir Vincent !

Inspirant un grand coup, je me promets de faire mon possible pour ne pas commettre d'impair à ce dîner. Je dois être irréprochable, même si l'idée d'embaucher une prostituée est toujours à l'ordre du jour.

Dans mes pensées les plus viles, je l'imagine débarquer chez P-E et l'embrasser à pleine bouche devant les parents de ce dernier et ceux de Blanche. Rien de vraiment choquant, mais pour eux… le scandale absolu ! Ma préférence va cependant à une scène identique sur le parvis de l'église, à l'issue de la messe dominicale. Je suis juste un peu trop respectueuse des croyances des autres pour attaquer ainsi.

— Mauvaise pioche, murmure Clara quand je la rejoins.

Retenant à grand-peine un juron, j'observe la berline flambant neuve de Pierre-Emmanuel. À l'avant, Blanche a baissé la vitre et me salue de la main.

— Qu'est-ce que j'ai fait de mal ? chuchoté-je.

— Je ne sais pas, Valentine, mais quelqu'un en haut lieu t'en veut, manifestement.

— Je savais bien que je n'aurais jamais dû mettre cette grenouille dans le sac de Louane.

— C'était quand, ça ?

— L'été dernier, bougonné-je en avançant vers mon calvaire.

— T'as vraiment mis une grenouille dans un sac à main ?

— Non ! m'exclamé-je. Louane était en CM2, l'an dernier, et elle persécutait Axel. Et j'ai appris qu'elle avait une trouille bleue des grenouilles…

— Une gosse ?

— Pour ma défense, elle a pourri ma bouille d'amour, alors qu'il n'était qu'en CE1, et personne n'a réussi à la prendre sur le fait.

— Mais quel genre de mère es-tu ?

— On ne touche pas à mon bébé !

Je me tourne vers la voiture avec un sourire crispé et salue mon autre meilleure amie.

— Bonsoir, Blanche !

— Bonsoir, toutes les deux ! dit-elle en nous adressant un petit mouvement de tête.

Elle discute un instant avec Clara, qu'elle n'a pas vue depuis quelque temps, et lui promet de programmer une soirée entre filles dès que « tout sera sur les rails ».

— Vincent a été retenu au cabinet et nous a demandé de venir te chercher, ajoute-t-elle à mon intention.

Trop bien…

— Il ne sait pas à quelle heure il sera disponible, ajoute-t-elle, désolée.

— Mais tu as peut-être besoin de plus de temps pour te rendre présentable, intervient P-E.

Je me redresse, sans prendre la peine de répondre. Ce type est à peine arrivé qu'il me tape déjà sur le système ! La soirée promet. À ce rythme-là, je serai emprisonnée pour meurtre avant minuit.

— J'ai changé d'avis, pour la meringue, me souffle Clara, alors que nous nous faisons la bise. Demain, on se voit, et je t'aide à le mettre sur orbite.

Amusée, je lui serre l'épaule et m'installe à l'arrière de la voiture. Tout en écoutant Blanche me parler de sa semaine, je sors mon téléphone.

Pas de message, alors j'en compose un bref :

Lâcheur

Quand je relève la tête, mon regard croise celui de P-E dans le rétroviseur intérieur. Il me foudroie littéralement, ne laissant planer aucun doute quant à son animosité à mon égard. Si seulement je connaissais la raison d'une telle antipathie !

— Demain, tu penses qu'il sera possible de se voir pour parler du mariage ? me demande Blanche.

— Je mange chez ma grand-mère…

— Tu peux décommander ! s'exclame P-E.

Aussitôt, mon amie tente de le calmer. La main posée sur son avant-bras, elle l'invite à se concentrer sur la route.

— Quand je te dis que c'est une mauvaise idée ! Valentine n'a pas la carrure pour t'épauler dans les préparatifs.

La campagne de dénigrement n'a donc pas cessé. Pour tout dire, le contraire m'aurait surprise.

— Je dois aller récupérer mon fils, répliqué-je d'un ton sec.

Un soupir contenant tout son mépris plus tard, il s'adresse à Blanche d'une voix doucereuse qui m'agace prodigieusement. Comment fait-elle pour supporter son attitude ?

— Demain après-midi, j'emmène ton père essayer la voiture.

Le père de Blanche ? Dans cette voiture ? Hors de question de laisser passer une si belle occasion. Mais que faire ?

Cherchant une idée réalisable dans les quelques minutes qui me restent avant que nous arrivions à destination, je me concentre sur la vitre. Pour la deuxième fois en l'espace d'un quart d'heure, je fais le bilan de ce que j'ai sur moi. Mon téléphone. Ma carte de crédit. Un paquet de mouchoirs. Mes chaussures. Ma robe. Ma veste. Mes sous-vêtements.

— Oh ! m'exclamé-je.

— Un problème, Valentine ? demande Blanche, inquiète.

— Non.

Nouveau regard noir de Pierre-Emmanuel par rétroviseur interposé.

— Je viens juste de me souvenir que bonne-maman veut que je lui apporte… quelque chose !

Je déglutis, tandis qu'une idée aussi ridicule que machiavélique prend forme. Ma culotte… Que se passerait-il, si le père de Blanche la trouvait par hasard à l'arrière de cette berline neuve ?

Mon téléphone vibre, m'annonçant l'arrivée d'un message :

Je n'oserais pas.

Ne me souvenant plus de ce que je lui ai envoyé, je relis. Je l'ai traité de lâcheur et il se défend. OK. Maintenant, vais-je oser ?

— Quelle politesse ! grogne P-E. Tu t'ennuies avec nous au point d'envoyer un texto à quelqu'un ?

— Non, je…

— Ou peut-être devrais-je dire « un sexto » ? ajoute-t-il avec un air de dégoût.

OK, petit gars, s'il me restait une once de mauvaise conscience, tu viens de l'étouffer.

Discrètement, je me tortille pour descendre ma culotte jusqu'à mi-cuisse. L'exercice est périlleux, mais je suis envahie d'une colère nouvelle, et cette action apaisera ma faim de vengeance. Malheureusement, dès le bout de dentelle dans la main, les doutes m'assaillent. Dans un premier temps, je les ignore, déposant mon offrande sous le siège de Blanche. J'ai envie qu'il souffre, qu'il soit répudié comme le type abject et moralisateur qu'il est.

Puis ma conscience revient à la charge, pointant tous les défauts de mon plan. Je serai la coupable toute désignée, puisque je suis certainement la seule qui sera montée à l'arrière. P-E m'accusera, et je serais bien en peine de prouver que cette culotte ne m'appartient pas. Non qu'elle soit étiquetée à mon nom ! Juste que ce sera bien trop évident, contrairement à ma tentative échouée de lundi.

La voiture freine. Pierre-Emmanuel commence son créneau, s'y reprenant à plusieurs fois.

— J'ai encore du mal avec les dimensions de cette petite merveille.

Il caresse le volant amoureusement, alors qu'il n'a jamais de geste tendre pour Blanche. Il est si guindé et pompeux que cet effleurement du cuir me paraît obscène.

Dès qu'il a fini ses manœuvres, je me presse de récupérer ma culotte. J'ai tout juste le temps de la glisser dans ma manche que Blanche ouvre ma portière. Le sourire tendu, je ne peux m'empêcher de songer à ce que j'ai failli faire. Le scandale aurait été total, et ma réputation en aurait été un peu plus écornée. Et Vincent…

La gorge nouée, je suis Blanche en silence jusqu'au restaurant devant lequel ses parents et sa future belle-famille patientent. Tout le monde se fait la bise avec une hypocrisie qui me cisaille.

— Bonsoir, Valentine ! dit Maryvonne avec un sourire qui n'atteint pas ses yeux. Tu es tout à fait charmante, ce soir !

— Merci, toi aussi, réponds-je sur le même ton. Tu es divine, Marie-Simone.

Elle fronce le nez, mais n'ajoute rien. Je les entends expliquer qu'ils ont préféré attendre à l'extérieur pour profiter de la chaleur qui s'est abattue sur la région depuis hier. J'acquiesce poliment, refusant d'ouvrir la bouche pour ne pas risquer de prononcer de parole malencontreuse.

— Heureusement, un petit vent s'est levé et rafraîchit tout cela, s'exclame la mère de Blanche avec un rire discret. J'ai cru que j'allais fondre, cet après-midi ! Par chance, j'ai pu patauger dans notre piscine.

Certains de mes bénéficiaires adoreraient « patauger dans une piscine ». Je les écoute parler de problèmes qui me paraissent à dix mille lieues des miens. Ils décrivent des activités que je n'aurai jamais les moyens de me payer, si tant est que j'en aie envie un jour.

Le vent s'intensifie, mais ce n'est qu'en sentant ma robe se soulever que mon mal-être croît. Je mets les mains dans le dos, pour la retenir. Bordel, pourquoi a-t-il fallu que je laisse s'exprimer mon caractère de… ?

— Ma chère Valentine, je ne sais pas ce que vos parents vous ont appris, mais cette position est loin d'être adéquate pour une femme.

Dilemme…

Tout le monde se tourne vers moi dans l'attente de ma réaction. Certains, comme P-E et sa sœur, jubilent ! Pour ne pas leur donner satisfaction, je laisse pendre mes bras sur le côté. Il me suffira de… de rien du tout ! Ils ont à peine détourné le regard qu'un coup de vent soulève ma robe. Avec un peu de chance, personne n'aura vu mes fesses !

Quand je pense que Rose a eu le temps de chanter *My Heart Will Go On*[1] dix fois à la proue du *Titanic* sans que sa maudite robe dévoile quoi que ce soit de son anatomie, alors que moi, en l'espace de deux minutes, j'ai…

— Vincent ! Te voilà enfin !

Oh non ! Tout, mais pas ça !

Le père de Pierre-Emmanuel regarde un point par-dessus mon épaule. Si je ne suis pas morte de honte et que mon cerveau fonctionne encore un tant soit peu, Vincent vient de voir…

— Comment vas-tu ? me demande-t-il.

Sa voix a une intonation légèrement différente. Est-ce à cause de la gêne qui bourdonne à mes oreilles que je la trouve plus grave ? Il fait la bise aux femmes, serre la main des hommes. Quand mon tour arrive, il se contente d'un vague signe de tête qui finit de me mettre mal à l'aise. Il a vu « ma lune ». C'est officiel : une force cosmique hostile est à l'œuvre pour que je ne sois jamais à mon avantage devant lui.

— Maintenant que tout le monde est là, déclare la mère de Pierre-Emmanuel, nous allons pouvoir dîner.

Priant ma bonne étoile pour qu'une météorite me tombe dessus, je suis le groupe à l'intérieur. Le maître d'hôtel nous conduit jusqu'à une table joliment dressée.

Sans nous être concertés, Vincent et moi nous installons l'un à côté de l'autre. Il observe le dossier de ma chaise, à moins que ce ne soit ma main. Je baisse les yeux pour savoir ce qui le captive autant. De la dentelle. Ma culotte dépasse de ma manche. Avec tout ça, j'ai oublié qu'elle s'y trouvait toujours.

OK, il est temps de m'éclipser et d'aller me noyer dans la cuvette des toilettes.

1. Chanson composée par James Horner, paroles écrites par Will Jennings. Interprétée par Céline Dion.

Chapitre 10

J'ai à peine le temps de comprendre que le bout de dentelle coincé dans la manche de sa veste est en réalité sa culotte que Valentine s'éloigne déjà. Au moins, ceci explique cela, et l'incroyable scène dont j'ai été témoin à mon arrivée au restaurant prend tout son sens.

Tout en m'installant, je jette un coup d'œil en direction de l'endroit où elle vient de disparaître. Pour être honnête, j'espère que personne ne s'apercevra de son absence et ne se posera de questions.

En parfait gentleman, Pierre-Emmanuel recule la chaise de Blanche, afin qu'elle puisse s'installer. Au petit sourire qui se dessine sur les lèvres du père de la perle rare, il est clair qu'il apprécie les manières galantes de son futur gendre. Pour ma part, je réprime le mien et m'assois seul, comme un grand. Maryvonne, à ma gauche, entreprend de me faire la conversation. J'essaye de lui répondre autrement que par de vagues grognements, mais l'absence prolongée de Valentine accapare mon attention, en plus de me faire craindre le pire. Comble de malchance, c'est au tour de Pierre, mon parrain et accessoirement le père de Pierre-Emmanuel, de me demander des nouvelles de ma sœur et de mes parents, qu'il se promet de contacter prochainement.

Ma délivrance se matérialise sous les traits d'un serveur. Les parents des futurs mariés proposent de prendre un apéritif avant de commander les plats. Le champagne l'emporte. « La meilleure bouteille ! » s'exclame même Jacques. Les autres abondent dans son sens. L'humeur est à la fête.

Valentine réapparaît enfin ; je retiens un soupir soulagé. Son retour a été remarqué. Pierre-Emmanuel ouvre la bouche, probablement pour lui lancer une pique dont il a le secret, puis, contre toute attente, tressaille et la ferme. À son côté, Blanche nous gratifie d'un sourire trop grand pour être innocent. Je gage que la demoiselle a écrasé le pied de son fiancé, afin de maintenir une ambiance agréable à table. Je l'en remercie silencieusement.

Un magnum Cristal 2009 Louis Roederer hors de prix et neuf coupes servies à ras bord plus tard, nous portons un toast en l'honneur de nos tourtereaux.

Je profite de ce que Maryvonne soit en pleine conversation avec le père de Blanche pour m'enquérir de l'état d'une Valentine bien trop silencieuse à mon goût :

— Comment vas-tu ?

— Lâcheur, me souffle-t-elle.

J'incline la tête de côté comme pour encaisser le reproche. Il est mérité.

— Je suis désolé de t'avoir fait faux bond, tout à l'heure.

— Tu n'imagines pas ma stupeur de voir Monsieur Parfait au volant de sa super machine volante au pied de mon immeuble. Pour un peu, je défaillais devant tant de magnificence.

Je pince les lèvres pour ne pas rire.

Elle reprend, après avoir bu une gorgée de champagne :

— Qu'est-ce qui t'a poussé à me faire un coup pareil ?

— Une urgence : un shih tzu nommé Pollux en train de s'étouffer après avoir ingurgité un certain Gros Tas de Morve…

À l'évidence surprise, Valentine recrache sa boisson sur la nappe immaculée.

Oh merde !

J'aurais dû lui présenter les événements autrement. Autour de nous, les discussions cessent aussitôt, et sept paires d'yeux se braquent sur nous. Blanche s'est redressée, la main pressée sur l'avant-bras d'un Pierre-Emmanuel devenu rouge de colère.

— Valentine, ça va ? Que s'est-il passé ?

L'intéressée me jette un regard faussement furieux en attrapant sa serviette pour s'essuyer la bouche et éponger les dégâts.

— Je… j'ai avalé de travers, c'est tout. Excusez-moi.

— Tu m'en diras tant ! s'agace Pierre-Emmanuel, qui marmonne dans sa barbe le reste de ses récriminations.

— C'est ma faute, avoué-je pour prévenir tout sermon. Je racontais à Valentine la raison de mon retard.

— Ah oui, vraiment ? Ça m'avait tout l'air d'être très drôle, en tout cas. Pourrais-tu la partager avec nous, s'il te plaît ? Enfin, si ce n'est pas trop indiscret, intervient mon parrain.

— Mais certainement. J'expliquais à Valentine que les Joubert ont débarqué au cabinet, juste avant la fermeture, avec leur petit chien, un shih tzu, qui s'étouffait à cause d'une des figurines de leur fils nommée Gros Tas de Morve.

— Grand Dieu ! A-t-on idée d'appeler un enfant ainsi ? s'exclame, horrifiée, la mère de Blanche en portant la main à son cœur.

À ma droite, Valentine semble avoir du mal à contenir un fou rire. Quant à moi, je suis à deux doigts de perdre le contrôle de ma propre hilarité.

— Non, « Gros Tas de Morve » est le nom du Pokémon ingéré par le chien, corrigé-je.

— Ah bon, voilà qui est rassurant.

— Qu'en est-il de la pauvre bête ? Je suis sûre que tu l'as sauvée, Vincent. Mon frère ne cesse de vanter tes talents de vétérinaire, lance Maryvonne en recouvrant ma main de la sienne.

— Eh bien, j'ai appliqué la bonne vieille méthode de Heimlich version canine. Pollux a recraché le jouet au bout de la troisième tentative. Ainsi, j'ai pu vous rejoindre à peu près à l'heure, dis-je en dégageant habilement mes doigts.

— Parfait, bravo ! s'exclame Pierre en portant un second toast : À Pollux, qui regardera peut-être à deux fois avant de manger n'importe quoi !

— Voilà un commentaire fort raisonnable, mon cher Pierre. Toujours réfléchir à deux fois… Certaines feraient bien d'en prendre de la graine, ajoute Jacques Vigneux en lançant un regard appuyé à sa fille.

Les ricanements fusent. La diversion fonctionne. Après ça, plus personne ne se rappelle que Valentine elle-même a bien failli s'étrangler. Je baisse les yeux dans sa direction et la surprends à frotter discrètement une tache sur sa jolie robe.

Si je n'avais pas été foudroyé sur place par la vision de ses fesses dénudées, j'aurais certainement pris le temps de l'admirer dans sa tenue dès mon arrivée. Et que dire de ses cheveux bruns qui lui retombent gracieusement sur les épaules… Dans un autre contexte, j'en aurais sûrement saisi une mèche pour vérifier si leur texture est aussi soyeuse qu'elle en a l'air. Pour ma défense, Valentine est une très belle femme qui, par manque d'intérêt ou de confiance, ne semble pas en avoir conscience.

J'en viens à songer à jeudi dernier, lorsque je me suis présenté chez elle sous un motif fallacieux qui n'a berné personne. Qu'en a-t-elle pensé ? A-t-elle deviné qu'elle ne me laissait pas indifférent ?

Mes lèvres sont soudain sèches, et ma gorge me pique. Je m'empare de mon verre d'eau pour chasser cette impression de malaise, ainsi que mes réflexions déplacées. J'ai l'air d'un gamin submergé par son béguin pour une fille qu'il vient à peine de rencontrer, alors que je suis un adulte de trente-quatre ans, père de famille et d'ordinaire parfaitement maître de lui. C'est proprement ridicule !

Pour me ramener dans le droit chemin, je choisis de me concentrer sur les autres qui débattent plan de table et choix des invités. Le nœud du problème ? Est-il raisonnable de mettre en présence tata Chantal et tonton Charles-André, divorcés et loin d'être en bons termes depuis que la première a surpris le second au lit avec sa jeune maîtresse ? À mon avis, et bien que je n'en connaisse aucun, il faudrait convier les deux afin de pimenter l'ambiance d'une cérémonie qui s'annonce aussi guindée qu'un *tea time* à Buckingham Palace.

Le serveur revient prendre les commandes, puis s'en retourne en cuisine, son carnet plein.

Valentine n'a toujours pas daigné prononcer la moindre parole. Elle semble s'efforcer à la transparence. Sans doute dans le but de faire oublier sa présence à Pierre-Emmanuel, qui n'a jamais caché sa contrariété à l'idée qu'elle soit un des témoins de la noce.

Nos mains s'effleurent. Elle sursaute au point d'en faire tinter la vaisselle sur la table. Je fais mine de tousser dans mon poing pour détourner l'attention. Au moins, j'ai la certitude qu'il y a bien un problème. Discrètement, je me penche vers elle pour en avoir le cœur net, quand les parents de Pierre-Emmanuel m'interrompent en nous interpellant :

— Alors, vous deux, qu'avez-vous prévu de beau pour les animations ?

Je me redresse, pris de court. Valentine et moi échangeons un regard circonspect. Il est clair qu'il va nous falloir la jouer fine, car nous ne nous attendions pas à ce qu'il en soit question dès ce soir…

Ma voisine de table, plus téméraire ou courageuse que moi, prend les devants :

— Un tas de… trucs. Je… euh… Vincent et moi travaillons main dans la main pour vous concocter un programme d'enfer !

À première vue, l'assistance paraît moyennement convaincue. Toutes les têtes se tournent vers moi pour me réclamer confirmation, que je me dépêche de fournir en acquiesçant. Que je puisse renvoyer une image de benêt en agissant ainsi m'effleure une seconde l'esprit.

Valentine poursuit, sans se démonter :

— Pour tout dire, nous nous sommes mis d'accord sur une première liste d'animations, mais ce serait gâcher la surprise à nos deux futurs mariés que d'en discuter ici et maintenant. Vous comprendrez sûrement que nous préférons garder le secret jusqu'au jour J, annonce-t-elle avec un sourire poli, quoique forcé.

Intérieurement, j'applaudis la performance. Elle est douée, c'est sûr !

— Hum… J'ose espérer que Vincent sera à même de freiner tes ardeurs, jette Pierre-Emmanuel, satisfait d'avoir glissé sa première peau de banane de la soirée.

Je sens Valentine se braquer. Ça n'augure rien de bon, sinon un prochain échange d'amabilités avec, à la clé, des comparaisons foireuses.

À l'autre bout de la table, Blanche me lance un regard désespéré. Je crois qu'une trêve ne serait pas de refus, le but étant d'éviter de reproduire le désastre du dîner précédent.

Dans ces conditions, place à l'improvisation.

— Justement, j'aurais une suggestion à faire à ma coéquipière. Si vous voulez bien nous excuser, nous allons en discuter à l'extérieur, le temps que les plats arrivent. Valentine ? dis-je en lui tendant la main afin qu'elle me suive.

— Avec plaisir !

Dehors, une petite brise nocturne a remplacé l'agréable douceur d'un après-midi printanier. De fait, la chute des températures est importante. Valentine s'entoure de ses bras pour se protéger du froid. Parce que je n'ai pas complètement oublié mes bonnes manières, je me déleste de ma veste pour la lui passer sur les épaules. Elle la refuse dans un premier temps, avant de se laisser convaincre.

— Si tu meurs de froid avant que nous ayons attaqué les entrées, je me retrouverai seul à devoir les affronter.

— Je suis persuadée que tu t'en sortiras très bien sans moi, mais c'est gentil de prétendre le contraire.

Son rire se termine en soupir défaitiste.

— Même en faisant tout mon possible pour me fondre dans le décor, il trouve le moyen de m'attaquer. Et le pire, c'est qu'en dépit de son attitude, j'éprouve des scrupules à lui rendre la monnaie de sa pièce ! Trop bonne, trop conne…

— Ne te soucie pas des états d'âme de Pierre-Emmanuel. Il est encore vexé pour Maryvonne. Personnellement, je pense que Blanche a fait le bon choix et je lui en suis reconnaissant.

— Et pourquoi donc ? rétorque-t-elle en haussant un sourcil.

— Parce que ce sera bien plus amusant de préparer les animations du mariage avec toi qu'avec « Marie-Simone ».

Elle pouffe de rire. Je l'imite.

— Dois-je en conclure que tu ne l'apprécies pas tellement ?

— Au contraire. Je la connais depuis sa naissance. C'est peut-être là où réside mon principal problème. J'ai du mal avec ses sous-entendus, alors que je ne vois en elle qu'une amie de la famille, la fille de mon parrain et la petite sœur de mon plus vieux copain. Il ne me reste plus qu'à espérer qu'elle le comprendra d'elle-même.

— Si elle est aussi bouchée qu'elle en a l'air, tu risques de déchanter.

Un groupe de jeunes gens nous frôle avant de s'engager sur le passage piéton. Je note que l'un d'entre eux a troqué son pantalon contre un kilt : original… On ne voit pas ça souvent dans la région. Ses copains et lui poussent la porte d'un pub au moment où le vent se met à souffler plus fort. Résultat, le kilt se soulève… Moment idéal pour vérifier si ce qu'on dit est vrai…

— Un slip ? Tss, tss… Ce n'est pas un véritable Écossais ! Il n'a pas respecté la tradition, plaisante Valentine.

— En effet, commenté-je en réprimant un sourire narquois. Moins que certaines, en tout cas.

Ma boutade la fait rosir, et c'est adorable ! Un peu taquin sur les bords, j'en rajoute une couche :

— Laisse-moi deviner… Une force cosmique t'a susurré que c'était surfait d'enfiler des dessous lorsqu'on porte une robe, mais une fois parvenue au restaurant, tu t'es dit que c'était peut-être jouer avec le feu, surtout en présence d'un couple d'amoureux guindé avec des parents vieux jeu ?

Elle se lamente, se couvrant le visage de ses mains.

— S'il te plaît, Vincent. On pourrait prétendre que tu n'as rien vu, histoire que je puisse un jour réussir à te regarder à nouveau dans les yeux ?

J'esquisse une grimace.

— Ça risque d'être compliqué de rayer cette image de ma mémoire, mais je veux bien essayer, si tu me promets de te montrer plus prudente en présence de Pierre-Emmanuel. Je n'ai pas envie de lui en coller une parce qu'il t'aurait manqué de respect. Chose qui se serait sûrement produite, s'il t'avait surprise sans… enfin tu sais quoi, dis-je, alors que des clients nous dépassent pour rentrer dans le restaurant. Force cosmique mise à part, puis-je te demander comment tu t'es retrouvée dans une situation aussi… farfelue, encore une fois ?

— C'est une longue histoire, lâche-t-elle avec aplomb.

— Comme souvent…

— Tout à fait ! En plus, je crois que j'ai perdu du poids et qu'il est grand temps que je m'achète des fringues à ma taille, pour ne pas risquer de les perdre en me déplaçant.

C'était donc ça…

Je la dévisage, essayant de deviner si elle se paye ma tête ou non. Après tout, ce ne serait pas une première entre nous. Pendant que je l'examine, elle tripote la ceinture argentée qui retient sa robe. Ce n'est qu'après l'avoir observée minutieusement que je m'aperçois que celle-ci est sans doute un peu trop grande pour sa fine silhouette. Tout devient subitement clair : la robe une taille trop large, la culotte qui glisse, les remarques méprisantes de Pim's, le carton de vêtements et l'agacement perceptible de Valentine...

Et moi qui me montre insistant.

Abruti !

Je chasse ma contrariété d'une pichenette mentale et me place face à elle. C'est à mon tour de paraître embarrassé et d'enfoncer les mains dans les poches de mon pantalon.

— Si on me demande ce qui m'a grillé quelques neurones en débarquant au restaurant, je répondrai que j'ai été subjugué par la toute nouvelle navette spatiale de Pierre-Emmanuel. Le sujet est clos, pardonne-moi.

Valentine retrouve le sourire. Je lui décoche un clin d'œil en lui ouvrant la porte. Nous revenons à table dans de bien meilleures dispositions que lorsque nous l'avons quittée.

Trois heures plus tard, aucun mort n'est à déplorer. Ce qui signifie que Blanche pourra épouser son prince charmant, chose qui n'a pas l'air d'enthousiasmer outre mesure Valentine, assise sur le siège passager de ma voiture.

— Bon, eh bien... je peux le dire maintenant : je suis soulagé que ce soit fini.

— Merci, moi aussi, j'apprécie ta compagnie, Vincent.

— Tu sais très bien que je ne parlais pas de toi, même si nous avons frôlé l'incident diplomatique au moment où tu as renvoyé Pierre-Emmanuel dans les cordes. Lui sortir les statistiques sur les taux de divorce au dessert n'a pas été ton idée la plus brillante.

Je délaisse la route une seconde pour la regarder. Elle hausse les épaules, s'enfonçant un peu plus dans l'assise.

— Il m'avait énervée avec son « Si jamais Valentine rencontre des difficultés, ma sœur se fera un plaisir de la seconder », ou encore son ton condescendant quand il a lancé : « Ne sois pas si aigrie, Valentine, un jour, peut-être, tu trouveras quelqu'un capable de te supporter et d'assez fou pour te passer la bague au doigt. » Pff ! J'aurais pu lui faire bouffer le lustre en cristal, si tu n'avais pas posé la main sur ma cuisse…

— Hum, oui… D'ailleurs, je te présente mes excuses pour ça, la coupé-je, gêné par le souvenir d'un geste que j'estime a posteriori bien trop familier. C'est juste que je ne savais pas comment te faire comprendre de te calmer.

— Je ne t'en veux pas, rassure-toi. Sans ton intervention, j'aurais pu commettre une bêtise, et ça aurait tout gâché.

Je tique en me remémorant la scène.

— À mon avis, c'était le but recherché.

— Quoi ? Comment ça ?

— Que tu dérapes devant les deux familles. Ça aurait accrédité la thèse que tu n'es pas la bonne personne pour le rôle de témoin de la mariée.

Valentine se tait, paraissant méditer mes paroles.

— Roh, l'enfoiré ! s'exclame-t-elle, maintenant furieuse. C'est pas la meringue que je vais dézinguer, mais l'autre poire qui me pousse à bout ! Ce mec transformerait une sainte en suppôt de Satan et, comme chacun sait, je ne suis pas une sainte. Non, mais quel con !

Durant cinq bonnes minutes, je l'écoute marmonner menaces et autres imprécations à l'encontre de Pierre-Emmanuel. En d'autres circonstances, j'aurais essayé de défendre mon vieil ami. Dans le cas présent, je ne peux que me taire en attendant que l'orage passe. Et quand bien même, je suis forcé d'admettre que Pim's est allé trop loin avec son plan retors : si Valentine avait mordu à l'hameçon, les conséquences auraient été désastreuses. En plus de perdre la face, Blanche aurait été contrainte de faire une croix sur une amitié à laquelle elle tient visiblement beaucoup. Quant à Valentine, elle aurait été exposée à la critique, une fois de plus.

Conséquence, je me demande combien de franches conversations je devrai avoir avec Pierre-Emmanuel afin qu'il cesse son jeu malsain.

Durant la fin du trajet, je préfère réorienter la conversation sur des sujets plus légers. Autant terminer la soirée sur une note positive. Le visage et la voix de Valentine s'égayent tandis qu'elle me parle de son fils et de leur vie à deux. À certains moments, j'ai l'impression qu'elle me raconte une de mes journées avec Jonas. Comme quoi, le quotidien des parents solo se ressemble étrangement.

Nous entrons dans le village, et je ressens une pointe de déception à l'idée que nous nous quitterons bientôt. Je roule en dessous des cinquante kilomètres-heure pour faire durer le plaisir de notre conversation. Sur l'instant, je ne me pose pas plus de questions que ça, j'aurai tout le temps, une fois seul chez moi, de réfléchir à mes actes. Que Valentine me plaise est un fait établi. Que je désire autre chose que jouir de sa simple compagnie amicale est un autre sujet que je ne me sens pas la force d'aborder dans l'immédiat.

Je me gare devant son immeuble. Le silence envahit l'habitacle. Sans un mot, je la regarde s'emparer de son sac et poser la main sur la poignée.

— Si on exclut l'autre buse et ses coups tordus, j'ai passé une excellente soirée. Merci, Vincent.

— C'est pareil pour moi.

Elle ouvre la portière. Je lui attrape le bras pour la retenir. Elle opère une brusque volte-face et me fixe intensément. Mon geste l'a surprise.

— Je… Tu étais ravissante ce soir. Et, avec le recul, je trouve regrettable que personne n'ait pensé à t'en faire le compliment.

— C'est la chose la plus adorable qu'on m'ait dite aujourd'hui.

Elle me sourit et se penche pour m'embrasser sur la joue. Je retiens mon souffle en sentant ses lèvres sur ma peau.

Elle s'écarte lentement, de sorte que nous nous retrouvons l'un en face de l'autre, son visage à un souffle du mien. Il me suffirait de tendre légèrement le cou pour goûter à ses lèvres. Dans ma tête s'installe alors un innommable chaos, un véritable capharnaüm, un authentique foutoir. Les « Vas-y, Vincent ! » se heurtent au « Non, ne joue pas l'idiot. C'est une amie ».

La sonnerie de mon portable nous ramène brusquement tous les deux à la raison. Valentine exécute un bond en arrière, comme si elle s'écartait d'un feu trop ardent. Ce que je peux comprendre, j'ai moi-même la sensation de m'être approché d'un intense brasier.

Après une rapide vérification, je décide de ne pas prendre l'appel de Pierre-Emmanuel. À la place, je préfère regarder Valentine grimper les marches de son escalier. Je ne redémarre qu'une fois la lumière du couloir de l'immeuble éteinte.

Si on me demande mon avis, je dirai qu'il n'y a rien de mieux que de reprendre un rythme scolaire pour éviter de trop réfléchir. En tout cas, la technique fonctionne pour moi. Nous sommes lundi, j'ai récupéré un Jonas tout sourire, hier, à l'aéroport. Ce matin, je l'ai déposé à l'école, et la journée s'est ensuite déroulée sans le moindre incident au cabinet. J'ai même eu cinq minutes pour discuter avec Pierre-Emmanuel. Un court entretien, durant lequel je lui ai signifié que son petit manège, samedi dernier, était tout sauf subtil et que si je l'avais remarqué, Blanche l'aurait très bien pu également. Malheureusement, mes paroles sont tombées dans l'oreille d'un sourd. Pim's affichait la détermination d'un type prêt à tout pour parvenir à ses fins, à savoir évincer sa bête noire de l'organisation de la noce : Valentine…

Valentine, que je n'ai pas revue depuis deux jours et à qui je m'efforce de ne pas penser. Prétendre que je n'ai pas cogité à m'en cramer les méninges sur notre presque baiser dans ma voiture serait néanmoins un mensonge éhonté. Cela étant, j'en suis rapidement parvenu à la conclusion suivante : je suis dans un pétrin monstre !

Le bruit d'un klaxon produit l'effet d'un coup de fouet sur moi. Empêtré dans mon débat intérieur, j'en ai oublié que j'étais dans mon véhicule, arrêté à un rond-point. J'adresse un signe d'excuse au chauffeur de derrière et redémarre. Ce soir, j'ai terminé mes consultations avec ce qu'il faut d'avance pour aller chercher Jonas à la périscolaire. Comme je m'en doutais, il se montre surpris de me voir, moi, et non Cynthia, que j'ai prévenue du changement de programme.

Je remarque seulement en revenant à la voiture l'énorme trou dans le jean de Jonas, au niveau du genou.

— C'est quoi, ça ? Tu t'es battu ?

Dans la mesure où le principal intéressé rechigne à me répondre, j'en déduis que j'ai visé juste.

— Jonas ? insisté-je d'un ton menaçant.

— Bon, OK ! Axel et moi, on…

— Ne me dis pas que tu t'es encore bagarré avec lui. Enfin, Jonas !

— Non, pas avec lui, mais avec Corentin et ses copains.

— Encore !

— C'est pas notre faute, je te le jure !

— Bien, qu'est-il arrivé ?

Toujours aussi peu loquace, Jonas se contente de hausser les épaules. Je suis contraint d'employer le chantage à la console, un stratagème qui fonctionne à tous les coups. Cette fois-ci ne déroge pas à la règle.

— Ils se sont moqués de nous en nous appelant « les agneaux ».

Je lui lance un regard ahuri par le rétroviseur intérieur.

— Des agneaux ? C'est une insulte, ça, maintenant ?

— Non, mais... Attends, tu vas comprendre. Ce crétin de Corentin a lancé devant tout le monde, dans la cour : « Un Agniel, deux agneaux. » Il a fallu qu'entre tous les noms de famille qu'il y a sur terre, Axel et moi, on ait le même. Ils se sont tous marrés. On a été forcés de réagir, papa.

— En vous battant ?

— En plus, Corentin et ses potes s'en sont encore pris à la mère d'Axel. Ça se fait pas, c'est nul !

— Oh ! Jonas..., soupiré-je, fatigué par ces querelles futiles. Je crois qu'il est temps d'alerter le corps enseignant de la situation. Le comportement de ce Corentin et de ses petits camarades s'apparente à du harcèlement, et il faut que ça cesse.

— On voulait régler ça nous-mêmes.

Jonas baisse la tête, penaud. J'acquiesce en comprenant qu'Axel et lui ont surtout voulu protéger Valentine, supposant que ce qu'elle ignorait ne pourrait pas la peiner. Le souci, c'est que rien ne garantit que ces saletés de gamins se lasseront un jour, alors autant y mettre un terme en prévenant l'école.

— Je te déposerai en classe demain, et on réglera le problème une bonne fois pour toutes.

Le lendemain, alors que je regarde une Valentine déguisée en licorne sortir de son véhicule, j'en viens à penser que ses histoires de forces cosmiques ne sont peut-être pas que des âneries...

Chapitre 11

Agacée par un frottement léger dans mon dos, je grogne et me retourne, prête à couper menu la mèche de cheveux qui me chatouille. Hier soir, j'ai eu du mal à m'endormir. La fille indigne moralisatrice a mis sa menace à exécution : elle s'est plainte de mon manque de professionnalisme auprès de ma cheffe. Par chance, le bénéficiaire a plaidé en ma faveur, et l'assistante habituelle a rappelé que ce n'était pas la première fois que cette femme poussait un coup de gueule.

— Maman, je vais être en retard…

Maman. Retard. Ces deux mots brisent ma bulle et ma mauvaise humeur naissante.

— Quelle heure ? prononcé-je difficilement.

— Le temps de sauter dans un pantalon et de me conduire à l'école.

Peu encline à tomber une deuxième fois dans le piège, j'attrape mon téléphone portable et vérifie l'heure. Il a raison. Cette constatation n'a pourtant aucun effet sur mon corps, qui ne fait qu'un avec le matelas, la couette, les draps… Dans un effort surhumain, je bouge une jambe, puis l'autre… La journée va être dure.

— Tu crois que tu pourrais accélérer ? me demande Axel de sa petite voix suppliante.

— Je crois…

Mais je n'en fais rien, tant mes muscles refusent d'obéir à mes ordres. Une fois assise au bord du lit, je roule les épaules d'avant en arrière et fixe un point devant moi sans le voir. Je suis un vrai déchet, ce matin, et dire que dans une heure et demie, je dois être chez une bénéficiaire !

— Maman…

— Oui, oui…

Je me lève enfin et mesure à quel point mes jambes sont encore lourdes. Je me traîne jusqu'à la chaise placée dans un coin de ma chambre et totalement dissimulée par une tonne de linge à repasser. Un pull sur le dessus, mais pas de pantalon… Je grogne, n'hésite pas à faire tomber les vêtements par terre et tourne sur moi-même lorsque l'horrible vérité me saute au visage : je n'ai pas de jean propre.

— Maman, grouille !

Je cherche une solution autre que sortir en débardeur-culotte. Ma combinaison pyjama ! Je l'enfile en vitesse, remonte la fermeture Éclair et m'engage dans le couloir. Sur le meuble près de l'entrée, je prends les clés et mes papiers.

— Tu vas m'accompagner habillée comme ça ? s'exclame mon fils, la bouche pleine.

— Tu veux être à l'heure ou conduit par Kim Kardashian ?

— Même avec beaucoup de maquillage, tu ne lui ressembleras jamais.

— Merci. Je crois, ajouté-je en fronçant les sourcils.

Je ferme l'appartement derrière nous et le rejoins près de la voiture. Il grimpe sur son siège et se harnache, tandis que je démarre et exécute mes contrôles. Ma main quitte le levier de vitesse à la recherche de ma thermos de café, mais ne rencontre que le néant.

— Prêt ?

— Plus que toi, réplique Axel.

— T'en fais pas, mon petit grumeau à la pastèque, je ne vais pas sortir de la voiture.

— Je ne suis plus à ça près…

— Est-ce que tu auras enfin le courage de me raconter ce qui t'a contrarié, hier ? l'interrogé-je, jetant un coup d'œil dans le rétroviseur.

Le visage crispé, il évite mon regard et fixe l'extérieur par la vitre. Son air buté ne laisse planer aucun doute, il y a eu un accrochage à l'école, mais il préfère ne pas m'en parler. Ce serait tout à son honneur, s'il avait quelques années de plus. Et encore… Je suis sa mère et j'ai l'impression qu'il me pense incapable de l'aider.

— Axel, tu sais que je suis là…

— Oui, maman, je sais, déclare-t-il avec un petit sourire.

— Alors ?

— Alors rien.

Déçue, je me concentre sur la route et me gare devant l'école, alors que la maîtresse arrive au portail.

— Livraison effectuée dans les temps, plaisanté-je.

— Merci !

Il se détache et se penche pour me déposer un bisou claquant sur la joue. Il recule aussitôt, m'empêchant de lui rendre la pareille.

— Et moi ?

— Tu t'es brossé les dents ?

— C'est quoi, le rapport ? Je ne vais pas…

… te rouler une pelle. Pour une raison évidente, je ne termine pas et lui souris, tel le chat d'*Alice au pays des merveilles*. S'il a compris l'allusion, grand bien lui fasse, sinon il pensera que j'ai encore besoin de dormir.

— À ce soir !

Je lui réponds et l'observe, tandis qu'il descend et file retrouver sa classe. Discrètement, je note que Vincent est là. Mon cœur s'accélère alors que je me remémore le moment où j'ai cru qu'il allait m'embrasser, dans la voiture. Si seulement…

Je soupire comme une midinette affamée devant un gâteau. Il s'avance jusqu'à la grille pour rejoindre la maîtresse de Jonas, qui se tient à côté de celle d'Axel.

Cette dernière agite la main dans ma direction, et… Oh non ! Ne me dites pas que… Je regarde autour de moi. Tous les parents font demi-tour, pressés de se rendre à leur travail ou chez eux. Personne ne réagit. Enfin, si, Vincent, qui se tourne vers moi et me fait signe de les rejoindre.

Tout, mais pas ça ! Pas un rendez-vous au débotté avec la maîtresse, quand je porte une combinaison pyjama licorne ! Blasée par mon manque de chance, je sors de ma voiture et m'approche d'eux. Chaque claquement produit par mes tongs résonne à mes oreilles comme un coup de pelle sur ma dignité. Deux fossettes apparaissent autour d'une bouche qui me semblait appétissante samedi soir et qui, aujourd'hui, me paraît bien ironique.

Quelqu'un pourrait-il m'expliquer pourquoi j'ai un karma aussi catastrophique ?

— Bonjour, dis-je en m'arrêtant à leur niveau.

Pour parfaire ma gêne, je songe bien entendu à la remarque d'Axel à propos de mon absence de brossage de dents et mon haleine. Pitié, achevez-moi ! Dans un sursaut de fierté, je bombe le torse et attends de savoir.

— Bonjour, mademoiselle Anielle.

Poliment, j'adresse un petit signe de tête à Mme Lherman, la directrice de l'école et professeure de l'autre classe de CE2, celle où se trouve Jonas. Elle montre Vincent, qui n'a toujours pas prononcé un mot.

— Hier, poursuit-elle, il y a eu un incident que votre fils n'a pas dû manquer de vous raconter.

Ou pas… Ne souhaitant pas révéler que j'ai été incapable de soutirer la moindre information à un gamin de bientôt neuf ans, je redresse le menton et patiente pour avoir le fin mot de l'histoire.

— Axel s'en est pris à l'un de mes élèves…

— Ce n'est pas la version de Jonas, intervient sèchement Vincent.

— Monsieur… Agniel, je sais ce que j'ai vu.

— Je ne remets pas en cause ce que vous avez vu, rétorque-t-il froidement. Je vous signale juste que l'altercation n'a pas commencé au premier coup échangé, mais bien quand Corentin a insulté Axel et Jonas.

— Corentin…

Elle s'arrête et secoue la tête avant de reprendre d'une voix posée :

— Les torts sont partagés, comme dans toute situation de ce type.

— Certes, mais il serait malvenu de les placer tous les trois au même niveau, quand on sait les propos tenus par l'un d'eux.

Touchée d'avoir un allié, je l'observe tandis qu'il défend mon fils et le sien. C'est bien la première fois que je me sens épaulée par quelqu'un qui n'est pas de ma famille. Et c'est agréable, d'autant plus que c'est lui.

— Je ne me permettrais pas d'incriminer Jonas plus que nécessaire, monsieur Agniel. Il s'est retrouvé au mauvais moment au mauvais endroit.

— Comment ça ? demandé-je en sortant enfin du silence.

— Votre fils confond la cour de récréation avec un ring de boxe, répond la directrice avec un air dédaigneux qui me hérisse.

Surprise, je me tourne vers Vincent qui doit comprendre qu'Axel ne m'a rien raconté du tout. Peut-être est-il blessé ? Mon bébé a des bleus, et je ne l'ai pas soigné. Je chancelle légèrement et me ressaisis au moment où la directrice reprend sa diatribe.

— Il n'a pas hésité à frapper un de ses camarades au visage.

— Jonas ? demandé-je en interrogeant directement Vincent.

Celui-ci secoue la tête, mais n'a pas le temps de m'expliquer plus en détail que la maîtresse me charge de tous les maux de la terre.

— Non, Corentin Mongeront. J'ai eu sa mère au téléphone, elle ne portera pas plainte contre vous. Elle sait qu'il peut être difficile pour vous de vous occuper de votre fils et tient à ce que la psychologue de l'école le rencontre, pour éviter que ce genre de comportement ne se répète.

Une chape de plomb me tombe sur les épaules au fur et à mesure que les mots quittent sa bouche. Axel est désigné coupable, alors qu'il est évident que Corentin l'a poussé à bout. Enfin, « évident » est peut-être un bien grand mot, mais quand on voit le harcèlement dont est victime mon fils…

— Je vais devoir vous laisser, ajoute-t-elle avec un signe en direction de sa classe qui s'impatiente un peu plus loin.

Je note que Corentin n'est pas là, sûrement à l'abri dans les jupons de sa mère. Jonas m'envoie un petit signe de la main, auquel je réponds machinalement. Je suis sous le choc, à la fois en colère et abattue.

— Qu'a fait Jonas ? demandé-je, voyant les enfants disparaître par une des portes.

— Il a retenu Axel et a participé à la bagarre…

— Je ne comprends pas, murmuré-je, parcourue de frissons.

— Corentin et ses amis n'ont rien trouvé de mieux que de se moquer de nos noms de famille avec un jeu de mots douteux : un Agniel, des agneaux.

— Mais on s'appelle Anielle…

— Et on parle de Corentin Mongeront.

Je grimace et dodeline de la tête. Ce gamin, en plus d'être la pire peste du village et du département, n'est pas le plus futé de sa catégorie. Peut-être est-ce un mal pour un bien.

— Axel n'a rien voulu me dire.

Le sourire de Vincent disparaît au profit d'une mimique embarrassée. Dans un éclair de génie, je comprends.

— Corentin et sa bande s'en sont encore pris à moi ?

Son silence est révélateur et me blesse. Quand est-ce que tout cela prendra fin ? Ne peuvent-ils pas focaliser leur attention sur quelqu'un d'autre, ou, mieux, sur de bonnes œuvres ? Tant d'énergie gâchée !

— Et moi qui débarque…

Je désigne ma tenue et me déteste un peu plus. Les larmes aux yeux, je regagne ma voiture. J'ai besoin de me retrouver seule, de réfléchir à la suite.

Et si j'allais m'installer chez ma grand-mère ? Certes, j'aurais de la route pour rendre visite à mes bénéficiaires, mais, là-bas, personne ne me connaît. Je pourrais me déclarer divorcée… La différence d'âge resterait la même, malgré tout, et les mauvaises langues auraient vite fait d'inventer une histoire encore plus glauque que la triste réalité.

— Valentine, tu dois porter plainte.

— Porter plainte ?

— Oui, Axel est harcelé ! s'emporte Vincent. Tu ne peux pas les laisser continuer.

— Qu'est-ce que tu crois ? Que je les regarde détruire mon fils en mangeant du pop-corn ? Que je me réjouis d'apprendre qu'Axel n'a pas voulu me dire qu'il s'était battu ? J'ignore même s'il est blessé ou… Merde, tu imagines que ça me fait quoi, de devoir me battre tous les jours contre une bande de connards qui pensent que je ne suis qu'une Marie-couche-toi-là ? J'ai peut-être eu mon fils à seize ans, mais il n'a jamais manqué de quoi que ce soit. Il est poli, bien élevé, curieux et studieux…

— Je sais…

— Non, tu ne sais pas ! m'écrié-je. Cela fait des années que je lutte contre ça. Je prétends que ça ne me touche pas, mais il y a des jours où je leur foutrais bien des tonnes de cafards dans leur putain de maison.

— Des cafards ?

— J'en peux plus…

Une larme coule sur ma joue, mais je l'essuie avant qu'elle arrive à ma mâchoire.

— J'ai déjà porté plainte. Il y a eu des rendez-vous interminables, les visites d'une assistante sociale. Vincent, ils ont débarqué chez moi pour vérifier que je m'occupais bien de mon fils ! Imagines-tu la honte que j'ai ressentie à les voir fouiller ma vie comme s'ils en avaient le droit et le devoir ?

— Valentine…

Il déglutit, visiblement touché par le désespoir que j'exprime pour la première fois depuis des mois. La dernière fois, j'étais avec mes parents. Je venais de recevoir un courrier du rectorat m'informant que ma plainte avait été jugée non fondée.

— Vu le QI de Corentin, grogné-je, ils auraient mieux fait d'adopter un poulpe.

En guise de rébellion, et pour ponctuer ma phrase, je croise les bras sur la poitrine, tout en m'adossant à ma voiture.

— Les Mongeront ne vont pas en rester là. Et ils ont des amis haut placés.

— Pas que.

— Comment ça ?

— Le club de strip-tease…

Il hoche la tête et m'invite ainsi à continuer.

— Le père de Maxence.

— Le meilleur ami de Corentin ?

— Oui, réponds-je. À tous les coups, il témoignera que je suis venue dans son établissement pour chercher du travail.

Vincent fronce les sourcils. Je vais devoir être un peu plus précise dans mon explication.

— Un soir… Le fameux soir où j'étais habillée comme un léopard sous ecstasy, je me suis perdue en rentrant chez moi. Je me suis arrêtée, par hasard, sur le parking d'un club de strip-tease. Comme il était tard, et que mon téléphone est incapable de servir correctement de GPS, je suis entrée pour demander mon chemin. Avec la réputation que je me traîne, le patron a cru que je voulais danser pour ses clients.

Avec une moue mi-contente, mi-dégoûtée, j'ajoute :

— Il paraissait même satisfait de ce que je lui proposais.

— Tu m'étonnes !

Surprise, je le fixe pour déterminer à quel point je dois être flattée par sa réaction. Touchée, je lui souris et secoue la tête pour en revenir au sujet :

— J'ai déjà fait tout mon possible, mais ils semblent tous désireux de transformer ma vie en enfer. La seule chose qui me blesse, cette fois, c'est qu'Axel ne m'ait rien dit et que ton fils ait été impliqué.

— J'en parlerai à Mme Mongeront, soupire-t-il en glissant les mains dans les poches de son pantalon.

— Tu es dans ses petits papiers ? m'esclaffé-je.

— Étant donné le nombre de fois où elle débarque en urgence au cabinet pour Olaf, son chien, je crois qu'elle m'écoutera.

Au moins Jonas ne sera-t-il pas plus entraîné dans cette bataille perdue d'avance.

— Ça me fait penser que j'ai les vaccins de Fous-moi le Camp à faire.

— Tu veux que je te réserve un créneau ?

Je lui souris, puis acquiesce.

— Il faudra aussi qu'on voie pour discuter des animations pour le mariage, ajouté-je. Sinon, ils vont finir par comprendre que nous n'avons rien préparé.

— Il nous reste du temps…

Bien plus qu'il ne le pense, si je parviens à faire annuler la noce…

— Je vais devoir y aller, déclaré-je en consultant l'heure sur mon téléphone. Oh oui, je vais être sérieusement en retard, si je ne me presse pas ! Cette semaine, je ne travaille pas, samedi. Est-ce qu'il serait possible de t'amener la touffe de poils ?

— Je regarde dans l'agenda en arrivant et je t'envoie un message.

— Cool !

Je m'installe dans ma voiture et suis sur le point de refermer la portière, lorsque je l'entends m'appeler.

— Ai-je envie de savoir pourquoi tu t'es déguisée en licorne ? me demande-t-il avec ses adorables fossettes.

— Envie, certainement. Mais on m'a toujours dit qu'il fallait entretenir un peu de mystère.

— Tu t'es réveillée en retard, c'est ça ?

J'acquiesce d'un hochement de tête.

— Sur ces bonnes paroles, je vais rentrer. Une bonne douche, une grosse thermos de café et beaucoup de chance, voilà ce dont j'ai besoin. Et merci de ne pas confirmer pour la douche…

— Je suis un gentleman.

Il me sourit, et je ne peux faire autrement que l'imiter. Il est si agréable d'avoir quelqu'un qui ne me juge pas, qui ne critique pas mes choix de vie ! À ses côtés, je peux être moi, Valentine Anielle, vingt-quatre ans, toutes mes dents et une malchance phénoménale. Oh ! et une sexitude proche du zéro absolu quand il est dans les parages.

Ma journée étant des plus légères, 15 heures arrivent, et je n'ai d'autre but que de passer le temps en attendant la sortie des classes. Vincent ne sera pas là, mais je me suis apprêtée avec soin pour que personne ne trouve à redire à ma tenue, et que la grande majorité oublie de m'avoir entraperçue en combinaison pyjama ce matin. Peine perdue, à mon avis, mais qui ne tente rien n'a rien.

Je me gare le long de la départementale, non loin d'une zone industrielle interdite au public, où des prostituées officient. Si mon idée est encore assez floue, je souhaite récolter des informations et savoir si l'une d'elles accepterait le travail. Le mieux aurait été de demander à Clara de s'y coller pour ne pas taquiner ma chance et risquer de me retrouver nez à nez avec un des pères de l'école. Seulement, elle n'est pas disponible, et je suis une grande fille.

Croisant néanmoins les doigts dans l'espoir de ne pas rencontrer quelqu'un qui me reconnaisse, je me dépêche de sortir de ma voiture et de m'éloigner du bord de la route.

Au loin, j'aperçois une femme appuyée contre un capot et dont l'attitude attentiste me renseigne sur les raisons de sa présence. Après un coup d'œil nerveux aux alentours, je m'avance vers elle sans plus réfléchir.

— Bonjour, dis-je avec un sourire tendu.

Elle me détaille de la tête aux pieds, repoussant ses épais cheveux noirs derrière les épaules.

— Je ne fais pas les femmes.

Gênée, je tente de la détromper, mais un affreux bafouillage m'échappe en guise de plaidoyer. Je me fais l'effet d'une gamine prise la main dans le sac, alors qu'elle est innocente. Enfin, si j'avais réellement la main dans le sac, je ne serais pas si innocente que ça. Moins qu'à l'heure actuelle.

— T'es mignonne, ne te méprends pas, mais le broute-minou, très peu pour moi !

Décontenancée par son absence de filtre, j'ouvre la bouche et peine à trouver quoi dire pour que cette conversation revienne sur un terrain neutre. Sans un mot supplémentaire, elle retourne à la contemplation de ses ongles. Les traits de cette beauté exotique sont marqués. Je ne connais pas son histoire, mais son quotidien semble fatigant.

— Je ne suis pas là pour…

Ma main s'agite, tandis que l'expression « broute-minou » se répète inlassablement dans mon esprit.

— Je suis peut-être la dernière personne qui devrait te dire ça, mais le trottoir n'est pas la solution.

Et voilà qu'elle pense que je suis une aspirante prostituée. Après le club de strip-tease, quelle évolution professionnelle ! La semaine prochaine, avec un peu de chance, je serai masseuse de saumon en Norvège. Non, pas là-bas, il fait trop froid ! Sauf qu'aux dernières nouvelles il n'y a pas de saumons dans les eaux chaudes.

Comprenant que ce n'est pas le moment de partir dans un délire dont je suis la seule à m'amuser, je secoue la tête et réponds :

— Non plus.

— Alors pourquoi t'es là, miss ?

— J'aurais besoin d'un renseignement.

Elle se redresse et me toise des bons dix centimètres qu'elle a de plus que moi. Un bruit étrange s'échappe de sa bouche, marquant sans doute possible son agacement.

— Je m'explique, dis-je en levant les mains, et je me dépêche, pour ne pas vous faire perdre votre temps.

— Vas-y, mais je te préviens, je suis du genre « coincée ». Pas de plans à plusieurs, pas de femmes ou de demandes trop particulières.

Donc, d'après ses critères, je suis « coincée », moi aussi. Ce qui n'est pas surprenant, quand on sait que je n'ai pas couché avec un homme depuis plus de neuf ans, et que le presque baiser de samedi soir avec Vincent m'a foutu une trouille bleue.

— J'aimerais que vous prétendiez qu'un homme est votre client.

— Et c'en est un ?

— Non. Enfin, pas que je sache.

Connaissant Pierre-Emmanuel, ça m'étonnerait qu'il vienne jusqu'ici pour engager une prostituée.

— Pourquoi ? me demande-t-elle.

— C'est un abruti ?

Ma réponse sonne plus comme une question, seulement je me vois mal expliquer à une inconnue que je dois tout faire pour rompre les fiançailles de ma meilleure amie avec un type qui a tout pour lui… sur le papier. Parce que, franchement, durant le dîner avec les deux familles et Vincent, je n'ai eu de cesse de m'interroger sur la viabilité d'une telle union. Il parade comme un paon devant le père de Blanche, complimente sa future belle-mère, mais n'a pas un seul geste affectueux pour sa fiancée.

— Chérie, si je devais faire ça, beaucoup de couples mériteraient d'être brisés par mon intervention.

— Et si je vous paye ?

— Ma morale le réprouve.

La mienne aussi, mais je connais l'énergumène. Et avec lui, ma bonne éducation, mes valeurs disparaissent en un clin d'œil.

— Je suppose que vous jurer sur tout ce que j'ai de plus cher qu'il faut absolument mettre un terme à tout ça ne changera rien, dis-je avec un grand sourire.

— Que t'a-t-il fait ? s'enquiert-elle, croisant les bras sous la poitrine.

Ce geste accentue son décolleté déjà immense et attire le regard. Cette femme est sublime et sait comment utiliser ses charmes. Si j'avais un dixième de son assurance, ma réputation serait bien pire !

— Ce n'est pas tant à moi qu'à ma meilleure amie…

— Attends, tu veux briser les fiançailles de ta meilleure amie ? m'interrompt-elle, furieuse. Mais quel genre de personne es-tu ?

— Une personne qui a une réputation de merde, parce qu'elle a eu un enfant à seize ans. Le pseudo-fiancé ne peut pas me blairer et me considère comme une sous-merde qui aurait mieux fait d'avorter. Quand il a du public, il se contente de me rabaisser et de mépriser sa fiancée, qui a eu l'audace de me soutenir à la naissance de mon fils.

— Qu'en pense ton amie ?

— Rien. Son père ne tolérera jamais que ce mariage n'ait pas lieu. Sa mère est ravie de cette union avec une « famille de notables de la région ».

— C'est très moyenâgeux, ton bordel.

— Et encore…

Je soupire et m'assois à côté d'elle sur le capot de la voiture.

— Je dois tout faire pour sortir ma meilleure amie de ce guêpier.

— Et tu penses que l'intervention d'une pute pourrait faire pencher la balance ?

— Oui, leurs familles sont très… « coincées ». Il suffirait de pas grand-chose.

Elle me dévisage un instant avant de reporter son attention sur un point au-delà de mon épaule.

— Mon client de 15 h 30 arrive, miss.

— Je vais vous laisser.

Abattue, je saute à terre et m'apprête à m'éloigner quand elle me retient. Sa poigne, quoique ferme, est aussi très douce.

— On va faire un pacte, toutes les deux, déclare-t-elle en fouillant dans sa besace. Tu trouves un prétexte pour que je rencontre la fiancée. Je me fais ma propre opinion, et on voit après !

Elle me tend un morceau de papier sur lequel sont notés le prénom Félicity et un numéro de téléphone.

— Maintenant, file avant d'avoir une proposition que tes chastes petites oreilles ne supporteraient pas !

Amusée, je lui souris et m'éloigne vers ma voiture. Une berline passe en sens inverse avec un homme au volant. Je ne m'attarde pas sur lui. Il cherche de la discrétion, et je pourrais gâcher l'opportunité offerte à ma nouvelle copine. Reste à organiser une rencontre avec Blanche…

Satisfaite, j'arrive à l'école avec quelques minutes d'avance. Je me poste dans un coin, sur le trottoir, non loin de la baby-sitter de Jonas. En chemin, j'ai acheté des viennoiseries. La grille s'ouvre, déverse des élèves qui s'éparpillent au gré des envies. Des cris, des rires… et Axel qui me repère, sourit et me rejoint. Il paraît si calme, à côté des autres enfants, que mon cœur se serre.

— Salut, beau gosse ! dis-je, tandis qu'il s'arrête devant moi.

— Pas de licorne, ce soir ?

— Non, j'ai hésité à enfiler ma tenue de catcheuse professionnelle, mais je n'ai pas eu le temps de repasser ma cape. Et toi, ta journée ?

Il hausse une épaule et accepte le pain au chocolat que je lui tends.

— J'ai appris à répéter « Les chaussettes de l'archiduchesse sont-elles sèches, archisèches ? » sans que ma langue fourche.

— Bien, très utile pour trouver un boulot, tu verras ! m'exclamé-je, moqueuse.

— Oh ! et la contrepèterie : « La poule qui mue ».

J'écarquille les yeux, mais n'ai pas le temps de m'appesantir sur le sujet : Jonas rejoint sa baby-sitter en adressant un signe à Axel. Mon fils baisse la tête, gêné. Pourquoi ai-je l'impression qu'il y a encore eu du grabuge, aujourd'hui ?

— Bonjour, Jonas ! lancé-je en m'approchant.

Poliment, je salue la jeune femme à ses côtés. Elle semble avoir mon âge.

— J'ai appris, pour la bagarre de lundi, ajouté-je.

Il acquiesce et se tourne vers Axel, qui contemple ses chaussures avec fascination.

— Je suppose que ma tenue de ce matin n'est pas passée inaperçue…

— Ce sont des crétins, grommelle mon fils en croquant dans sa viennoiserie.

— Jonas, je suis désolée que tu te sois trouvé mêlé à tout ça.

Je lui tends le sachet contenant un pain au chocolat. Aussitôt, la baby-sitter repousse ma main.

— Nous ne pouvons accepter…

J'acquiesce et le lui donne, l'invitant à en parler avec M. Agniel.

— Jonas m'a défendue, hier, et je tiens à l'en remercier, ajouté-je en souriant à ce dernier. Je sais que je ne suis pas comme toutes les mamans, et que ça dérange les autres, mais je ne changerai pas pour eux.

— Le léopard ne se déplace pas sans ses taches.

— Comment ?

— C'est un proverbe africain, m'explique-t-il. En gros, c'est pour dire qu'il faut accepter les gens comme ils sont.

— J'adore !

Ses joues rougissent, marquant son embarras. Ce petit gars est à croquer, mais il va vite déchanter, à vouloir me défendre. Très rapidement, il comprendra que se tenir loin de nous est la meilleure solution pour avoir la paix.

— Qu'est-ce que tu en penses, Axel ?

— Que tu vas t'acheter une combinaison pyjama léopard.

— Excellente idée ! Je t'en prendrai une aussi pour nos dimanches devant la télé.

Il secoue la tête, mais je vois bien que tout ceci l'amuse. Après avoir souhaité une bonne soirée aux deux autres, nous rentrons dans un silence plein de non-dits.

Ce n'est qu'une fois à l'abri, dans notre appartement, que notre conversation débute. Je le supplie de ne plus garder pour lui ce genre de choses. Je peux encaisser, mais son cœur est encore trop petit pour de tels secrets.

Après un dîner et un câlin dans les règles de l'art, je le couche et me pose sur le canapé, sans pour autant prendre la télécommande à côté de moi. Tous les événements de la journée tournent dans mon esprit. Certains sont de l'histoire ancienne, d'autres ne peuvent être réglés ce soir…

Merci pour lui. Jonas a été très touché par ton geste.

Vincent.

Le presque baiser.

Je me suis toujours promis que le prochain que j'embrasserais serait le bon. Vaste blague, quand on connaît la nature humaine, mais je ne peux m'empêcher d'espérer. Cette résolution m'a porté préjudice. Un collègue a très mal pris ma réticence à me lier avec lui et s'est vengé en prétendant que j'étais la pire débauchée du village. Chose qu'il aurait aimée vraie…

Bref, même si, samedi, j'ai été plus que tentée de goûter à ses lèvres, je ne dois pas oublier qu'il est quelqu'un de bien, de plus âgé, et un ami de Pierre-Emmanuel. Il me faut donc me montrer encore plus prudente, d'autant que j'œuvre pour détruire les fiançailles de ce dernier. Et, en parlant de ça, il est temps pour moi d'appeler la personne derrière l'opération « On dézingue la meringue ».

— Bonsoir, Blanche !

Chapitre 12

— Lasagnes saumon-épinards ou quiche lorraine ?

Les yeux de Jonas oscillent entre les deux plats que je lui présente. Je déduis à sa moue dubitative qu'il n'est convaincu ni par l'un ni par l'autre.

— Je peux aussi acheter de quoi nous cuisiner quelque chose pour ce soir. Pourquoi pas une blanquette selon la recette de mamie ?

Bon… là, je viens de le perdre, à en juger par son changement de teint.

— Euh… j'ai pas très faim, papa.

— OK, j'ai compris. Va pour des croque-monsieur ! Mais on va devoir acheter le pain de mie et le fromage.

— Je préfère, merci, me lance-t-il avec un petit sourire en coin.

Je l'attrape par les épaules et l'attire à moi pour lui ébouriffer les cheveux. Nos rires résonnent au rayon surgelés du supermarché du village. Un couple se retourne. Je reconnais des parents d'élèves. Si nous avons atterri dans ce haut lieu de rencontres un mercredi soir, c'est parce que je me suis rendu compte que j'avais oublié de faire les courses de la semaine. Étant en congé, j'ai préféré emmener Jonas en balade dans les calanques en lieu et place de cette corvée, me disant qu'il me resterait toujours la possibilité de commander un *drive* à récupérer après le boulot.

Devant les vitrines réfrigérées, nous ne résistons pas à l'appel du Kinder Pingui : nous en prenons deux boîtes. À ce rythme, notre petit panier roulant se transformera bientôt en temple de la malbouffe, de quoi provoquer un malaise chez n'importe quel expert en nutrition. Et ça ne s'améliore pas lorsque j'autorise Jonas à ajouter à notre montagne de cochonneries un paquet de Crocodiles, nos bonbons préférés. Depuis notre retour en France, c'est devenu l'un de nos péchés mignons.

Enfin parvenus à la caisse, nous disposons nos articles sur le tapis, et je note que nous avons omis de prendre l'un des principaux ingrédients de notre dîner.

— Jonas, on a oublié le fromage. Ça t'ennuierait d'aller en chercher en vitesse, s'il te plaît ?

— D'ac !

— Merci, mon grand.

Aussitôt dit, aussitôt fait. Il disparaît derrière les rangées de brosses à dents et de produits de toilette avec une rapidité confondante. La prochaine fois, je penserai à lui toucher un mot au sujet de l'athlétisme.

Je continue d'agencer les paquets de gâteaux et les chips. La vieille dame derrière moi, qui doit avoir au moins trois chats dans la gorge, se la racle bruyamment. Je relève la tête et ne remarque qu'à cet instant qu'elle n'a qu'une baguette et deux conserves de pâtée pour chien. Tout s'explique.

— Je ne vous avais pas vue, commenté-je. Je vous en prie, passez devant, vous n'avez pas grand-chose.

— Oh ! c'est gentil à vous, jeune homme. Vous êtes bien aimable. Merci !

Elle se faufile entre le client précédent et moi, me gratifiant d'un grand sourire reconnaissant. Je dissimule le mien sous une toux soudaine, à croire qu'un mauvais rhume circule. Je me détourne pour voir où en est Jonas. La rapidité avec laquelle il s'est sauvé me laisse penser qu'il serait déjà revenu, or ce n'est pas le cas. Je le repère enfin un peu plus loin, près des fruits et légumes. Il me donne l'impression de raser les murs. Je comprends pourquoi à la seconde où Corentin et sa mère font leur apparition. Comble de malchance, elle m'a aperçu, elle aussi, et se dirige droit sur moi.

Que dire… à part que cette femme présente une ressemblance frappante avec un missile de combat : là où elle passe, la tranquillité trépasse, et tant pis pour les dégâts collatéraux.

Parvenu jusqu'à notre caisse, Jonas se met à couvert derrière moi. De mon côté, je me prépare mentalement à une conversation pénible, mais que j'espère courte. Patience et écoute sont les qualités du véto, même les mains dans la bouse, « faites-la-moi courte » le credo de l'homme sans sa blouse. Elle ne va pas tarder à le saisir.

— Docteur Agniel, quelle surprise ! Vous êtes justement la personne que je désirais voir.

— Ah oui ? Bonsoir, madame Mongeront.

— Je suppose que vous avez eu vent des dernières frasques du fils de Valentine. Cet affreux gamin a osé frapper mon Corentin et bousculer le vôtre. Quelle horreur, cette violence chez un être si jeune !

— C'est faux ! intervient Jonas, soudain hors de lui. Axel s'est juste défendu.

— Tu nous traites de menteurs, peut-être ? le provoque Corentin, sorti des jupons de sa mère.

— Ça suffit ! tonné-je, à la surprise générale. Ce n'est ni le moment ni l'endroit pour se disputer comme des chiffonniers. J'ai effectivement eu vent de certaines choses mais, comme je l'ai fait remarquer à Mme Lherman hier matin, les versions varient d'une personne à l'autre…

— Vraiment ? Et quelle serait cette autre version, docteur ?

— Eh bien, que ce sont votre fils et ses copains qui ont démarré les hostilités.

— C'est ce que vous a raconté Jonas ?

— Oui, et je le crois.

Cruella d'enfer oriente son regard perçant sur mon fils. Je n'aime pas sa façon de le détailler, encore moins le rictus qui déforme ses lèvres trop fines. Quant à Corentin, il me fait penser à Lucifer, le chat dans le dessin animé *Cendrillon*. Il paraît se complaire à attiser les discordes, pour ensuite jouir du spectacle. Un authentique « fout-la-merde », comme Sandra aimait à nommer ce type de personne.

— C'est normal, tous les parents défendent leurs enfants, docteur. Mais vous admettrez que depuis que Jonas fréquente Axel, il est fréquemment mêlé à des incidents de ce genre. Rappelez-vous les premiers jours du stage de foot, durant les vacances, et notre discussion après que Valentine vous a fait cette scandaleuse proposition. Je vous avais mis en garde, à l'époque.

— Ce n'est pas mon avis, et…

— Sachez que je ne porterai pas plainte contre son rejeton sans manières et elle, me coupe-t-elle. Comme à vous, elle me fait pitié. En revanche, je refuse que mon Corentin soit de près ou de loin associé à un garçon dont la mère travaille dans un club de débauche !

— Comment ça ?

— Vous n'êtes pas encore au courant ?

— Non, mais je suis sûr que vous allez remédier à cette lacune.

Je l'ai vexée. Elle affiche un air pincé, avant de continuer, sur un ton de conspiratrice :

— Figurez-vous que Valentine a été vue dans un club de strip-tease. Elle y était pour solliciter une place de danseuse, pour se trémousser devant de… des animaux en rut et dégoûtants ! Cela ne devrait pas m'étonner de sa part, mais tout de même. N'est-ce pas moralement condamnable pour une mère d'agir de la sorte ?

— Tout comme pour le père de Maxence, si on suit votre raisonnement. Son fils n'est-il pas l'ami du vôtre, si mes souvenirs sont bons ?

Elle ne s'attendait visiblement pas à une telle réaction de ma part. Cruella ouvre la bouche dans une expression scandalisée, puis après un coup d'œil circulaire, certainement pour s'assurer de l'absence de commères de son acabit, réduit la distance entre nous et chuchote :

— Absolument pas. Fabien est un homme honnête, un entrepreneur respectable…

— Qui exploite de jolies femmes pour le plaisir de… de quoi déjà ? « D'animaux en rut dégoûtants », n'est-ce pas vos propres mots, chère madame ? Alors, qui de la danseuse ou de celui qui l'emploie est à envoyer le premier sur le bûcher de la respectabilité ? Sans compter que je connais l'histoire et, qu'une fois encore, j'en ai une tout autre version que la vôtre.

— Ah bon ? Et de la part de qui, je vous prie ?

— Valentine elle-même. Il se trouve que, perdue à cause d'un souci avec son GPS, elle s'est arrêtée pour demander son chemin. La malchance a voulu qu'elle tombe sur le gérant de ce club de strip-tease, qui n'était autre qu'un parent d'élève de l'établissement où est scolarisé son fils. Elle a su aussitôt que l'information, déformée cela va sans dire, allait très vite circuler.

— Il ne vous est jamais venu à l'esprit qu'elle vous a relaté cette charmante histoire pour l'anticiper ? Cette femme est prête à tout pour vous ferrer. Prenez garde, docteur, je la sens sur la bonne voie, persifle-t-elle.

— Plus que d'autres, en tout cas ! Bonne soirée, madame Mongeront.

Sur ce, je lui tourne le dos et salue d'un signe de tête la caissière, qui n'a rien manqué de cette scène. De toute façon, c'était soit ça, soit j'assommais l'autre mégère avec mon demi-mètre de Justin Bridou !

Moralité : dès demain, je m'arrange avec Pierre-Emmanuel pour qu'il s'occupe du chien de cette femme. Adieu, Olaf. Je serai ainsi libéré, délivré de ton affreuse maîtresse !

Jonas est demeuré silencieux. Je devine que l'affligeant spectacle auquel il vient d'assister laissera des traces.

Le soir, alors que Jonas est au lit, je repense à mon altercation avec Mme Mongeront et à la violence des attaques de Pierre-Emmanuel à l'encontre de Valentine. J'en viens à m'interroger sur la nature humaine. Non que tout ça soit exceptionnel, mais enfin, un tel acharnement contre une seule personne me laisse pantois. Que ce soient cette satanée bonne femme, mon ami, Blanche ou leurs familles, tous ont en commun leur snobisme. Et je me sens à ce point en décalage avec eux que je me demande combien de temps je pourrai être témoin de tout ceci sans m'en agacer profondément.

Il fut un temps où leur attitude m'aurait sans doute moins choqué, car, contrairement à ce que croit Valentine, je suis du « même monde » que ces abrutis bourrés de préjugés. Ma famille est ce que l'on pourrait qualifier de bourgeoise, bien plus que celles de Pim's ou de Blanche. Valentine ne tardera pas à s'en apercevoir, notamment lorsqu'elle rencontrera tout ce beau monde au mariage. Si je n'ai pratiquement aucun doute qu'elle s'entendra bien avec ma sœur, la « rebelle » comme la surnomme ma mère, je gage que cela risque de coincer avec mes parents.

Je les aime, mais je ne les comprends tout simplement pas. Mon mariage avec Sandra, comme mon départ pour l'Afrique, a achevé de creuser le fossé entre nous. À mon veuvage, ils ont dû penser que les tensions s'apaiseraient. Il n'en a rien été. J'ai fait en sorte qu'ils gardent le contact avec leur petit-fils, parce que, après avoir perdu sa mère, je ne voulais pas que Jonas grandisse sans grands-parents, malgré leur rigidité morale.

Plus jeune, je n'ai manqué de rien, si ce n'est de la présence de mon père, trop accaparé par sa carrière et son cabinet notarial pour élever ses enfants ; une tâche ingrate, qu'il a abandonnée à ma mère sans se poser de questions, parce que c'était normal dans notre milieu. Une chose qu'en devenant père à mon tour je me suis promis de ne jamais reproduire. Ce qui m'amène à la réflexion suivante : comment gérer la situation avec Jonas ?

Lorsque Sandra et moi avons décidé de garder notre bébé surprise, alors que nous n'étions qu'au début de notre spécialisation en animaux exotiques, je n'ai pas songé une minute que je finirais par l'élever seul. Dans nos plans, nous devions vivre heureux ensemble pour toujours. Hélas ! Pour nous, le conte de fées s'est terminé dans la maladie et la tristesse.

Mon portable émet un bip pour me signaler la réception d'un SMS.

Valentine.

Il est bref et, en même temps, tellement révélateur de ce qu'elle endure !

Merci pour ce que tu as fait aujourd'hui…

À quoi je réponds :

Comment es-tu au courant ?

Sa réponse fuse aussitôt :

Les nouvelles vont vite par ici, et mon indic t'a entendu habiller l'autre dinde pour l'hiver prochain.

Tu crois que nous aurons droit aux gros titres de la gazette du lendemain ?

Tu t'en es pris à l'équivalent de Mme Olson[1] de Walnut Grove, alors oui, je pense…

Au fait, samedi, 13 heures, pour le chat, ça te convient ? Et je pensais que vous pourriez venir dîner à la maison, Axel et toi.

Cette fois, elle prend un peu plus de temps pour me répondre. J'ajoute :

On en profiterait pour discuter des animations du mariage.

OK. On apporte quoi ?

Juste toi.

Eh merde ! J'ai tapé trop vite. *Le con, le con, le con !* Comment je récupère ça, sans donner l'impression de me rattraper aux branches comme un chimpanzé bourré ? Mon pouce tremble pendant que je corrige. J'appuie ensuite sur l'icône « enveloppe » en retenant mon souffle.

Mon portable vibre. Mon rectificatif et sa réponse se sont croisés. Nous aurions procédé par pigeons voyageurs que ceux-ci se seraient percutés en plein vol.

Juste VOUS, pardon…

LOL. Lapsus révélateur ? Je dois le prendre comment ?

Voilà autre chose. Serions-nous en train de glisser sur la pente du flirt ? Cela fait tellement d'années que je n'ai pas emprunté ce chemin que je crains d'être complètement paumé. Maintenant, que répondre ? « Non » aurait le mérite de clore là le débat. « Oui » ne serait que la suite logique de notre presque baiser de samedi dernier.

Encore indécis, je choisis la franchise : advienne que pourra.

1. Personnage de commère de la série *La Petite Maison dans la prairie.*

Ça me ferait plaisir de te revoir autrement qu'à un dîner dans une ambiance à couteaux tirés.

C'est gentil. J'apprécie ta compagnie, moi aussi.

Nouveau texto qui me parvient presque immédiatement.

… et tes cadeaux originaux ☺

Elle me taquine à propos du bouquet de persil et des friandises pour chat. Il est évident qu'elle a saisi que les secondes n'étaient qu'une piètre excuse pour lui rendre visite. Il est donc acté que nous nous plaisons mutuellement, parce que, la connaissant, elle n'aurait pas hésité à m'opposer un refus net.

Qui ne sauraient rivaliser avec cette force cosmique, chaque fois qu'on se voit :p

XD c'est pas beau de se moquer ! Tu devrais essayer le pyjama Tigrou, il t'irait à merveille.

J'y penserai… Pourquoi pas pour mes consultations au cabinet ?

Tu aurais encore plus de succès auprès des mamans chasseuses.

Et auprès des mamans licornes ?

Ça dépend desquelles…

Je me rencogne un peu plus dans le fauteuil. La télévision diffuse son programme dans le vide. Je l'éteindrais avec plaisir, mais il faudrait pour cela que je décroche de l'écran de mon téléphone pour mettre la main sur la télécommande. Et c'est exclu pour le moment !

Je cherche en vain ce que je pourrais répliquer afin de poursuivre notre échange, mais l'inspiration me manque. Quand je confessais être paumé, je disais vrai.

C'est Valentine qui relance la conversation pour… y mettre un terme. J'en suis décontenancé et déçu.

Bonne nuit, Vincent. Et encore merci ! À samedi. Bisous. Valentine.

À cette minute, j'ignore si c'est notre petite correspondance qui m'a chauffé à blanc ou la vue du mot qui termine son SMS, mais je permets une allusion que je n'aurais jamais faite avant ce soir.

Il me tarde d'être à la fin de la semaine pour réparer un manquement… Bonne nuit, Valentine.

Après ça, je reste de longues minutes à fixer mon téléphone maintenant silencieux. J'oscille entre « Bon sang ! Quelle mouche t'a piqué ? » et « Que vas-tu lui dire, la prochaine fois que tu la verras, sombre crétin ? ». Parce que, soyons francs, il y a toujours un hiatus entre ce que l'on s'autorise à écrire, bien à l'abri derrière un écran, et les paroles que l'on ose prononcer lors d'un véritable face-à-face. Je m'imagine déjà devant elle, m'emmêlant les pinceaux comme un adolescent boutonneux. Sans oublier que nous ne serons pas seuls. Jonas et Axel seront présents, eux aussi, et il y a fort à parier que ce dernier ne sera pas ravi de me voir tourner autour de sa mère.

— Papa.

La petite voix de mon fils m'arrache à mes réflexions. En me levant pour le rejoindre, je constate que j'étais assis sur la télécommande. J'en profite pour éteindre la télévision.

— Qu'y a-t-il, mon grand ? Un problème pour dormir ?

Il se frotte les yeux en secouant la tête. Son geste fait virevolter quelques bouclettes blondes, et cette simple vue m'attendrit. Dans son pyjama Star Wars, les paupières lourdes de sommeil, il paraît facilement deux ans de moins. Mon fiston a beau avoir pris le caractère affirmé de sa mère, il me ressemble beaucoup physiquement. Rien d'étonnant à ce que mes parents aient l'impression de me revoir au même âge, ils me l'ont assez répété.

— J'ai soif. J'ai pas bu avant de monter au lit, m'annonce-t-il.

— OK. Suis-moi, on va se prendre un verre entre hommes avant de se coucher. Moi aussi, je suis fatigué.

Dans la cuisine, je nous sers deux verres d'eau. Jonas vient à bout du sien pratiquement cul sec. Je l'observe s'essuyer les lèvres d'un revers de manche.

— Je t'ai entendu rire, en descendant. T'étais avec qui au téléphone ?

— Personne. Je regardais un truc à la télé.

Je lui mens et n'en suis pas fier. Mais que lui dire pour le moment ?

— Ah. Bon, je retourne dans ma chambre.

— J'arrive pour te border.

— C'est pas la peine. Bonne nuit, p'pa.

Je le regarde s'éloigner. C'est étrange, s'il n'était pas si jeune, je le soupçonnerais de surveiller mes rapports avec les femmes, Valentine en particulier. L'autre jour déjà, il m'a interrogé sur ma vie sentimentale et ce que ça changerait pour nous, si je me mettais en couple avec une autre femme. Lorsque j'ai cherché à connaître la raison d'un tel intérêt, il m'a répondu qu'un camarade de classe lui avait confié ne pas apprécier la nouvelle épouse de son père. Alors, forcément, cela l'inquiète, et moi aussi par extension.

Le lendemain, au réveil, je me jure de lui annoncer que nous aurons prochainement Valentine et son fils à dîner. La dernière chose que je souhaite, c'est qu'il l'apprenne de la bouche de quelqu'un d'autre, celle d'Axel par exemple. Je saisis l'occasion pendant que je me gare sur le parking de l'école.

— Maintenant que j'y pense, mon grand. J'ai proposé à Axel et Valentine de venir manger à la maison, samedi soir. J'espère que ça ne te dérange pas ?

— Non, c'est cool. À ce soir, p'pa ! Bon courage au cabinet.

C'est mieux que ce que j'escomptais. Loin de moi l'idée de m'en plaindre.

Soulagé, je jette un dernier coup d'œil en direction de la grille, histoire de vérifier que Jonas est bien dans l'enceinte de l'école. J'aperçois soudain Axel qui court vers lui. Immédiatement, je scrute les environs : la rue d'en face, le passage piéton, même du côté d'un rassemblement de mamans, mais Valentine n'est visible nulle part.

Dommage…

À la clinique, je n'ai pas le temps de souffler de toute la matinée, si bien que je vois arriver la pause déjeuner comme une délivrance. La raison ? Pierre-Emmanuel s'est absenté pour la journée – Blanche, leurs parents et lui ont rendez-vous au domaine qui accueillera la réception, pour commencer à affiner les détails –, par conséquent, je suis le seul à assurer les rendez-vous. Depuis lundi, il n'a de cesse de vanter à qui veut l'entendre les atouts de son choix, et ce à grands coups de superlatifs. Tout à l'heure, j'ai encore eu droit à une superbe imitation de la part de Céline.

Prêt pour le marathon des consultations de l'après-midi, je pénètre dans la clinique. Céline et Ophélie sont là, ainsi que les premiers patients installés dans la salle d'attente. Je les salue au passage. Officiellement, le cabinet ne rouvre ses portes que dans cinq minutes, mais comme il s'agit d'habitués, je ne proteste pas.

— Bien mangé, mesdames ?

— Avec un lance-pierre, pour aller plus vite, me répond Céline, provoquant les gloussements d'Ophélie. Dites voir, docteur, vous sauriez où se trouvent les clés de l'armoire ? Pas moyen de mettre la main dessus !

— Non, mais je crois que j'ai un double dans mon bureau. Je vais vérifier.

Le téléphone sonne. Les filles ne répondent pas, occupées à chercher les fameuses clés. Le répondeur s'enclenche, puis une voix de femme nasillarde et désagréable retentit :

— Bonjour, ici Natacha d'adopte-un-BDSM.com. J'aurais aimé parler au Dr Pierre-Emmanuel Poncet pour savoir s'il désirait renouveler son abonnement premium à la boutique en ligne de notre sex-shop. On a l'habitude d'appeler directement nos plus fidèles clients, alors voilà. Merci de nous recontacter via le formulaire du site ou via votre profil. Bonne journée, au revoir !

L'annonce produit l'effet d'une bombe sur l'assistance. Plus personne n'ose prononcer le moindre mot, certainement de peur de voir l'infamie se déplacer sur soi.

« Adopte-un-BDSM.com », sérieusement ? J'espère qu'il s'agit d'une blague – de très mauvais goût – et rien d'autre. Dans le cas contraire, j'ai bien peur que mon ami ait tout simplement perdu l'esprit d'avoir donné le numéro du cabinet à un site comme celui-ci.

Le tintement du carillon au-dessus de la porte d'entrée m'oblige à tourner la tête, juste à temps pour capter l'image d'une Mme Lambert scandalisée. Le souci est que cette gentille dame est fleuriste et accessoirement membre officiel du cercle officieux des commères du village. Ses lèvres arrondies en un O silencieux, combinées au regard pétillant qu'arborent tous les journalistes à l'aube de dévoiler le scoop du siècle, ne me disent rien qui vaille…

J'ai essayé d'éteindre le début d'incendie avec les moyens du bord, soit avec pas grand-chose, et Mme Lambert n'a pas paru très sensible à mes dénégations pour défendre la probité de mon associé. Dans la foulée, j'ai donc tenté de contacter Pierre-Emmanuel, ne serait-ce que pour l'avertir du potentiel désastre, mais il demeure aux abonnés absents.

Je termine d'ausculter mon dernier patient : Max, un terre-neuve en excellente santé de soixante-douze kilos, dont dix de poils, et maintenant à jour de ses vaccins.

Il est 18 h 07 et je n'ai pas eu une minute à moi. En quittant mon bureau, je constate que l'accueil est désert. Pendant que je raccompagne le maître et l'animal vers la sortie, j'entends les chuchotements de Céline et les gloussements d'Ophélie en provenance de la réserve, où elles se sont certainement planquées pour échanger des messes basses.

Je m'en approche à pas de loup et les surprends en plein conciliabule. Elles sont penchées sur l'écran d'un smartphone, et ce que je lis par-dessus leurs têtes manque de me foudroyer sur place.

— Fétichiste des pieds à six orteils ? Mais qu'est-ce que vous regardez ?

Elles sursautent dans un même mouvement. Céline est la première à reprendre ses esprits. Une main sur le cœur et le souffle encore court, elle s'exclame :

— Bon sang, docteur ! Vous m'avez fichu une trouille bleue !

— Je vois ça, oui. Alors, qu'avons-nous là ? dis-je, attrapant le portable. On dirait la photo de… Oh non ! *Pierre-Emmanuel…*

— Oui, c'est lui, affirme Ophélie d'une petite voix. On était curieuses, après le coup de fil. Du coup, on a voulu vérifier si le site existait bien, et c'est le cas. En plus, le docteur a bien un compte.

— Un profil, du moins, nuance Céline, consciente qu'elles parlent de leur patron. Si ça s'ébruite, sa dame et lui vont s'emboucaner[1] avant la noce…

Je souffle, me labourant le visage d'une main. C'est l'instant que choisit Pierre-Emmanuel pour effectuer une entrée théâtrale au sein de la clinique. Quel timing ! Il a

1. Expression marseillaise signifiant « se disputer violemment ».

l'air sur un petit nuage. À tous les coups, il n'a pas écouté mes messages.

Je m'avance vers lui tel un oiseau de mauvais augure. Il ne remarque rien de ma mine sombre et adresse un vague bonsoir à Céline et Ophélie, avant de me saluer. Puis, il m'invite à le suivre dans son bureau. J'ai toujours à la main le téléphone branché sur le site.

— J'ai essayé de te joindre tout l'après-midi. Il s'est passé quelque chose, lui dis-je.

— C'est justement pour ça que je suis là. Je crois que je l'ai oublié ici quand je suis venu récupérer mon agenda, ce matin. Ah, le voilà ! Waouh ! Huit messages ! Que t'est-il arrivé, mon vieux ? Des difficultés pour gérer une bagarre entre lapins nains ?

C'est ça, plaisante…

Il enchaîne avec un monologue à propos de sa journée : la rencontre avec le traiteur, le fleuriste, le coup de fil de son beau-père au préfet pour le feu d'artifice. Il me promet du grandiose : « Un mariage comme on en a rarement vu dans la région. »

Il me contourne pour prendre le chemin de la sortie, le nez plongé dans la lecture des SMS qu'il a manqués. Il s'excuse, il est pressé. Apparemment, sa fiancée l'attend pour un dîner chez ses parents. J'ai presque pitié de lui, car ce que je m'apprête à lui dévoiler va lui gâcher sa soirée.

Comme je ne parviens pas à en placer une, j'attends qu'il relève la tête dans ma direction pour lui montrer l'écran.

L'instant suivant, son cri horrifié menace de me rendre sourd…

Chapitre 13

À quatre pattes dans le salon, je lance un regard noir à Fous-moi le Camp qui n'a rien trouvé de mieux que de se planquer sous le meuble de la télévision. Pourtant, j'ai sorti sa caisse de voyage il y a de ça deux jours pour qu'elle puisse se faire à l'idée et ne sache pas quand l'attaque était prévue. Cette chatte de malheur est bien trop intelligente pour son bien ; elle a compris la manœuvre. Depuis ce matin, elle rase les murs et se cache au moindre bruit suspect.

— Espèce de boule de graisse mal démoulée, tu vas venir, oui ?

— Je ne suis pas sûr que l'insulter soit la meilleure technique, maman.

Je lève les yeux au ciel et glisse la main sous le meuble pour tenter d'attraper l'andouille qui me sert de chat. Un coup de patte et un grondement de mécontentement répondent à mon initiative.

Momentanément vaincue, je m'assois et contemple Axel. Installé en tailleur sur le canapé, il mange ses céréales dans une tasse Star Wars. La fin de la semaine a été calme. Corentin est resté chez ses parents pour soigner son ego malmené et son œil au beurre noir. Ses copains, privés de leur leader, se sont retrouvés comme des âmes en peine et ont préféré passer leur temps à jouer au ballon dans la cour plutôt qu'à chercher des noises aux autres élèves. Si la directrice a un tant soit peu le sens de l'observation, elle n'aura pas manqué la différence aux récréations…

— On a rendez-vous dans trois quarts d'heure pour ses V-A-C-C-I-N-S, dis-je.

— Aux dernières nouvelles, tu n'as pas besoin d'épeler le mot. Je doute que Fous-moi le Camp comprenne qu'on va chez…

— Chuuuut !

Mon intervention effraye notre compagne à quatre pattes, qui feule dans son abri.

— Dois-je te rappeler qu'elle est plus intelligente que la moyenne ? D'ailleurs, cette nuit, on fermera les portes de chambre pour qu'elle n'ait pas l'idée de se V-E-N-G-E-R.

Axel secoue la tête, dépité. Il gobe une nouvelle bouchée de céréales sans me quitter des yeux. Je lui souris, émue par notre complicité. Peut-être n'est-ce qu'une illusion de mon esprit en manque d'affection masculine (remarque de Frédérica, le mois dernier, alors que j'étreignais mon doudou d'amour à la sortie de l'école), mais j'adore ce lien entre nous.

— Tu aurais une idée pour qu'elle entre dans sa boîte de transport sans que je me retrouve défigurée à vie ? demandé-je à mon fils.

— Croquettes.

Mais oui ! Les friandises apportées par Vincent la semaine dernière ! Fous-moi le Camp en est fan au point que j'ai dû ranger le sachet en hauteur et dans une boîte hermétique.

D'un bond, je saute et me rue dans la cuisine. Je prends deux croquettes et reviens dans le salon. J'en place une sur le sol, entre la caisse et la cachette de la boule de poils. À peine deux minutes plus tard, alors que je suis prête à tronçonner meuble et télévision pour la sortir de sa planque, elle apparaît, les moustaches frétillantes. Sans lui laisser le temps de comprendre, je l'attrape et l'enferme, lui jetant à travers les grilles la deuxième friandise.

— Je t'ai eue !

Un raclement de gorge me pousse à me corriger.

— On t'a eue.

— Merci, déclare Axel en se levant du canapé.

Il disparaît dans la cuisine, puis en ressort. Seulement, au lieu de se diriger vers la porte d'entrée, monsieur tourne dans le couloir, en direction de sa chambre.

— Axel Anielle, où comptes-tu aller ?

— Tu n'as pas besoin de moi…

— Il est hors de question que je te laisse seul.

— Maman, j'ai neuf ans !

— Pas encore !

Comprenant qu'il ne servira à rien d'insister, il soupire et change de cap. Les épaules basses, il sort ses chaussures du petit meuble et les enfile rapidement. Je me presse de mettre mes baskets et jette un coup d'œil au miroir près de la porte. Mes cheveux sont relevés en une queue-de-cheval haute. Mon teint est frais, malgré l'absence de maquillage. Pour les vêtements, rien à redire : un sweat à capuche avec l'inscription « *Born to be*[1] parfaite » et un jean slim. Le premier s'arrête quand le second commence. Mon ventre est donc visible si je lève les bras, mais on est bien d'accord que je n'aurai pas à effectuer un tel geste.

— Tu attends que Fous-moi le Camp apprenne à ouvrir la porte de sa cage ? demande Axel depuis le couloir de l'immeuble.

— Petit malin ! répliqué-je en prenant mes clés et mon sac à main.

En me garant devant le cabinet vétérinaire, j'hésite. Pour la première fois depuis des années, mon apparence est au centre de mes préoccupations. Certes, Vincent m'a déjà vue en robe, mais il m'a aussi croisée alors que je

1. « Née pour être ».

portais une combinaison pyjama licorne ou un legging léopard. Ma tenue du jour est donc correcte. Pourquoi faut-il que mon cœur batte autant la chamade ?

— Dis, on va sortir de la voiture ?

J'acquiesce. Tandis qu'Axel descend de son côté, je m'occupe de Fous-moi le Camp, qui n'a cessé de gronder de tout le voyage. Ça promet d'être un grand moment ! J'espère qu'elle ne blessera pas trop Vincent.

Anxieuse, je rejoins mon fils, qui me tient ouverte la porte du cabinet. J'entre en relevant le menton, m'attendant à croiser Pierre-Emmanuel et à subir l'une de ses remarques piquantes. Rien. Deux femmes patientent sur des chaises avec leurs animaux de compagnie sur les genoux : un chien aux babines retroussées en une grimace figée et un furet apathique.

— Bonjour, madame !

L'assistante me sourit aimablement derrière le comptoir. Je perçois néanmoins dans son regard une pointe d'ironie qui m'indispose. Sait-elle qui je suis ? Fait-elle partie des gens qui parlent de moi sans me connaître ?

Refusant de tomber dans la paranoïa, je m'approche et me présente :

— Bonjour, je suis Valentine Anielle. J'ai rendez-vous avec M. Agniel pour mon chat.

Elle pianote sur son clavier et hoche la tête. Ses lèvres se recourbent un peu plus, témoignant de son amusement. Pourquoi ?

— Je vois que vous êtes nouvelle…, déclare-t-elle.

— En effet, je…

« J'évitais votre cabinet à cause de votre abruti de véto » n'est pas la réponse à donner, même si c'est la vérité.

— Nous allons remplir une fiche, poursuit-elle. Avez-vous le carnet de santé de votre animal de compagnie ?

— Oui.

Aussitôt, je fouille dans mon sac.

— Son nom ?

— Fous-moi le Camp.

Silence…

Les deux femmes ont cessé de discuter, et je sens leur regard sur moi.

— Excusez-moi ? s'exclame l'assistante.

— Ma chatte se nomme Fous-moi le Camp… C'est une longue histoire, ajouté-je avec un sourire gêné.

— Maman n'arrêtait pas de le lui dire pour qu'elle sorte de chez nous, et la chatte a cru qu'on l'appelait, résume Axel avec un petit rire.

— OK, peut-être pas si longue que ça…

L'assistante pousse un soupir et me demande d'épeler. Je m'exécute. Le reste se déroule sans anicroche… jusqu'à l'arrivée de Monsieur Parfait.

— Valentine, que veux-tu ?

Toi, ligoté à un rocher en plein soleil.

— La paix dans le monde, réponds-je à la place.

— Toujours incapable d'avoir une conversation d'adulte, à ce que je vois.

— Et toi, tu ne t'es toujours pas étouffé avec tes commentaires à la noix.

Nous nous toisons un moment par-dessus la tête de l'assistante, qui ne manque rien de notre échange.

— Sinon, bonjour, Pierre-Emmanuel ! Comment vas-tu ?

— Céline, vous vérifierez, mais je ne pense pas avoir de créneaux libres pour mademoiselle.

— Oh oui, vérifiez…, ronronné-je en me penchant. Je voudrais être sûre que ma chatte ne passe jamais entre ses mains.

— Et cette conversation va s'arrêter là, déclare Vincent en apparaissant à son tour. Bonjour, Valentine ! Axel, comment vas-tu, mon grand ?

— Bien, répond-il.

Les fossettes de Vincent court-circuitent un instant mes pensées, assez pour que P-E tente de prendre l'avantage.

— J'indiquais justement à Valentine que nous n'avions pas de créneau de libre.

— Elle a rendez-vous avec moi, réplique mon sauveur. J'ai un peu de retard, ajoute-t-il à notre intention.

Je hoche la tête et décide qu'ignorer Tête d'Abruti est la meilleure chose à faire. Je pousse doucement Axel vers les deux sièges disponibles, tandis que les deux femmes se lèvent. Celle avec le furet suit Vincent, et une pointe de jalousie m'étreint. Je ne suis pas dans…

Mon regard croise celui de l'assistante. Plus aucune lueur d'amusement dans ses yeux, comme si l'accrochage dont elle a été témoin lui avait fait réviser son opinion sur ma petite personne. Je hausse une épaule et me concentre sur le magazine que je viens de saisir sur la table basse à côté de moi. L'esprit ailleurs, je le feuillette, levant le nez au moindre bruit. Il faut vraiment autant de temps pour un furet ?

Soudain, la porte du cabinet s'ouvre, et Amandine Mongeront entre d'un pas royal, son chien sur les talons. Il ne manquait plus qu'elle !

L'assistante retrouve son sourire amusé, et je crois en comprendre la raison lorsque la mère de Corentin demande, pour ne pas dire « exige », de voir immédiatement le Dr Agniel.

— Je suis désolée, madame, mais son carnet de rendez-vous est complet.

— Mon chien souffre !

Je regarde le bouledogue, qui paraît en forme. Sa langue pendouille sur le côté, tandis qu'il halète, comme beaucoup de spécimens de sa race. Puis un petit bruit se fait entendre, bientôt suivi d'une odeur cataclysmique. J'écarquille les yeux et me tourne vers Axel, qui se retient de rire. Il suffit d'un clin d'œil de ma part pour qu'il craque.

Amandine nous jette un regard noir qui ne m'impressionne pas.

— Pierre-Emmanuel sera ravi de t'aider, dis-je.

Axel pouffe, et je dois lutter pour garder mon sérieux.

— Je veux… le Dr Agniel, réplique-t-elle d'un air pincé.

Oh oui, je comprends mieux pourquoi l'assistante paraissait amusée par ma soudaine apparition parmi les clientes de ce cabinet. Malheureusement, je ne suis pas très différente des autres…

La femme au furet passe devant moi et se place derrière la mère de Corentin, laquelle se rengorge en appelant Vincent. Elle tente de le charmer, mais il maintient qu'il n'a pas de possibilités pour aujourd'hui.

— Valentine et Axel…

Il nous montre le chemin, et nous nous retrouvons dans une salle immaculée. Il referme la porte derrière nous et m'adresse un clin d'œil qui me fait monter le rouge aux joues. Je pose la caisse de voyage sur la table d'auscultation, sans l'ouvrir toutefois.

— Avant de libérer le fauve, je tiens à m'excuser par avance de tout ce qu'elle pourrait te faire, dis-je.

— J'ai l'habitude des « fauves », répond-il, plongeant son regard dans le mien.

J'ai l'impression qu'il tente de me faire passer un message. Lequel ? Je ne sais pas ce que je préférerais. Finalement, peut-être n'y a-t-il aucun sous-entendu.

Sans se départir de son sourire, il nous pose des questions sur l'attitude de Fous-moi le Camp à la maison, ses habitudes et nos craintes. Satisfait de nos réponses, il tend la main vers la caisse. Aussitôt, je la recouvre de la mienne.

— Tu es sûr de vouloir faire ça ?

— C'est mon métier, Valentine.

Pas faux… J'ôte mes doigts, tout en le caressant. Le geste m'est venu naturellement, et la gêne qui m'envahit n'a rien de feint. Décidée à conserver la sensation de sa peau le plus longtemps possible, je ferme le poing et m'écarte pour le laisser vacciner Fous-moi le Camp. Cette dernière feule, le poil hirsute. Sa queue a triplé de volume, et je ne serais pas surprise qu'elle lui saute dessus, toutes griffes dehors.

Sans signe annonciateur, elle change soudain de comportement. Son nez s'agite. Elle avance la tête, la faisant dépasser de la boîte. Plus un bruit ne lui échappe, à part un miaulement timide.

— Allez, viens, ma belle, que je m'assure que tu es en parfaite santé.

La voix douce de Vincent me fait frissonner. Je me tourne vers lui ; il est concentré sur l'animal. Il lui présente une friandise, l'approche un peu plus, et félicite Fous-moi le Camp qui est enfin sortie. Ses doigts s'enfoncent avec légèreté dans sa fourrure. Il la palpe, tandis qu'elle avale une deuxième croquette. Un léger ronronnement s'élève dans la pièce.

Stupéfaite, je regarde Axel, lui-même hypnotisé par le spectacle. Habituellement, les vaccins sont un grand moment. Cris, grondements… Le dernier vétérinaire a enrichi le vocabulaire de mon fils de mots qu'il n'a pas intérêt à répéter devant moi !

— Y a pas à tergiverser, tu t'y prends bien, avec ma chatte !

Oh ! mon Dieu ! J'ai vraiment dit ça ?

Un bref coup d'œil à Vincent me renseigne, et son sourire me confirme qu'il a entendu. Mercredi, planquée derrière l'écran de mon téléphone, j'ai été bien plus téméraire. Peut-être trop.

— Tu peux faire comme si je n'avais rien dit ? demandé-je, gênée.

— Bah, pourquoi ? intervient Axel. Fous-moi le Camp n'a jamais été aussi tranquille.

Les joues rouges, je cherche un moyen détourné et adapté à son âge pour justifier ma requête. Cerveau vide et embarras maximum… Je ne suis pas en état de trouver une pirouette.

— Fous-moi le Camp est en parfaite santé, déclare Vincent, l'air de rien. Je vais lui faire son vaccin.

Il prépare alors une seringue sans cesser de caresser ma ch… mon chat, et la pose à portée de bras. Il sort une énième friandise de sa poche et la propose à mon estomac sur pattes, qui se jette dessus. Tandis qu'elle mange, il pince un bout de peau entre les deux omoplates et pique. Un léger grondement nous parvient, alors que Fous-moi le Camp gobe une nouvelle croquette. À ce rythme, elle va devenir obèse !

— Voilà, c'est fini !

Il la prend dans ses bras pour un câlin. Des ronronnements montent et attisent mon envie. Punaise, je suis jalouse de ma chatte ! Je grimace intérieurement et me jure de ne plus l'appeler que Boule de Poils ou Pot de Colle.

— Comme ce n'est pas à mon tour de fermer le cabinet, poursuit Vincent, Jonas a songé que vous pourriez goûter à la maison, en plus du dîner.

— Oh oui ! s'exclame Axel.

— Ça nous laisserait plus de temps pour discuter des animations du mariage et préparer le repas.

— Préparer le repas ? répété-je bêtement.

— Nos deux fils se sont apparemment mis d'accord sur le menu. J'ai tout acheté, ajoute Vincent à l'intention d'Axel.

Ce dernier baisse la tête, gêné.

— Qu'est-ce que…

— Des hamburgers ! me coupe mon fils. J'ai juste donné la liste des ingrédients. Ils sont trop bons ! Et Jonas m'a dit qu'il n'en avait pas mangé depuis longtemps.

— Ça ne se fait pas, Axel. Ce n'est pas poli !

— Ne t'en fais pas, Valentine ! intervient Vincent. Je n'ai pas mangé de hamburger depuis longtemps, moi non plus, et Jonas a réussi à me vendre les tiens.

— Il n'en a jamais mangé, lui rappelé-je.

Il hausse une épaule et replace Fous-moi le Camp dans sa boîte de transport.

— On se charge du goûter, dis-je fermement.

— Gâteau au chocolat ? demande Vincent avec un sourire qui creuse divinement ses fossettes.

Incrédule, je fronce les sourcils et comprends brusquement pourquoi certains éléments ont été ajoutés à ma liste de courses. Axel me regarde tel un chaton qui vient d'attraper sa première souris.

— Et si tu me disais tout de suite ce que vous avez prévu d'autre…

— Que j'apporte ma console.

J'acquiesce et reporte mon attention sur Vincent, qui n'a rien manqué de notre échange. Un éclair de nervosité me transperce, tandis qu'il note son adresse sur un morceau de papier. Je vais réellement passer une partie de l'après-midi avec lui ? Combien de fois vais-je me ridiculiser ?

Et mince ! De toute façon, je ne pourrai jamais faire pire qu'à notre première rencontre. Ou que la canne à pêche improvisée, avec le prospectus. Ou encore la combinaison pyjama. N'ai-je pas tout simplement imaginé notre conversation par SMS et ce début de quelque chose de plus ?

Installée confortablement sur la terrasse de Vincent avec ce dernier, j'observe Jonas et Axel jouer au foot sur la pelouse. Ils poussent des cris, s'encouragent ou se défient. L'ambiance est bon enfant, et le trac que j'ai ressenti en arrivant devant ce splendide pavillon a disparu. Pas totalement, mais assez pour que je puisse discuter sans trop de gêne avec l'homme à côté de moi.

— Ils s'entendent vraiment bien, murmure Vincent en posant son verre de soda.

— Oui.

La gorge nouée par l'émotion, je me rends compte que c'est la première fois que mon fils est invité chez l'un de ses camarades. La première fois qu'un parent d'élève me considère autrement qu'avec de la pitié ou du dédain.

— Merci, soufflé-je en me tournant vers lui.

— Pour… ? C'est toi qui nous as fait ce délicieux gâteau.

Il pointe du menton les restes dans le plat.

Je secoue la tête et m'explique :

— D'habitude, il ne reçoit pas de carton d'invitation aux anniversaires ou aux goûters.

Loin de vouloir amender les autres parents, il pose sa main sur la mienne et la serre doucement. Cette marque de soutien, en plus de tout ce qu'il a fait jusque-là, me pousse à réfléchir. Cet homme me bouleverse à bien des égards, et pour une tonne de raisons. Il est gentil, amusant, stable. Son fils est adorable et bien élevé. Suis-je prête à lui laisser une chance ?

— Et si nous nous occupions des animations ? propose-t-il.

Aussitôt, je me lève et file chercher mon sac à main. J'en sors un stylo et un cahier, dans lequel j'ai déjà noté quelques idées. Bien sûr, j'ai écarté celles qui auraient pu déplaire à Pierre-Emmanuel, pour ne pas paraître trop vindicative. D'ici là, le mariage aura sans doute été annulé. Enfin, si l'un de mes plans foireux aboutit. Je dois dire qu'entendre Clara débiter des âneries sur le répondeur du cabinet vétérinaire a provoqué en moi un mélange de joie sadique et de honte intense.

— J'ai fait des recherches, dis-je en remarquant l'amusement de Vincent. Je n'ai jamais été invitée à un mariage, donc… hormis les films et Internet…

— Tu n'as pas prévu de femmes jaillissant nues de gâteaux ?

— Pas pour le mariage…

Mais je retiens l'idée pour l'opération « On dézingue la meringue ». Quoique… non ! Si je venais à la mettre à exécution, Vincent aurait des soupçons. Que se passera-t-il, quand il apprendra que j'ai tout fait pour que son meilleur ami n'épouse pas Blanche ? Il sera déçu, peut-être même furieux. Pour la première fois, je comprends qu'un choix est nécessaire : Blanche ou Vincent ? Aider celle qui m'a toujours soutenue, ou tout arrêter pour avoir une chance avec lui ?

— Valentine, ça va ?

— Oui… j'imaginais juste la tête des Poncet, ajouté-je précipitamment.

— Ça pourrait être drôle, si ce n'était pas totalement déplacé.

Je lui souris et lui pose une question qui me taraude depuis que j'ai vu la photo de sa femme sur un meuble du salon.

— Ce n'est pas trop… ça ne te gêne pas de t'occuper de tout ça ?

— Comment ça ?

— Bah… du mariage… Je suppose que ça te rappelle des souvenirs, et…

M'arrêtant là pour ne pas risquer de lui faire plus de mal, j'agite la main et le prie d'oublier.

— Non, je veux te répondre, dit-il de cet air sérieux qui me fascine. J'ai aimé Sandra, et je l'aimerai toujours. Certains jours, son absence me pèse plus que d'autres. Avec Jonas, nous avons eu du mal à trouver comment fonctionner sans elle. Pourtant, ce bonheur, même s'il a été de courte durée pour moi, je le souhaite à tout le monde. Alors, participer au mariage de mon meilleur ami n'est pas un brise-cœur, au contraire…

Il l'aime. Il est encore attaché à sa défunte femme. C'est normal, beau et attendrissant. Cependant, mon cœur se serre. Je me sens en compétition avec une personne parfaite, qui a eu la chance de les connaître avant moi et qui vivra toujours en eux.

Pour dissimuler mon trouble, je me tourne vers les garçons qui s'entraînent à présent aux tirs au but. Axel a posé deux pots pour matérialiser les poteaux de la cage. Il oscille sur ses jambes, tandis que Jonas frappe dans la balle. Le père d'Axel est aussi une partie de nous, mais il n'a plus sa place dans mon cœur et ne l'a jamais réellement eue dans celui de son fils.

— Valentine ?

— Et si nous nous y mettions ? m'exclamé-je nerveusement.

— Qu'as-tu trouvé de beau ?

— L'animation que je préfère est un questionnaire auquel ils devront répondre « Moi », ou bien « Lui » pour Blanche et « Elle » pour P-E. On poserait des questions comme « Qui ronfle ? », « Qui râle le plus ? ».

— Pim's pour les deux ! s'esclaffe Vincent. Malheureusement, je ne pense pas que ce soit du goût des parents…

— Le problème, c'est que, si on se fie à eux, on ne fera pas grand-chose…

Il acquiesce, avant de se pencher sur mes notes.

— J'aime bien l'idée du parapluie…

Lancer des serpentins sur le parapluie des mariés est certes mignon, mais ne constitue pas vraiment une animation de folie.

— Les photos d'eux depuis l'enfance jusqu'à aujourd'hui, ça passe aussi, dit Vincent.

— Je suppose qu'il y aura un véto sur tous les clichés compromettants.

— Oui, sans nul doute, répond-il, mais je pourrai tout de même te les montrer.

Il m'adresse un clin d'œil et finit de lire mes propositions. Quand il se redresse, je remarque qu'il a approché sa chaise et que son parfum m'entoure. Mes yeux papillonnent, prêts à se fermer pour que je me concentre sur cette odeur délicieusement masculine et réconfortante.

— As-tu des idées ? demandé-je.

— Je t'avoue que je n'ai pas aussi bien fait mes devoirs que toi. Je vais chercher mon ordinateur.

Il se lève et rentre dans la maison. Aussitôt, quelque chose change dans l'air autour de moi. C'est difficile à expliquer. Il s'agit d'une sensation, d'une impression… Les garçons rient, me sortent de ma bulle. Je souris en les voyant si insouciants. Axel a les joues rouges, et ses yeux pétillent de joie. Jonas est à son image, heureux. Le tableau est si beau que je prends mon téléphone pour capturer le moment.

— Tu pourras me l'envoyer ? s'enquiert Vincent en reprenant place à mes côtés.

— Oui.

Épaule contre épaule, nous nous immergeons dans notre mission, rejetant les animations les plus drôles pour ne pas choquer les familles. Ce mariage promet d'être une vraie plaie !

À 19 heures, nous sommes dans la cuisine. Axel n'a vraiment rien oublié. Salade, petits pains, viande, cornichons, moutarde, ketchup… Je mélange les deux derniers, tandis que Vincent épluche des pommes de terre pour accompagner nos hamburgers de délicieuses frites faites maison.

Si nos recherches d'animations parfaites ont été longues et souvent ponctuées de rire, notre travail devant les fourneaux est des plus silencieux. Parfois, je brise le calme pour demander où trouver un couteau, un bol… Mais la conversation ne va pas plus loin, et ça m'effraye tout autant que ça me ravit. Mes parents m'ont toujours expliqué qu'il y avait deux types de silence : celui qui n'augure rien de bon, parce que les gens n'ont rien à se dire, et celui, plus naturel, où chacun profite de la présence de l'autre sans artifice.

Le tout est de savoir dans quel cas nous sommes actuellement.

— Valentine, puis-je te poser une question personnelle ? Si tu ne te sens pas de répondre, je comprendrai.

— Tu me fais peur…

— Il n'y a pas de quoi ! Je me demande pourquoi tu n'as personne dans ta vie.

Surprise, je me raidis. Habituée à être attaquée de toute part, je suis décontenancée par sa franchise.

— Je suis désolé, ajoute-t-il aussitôt.

— Il n'y a pas de quoi… C'est simplement qu'au village tout le monde semble persuadé que j'ai couché avec la moitié des hommes hétéros, et que ce n'est qu'une question de temps avant que je m'attaque à l'autre moitié. Alors, tu comprendras que ta question m'a étonnée.

Il hoche la tête et retourne à ses pommes de terre, sans insister. De mon côté, j'hésite et cherche les mots adéquats.

— Quand le père d'Axel nous a abandonnés, j'ai eu d'autres chats à fouetter. Je voulais terminer mes études, avoir au moins mon bac et élever correctement mon fils. À la fin de ma formation pour être assistante de vie, j'ai obtenu le poste où j'exerce encore et je me suis dit qu'il était temps pour moi. Seulement…

Je soupire et ferme les yeux un instant pour me donner le courage de continuer.

— … j'ai du mal à faire confiance. Je suis sortie quelquefois avec un collègue. Tout se passait pour le mieux, mais je n'arrivais pas à aller plus loin, à l'embrasser. Il n'a pas supporté ce qu'il a pris pour un rejet, et ma réputation de Marie-couche-toi-là est née. Je me suis promis que j'embrasserais seulement si je suis totalement en accord avec ça. Je ne sais pas si je suis claire ? dis-je en me tournant vers lui.

— Si.

L'atmosphère est tellement lourde entre nous que je déglutis pour chasser l'appréhension logée dans ma gorge. L'instant est important pour la suite de notre relation. Et j'ai peur de tout faire foirer.

— Et puis, qui voudrait d'une femme avec un enfant, qui compte reprendre ses études et être infirmière, en plus ?

— Infirmière ?

— Oui, j'ai toujours rêvé de soigner les gens. Je ne pourrai pas être médecin, mais j'économise pour financer les trois ans de cours. Mes parents sont prêts à nous accueillir. C'est même un sujet de discorde entre eux : chez qui allons-nous vivre ?

— Ils sont divorcés ?

— Oui, mais les meilleurs amis du monde, depuis la naissance d'Axel. Ils n'étaient pas faits pour être en couple, c'est tout.

Il me sourit, et je me sens à ma place. Vincent est exactement l'homme qu'il me faut. Suis-je la bonne, pour lui ? Me voit-il autrement que comme une jeune femme délurée et fantasque ? Oui, son texto de mercredi le prouve. Ou, tout du moins, mon interprétation de son « Il me tarde que la semaine se termine pour réparer un manquement… ».

— Et toi ? Pourquoi n'as-tu pas refait ta vie ?

La question n'a rien d'innocent, mais je ne peux me montrer plus directe sous peine d'en bafouiller de gêne.

— Jusque-là, je n'avais rencontré personne qui me donne envie d'avancer, de recommencer.

Soudain, la porte s'ouvre sur nos fils. Le tête-à-tête prend fin, pourtant ça ne me chagrine pas plus que ça. J'aime les voir interagir, tous les trois. Ils plaisantent sur le repas, Axel chante les louanges de ma sauce, un simple mélange de moutarde et de ketchup.

À table, la bonne humeur perdure. Jonas et Axel parlent de jeux vidéo, plus particulièrement de la partie qu'ils comptent reprendre après le dîner. Avec Vincent, nous discutons livres, films…

Une fois les garçons remontés dans la chambre de Jonas, nous nous installons dans le salon avec un verre de vin. Le deuxième pour moi, celui que je ne dois pas boire si je tiens à ne pas perdre le contrôle. Certes, je ne danserai pas sur la table basse, mais je veux me montrer sous mon meilleur jour.

— *Men in Black*, ça te dit ? propose Vincent.

— Si j'ai la frousse à cause de toi cette nuit, je te préviens que ma vengeance sera terrible !

— Même pas peur !

Il lance le film et, très rapidement, je sens que je vais sursauter comme une folle. La vision du fermier avec son allure étrange me pousse à détourner les yeux. Un frisson me parcourt.

— À ce point ? murmure Vincent.

Je le regarde et hoche la tête. Son sourire s'efface petit à petit, pour laisser place à une expression gourmande. Il va m'embrasser. Suis-je prête ? Est-ce que je le veux ? La réponse est franche : oui. Je le veux, je crois que je l'attends depuis une semaine.

Il pose la main sur ma joue. Me laisse le temps de le repousser. Peut-être hésite-t-il, lui aussi. Nous sommes entourés de souvenirs de sa vie en Afrique, de sa femme… Son visage s'approche du mien. Ses lèvres frôlent les miennes. L'attente devient insupportable. Ma patience atteint ses limites, mais je ne bouge pas. Mon souffle est plus court. L'excitation monte. Je me gorge de toutes ces sensations, me rappelant sommairement avoir vécu quelque chose d'équivalent, il y a des années.

Seulement, ce soir, je sais ce qui vient après. Je ne suis plus une adolescente persuadée d'avoir pensé à tout et d'être avec l'homme de sa vie. Mes illusions se sont brisées il y a longtemps, mais ce n'est pas une raison pour ne pas profiter de ce que Vincent m'offre. Alors, timidement, je me penche vers lui et appuie ma bouche contre la sienne, l'invitant à m'embrasser.

Rien.

Doute-t-il ?

Cherche-t-il un moyen de faire machine arrière ?

Avant de m'écarter totalement, je dépose un baiser léger sur sa bouche. Sa main quitte ma joue, tandis que je me redresse. À l'écran, le film continue, mais il a perdu tout son intérêt.

— Je vais y aller.

Je me lève et m'éloigne. Quand je me retourne pour le remercier de cet après-midi, je le trouve debout près de moi. Il ne me laisse pas le temps de l'interroger que ses lèvres recouvrent les miennes. La pression, d'abord douce, devient de plus en plus exigeante. Et cela m'étourdit.

Accrochée à ses épaules, je me colle à lui pour savourer ce qu'il me donne. Ses mains se posent sur ma taille découverte par mon pull. Non que je m'en plaigne, d'autant plus qu'il me caresse le dos tout en m'attirant plus près de lui.

À bout de souffle, je me détache de sa bouche et lui souris. Il se penche et me pique un nouveau baiser. Le désir monte en moi, et sa force me surprend. Est-ce l'abstinence qui m'a rendue aussi réactive ou est-ce propre à Vincent ?

Je perçois soudain un mouvement derrière lui, puis un second. Les garçons ! Mon regard croise celui de Jonas, et la tristesse que j'y lis douche ma joie. Je repousse délicatement Vincent et lui montre discrètement l'escalier, où nos fils nous observent, le mien avec une certaine allégresse.

— Arrête ! crie brusquement Jonas. T'es content ? Maintenant, moi aussi, ils vont m'embêter et se moquer de mon père !

Prête à intervenir, j'ouvre la bouche, mais il n'a pas fini.

— Tout ça parce que ta mère ne sait pas se tenir convenablement.

— Tu ne parles pas comme ça de ma mère ! hurle Axel, furieux.

— J'en parle comme je veux ! Maxence avait raison, elle veut mettre la main sur tous les hommes qui passent.

— Jonas ! s'exclame Vincent.

Le père et le fils se dévisagent un instant, avant que le plus jeune s'enfuie au premier étage.

— Je vais le chercher, et il va s'excuser.

Je le retiens par le bras, bouleversée par la douleur que j'ai perçue dans le regard du petit garçon. Dans cette histoire, j'ai oublié qu'il était lui aussi en deuil, et peut-être pas prêt à voir une femme entrer dans la vie de son père. Encore moins une femme comme moi, à la réputation désastreuse.

— Nous allons rentrer, dis-je. La journée a été longue. Axel, peux-tu aller chercher ta console ?

— Valentine…, murmure Vincent.

— Il a besoin de toi, insisté-je en me postant devant la porte d'entrée.

Dès qu'Axel est de retour, nous partons.

Au volant de ma voiture, je songe à cette expression, dans une des fables de La Fontaine : « Être Gros-Jean comme devant ». C'est plus classe que d'avouer que mes espoirs viennent d'exploser en plein vol, et que je ne suis pas plus avancée qu'avant.

Chapitre 14

La porte se referme sur les silhouettes de Valentine et son fils. Je lâche un soupir, glissant la main dans mes cheveux. J'ai l'impression d'avoir pris une énorme cuite, alors que je n'ai bu que deux verres de vin. Sonné, abasourdi, complètement largué sont les adjectifs les mieux à même de décrire l'état dans lequel je me trouve.

L'instant d'avant, tout allait bien. Les garçons s'amusaient tranquillement dans la chambre de Jonas, tandis que Valentine et moi flirtions dans le salon devant le film *Men in Black*. Puis tout a dérapé.

Je crois qu'en fin de compte la situation m'a échappé. J'ai espéré ce baiser sans en envisager la portée, notamment si l'un de nos fils nous surprenait. J'ai manqué de clairvoyance et de tact vis-à-vis de mon fils. Et puis, il y a Valentine. Je n'ose imaginer ce qu'elle a dû ressentir en entendant les reproches furieusement lancés par Jonas. Il a beau être blessé, sa mère et moi lui avons appris à respecter la sensibilité d'autrui en pesant la portée de ses paroles.

Sa mère et moi…

Je lève les yeux sur une photo de nous trois : Sandra, Jonas alors âgé de trois ans et moi. Derrière nous se devine le Kilimandjaro. Un cliché pris durant notre dernier voyage en Tanzanie. Une éternité…

Le coup est brutal. Je me laboure le visage des deux mains. Ma poitrine me brûle au contact du métal de mon alliance contre ma peau nue.

En raison de mon métier, j'ai pris l'habitude de ne pas la porter au doigt lorsque je travaille. Depuis la mort de Sandra, je n'ai pas eu le courage de l'ôter de la chaîne en or à laquelle elle est suspendue pour la passer. C'était un rituel avant de franchir le seuil de notre maison. À présent, ça n'a plus aucun sens. Alors, je la conserve contre mon cœur, là où celle qui n'est plus avec nous aura toujours une place de choix.

Étrangement, embrasser Valentine tout en continuant d'aimer Sandra ne provoque pas en moi la culpabilité que j'aurais cru éprouver.

J'ai dépassé ce stade. D'une part, parce que ma chère épouse m'a fait promettre de ne pas la pleurer toute ma vie. De l'autre, parce que fréquenter Valentine ne me fera pas trahir le serment que j'ai prononcé le jour de mon mariage. J'aimerai Sandra toute ma vie, c'est une certitude, un fait aussi fermement établi que celui qui veut que le soleil se lève à l'est et se couche à l'ouest. Sandra demeurera mon premier amour et la mère de mon fils. Comment serait-il envisageable de l'oublier ?

Oublier…

Voilà ce qui effraye Jonas. Ne me l'a-t-il pas avoué il y a quelques semaines ? Il avait cinq ans au moment de la disparition de Sandra. Quels souvenirs d'elle lui reste-t-il ?

Je prends mon courage à deux mains en grimpant l'escalier. Devant la porte close de Jonas, une boule se forme dans ma gorge. J'ai beau ne pas être un grand orateur, jamais je n'ai autant craint de manquer de mots. J'ai peur de ne pas savoir comment réconforter mon petit garçon. J'ai peur d'être maladroit. Parler du deuil à un enfant n'est pas facile. À huit ans, la mort ne devrait être pour lui qu'un vague concept. Il est davantage dans l'ordre des choses d'en faire l'expérience en apprenant le décès d'un membre âgé de la famille. « Désolé, mon ange, mais la grand-tante Jeanine nous a quittés hier. Elle n'a pas souffert, elle était dans sa quatre-vingt-quinzième année. » Pour lui, cela ne s'est pas déroulé ainsi. Encore haut comme trois pommes, il a tout de suite été confronté à ce que la vie réserve de plus cruel, après la perte d'un enfant.

À l'âge auquel rien n'est plus important qu'une maman, l'affection qu'elle vous donne, les câlins avec lesquels elle vous guérit, le parfum qu'elle laisse sur votre joue, elle lui a été arrachée en quelques mois. Le temps d'un diagnostic, celui d'une tumeur maligne au cerveau, l'annonce que cette tumeur était inopérable, les semaines chaotiques rythmées par la chimiothérapie et ses répercussions sur l'organisme… Tout ça pour grappiller un peu de temps. Celui de voir Jonas grandir un peu, de dire au revoir à la famille, à la France, un pays que nous avions quitté pour vivre notre rêve d'aventures.

Maintenant, il n'en reste que des souvenirs à chérir. Des souvenirs que je vais devoir raviver pour Jonas.

Je frappe. Aucune réponse. Je prends ce silence pour une invitation à entrer.

Il est roulé en boule sur son lit. Mon cœur se serre. Je lâche la poignée et m'avance doucement vers lui. Il n'a aucune réaction, même lorsque le matelas s'enfonce sous mon poids. Je pose les doigts sur son dos. Je n'ai eu qu'une seconde d'hésitation, effrayé par la perspective qu'il puisse me rejeter. Heureusement, il n'est pas si rancunier.

— Jonas. Parle-moi.

— …

— Je t'en prie, mon chéri. Ne garde pas toute cette fureur en toi. Je suis passé par là, c'est nocif. Crie, pleure, lance tes peluches à travers la pièce mais réagis. Je préfère que tu déverses ta colère sur moi que sur une personne qui ne t'aurait pas directement causé de tort.

— Comme Valentine, c'est ça ?

Il se redresse. Assis en tailleur face à moi, il m'observe d'un œil noir.

— Jonas, je suis ton père. Tu as le droit d'être fâché, même très fâché, et surpris par ce que tu as vu. Mais je ne tolérerai pas que tu manques de respect à quelqu'un que nous avons convié sous notre toit. Ça vaut pour Valentine comme pour tout autre invité. Compris ? J'estime que ta mère et moi t'avons élevé mieux que ça.

— Justement, tu as pensé à maman, avant de l'embrasser ?

Mon regard sévère l'oblige à baisser d'un ton. Il oriente son petit visage rouge en direction de ses chaussettes qu'il fixe avec une attention exagérée.

— Sache que je pense tout le temps à ta mère. Elle ne quitte jamais mes pensées. Mais, lorsque j'ai embrassé Valentine, elle n'y était pas, pour la simple et bonne raison qu'elle n'avait pas à y être à un moment pareil. Jonas, tu dois comprendre une chose très importante : ce n'est pas parce que tu vivras des moments joyeux avec d'autres personnes que tu trahiras la mémoire de ta maman. C'est comme... je ne sais pas... Imagine la joie de tes grands-parents, quand tu leur rends visite pour les vacances. Vous vivez de super moments, ils sont heureux de s'occuper de toi. Est-ce que tu aimerais qu'une fois qu'ils t'ont déposé à l'aéroport ils s'enferment chez eux et se morfondent jusqu'à ce que tu reviennes ?

— C'est pas pareil. Ils savent qu'ils vont me revoir. Moi, je suis pas mort.

— Non, mais la morale est la même. Tu dois continuer à vivre, ta maman l'aurait voulu. Si elle avait eu le choix, bien sûr qu'elle serait toujours là pour te voir jouer au foot, rentrer au collège, au lycée, obtenir ton bac, t'aider à aménager ta chambre d'étudiant, terroriser tes petites copines. Mais les choses ont évolué autrement pour nous, et il faut qu'on s'adapte. C'est comme après un grave accident. On doit réapprendre à marcher, à avancer, un pas après l'autre. Parce que c'est ainsi. La vie continue.

Je n'ai jamais aimé cette phrase banale. Je crois que j'aurais été capable d'étrangler la personne qui aurait osé la prononcer, le jour où on l'a mise en terre. Avec le recul, je comprends qu'elle est vraie. C'est cruel, injuste, dégueulasse mais vrai ! Il suffit de se lever de son lit, d'ouvrir les rideaux et de contempler le paysage par la fenêtre. Ta mère a cherché à me l'expliquer, à l'hôpital. Je n'ai pas voulu l'entendre, alors. Elle était beaucoup plus courageuse que moi, plus lucide aussi. J'ai…

Je m'étrangle sur les derniers mots. Je craque et sèche mes larmes d'un revers de manche. Mes yeux me brûlent, l'air commence à me manquer. Je ne suis plus très loin de la suffocation et me lève pour combattre mes vieux démons.

— Elle te manque vraiment ? m'interroge Jonas d'une voix où pointent aussi bien l'étonnement que l'émotion.

— Bien sûr ! Absolument ! N'en doute jamais.

— Mais Valentine ? Ce soir, on vous a vus !

— Jonas, ni Valentine ni aucune autre ne remplacera jamais ta maman. Parce que c'est impossible et que ce ne serait pas juste non plus. Chaque relation est unique. Ce serait une erreur de chercher à retrouver une personne chez une autre. D'ailleurs, hormis leur franc-parler, ta mère et Valentine sont très différentes.

— Oui, c'est vrai.

— Tu te rappelles cette façon qu'elle avait de remettre à sa place les mères maquerelles ? Et puis, du temps où nous étudiions à Maisons-Alfort, jamais, au grand jamais, Pierre-Emmanuel ne se serait risqué à lui chercher des noises ! dis-je en riant. Elle n'a jamais su y mettre les formes.

— Ça lui vient de son enfance. Firmine n'était pas douce non plus. Comme avec moi.

Firmine… L'évoquer, c'est comme faire un bond dans le passé, sur un autre continent, en une fraction de seconde.

— Sa chère *mama*… On devrait l'appeler en visio. Ça fait longtemps qu'elle ne t'a pas vue. J'imagine la soufflante que je vais prendre, de l'avoir laissée si longtemps sans nouvelles.

Jonas ricane, quitte sa place sur le matelas et s'approche de moi. Ses petits bras enserrent ma taille.

— Elle t'aimait bien. Elle t'appelait « mon p'tit Vincent » et moi *asali*[1], se moque-t-il gentiment. Elle te pardonnera.

— Tu étais son chéri, c'est vrai. Et moi, elle m'appréciait parce que je rendais heureuse sa *binti yake*, sa fille. Elle s'est plus occupée de Sandra que ses propres parents.

— Maman l'aimait comme sa mère.

— Tu vois, dis-je en caressant sa tête blonde.

— Quoi ?

— Que tu n'as pas tout oublié. Je pourrai t'aider à te rafraîchir la mémoire et, pour le reste, je ne demande qu'à te raconter tout ce qui a précédé ta naissance.

— C'est vrai ?

Il oriente sur moi un regard plein d'espoir. Je lui souris.

— J'ai un gros carton rempli de photos et de souvenirs dans mon bureau, au rez-de-chaussée. On pourra l'ouvrir demain, si tu veux.

— Oh ! merci, papa !

— Jonas ?

— Oui ?

— Il faudra présenter tes excuses à Valentine. Et à Axel aussi, l'avertis-je. Ce serait dommage de briser une amitié naissante comme celle-ci. Je vous ai observés pendant que vous jouiez ensemble, cet après-midi. Ça sautait aux yeux que vous vous étiez bien trouvés, tous les deux. Et… n'oublie pas que lui aussi sait ce que c'est que de vivre sans l'un de ses parents.

Jonas s'écarte, l'air piteux. Il prend conscience des conséquences potentielles de son coup de sang.

— J'essayerai de lui parler dans la cour, lundi.

— Promis ?

1. « Mon chéri », en swahili.

— Promis.

Je lui ébouriffe les cheveux, avant de poser un baiser sur son crâne.

— Je suis fier de toi, mon fils.

Nous avons passé la journée du dimanche à déballer le contenu du carton qui dormait dans mon bureau depuis notre emménagement dans la maison. Il renfermait à lui seul toutes nos années en Afrique, de notre installation à nos premières missions auprès des animaux de la réserve, en passant par notre mariage, la grossesse de Sandra, Jonas jusqu'à ses quatre ans. Après, j'ai cessé d'utiliser l'appareil-photo et je le regrette à présent.

Nous sommes maintenant lundi, et je remercie le ciel d'être occupé. Cela m'aide à ne pas ruminer. J'ai adressé un SMS à Valentine pour prendre de ses nouvelles, mais elle ne m'a pas donné signe de vie. La nuit dernière, j'ai eu beau tourner le problème dans tous les sens, je crois bien qu'il n'y a pas trente-six solutions pour le régler. Après la fermeture du cabinet, je lui rendrai visite, ne serait-ce que pour que tout soit clair entre nous, même si j'ignore ce que cela implique. Clair dans le sens : on stoppe tout et on reste amis ? Ou clair : à présent que j'ai goûté à la saveur de tes lèvres, à la douceur de ta peau et à la sensation de te tenir dans mes bras, je doute de pouvoir m'arrêter là ? J'ai peu d'hésitations sur mon choix. Qu'en sera-t-il pour Valentine ?

Plus je la fréquente et mieux je la cerne. Elle m'a peut-être rassuré sur son état d'esprit au moment de partir, samedi soir, je ne suis pas totalement idiot. Les reproches de Jonas l'ont blessée. Pire, ils ont été prononcés devant son propre fils, ce qui est en soi un facteur aggravant le malaise.

— Eh bien ! Quelle tête d'enterrement, mon vieux ! Qu'est-ce qui te préoccupe comme ça ?

Je relève la tête. Pierre-Emmanuel s'avance jusqu'à ma table de travail et prend place sur l'une des deux chaises.

— Je réfléchissais.

— À propos de quoi ? Si je peux t'aider, ce sera avec plaisir.

J'en doute, mais ce serait méchant de le formuler ainsi. Tout en poussant un soupir, j'abandonne le crayon de papier que je martyrisais de mes dents et me recule sur mon siège.

— Jonas et moi avons exhumé de vieux souvenirs, hier. Sa mère lui manque autant qu'à moi, et il ne veut pas l'oublier. Alors, je tâche d'entretenir sa mémoire pour lui.

Pierre-Emmanuel pince les lèvres, l'air contrit. Il n'a aucune idée de la souffrance que mon fils et moi endurons, il me l'a maintes fois répété, mais je sais qu'il compatit sincèrement à notre peine.

— Je suis désolé, Vincent. J'avoue que je ne peux rien te dire d'autre. Parfois, je m'en veux d'afficher mon bonheur avec Blanche, alors que toi…

Valentine a eu la même réflexion, l'autre jour.

— Non, je t'assure. Je suis ravi pour vous, au contraire. Je suis très heureux que tu aies rencontré la femme de ta vie, que vous ayez décidé de construire une famille, de vieillir ensemble. Tous ces projets sont porteurs d'espoir. Je suis content pour vous deux, vraiment. Blanche me semble une jeune femme remarquable, gentille et généreuse. Je vous souhaite de connaître le bonheur, autant que Sandra et moi.

— Merci, mon vieux. Ça me touche.

— Et les préparatifs, alors ?

À la lueur étincelante qui s'est allumée dans son regard, je gage que nous nous apprêtons à aborder son sujet favori du moment : son prochain mariage avec la perle rare.

— Que dire, à part qu'il me tarde d'y être !

— C'est une bonne chose. Et ta belle-famille ?

— Je ne pouvais rêver mieux ! Tu as pu voir que mes rapports avec Jacques sont excellents. Nous sommes faits pour nous accorder.

Je n'aurais pas dit mieux ! Je dissimule mon sourire en glissant mon index sur mes lèvres.

— Et puis, poursuit-il, nous avons la même vision de l'avenir, les mêmes centres d'intérêt. J'ai l'impression qu'on se connaît depuis toujours. Ce… c'est épatant ! C'est comme si nous étions connectés, tu comprends ?

— Waouh ! Blanche est vraiment une femme exceptionnelle, pour que tu en parles en ces termes. Tu en rayonnes.

— Blanche ? Oui, c'est sûr. Elle l'est, sinon je ne lui aurais pas demandé de m'épouser, mais là, je te parlais de Jacques.

— Ah.

Voilà autre chose… Dois-je m'en inquiéter ? Je me garderai de rapporter cette conversation à Valentine, elle pourrait halluciner autant que moi.

— Eh bien, c'est aussi une excellente chose que d'avoir une bonne entente avec les parents de ta dulcinée. Je n'ai jamais eu ce problème de mon côté. Sandra n'avait plus trop de contacts avec les siens. De toute façon, ils baroudaient tellement qu'il aurait déjà fallu réussir à les localiser à travers le globe pour les inviter à un barbecue.

— Oui, j'ai beaucoup de chance, affirme-t-il, l'air songeur. Je pense à un truc… tu m'excuses une minute, vieux ? J'ai un coup de fil à passer.

Je l'observe sortir son téléphone de sa poche et se lever pour sortir. De mon côté, il est temps de me replonger dans ma paperasse administrative avant la réouverture du cabinet. Pierre-Emmanuel s'éloigne. Je l'entends, alors qu'il passe devant le comptoir de l'accueil.

— Allô, Jacques ? Pour la semaine prochaine…

Je secoue la tête en riant. La situation est pire que ce que je soupçonnais.

Je me présente chez Valentine un peu avant 18 h 30. J'espère qu'elle ne refermera pas sa porte sitôt découverte l'identité de son visiteur.

Je frappe et retiens mon souffle dans l'attente de sa réaction. Le battant s'ouvre sur une Valentine visiblement stupéfaite de me trouver là.

— Vincent ? Je… C'est une surprise.

— Je m'en doute. Je te rassure, je ne te retiendrai pas longtemps. Enfin, juste assez pour te présenter à nouveau mes excuses et te dire que j'ai eu une conversation avec Jonas.

— C'est ce que j'ai cru comprendre en discutant avec Axel.

— Ah oui ?

Elle hoche la tête, puis s'écarte pour m'inviter à entrer chez elle.

— Je t'en prie. On sera mieux à l'intérieur que sur le palier.

— Merci.

Je l'examine, tandis qu'elle referme la porte. Look plutôt *casual*, aujourd'hui, avec un jean (à sa taille) et un T-shirt portant l'inscription : « Comme un homme… ».

Je lui emboîte le pas et visualise alors le dos de son haut : Mulan est assise sur un canapé, les jambes largement écartées et une bière à la main, devant ce qu'il me semble être un téléviseur. Pourquoi ai-je cru un instant que Valentine pourrait s'habiller de manière conventionnelle sans y être obligée par les circonstances ? Je retiens un sourire.

— J'espère que tu n'as pas été trop dur avec lui, dit-elle.

— J'ai tâché d'être juste.

Elle acquiesce.

— Je lui ai rappelé que sa mère et moi ne l'avions pas élevé de cette façon. Qu'il n'avait pas à déverser sa colère sur toi et que, s'il lui fallait un bouc émissaire, j'étais là.

— Je suis vraiment désolée, Vincent. Comment va-t-il, aujourd'hui ?

— Comme Axel, je suppose… Ce n'est jamais facile d'être mêlé à des conflits de grands. Ce que Jonas a dit sur toi et les ragots des autres mamans, il ne le pensait pas réellement. Je le connais, il est assez intelligent pour faire la part des choses. Il a juste voulu t'atteindre, te faire fuir parce qu'il a eu peur.

— De moi ?

— Peur que par ta simple présence, nous en oubliions sa mère.

— Que lui as-tu répondu ?

— Que sa mère était irremplaçable, et chaque relation unique. Que ce serait une erreur de chercher à retrouver une personne chez une autre. Que la vie continue, que Sandra n'aurait pas voulu que nous nous morfondions en passant à côté de belles choses.

— C'est très sensé.

— Je te le répète, parce que j'espère que ça te permettra d'y voir plus clair sur ce qu'il y a eu entre nous.

Elle se triture les doigts tout en se mâchouillant nerveusement la lèvre inférieure. Pour la première fois depuis notre rencontre, elle m'apparaît pour ce qu'elle est vraiment : une jeune femme de dix ans plus jeune que moi, que la venue non programmée d'un enfant a privé de son adolescence, et qui a été projetée sans notice dans un monde adulte hostile. D'après ce qu'elle a bien voulu me confier, j'ai compris qu'elle n'avait pas beaucoup d'expérience avec les hommes, contrairement aux horreurs qui circulent sur son compte. Elle ignore peut-être même ce qu'est le véritable amour, une chance que moi j'ai eue. Elle n'a vécu qu'avec son petit garçon, n'a jamais connu le quotidien avec un compagnon, pas plus que l'intimité que confère le fait de partager une salle de bains, une cuisine, avec les petites manies de l'autre, ses habitudes, ses marottes.

Je suis soudain pris d'un affreux doute et de la crainte de me montrer égoïste.

— Vincent ?

Je reporte mon attention sur elle. Elle me fixe avec inquiétude. Sans m'en rendre compte, je me suis éloigné de quelques pas.

— Je suis navré, Valentine. Je viens de comprendre que je t'en demande peut-être beaucoup. Que tu préférerais certainement être avec une personne de ton âge.

Elle éclate de rire, à ma plus grande stupéfaction.

— De mon âge ? Franchement, sans façon ! Les mecs de vingt-quatre ans sont à des années-lumière des préoccupations qui sont les miennes, depuis que j'ai Axel. J'ai déjà un enfant, pas besoin d'en avoir un autre avec un péni… Plus grand, quoi.

Elle rougit après s'être retenue à temps de proférer une énormité dont elle seule a le secret. Je songe à ce moment unique dans mon cabinet, samedi dernier.

Je réduis la distance entre elle et moi. Toute trace d'amusement a dû déserter mon visage. Je jette un coup d'œil autour de nous : pas d'Axel dans les parages. J'aimerais autant ne pas reproduire les erreurs de la dernière fois.

Valentine ne bouge pas, mais je note que son souffle devient irrégulier. Sa bouche s'entrouvre. Elle a deviné mes intentions. À ma décharge, j'ai tellement rêvé d'elle, la nuit dernière, que je dois renvoyer l'image d'un prédateur sur le point de fondre sur sa proie. J'admets que l'analogie me plaît assez.

Lentement, je me penche vers elle. Son souffle glisse sur ma peau, et j'en frissonne.

— Vincent, je… On…

Je me fige à quelques centimètres de ses lèvres que je pourrais lécher du bout de la langue, si elle m'y autorisait.

— Tu veux que je m'arrête ? À toi de décider. Tu n'as qu'un mot à prononcer.

— Non… oui… je veux dire… oh ! merde ! Vas-y, embrasse-moi !

— Tes désirs sont des ordres !

Je ne me fais pas prier plus longtemps. Son léger gémissement ne devrait pas produire un tel effet sur moi, pourtant il menace de me rendre fou. Comme l'autre soir, je glisse les bras le long de sa taille menue et finis par la plaquer contre moi. Elle a croisé les mains sur ma nuque et renversé la tête en arrière. Nous approfondissons notre baiser, mais ça ne me suffit pas. Je glisse les doigts dans ses cheveux, provoquant la chute du crayon qui retenait son chignon flou. Si j'avais assez de volonté pour m'écarter d'elle, je me délecterais de la vision de ses mèches brunes et soyeuses sur sa peau, de préférence nue, mais nous n'en sommes pas encore là.

Des petits pas résonnent soudain dans le couloir. Ils agissent sur nous comme un électrochoc. Nous nous écartons l'un de l'autre, mais je crains que nos respirations saccadées, assorties aux lèvres gonflées de Valentine, ne nous trahissent.

Axel a un petit mouvement de recul en m'apercevant. Je lui adresse un sourire qu'il me rend. Ce qui me rassure. Merci, Jonas. Tu as tenu ta promesse…

Le portable de Valentine émet alors sa sonnerie ridicule. C'est plus fort que moi, des images du générique de *Benny Hill* défilent dans mon esprit. Elle paraît hésiter à nous abandonner pour aller répondre.

— C'est peut-être important. Le travail…

— Je t'en prie. J'ai quelques mots à dire à Axel, si tu le permets. Pour le remercier, ajouté-je devant son expression de mère louve.

— OK. Je fais vite.

J'acquiesce.

Sa voix nous parvient depuis le couloir. Je suis dans le salon avec Axel. J'apprécie cet enfant, non seulement parce qu'il me semble un bon gamin, mais aussi parce que, en dépit de tout ce qu'il endure à l'école, il a gardé un bon fond. Cela tient en grande partie de l'éducation que lui a prodiguée sa mère, et dont certaines, qui se permettent de lui donner des leçons, devraient s'inspirer. J'ai tout de suite remarqué qu'Axel était un garçon doté d'une étonnante maturité pour ses huit ans. Je suis heureux que Jonas et lui soient amis.

— J'ai cru comprendre que mon fils était venu te parler.

— Oui.

— C'est bien. Il a eu tort de manquer de respect à ta maman, l'autre soir.

Axel hausse les épaules en guise de réponse. Pour le moment, son regard se pose partout sauf sur moi.

— Écoute, Axel, pour samedi, je voudrais…

— Vous aimez ma mère ?

Ah. Eh bien, on dira ce que l'on voudra de ce petit, mais il ne passe pas par quatre chemins ! Sa question, somme toute simple, me déstabilise. Elle me prend à ce point de court que je commence par bafouiller, tandis qu'il braque le regard sur moi.

— Je… euh… L'amour, le vrai, est un sentiment qui s'installe dans la durée. Je… j'apprécie vraiment ta maman. Elle… euh… elle me plaît beaucoup, et je n'ai pas de mauvaises intentions envers elle, je tiens à ce que tu le saches. Je la respecte et j'aime être en sa présence, oui.

Mince, j'ai l'impression de me justifier auprès du père de ma première copine, pour qu'il m'autorise à l'emmener au cinéma situé à cinq cents mètres. Un rire nerveux m'échappe.

— Axel. J'ai conscience que si tu ne vois pas d'un bon œil que je courti…

Non, pas « courtiser », nous ne sommes pas dans un roman de Jane Austen ! Je me gratte mentalement la tête pour trouver le terme adéquat.

— Sortir avec elle ?

— Voilà !

Que ce gamin est malin, en plus d'être clairvoyant !

— Je te promets d'être toujours honnête avec elle, car j'estime que c'est important, dans une relation. Je m'engage auprès de toi à ne jamais la faire souffrir, en tout cas pas sciemment. Et, j'aimerais également qu'on puisse apprendre à se connaître, tous les deux. Ça me ferait plaisir, et à ta maman aussi, j'en suis certain.

— C'est d'accord ! me lance-t-il simplement, tout en s'emparant de la console sur sa base, près de la télévision.

— D'accord pour qu'on passe du temps ensemble ?

— Pour tout. Vous êtes sympa, et je me suis réconcilié avec Jonas. En plus, vous êtes super, avec Fous-moi le Camp. Bonne soirée, docteur Agniel !

— Merci, Axel, toi aussi. Et tu peux m'appeler Vincent ! lui crié-je, alors qu'il repart déjà.

Alors ça ! Décontenancé par un enfant de l'âge du mien ! Bravo, grand moment, Vincent ! Très adulte, très… rien du tout. J'ai eu de la chance de bien m'en tirer.

— Ça va ?

Valentine observe son fils, le nez dans son jeu vidéo. Son regard se déplace sur moi, et j'y lis la question qu'elle n'ose pas poser. Je m'avance à sa rencontre et, sans crier gare, l'attrape par la taille pour la ramener contre moi.

— Nous avons l'autorisation du grand patron, lui annoncé-je.

— D'Axel ? Il t'a vraiment…

— J'ai passé l'interrogatoire avec succès. Après ça, même un entretien avec ton père me paraîtra du gâteau.

Elle éclate de rire.

— Même si nous n'en sommes encore pas là, me rattrapé-je.

— C'est que tu ne le connais pas encore, me taquine-t-elle.

— Alors ? Qu'en dis-tu ? On s'associe pour contrer les forces cosmiques et les cons du village ?

Le sourire de Valentine s'agrandit.

— La proposition me paraît honnête, dit-elle en me caressant la joue. M'est d'avis que si on nous surprend, ça risque de jaser.

— Nous n'aurons qu'à rester discrets jusqu'à ce qu'on se sente prêts à se montrer. Tant que nos garçons sont d'accord, je me fiche des autres.

Elle m'embrasse. Je lui vole un autre baiser.

— C'est ce qui me plaît chez toi, Vincent.

Mes lèvres s'étirent lentement, tandis que je prépare ma réplique suivante :

— J'ai d'autres choses en stock qui pourraient te plaire.

Ses yeux s'agrandissent, puis elle se mordille les lèvres en un geste sexy qui menace de m'ôter toute faculté motrice.

C'est au tour de mon portable de sonner. Je consulte l'écran : le prénom de Cynthia s'affiche. Valentine l'a aperçu, elle aussi. Je dépose un dernier baiser sur sa bouche, avant de me diriger vers la porte.

Je suis d'une humeur bien plus légère en regagnant ma voiture.

Chapitre 15

Je constate avec un soupir de soulagement que je suis à l'heure à l'école. À peine ai-je posé le pied sur le trottoir que la classe d'Axel arrive. La maîtresse ouvre le portail et lâche ses élèves au compte-gouttes. Les enfants s'échappent avec des cris de liesse qui pourraient vexer n'importe qui, sauf la brave femme qui paraît elle aussi à deux doigts de courir dans tous les sens, bras levés, pour extérioriser sa joie.

Discrètement, j'attire l'attention de mon fils qui salue sa maîtresse avant de me rejoindre avec le calme qui le caractérise. Il me manque, le temps où il me sautait dans les bras, heureux de me retrouver. Je le serrais alors contre moi, inspirant son odeur, lui ébouriffant les cheveux…

— Coucou, dit-il en s'arrêtant devant moi.

— Bonjour, mon bon monsieur. Comment s'est passée votre journée ?

— Ça va. Et la tienne ?

— Douloureuse… Ton absence m'a tiré quelques larmes. Je me suis languie de ta présence et de ta petite frimousse d'ange.

Il fronce les sourcils et penche la tête sur le côté.

— Un problème ? me demande-t-il avec sérieux.

— Non, je te fais juste une déclaration d'amour.

— Oh ! s'exclame-t-il, avant de regarder autour de nous.

Il se tord tellement le cou que je ne parviens pas à déterminer s'il cherche où je suis garée, ou s'il s'assure que personne n'entend.

— Je suppose qu'il est hors de question que tu avoues un semblant d'affection pour ta maman chérie ?

— Tu supposes bien… Mais, à la maison, ce point sera négociable.

Je plisse les yeux, attendant la contrepartie réclamée.

— On rentre ? s'enquiert-il.

Son sourire me rappelle celui de son père, et cette pensée me déstabilise. Cela fait longtemps que je n'ai pas songé à lui. Parfois, je rencontre ses parents. Ils me toisent avec une désapprobation qui me cisaille le cœur. Pour eux, j'ai tenté de piéger leur fils en lui faisant un enfant dans le dos. Ils ne m'ont jamais pardonné d'avoir gardé Axel et refusent qu'il les considère comme ses grands-parents.

— Pas de bagarre, aujourd'hui ? lancé-je innocemment.

— Corentin avait d'autres chats à fouetter…

— Qui est sa nouvelle victime ? Jonas ?

— Non, un garçon en CM2.

Stupéfaite que ce gamin soit assez stupide pour s'attaquer à un élève plus grand que lui, je hoche la tête et me dirige vers ma voiture.

Nous marchons en silence jusqu'à l'intervention d'Axel :

— Un adulte l'aide, en classe. Alors, pendant les récrés, Corentin le traite de débile.

Partagée entre la joie d'apprendre que ce garnement ne s'en prend plus à mon fils et l'agacement de savoir qu'il se permet d'être insultant avec un autre tout aussi innocent qu'Axel, je prie pour que les parents de sa nouvelle victime aient plus de poids que moi. Peut-être réussiront-ils à ouvrir les yeux de Mme Lherman, cette directrice obtuse.

— Les adultes sont au courant ?

Axel hausse les épaules et ouvre sa portière. Il dépose son sac sur la banquette, avant de s'asseoir sur son rehausseur. De mon côté, je m'installe au volant et boucle ma ceinture.

Bien que cette histoire me taraude, j'aborde un sujet plus léger :

— Tes affaires sont prêtes pour ton départ chez papi ?

— Non, je préparerai mon sac après le goûter.

J'acquiesce et lui liste les vêtements qu'il doit penser à emporter pour dormir chez mon père. Je mentionne également sa console, même s'il n'aura pas forcément le droit ou le temps d'y toucher, ainsi que le livre qu'il dévore actuellement et le jeu de cartes auquel il me bat tous les soirs ou presque. Comme demain je travaille toute la journée, Axel restera avec son grand-père. Ils vont jardiner, discuter… Une présence masculine dans le quotidien de mon petit homme.

— Et ton sac ? demande-t-il.

— C'est juste pour une nuit, il sera prêt avant que tu aies fini ta pomme.

— Ma pomme ?

— Oui, j'en ai acheté, ce matin, pendant ma pause.

— Cool ! s'exclame-t-il en se dandinant sur son siège.

Heureuse, je souris et exécute un créneau de toute beauté à proximité de notre bâtiment.

Une fois qu'Axel a terminé son goûter, je me retrouve seule dans le salon avec Fous-moi le Camp allongée de tout son long contre ma cuisse. D'une main paresseuse, je la caresse et réfléchis à cette semaine, qui est encore passée à une vitesse effrayante.

Quoique… Lundi, la visite surprise de Vincent a été bienfaisante. Je culpabilisais de ne pas avoir anticipé la réaction de nos fils, s'ils venaient à nous découvrir ensemble. J'étais tellement perdue dans mes envies et nouvelles sensations que je n'ai songé qu'à moi, une première depuis mon accouchement ! Que dis-je ? Depuis la confirmation de ma grossesse !

Toujours est-il que les mots de Jonas ont atteint leur cible avec une précision effarante. Comment un être si jeune peut-il savoir où frapper pour mettre à genoux un adulte ? Et Axel… Il a refusé d'aborder le sujet, s'enfonçant dans un mutisme qui m'a fait craindre le pire. Le dimanche, j'ai tout fait pour ramener le sourire sur ses lèvres pincées. En vain. Même sa victoire écrasante à la console n'a pas eu cet effet.

Mais lundi, en l'écoutant me parler de Jonas et des excuses que ce dernier lui a adressées, tout penaud, dans la cour de l'école, j'ai compris que ma vie était sur le point de changer. Pour la première fois, l'idée de ne plus être seule avec mon fils m'effleure. Si mon corps me crie de foncer et de profiter de ce bonheur qui me tend les bras, ma raison se montre bien plus méfiante.

« Sa mère est irremplaçable. » Cette simple phrase, qui m'a émue sur le moment, me hante depuis lors. J'oscille entre la sensation oppressante d'être en compétition avec elle et la joie de pouvoir me rapprocher de Vincent et Jonas. Nous avons beaucoup échangé par SMS, cette semaine, prévoyant de passer un dimanche à la mer. Je découvre un monde que je ne pourrais pas partager avec un homme de mon âge, que je ne désire pas vivre avec un autre.

Distraitement, je sors mon téléphone de ma poche. Mon mouvement perturbe Fous-moi le Camp, qui me le fait bien comprendre en miaulant un reproche.

— C'est bon, grommelé-je.

Je reprends mes caresses tandis que, de ma main libre, je déverrouille mon écran. Je presse l'icône des messages. Aussitôt, ceux de Vincent apparaissent.

Que dirais-tu de pique-niquer là-bas ?

Mes joues s'échauffent. Cette question, je l'ai lue si rapidement, la première fois, que j'ai cru à une proposition… malhonnête… Ce n'est que la deuxième fois que le mot « pique » s'est imposé.

Je ris, gênée par la vague de chaleur et d'anticipation qui m'a parcourue.

Soudain, la sonnette de la porte d'entrée retentit. Mon sursaut finit de déranger ma chatte, qui préfère s'enfuir dans le couloir plutôt que de rester avec moi. Est-ce Vincent ? Par deux fois, il est apparu à l'improviste sur le seuil de mon appartement. Il a mémorisé le code, la première fois, et n'a pas hésité à le réutiliser. Avec un autre, j'aurais trouvé ça flippant. Venant de lui, l'idée m'a paru charmante.

— Bonsoir, Valentine !

Sans attendre que je la salue à mon tour, Blanche m'étreint comme un joueur de catch sous stéroïdes pourrait le faire avec son adversaire afin de lui couper la respiration. Peu encline à tomber dans les pommes pour un câlin mal dosé, je la repousse doucement. Son visage est marqué par les soucis, une véritable palette d'émotions négatives.

— Qu'y a-t-il ?

— J'en peux plus ! s'exclame-t-elle. Bonsoir, Axou !

— Salut, tatie Blanche.

Il lui fait la bise et se laisse observer sans la moindre impatience. Il faut dire qu'entre eux il existe un lien que je jalouse parfois. Mon rôle de mère m'oblige à la discipline et une certaine intransigeance que Blanche n'a pas à lui inculquer. Il se tourne souvent vers elle, comme un enfant le fait auprès de sa tante préférée, avec un mélange d'amour et d'adoration qui devrait m'être réservé.

— Tu grandis trop vite ! déclare-t-elle en repoussant une mèche de ses cheveux. Si tu continues comme ça, tu vas tomber toutes les filles du village.

— Il a huit ans, lui rappelé-je.

— J'ai l'impression de ne pas l'avoir vu depuis des années.

Axel s'apprête à rétorquer que c'est vrai, qu'elle n'est pas venue nous rendre visite depuis des semaines. Je l'arrête d'un froncement de sourcils. Ma meilleure amie s'est faite plus rare, ces derniers temps, pour préparer son mariage et gérer tout ce qui va avec, ses études, son fiancé, sa famille… Si j'en crois nos appels réguliers, elle jongle avec tant de choses qu'elle frise le burn out.

— Je vais jouer dans ma chambre, annonce Axel en allant chercher sa console dans le salon.

Une fois qu'il a refermé la porte, je propose une boisson à Blanche.

— Tu as un truc pour me retourner le cerveau ?

— Non. Et même si j'en avais, ajouté-je, je t'en refuserais l'accès, puisque je dors chez mon père ce soir, et que P-E se ferait une joie de me réduire en charpie.

Elle grogne à la mention de son fiancé et finit par accepter du jus de pomme. Quand je la rejoins dans le salon, chargée d'un plateau où, en plus de nos verres, se trouvent des gâteaux au chocolat, elle m'accueille avec un sourire triste.

— Je suis une copine horrible.

— Comment en es-tu arrivée à cette conclusion ? m'enquiers-je en m'installant à côté d'elle.

— Ça va bientôt faire un mois, quatre longues semaines, que je t'ai demandé de détruire…

Je pose la main sur son bras pour qu'elle se taise. Si Axel venait à apprendre ce qui se trame, il serait certainement très fier de moi, étant donné l'animosité qu'il éprouve pour Pierre-Emmanuel. Malheureusement, il pourrait également être déçu que j'intervienne dans des histoires qui ne me regardent pas. Et quel exemple cela serait-il pour lui ?

— Blanche…

— Je n'en peux plus ! s'exclame-t-elle sans contenir son sanglot. J'aimerais tellement avoir le courage de mettre fin à cette comédie. Un bon gros « merde » en plein milieu d'un dîner, et hop, l'affaire serait réglée.

Elle soupire et boit une gorgée de jus de pomme.

— Seulement, mon père l'apprécie, et…

— Et quoi ? Tu crois réellement qu'il pourrait te couper les vivres ?

— Oh oui ! Encore cet après-midi, j'en ai eu la preuve. Il est capable de tout, quand il est question de son « futur gendre parfait ». Il ne cesse de me féliciter d'avoir rencontré un homme aussi bien. J'ai l'impression que les diplômes que j'ai et ceux que je m'apprête à décrocher ne sont rien, comparés à la « chance » que j'ai d'épouser Pierre-Emmanuel !

Elle grogne et se lève pour marcher de long en large devant la télévision.

— Si seulement je pouvais financer mes études… Il me reste un an ! Si Pierre-Emmanuel avait patienté quelques mois, j'aurais pu refuser, et…

— Tu aurais accepté, dis-je avec une moue désolée.

Stupéfaite, elle me toise comme seuls les gens de la haute société savent le faire. Comme je la connais, je ne m'en offusque pas et attends un fléchissement dans son attitude pour m'expliquer.

— Tu étais heureuse de te fiancer avec lui. Jusqu'à il n'y a pas si longtemps, tu me vantais même ses qualités.

— J'étais bête et stupide !

Je secoue la tête, amusée.

— Tu n'avais simplement pas mesuré à quel point c'était une mauvaise idée.

Ses épaules s'affaissent ; elle cesse de faire les cent pas.

— C'est en l'entendant planifier notre vie future avec mon père que j'ai ouvert les yeux. Quand je pense que tu m'as répété que me marier si jeune était une folie ! Pourquoi n'ai-je pas tenu compte de ton conseil ?

Comprenant qu'il est préférable de ne pas répondre, je grignote un gâteau tout en l'observant. Elle pourrait avoir tous les hommes à ses pieds, tant elle est gentille et intelligente. Sans parler de ses cheveux toujours soigneusement coiffés, de son maquillage discret et distingué… Elle est à mes yeux la perfection, celle que j'aurais aimé être, si le destin avait été tout autre.

— J'aurais dû me rendre compte plus tôt que je ne pouvais pas être avec quelqu'un de plus âgé. Onze ans d'écart, tu imagines !

Oui, très bien, puisque c'est à quelque chose près ma différence d'âge avec Vincent. Me gardant de lui révéler aussi abruptement le rapprochement opéré avec le témoin de son futur ex-fiancé, je croise les bras.

— À vingt-quatre ans, on ne peut pas avoir les mêmes aspirations qu'un homme de trente-cinq ans. Il a sa vie derrière lui. Enfin, façon de dire ! Il a vécu des choses que je n'ai pas encore expérimentées.

Comme la vie à deux. Un travail fabuleux sur un continent sauvage, au milieu de sociétés aux cultures riches et variées. Un mariage. Puis un veuvage.

— Tu te rends compte que je ne suis pas sortie en boîte depuis l'été dernier ! continue Blanche sans remarquer mon trouble. Je n'ai pas passé un seul dimanche en jogging devant un bon film ou un navet, depuis… Oh ! mon Dieu ! Valentine…

— Je suis là.

— Je sais, s'exclame-t-elle en me rejoignant. J'ignore ce que je ferais, sans toi.

— Un mariage dans le faste, et un divorce dans la foulée.

— Dans la foulée ? Tu plaisantes ! Il me reste un an avant de terminer mes études notariales. Après, je dois encore trouver un office.

— Je connais un club qui cherche des strip-teaseuses, si tu as besoin d'arrondir tes fins de mois !

Elle sourit et me questionne pour savoir comment j'ai pu apprendre une telle nouvelle. De fil en aiguille, je lui raconte ce qu'elle a manqué ces dernières semaines, omettant cependant ma relation avec Vincent. Je ne suis pas d'humeur à entendre son avis sur la question, d'autant qu'elle ne sera pas objective. Son téléphone sonne au fond de son sac pour la troisième fois. Je lui demande pourquoi elle ne répond pas.

— C'est Pierre-Emmanuel, déclare-t-elle, agacée. Nous dînons chez ses parents, avec sa sœur…

— Il tient toujours à ce que tu me congédies au profit de Marie-Simone ?

Elle pouffe de rire, dissimulant sa bouche derrière sa main.

— Si tu la connaissais mieux, Valentine… tu n'en pourrais plus ! Dans la sphère privée, elle est encore pire qu'en public.

— Comment ça ?

— Son intonation, ses gestes… Tout est surfait, surjoué, dès qu'elle est en la seule présence de sa famille. Elle a un avis tranché sur tout et, bien souvent, il est gorgé d'intolérance et de préjugés. Son frère valide tout ce qu'elle dit.

Je grimace à ce tableau peu flatteur, mais n'attise pas sa rancœur. Si elle passe la soirée avec sa belle-famille, elle doit se calmer pour ne pas exploser au moindre cheveu de travers.

— Je culpabilise de t'avoir embarquée dans cette histoire, dit-elle en fixant ses mains. Je devrais chercher une autre solution pour ne pas avoir à t'impliquer, seulement, dès que j'aborde le sujet avec mes parents, ils se ferment. Même ma mère… Ils sont si fiers de ce mariage que je crains leur réaction.

— Je me souviens bien du moment où ils ont compris que tu ne me tournerais pas le dos, en première. Je me rappelle aussi leur réprobation, lorsqu'ils me trouvaient chez eux avec mon gros ventre. Leurs regards sur la poussette… Alors oui, je te crois. Et c'est pour ça que je t'aide.

— Envers et contre tout.

— Contre tous, surtout !

Mon clin d'œil l'amuse, et l'ambiance se détend. Nous ne nous sommes pas beaucoup vues, ces dernières semaines, et je soupçonne que c'était le but de P-E. Depuis le début, il cherche à nous séparer, mais Blanche et moi, c'est pour la vie. Même si le temps venait à instaurer de la distance entre nous, j'accourrais au moindre appel de sa part. Je ne pourrai jamais lui rendre tout ce qu'elle m'a apporté, au lycée, en restant à mes côtés.

— Tiens, ça me fait penser… J'ai pris contact avec Félicity, une prostituée.

— Tu ne vas pas encore me parler d'arrondir mes fins de mois, j'espère !

Je ris et la bouscule légèrement.

— Si tu veux, mais non ! C'était pour notre opération « On dézingue la meringue ». Elle aimerait te rencontrer, avant de nuire à ton charmant fiancé.

— Nuire ?

— J'ai pensé qu'être vu en compagnie d'une professionnelle du sexe serait du plus mauvais effet auprès de tes parents. D'autant plus si elle se présente chez vous à un moment où ton père est présent.

— Il n'y trouverait rien à redire.

Estomaquée, j'ouvre la bouche, tandis qu'elle secoue la tête.

— À moins de les surprendre au beau milieu d'une partie de jambes en l'air, il croirait à une simple erreur ou à une blague. De plus, personne, dans ma famille ou celle de Pierre-Emmanuel, n'irait ébruiter une telle chose.

Elle se frotte le nez, avant de me sourire franchement.

— Fétichiste des pieds ?

— Des pieds à six orteils, s'il te plaît, ajouté-je fièrement.

— Il a eu du mal à le digérer. Je dois te prévenir que ton prénom est apparu plusieurs fois dans la conversation. Je lui ai assuré que tu avais bien d'autres choses à faire que de lui créer un faux profil.

— Et tu n'as pas tort !

— Clara ?

— Elle s'ennuyait, déclaré-je en prenant mon verre. Donc, pour Félicity ?

— Si j'ai bien compris, un copain de Pierre-Emmanuel a prévu une strip-teaseuse pour son enterrement de vie de garçon. Si des photos venaient à apparaître sur Internet…

— … Ton père ne pourrait plus faire comme si de rien n'était.

Elle acquiesce et s'apprête à renchérir, quand la sonnerie de mon portable la coupe dans son élan. Surprise d'avoir un appel, je consulte l'heure. Il me reste un quart d'heure avant de partir chez mon père.

J'attrape mon téléphone dans la cuisine. C'est Vincent.

— B'soir ! dis-je, nerveuse.

— Valentine ! Je suis désolé de te déranger.

— Non, c'est bon.

— J'ai une urgence qui ne devrait pas tarder.

Ne comprenant pas où il veut en venir, je me passe la main sur la nuque.

— Tu pourrais aller récupérer Jonas à la périscolaire ? Je sais que je te demande ça au dernier moment, mais…

— Mais rien, je vais y aller.

— J'appelle la responsable pour l'avertir. Merci, tu es un ange !

Touchée par ce compliment, je tourne le dos à la porte du salon, pour que Blanche ne puisse pas voir mon sourire.

— Nous dînons chez mon père, ce soir. Je t'enverrai l'adresse par SMS.

— Ça ne le dérangera pas ?

À l'aide de mots bien choisis, je le rassure et le quitte dès que son patient à quatre pattes arrive à la clinique.

Quand je rejoins mon amie, elle est debout, prête à partir.

— Tu passeras le bonjour à tes parents, dit-elle. Tu dînes chez ton père, mais je suppose que ta mère sera présente ?

— Sachant qu'elle a emménagé à deux rues de chez lui…

— Ils ne sont pas croyables, tous les deux. Je me rappelle encore leurs disputes, quand je venais jouer chez toi, en primaire. C'était à la fois fascinant et effrayant. Le divorce a apaisé tout ça et ta grossesse…

— Ma grossesse a tout bouleversé.

— Ce n'est pas la copine de ton père, à l'époque, qui pourra dire le contraire !

Amusée, je songe à Sacha. Elle était attachée à mon père, peut-être plus que lui ne l'était. Quand elle a commencé à me parler d'avortement et d'adoption, je n'ai pas protesté. Elle voulait que j'aie connaissance de toutes les solutions qui s'offraient à moi. Puis elle s'est montrée plus insistante, alors j'ai tiqué et discuté avec mon père.

Une semaine après, elle faisait ses bagages et disparaissait de nos vies. Parfois, je la croise. Elle a eu des enfants et s'est excusée depuis pour son attitude.

Nous parlons encore un instant, le temps pour moi de m'assurer que Fous-moi le Camp aura de quoi boire et manger en mon absence. J'appelle Axel, qui nous rejoint, portant son sac à dos.

— Bon courage pour ton dîner, dis-je à Blanche au moment de la quitter.

— Promets-moi qu'une fois tout ce merdier…

— Gros mot ! hurle Axel, installé dans la voiture.

— Promets-moi qu'on reprendra comme avant.

— Beuveries, orgies et fumette ? demandé-je.

— On n'a jamais essayé, alors pourquoi pas ?

Je secoue la tête et lui fais la bise, avant de m'asseoir derrière le volant. Je démarre et file vers l'école tout en prévenant Axel que nous avons un invité de dernière minute… À la lueur de joie dans son regard, je comprends qu'il est plus que content de savoir que son ami se joint à nous ce soir.

— Salut, mon crapaud ! s'exclame mon père en ouvrant la porte.

Il attrape Axel comme si ce dernier ne pesait rien et le serre contre lui. Bien qu'élancé pour son âge, il affiche une petite bedaine qui trahit sa tendance à manger des plats industriels. Il lâche son petit-fils et remonte ses lunettes sur son nez pour observer Jonas qui se dandine.

— Bonjour, monsieur, finit par dire celui-ci en lui tendant la main. Je m'appelle Jonas.

— OK, petit gars, j'ai compris.

Jonas se tourne vers moi et reprend sa main.

— Tu es poli et bien élevé, mais est-ce que tu sais jouer au baby-foot ?

— Non.

— Au flipper ?

— Un peu.

Dépité, mon père secoue la tête avant d'ajouter :

— Je suppose que tu es comme Axel, tu préfères la console ?

— Hervé, veux-tu bien arrêter de l'effrayer ? grommelle ma mère en l'écartant. Jonas, sois le bienvenu ! Je m'appelle Madeleine, et voici Hervé. Les seules règles de la maison sont la politesse et la bonne humeur.

— Dois-je te rappeler que nous sommes chez moi ?

Tandis que mes parents commencent à se chicaner, je fais entrer les enfants et pose leurs affaires sur la patère, près de la porte. Durant le trajet, Axel a prévenu Jonas que mes parents étaient hauts en couleur. À l'aide d'exemples choisis avec soin, il a tenu à prouver à son copain qu'ils étaient plus fous l'un que l'autre, mais qu'il n'y avait pas de meilleur endroit à ses yeux que chez eux. L'entendre parler de ses grands-parents avec tant d'affection m'a émue, d'autant plus que Jonas ne semble pas avoir le même type de relation avec les siens.

— Il m'a l'air adorable, murmure ma mère, tandis que les garçons disparaissent dans le garage où se trouvent le baby-foot, les deux flippers et la table de billard de mon père.

— Un peu coincé. Mais il ne nous connaît pas, ajoute précipitamment mon père. Mes croque-monsieur !

Il s'élance vers la cuisine ; je reste seule avec ma mère. Le sourire aux lèvres et l'œil pétillant de malice, elle me dévisage à la recherche d'une information. Laquelle ? Je feins de ne pas voir son manège et emboîte le pas à mon père.

— Tu n'as rien à nous dire ? me demande-t-elle soudain.

Surprise, je me retourne vers elle.

— À ce point ?

Je porte les mains à mes joues, qui, en plus d'être chaudes, doivent être d'un rouge écarlate.

— C'est encore très récent.

Une semaine, pour être exacte…

— Je suis là, si tu as besoin.

J'inscris un nouveau but avec un cri de victoire. Mon père ronchonne. Axel rit de mes pitreries, à l'instar de Jonas, mon coéquipier. Nous venons officiellement de gagner la partie, même s'il est évident pour tout le monde que j'ai fait le plus gros du travail. Les deux garçons se chambrent gentiment.

Pendant le dîner, je me suis isolée avec Jonas pour lui demander s'il y avait un problème. Il ne parlait pas, mangeait avec ses couverts et patientait pour qu'on le serve. Dans le bureau de mon père, je l'ai écouté me raconter sa relation avec ses grands-parents et les règles qu'il doit suivre à la lettre. Je me doutais que Vincent venait d'une famille aisée, à l'image des Poncet ou des Vigneux, mais je ne pensais pas qu'ils étaient aussi stricts que ces derniers.

— Ici, tu peux être toi-même, lui ai-je dit.

Il a ouvert la bouche, avant de me sourire et de se détendre enfin.

— Elle fait quoi, mamie ? demande Axel en se tournant vers l'escalier.

Ma mère est montée boire un verre d'eau il y a dix minutes. Comme elle n'est pas une grande fan de baby-foot, je la soupçonne de s'être installée devant la télévision, en attendant que nous la rejoignions. Quoique… Des pas se font entendre et, bientôt, elle réapparaît, suivie de Vincent.

— Papa ! Avec Valentine, on a gagné !

Ils s'embrassent, sous le regard attendri de mes parents. Vincent salue Axel en lui ébouriffant les cheveux. Les deux plus jeunes lui parlent en même temps des parties que nous avons faites depuis le dessert.

— Les garçons, intervient ma mère, Vincent doit avoir faim. Valentine, j'ai laissé des croque-monsieur dans le four et de la salade dans le réfrigérateur.

— Difficile de croire que nous sommes chez moi ! s'esclaffe mon père.

Nerveuse, je secoue la tête et monte l'escalier. Dans la cuisine, alors que je réchauffe le repas de Vincent, ses mains glissent sur ma taille. Je m'appuie contre son torse et profite de sa chaleur, ainsi que du trouble qui m'envahit.

— Je peux t'embrasser ? murmure-t-il au creux de mon oreille.

— C'est même conseillé.

Je me retourne pour lui faire face et me hisse sur la pointe des pieds pour effleurer ses lèvres. Le baiser doux et tendre se transforme en un échange bien plus passionné. Je glisse les doigts dans ses cheveux, tandis qu'il pose les mains sur mes reins. Un « ding » nous surprend et nous sépare. Comme deux adolescents pris en faute, nous nous écartons vivement l'un de l'autre, avant de rire en comprenant qu'il s'agit du four à micro-ondes.

Nous nous installons à table et conversons pendant qu'il mange. J'apprends qu'il vient d'opérer de toute urgence un chien qui a été renversé par son maître. L'a-t-il été accidentellement ou volontairement ? Je ne suis pas certaine de souhaiter le savoir, pourtant je lui pose des questions et réponds aux siennes.

Au moment du dessert, mes parents nous rejoignent. Mon père s'intéresse à son métier, discute avec lui des médicaments et des traitements qu'il commande régulièrement pour sa pharmacopée. Les termes deviennent techniques et, bien vite, ma mère et moi parlons d'autre chose.

— Tu ne sais pas où se trouve mon sabre laser, par hasard ? Axel aimerait en avoir un…

— DTC ! s'exclame mon père, qui nous écoutait d'une oreille.

— Papa !

— Bah quoi ? DTC : dans ta chambre.

Soulagée, je jette un coup d'œil à Vincent, qui semble se délecter.

— Après, certains se demandent d'où me viennent mes reparties déplacées…

— De ta grand-mère, se défend mon père.

— Laisse ma mère tranquille ! rétorque la mienne.

— Bonne-maman est trop drôle ! ajoute Axel, entrant dans la cuisine. Elle se dispute toujours avec le boucher de son village. Parfois, elle va dans la boutique juste pour lui envoyer une pique.

Vincent me consulte du regard pour s'assurer de la véracité des dires de mon fils. Malheureusement, il n'exagère pas. Cette petite guéguerre a débuté il y a quelques années, et elle fait désormais partie de l'histoire locale.

— Et King-Kong est génial !

— Le cavalier king-charles de ma grand-mère, précisé-je avec un sourire.

— Qui s'appelle en réalité Beau, mais ces deux-là l'ont rebaptisé. Ne leur confiez jamais la responsabilité de nommer un animal ! ajoute ma mère, amusée.

— J'ai cru le comprendre en effectuant les vaccins d'une adorable chatte, réplique Vincent.

Complices, ils rient, tandis que Jonas bâille à mes côtés. Je lui frotte le dos et l'invite à s'installer sur le canapé.

— Nous allons rentrer, annonce alors Vincent. Je suis moi-même fatigué.

— Je vais suivre votre exemple, déclare ma mère.

Aussitôt dit, aussitôt fait. Nous nous levons et nous dirigeons vers l'entrée. Alors qu'ils se préparent pour sortir, nous continuons de discuter. Ma mère part la première, me glissant à l'oreille un simple : « Il me plaît. » Jonas salue Axel, puis me fait la bise. Touchée, je souris bêtement. Quelle évolution, depuis la semaine dernière !

— Vous allez vous embrasser ? demande mon fils, curieux.

— Tu m'y autorises ? répond Vincent.

— Oui, mais sans la langue.

— Axel ! Où as-tu…

Il hausse les épaules et suit mon père qui s'éloigne en riant.

— Sans la langue, ça va être beaucoup moins drôle, murmure Vincent en m'attirant contre lui.

Jonas a regagné la voiture, je suis donc libre de répondre :

— Et si tu m'embrassais ?

Chapitre 16

Mon dernier patient a quitté le cabinet avec son maître depuis cinq minutes, et personne n'a encore pris sa place sur le siège en face de moi. Il règne ici un calme étonnant pour une fin d'après-midi, a fortiori un samedi, calme que seule Ophélie perturbe en manipulant des boîtes en carton. Non que je m'en plaigne, ça me permettra d'être à l'heure à mon rendez-vous.

En l'absence des enfants, qui se trouvent tous les deux chez la mère de Valentine pour l'organisation d'une « super giga méga soirée pyjama », elle et moi avons élaboré notre propre programme : un moment à deux autour d'un dîner au restaurant.

Bon, nous ne serons finalement pas en tête à tête, puisque sa copine Clara s'est greffée au projet. Comment notre duo s'est-il transformé en trio ? C'est simple, j'ai voulu éviter à Valentine d'avoir à choisir entre son amie et moi. Nous étions assis sur son canapé, devant un vieux film, lorsque je lui ai proposé cette soirée, au moment même où elle recevait un SMS de Clara. Priorité à celui qui était présent physiquement, elle m'a donné son accord avant de prendre connaissance du texto. Seulement, j'ai bien senti qu'elle éprouvait des scrupules à lâcher celle qu'elle appelle sa partenaire de crime, une expression que j'ai évidemment prise au second degré, dans la mesure où Pierre-Emmanuel et la mère de Corentin respirent encore.

Pour comprendre les scrupules de Valentine, il est impératif d'expliquer qu'au cours des deux semaines écoulées nous nous sommes vus très régulièrement, pour le plus grand bonheur de nos fils qui ne se quittent pratiquement plus. De fait, elle a sans doute un peu négligé Clara.

Nos garçons sont maintenant plus forts contre les imbéciles qui leur cherchaient des poux dans la tonsure, tandis que Valentine et moi découvrons le plaisir d'être ensemble. Certains qualifieraient notre couple d'atypique avec notre écart d'âge, de milieu social et de vécu. Moi, je veux y voir une richesse et la chance d'apprendre de l'histoire de l'autre.

Et puis, je ne peux nier l'excitation que représente le fait de se lancer dans une nouvelle aventure avec une personne loin de vous laisser indifférent. Ce serait même tout le contraire. Valentine m'attire chaque jour davantage. Et chaque moment en sa compagnie devient compliqué à gérer pour ne pas succomber au besoin quasi viscéral de la toucher toujours plus intimement. Je devine qu'il en va de même pour elle. Je le lis dans les regards qu'elle me jette lorsque nous nous embrassons passionnément, pendant que les enfants jouent de leur côté, de préférence dans une autre pièce.

Dans ces conditions, pourquoi ne pas passer à la vitesse supérieure ? Parce que nous ne voulons rien brusquer, et que Valentine n'est pas prête. Il y a toujours ce léger vacillement dans son regard lorsque ses doigts s'aventurent sous mes vêtements, que nos caresses deviennent plus audacieuses et plus fébriles. Je soupçonne que son hésitation tire ses origines de sa relation avec le père d'Axel et de la mauvaise expérience qu'elle en a eue. Un abruti qui lui promettait l'amour éternel a pris la poudre d'escampette dès qu'elle lui a annoncé sa grossesse. Comment voulez-vous avoir de nouveau foi en la gent masculine, avec ça ?

C'est à moi de lui prouver que je vaux mieux que ce type, que les gugusses qui susurrent des mots doux à l'oreille de leurs proies pour ensuite fuir leurs conquêtes. Valentine mérite mieux que ça, n'en déplaise à toutes les mauvaises langues de ce village.

Je me lève, légèrement énervé par la tournure de mes pensées.

La salle d'attente est toujours déserte. Ophélie, qui est maintenant une assistante professionnelle et formée, s'occupe d'agencer les boîtes de vermifuge pour chiens et chats que nous avons reçues récemment. Elle s'affaire en chantonnant et ne m'entend pas approcher.

— Il n'y a plus personne, on dirait.

— Ouais, dégun[1]… Oh ! pardon, docteur ! Je… je me suis crue à la maison.

Je lui souris en agitant la main.

— Aucun souci, Ophélie, et vous pouvez toujours m'appeler Vincent, vous savez.

Elle me rend mon sourire, rougissante.

— Merci, Vincent.

Dans son regard, je décèle plus que la simple gratitude d'une employée satisfaite de sa bonne relation avec son patron. Jusqu'à ce soir, je n'aurais pas cru ça d'elle. Elle a, quoi ? Le même âge que Valentine, à quelques années près… Pourtant, elle me paraît tellement plus jeune et… immature. C'est l'effet des responsabilités induites par une grossesse survenue trop tôt. Pendant que les filles comme Ophélie ou Blanche sortaient faire la fête avec leurs amis le week-end, Valentine biberonnait, élaborait des projets d'avenir pour son petit bonhomme, ou bien appréhendait le monde qui serait le sien lorsqu'il grandirait. Devenir parent, c'est renoncer à la tranquillité d'esprit, en un sens. Bien sûr, c'est également un grand bonheur. Vous êtes heureux quand tout va bien pour votre enfant, mais

1. Expression marseillaise pour dire qu'il n'y a personne.

demeurez toujours un peu inquiet. Et quand il rencontre des problèmes, vous n'en dormez plus. Moralité, quoi qu'il advienne, vous vous faites du souci pour lui.

Je consulte l'heure à ma montre : bientôt 17 h 50. Je reporte mon attention sur Ophélie, qui a fini de m'observer comme si j'étais un prétendant au titre de petit ami.

— Vous pouvez y aller, Ophélie. Il ne devrait plus y avoir de patient pour aujourd'hui.

— Vous êtes sûr, doc… Vincent ? Ça ne me dérange pas de rester avec vous jusqu'à la fin.

On pourrait croire qu'elle est Rose dans *Titanic* et moi, Jack. Personnellement, je n'ai jamais compris cet engouement pour un bateau qui coule et une histoire d'amour qui se fracasse sur un gros rocher glacé avant même d'avoir commencé. Ma sœur affirme que je manque de sensibilité. Je dois surtout être hermétique au charme du Léo de l'époque.

Ophélie récupère son sac dans la réserve et troque ses sandales orthopédiques contre des espadrilles à talons. Nous ne sommes qu'en mai, pourtant les températures sont quasi estivales, ici, à tel point que les tongs ont définitivement remplacé les bottes fourrées.

— Céline a raison. J'adore travailler avec vous. En tout cas, bien plus qu'avec le Dr Poncet.

Je lève un sourcil, amusé par cette confession spontanée lâchée avec un battement de cils charmeur.

— Je le prends comme un compliment. Merci.

Elle pose la main sur la poignée de la porte d'entrée. Puis elle se tourne pour me dévisager. Elle hésite manifestement à ajouter quelque chose.

— Un problème, Ophélie ?

— Non. Enfin, si. On n'en a jamais reparlé, mais j'ai voulu vérifier, et le profil sur le site adopte-un… enfin, vous savez… le compte du Dr Poncet a disparu. C'était donc bien un canular. J'avoue que je ne l'imaginais pas pratiquer ce genre de…

Cette fois, je fournis un effort considérable pour ne pas éclater de rire devant son visage écarlate.

— Effectivement. Nous n'en avons pas reparlé, parce que Pierre-Emmanuel ne souhaite pas encourager les ragots sur lui. Ragots qui pourraient nuire à sa fiancée et à leurs familles. Alors, oui, il s'agissait d'une très mauvaise blague qui appartient désormais au passé. Sommes-nous d'accord ?

Elle opine du chef. Nouvelle vérification de l'heure, pour ma part.

— Bon, eh bien, c'est fini pour aujourd'hui. Quelle chance ! commenté-je.

— Vous sortez ?

— Précisément.

— Un rendez-vous galant ? insiste Ophélie en me suivant jusqu'à mon bureau.

Je lui jette un coup d'œil narquois en éteignant mon ordinateur.

— Ophélie, ne comptez pas sur moi pour nourrir votre base de données spéciale potins, à Céline et vous.

Comme je lui ai répondu avec un léger sourire, elle ne prend pas la mouche et se contente de me souhaiter une bonne soirée.

Je ferme la boutique peu après.

En homme galant qui se respecte, je retiens la lourde porte d'entrée au passage de Clara et Valentine. Cette dernière est à croquer dans sa petite robe d'été à fleurs. La barmaid de l'établissement nous salue. Nous patientons quelques minutes, le temps qu'un serveur nous installe à une table. Il ôte le petit carton avec l'inscription « Réservée », avant de nous tendre les cartes et d'énumérer les plats du jour, ainsi que la recommandation du chef.

D'un commun accord, nous commandons un apéritif : une bière pression pour Clara, un mojito pour Valentine et un verre de rosé pour moi. En attendant l'arrivée de nos boissons, nous poursuivons la conversation que nous avons engagée au bar.

— Alors, Vincent..., commence Clara, posant les coudes sur la nappe. Je sais déjà de vous que vous avez de l'humour et un sens de l'autodérision certain.

— Vous dites ça à cause des problèmes de chatte de Valentine ? rétorqué-je, amusé.

La principale intéressée se couvre le visage de honte à ce rappel.

— Vous pourriez arrêter de vous moquer de moi ? Je n'aurais pas dû te raconter cette histoire, Clara. Et toi, Vincent, je te pensais de mon côté !

— Oh ! mais je le suis, ma chérie. Je le suis !

Ma main glisse sur la table, et je caresse le dos de la sienne. Elle tressaille. Je lève les yeux et croise son regard troublé. Un mot que j'ai prononcé ou un geste que j'ai pu esquisser l'a perturbée, c'est évident.

— D'accord, j'accepte de ne plus aborder le sujet... pour ce soir, déclare Clara en me décochant un clin d'œil complice.

J'ai beau n'avoir fait sa connaissance qu'il y a vingt minutes sur le parking, je l'apprécie déjà. Ce qui me plaît chez elle ? Sa franchise, qu'elle partage avec notre amie commune, et la façon qu'elle a eue de l'étreindre, au moment des embrassades. J'ai senti toute son affection pour Valentine. C'est important pour elle d'avoir une alliée, lorsque l'on mène une forme de croisade contre l'obscurantisme de la bien-pensance – je songe en particulier au gang des mères parfaites et à Pierre-Emmanuel.

Le serveur revient avec nos apéritifs. Nous trinquons en l'honneur de Fous-moi le Camp et des forces cosmiques.

Je bois une gorgée de rosé avant de m'excuser auprès de ces dames, puis prends la direction des toilettes. Il y a de fortes chances pour que je sois au centre de leur discussion durant mon absence.

La première chose que je remarque en sortant des W-C est la file d'attente impressionnante au niveau du bar. Ce qui était prévisible pour les personnes sans réservation, un samedi soir.

— Vous ne comprenez pas, monsieur ! Nous ne désirons pas dîner ici. Ma fiancée a seulement besoin d'aller aux cabinets.

Je me fige. Cette voix, et cette façon de prononcer le mot « cabinets »…

Je me penche afin d'apercevoir celui qui s'adresse au placeur d'un ton si autoritaire.

Pierre-Emmanuel… Je ne me suis pas trompé…

Il n'est pas seul, Blanche est avec lui. Que fichent-ils ici ? Ils sont bien les derniers que je m'attendais à croiser dans un restaurant comme celui-ci – à savoir une chaîne sans étoile ni chef renommé. Autour d'eux, les gens râlent un peu. Pierre-Emmanuel n'en a cure et toise le jeune employé, tout en obligeant Blanche à avancer.

Ils sont censés se diriger droit vers l'endroit où je me tiens, sauf que la jeune femme semble chercher quelque chose ou quelqu'un au milieu de l'effervescence du restaurant.

Je commence à comprendre lorsqu'elle s'exclame : « Valentine est là ! »

Depuis mon poste d'observation, je suis leur approche à notre table. Croyant à mon retour, Valentine se retourne. Son sourire radieux s'efface à la seconde où elle découvre Blanche et Pierre-Emmanuel. Comment lui en vouloir ?

Maintenant, comment dois-je procéder ? Patienter, planqué dans mon coin, jusqu'à ce que le couple d'amoureux s'en aille, ou me mettre à découvert et rejoindre tout ce beau monde, au risque d'essuyer les questions de mon associé, questions auxquelles je n'ai aucunement l'intention de répondre ?

La solution s'impose à l'instant où je note le profond agacement de Valentine. Je prends la joute verbale en cours de route.

— … mais rien ne t'empêche de retourner d'où tu viens, mon cher P-E. Il y a une dizaine de prolétaires affamés qui seraient ravis de prendre ta place ici, lui lance-t-elle.

— Inutile d'être aussi désagréable, Valentine. Je commentais simplement le standing de l'établissement. De toute façon, Blanche et moi n'avions pas l'intention de…

— Oui, quelle bonne idée ! On peut se joindre à vous pour le repas ? Je meurs de faim ! Le film était long à mourir.

— Comment ça ? Je pensais que tu aimais les films d'auteur intimistes.

Apparemment, non. Pim's aurait mieux fait de proposer la séance à son futur beau-papa, songé-je.

Je toussote dans mon poing, autant pour manifester ma présence que pour mettre un terme à cette mascarade. Il est évident que Blanche savait où débusquer Valentine, et que tout ce cirque n'est destiné qu'à taper l'incruste dans notre programme, étant donné la pauvreté du leur. D'où l'utilité, pour nos deux tourtereaux, d'une franche discussion avant l'échange des consentements devant le maire, car cela pourrait se terminer par un divorce nettement plus coûteux que la noce déjà hors de prix.

Le regard de Valentine oscille entre Blanche et moi. Elle consulte également du regard Clara, que tout ceci paraît follement amuser. Je crois que le comportement de Pierre-Emmanuel l'agace prodigieusement, mais qu'elle est prête à souffrir sa compagnie pour voir jusqu'où son snobisme peut aller. Personnellement, je cherche avant tout à éviter un bain de sang, alors que les entrées ne sont pas encore servies.

Finalement, Valentine cède d'un faible hochement de tête… pour Blanche, une fois de plus. J'interpelle donc un garçon de salle pour qu'il ajoute deux couverts à notre table. Il s'exécute rapidement.

Je m'installe entre Valentine et Clara, Blanche à la droite de l'amie à qui elle a forcé la main. Je me demande soudain à combien de reprises Valentine s'est trouvée dans pareille situation à cause de la perle rare.

Un martini et une coupe de champagne s'ajoutent aux apéritifs déjà commandés. Le serveur repart avec la liste des plats commandés. L'atmosphère a perdu quelques degrés, et l'ambiance à table est nettement moins sympathique qu'au moment de mon expédition aux toilettes. Blanche se comporte comme si tout allait bien, quoique son sourire me paraisse un peu crispé. Clara ne cesse de lancer des coups d'œil à Valentine, laquelle ressemble à un volcan sur le point d'entrer en éruption. Quant à Pierre-Emmanuel, le déclassement lui déplaît visiblement. Il a rechigné à choisir sur le menu, avant de s'y résoudre avec l'air de commander des excréments de rhinocéros.

— Comment s'est déroulé ton après-midi au cabinet, Vincent ? me demande-t-il.

— Bien. Après 17 heures, ça a été très calme. Ophélie et moi avons pu fermer le cabinet sans urgence de dernière minute.

— Parfait. Que fais-tu ici ? ajoute-t-il sans transition.

Je manque de m'en étouffer avec ma gorgée de vin. J'avale de travers et tousse dans ma serviette. Valentine me tape dans le dos avec la mine de quelqu'un à un cheveu de commettre un homicide.

— Hum… eh bien, Valentine et moi avions projeté de… dîner, tout en discutant des animations du mariage et de l'organisation de vos enterrements de vie de jeune fille et garçon. Clara a gentiment proposé de nous apporter son aide. Voilà tout.

— Magnifique ! Alors, ça avance ?

— Oh que oui ! Les enterrements, c'est mon truc ! ironise Valentine d'un ton qui ne me dit rien qui vaille.

C'est au tour de Blanche de s'étouffer avec sa coupe et de Pierre-Emmanuel d'arborer un air meurtrier. Seigneur, ce repas est en train de virer au pugilat !

La perle rare se redresse brusquement et annonce son intention de se rendre aux toilettes, raison première de sa présence ici, est-il besoin de le rappeler ? Valentine l'imite. À mon avis, des explications vont avoir lieu entre le lavabo et la cuvette.

Clara, Pierre-Emmanuel et moi demeurons à table. Durant les minutes qui suivent le départ des filles, mon associé me parle comme si nous étions seuls. Son attitude me rappelle celle qu'il avait eue lors de ce dîner traquenard, le mois dernier. C'en est trop pour moi. Je ne supporte plus ses manières.

— Emmanuel, je doute que notre discussion de vétos intéresse Clara. Ce n'est jamais agréable d'entendre des termes techniques, quand on n'est pas du métier.

Elle me gratifie d'un sourire reconnaissant. Elle s'apprête à prendre la parole, quand Pierre-Emmanuel la devance :

— Oui, excuse-nous, Clara. J'oublie toujours que ce type de sujets n'est pas à la portée de tout le monde.

Il y a un moment de flottement avant que Clara réplique :

— En effet. Mais la connerie, si.

Je me laboure le visage des deux mains avec un formidable désir d'être ailleurs.

— Bon, si on consultait la carte des vins ! lancé-je.

Quand les filles reviennent, une paix relative s'installe à table, après un bref échange d'amabilités. J'ai la sensation d'avoir pris une cuite tellement la tête me tourne. Or, l'alcool n'y est pour rien.

J'ignore ce que Blanche a pu raconter à Valentine, mais cette dernière s'est considérablement radoucie depuis qu'elle nous a rejoints. Je surprends à plusieurs reprises son regard sur moi ; il est généralement accompagné d'un sourire. La perle rare est plus silencieuse, en revanche. Toujours est-il que le repas se déroule sans anicroche, et c'est pour moi un réel soulagement.

Les cafés et digestifs arrivent. Je m'éclipse, afin de régler la note au comptoir du bar. C'est moi qui régale ce soir, j'ai insisté sur ce point.

Après avoir rangé ma Visa dans le porte-carte de la housse de mon smartphone, je sors mon portefeuille pour le pourboire. Une main se pose alors sur mon épaule. C'est Clara. Elle est plus rapide que moi et jette une pièce de deux euros dans la coupole prévue à cet effet.

— Ce fut une charmante soirée, Vincent. Ravie d'avoir enfin pu te rencontrer.

— Je te remercie, Clara. Il en va de même pour moi. Ça m'a fait très plaisir de faire ta connaissance, même si je regrette le changement de programme, ajouté-je avec un mouvement de tête en direction de notre table.

— Ah ça... Pas grave... Le contraire m'aurait étonnée. Je suis rassurée que, tout en étant l'ami de P-E, tu sois différent de lui. De toute façon, si ça n'avait pas été le cas, il n'y aurait rien eu entre Valentine et toi.

J'acquiesce.

— Je l'imagine sans peine.

Elle esquisse un pas pour s'éloigner, puis s'arrête net.

— Dernière chose. Si tu fais souffrir Valentine, tu auras affaire à moi, et je ne suis pas du genre commode.

Je lui souris.

— Je suis heureux que quelqu'un veille sur elle de cette façon. Et ne t'inquiète pas, Clara, je ne veux que son bonheur et celui de son fils.

— Tu me plais, Vincent. Oh..., ajoute-t-elle, paraissant se souvenir soudain d'un détail important. Juste au cas où cette tête de linotte les aurait oubliés. Bonne seconde partie de soirée à tous les deux. Avec mes compliments !

Elle disparaît après avoir glissé des préservatifs dans ma paume. Je sursaute comme un idiot à l'instant où Valentine me rejoint. Elle passe un bras sous le mien. Son geste me surprend, Pierre-Emmanuel et Blanche sont encore dans les parages.

Elle doit le deviner, car elle m'annonce :

— P-E est aux toilettes. Avec un peu de chance, il va tomber dans les chiottes, et une âme charitable aura la bonne idée de tirer la chasse.

Je réprime un fou rire.

— Et la fiancée ?

— Encore à table, au téléphone. Je leur ai dit au revoir de ta part en prétendant que j'étais crevée et que tu allais me raccompagner. On peut donc partir.

Ce n'est pas moi qui la contredirai !

Tandis que nous parvenons au pied de son immeuble, je suis en proie au doute. Clara a-t-elle voulu me délivrer un message, avec son étrange cadeau ? Valentine lui aurait-elle confié son souhait de voir notre relation évoluer de manière plus charnelle ? Je crains de prendre mes désirs pour la réalité. Si je me montrais plus entreprenant et me fourvoyais, elle pourrait très mal le prendre et me repousser.

Seigneur...

Je m'ébouriffe les cheveux avec le vain espoir que ce geste m'aidera à y voir plus clair.

— Vincent ?

Je tourne la tête vers Valentine. Ses grands yeux noisette formulent la question que sa bouche ne se résout pas à prononcer.

— Si tu m'invites à prendre un dernier verre, je ne dirai pas non, dis-je alors à sa place.

Son sourire soulagé m'indique que je ne me suis pas trompé. Ma poitrine s'allège d'un poids énorme.

— J'aimerais beaucoup, oui.

Nous quittons l'habitacle et nous dirigeons vers le petit bâtiment de deux étages. Elle compose le code de l'entrée, la porte s'ouvre. Celle de son appartement aussi, dans la foulée.

Le battant claque. Il n'y aura pas de dernier verre, puisque je saisis Valentine par la taille et l'attire à moi. Le baiser que nous échangeons traduit notre impatience, en plus du feu qui nous consume depuis le début de notre relation.

Il y a une telle frénésie dans nos mouvements qu'il n'est pas certain que nous atteignions sa chambre. Je la débarrasse de son sac. Glisse une main sous sa robe d'été et la remonte jusqu'en haut de sa cuisse. Elle lâche un râle, tandis que ma langue trace un sillon de sa mâchoire à ses seins. Mes doigts se frayent un chemin sous la dentelle de sa culotte. Là, tout en approfondissant notre baiser, je m'applique à titiller le petit bourgeon de chair à l'origine de son plaisir. Ses jambes flanchent. Je la soutiens et la porte jusqu'à son lit.

Nous pénétrons dans la chambre à la façon de deux jeunes mariés. Sans rompre le contact entre nous, je la dépose sur le matelas. Elle enroule les bras autour de mon cou pour m'attirer à elle. Je me laisse entraîner, veillant toutefois à ne pas l'écraser sous mon poids, elle est si menue. Je reprends mes caresses. Elle halète, s'attaque aux boutons de mon polo. À un moment, je suis obligé de m'éloigner pour l'ôter.

Je me retrouve torse nu face à elle, le jean ouvert et bas sur les hanches. À cette minute, je ne regrette pas les entraînements auxquels je m'astreins chaque matin au saut du lit, car Valentine semble apprécier ce qu'elle voit.

Son regard s'arrête soudain sur un point qu'elle se met à fixer avec insistance. Le métal froid de l'or me renvoie brusquement à la présence du bijou accroché à mon cou. Mon alliance. Le constant rappel de ma vie d'avant pour elle.

Je comprends alors qu'il me faut faire un sacrifice pour la femme bien vivante et vibrante qui me dévorait encore des yeux voici une poignée de secondes.

Je tâtonne à la recherche du fermoir et le trouve. Valentine respire à peine pendant que la chaîne et la bague tombent dans ma main. Je les enfouis dans la poche de mon pantalon et en profite pour récupérer un préservatif, conscient que, par cette simple action, je tourne une page importante de ma vie.

Un nouveau chapitre débute également.

Sans un mot, Valentine m'ouvre ses bras. Je réponds aussitôt à son invitation et la couvre de baisers brûlants, abandonnant le discret emballage sous l'oreiller. Plus rien ne s'oppose à l'union de nos corps, désormais.

Nos vêtements ne résistent pas à notre empressement. Notre fièvre commune menace de dérégler le thermostat de la climatisation. Je me coule entre ses cuisses et amorce une lente descente sensuelle jusqu'à l'endroit que mes doigts ont précédemment taquiné. La respiration de Valentine devient sifflante. Elle tremble même un peu. Je la rassure en lui répétant qu'elle va aimer ça. Et elle aime ça. Ses gémissements me le prouvent autant que les soubresauts de son bassin. L'orgasme la cueille rapidement. Elle m'attire à elle pour m'embrasser.

Un détail me perturbe soudain. Je me redresse sur les deux coudes pour l'observer. Elle pleure. Une larme coule sur sa joue.

— Valentine ?

D'abord incapable de parler, elle secoue la tête en essuyant le coin de sa paupière.

— Ce n'est pas ce que tu crois, Vincent. Je suis heureuse. Pour la première fois depuis longtemps, j'ai l'impression d'être importante pour une autre personne que les membres de ma famille. Tu comprends ?

— Je crois, oui. Tu mérites d'être heureuse, ma chérie, de prendre du plaisir, de rire, d'aimer et de pleurer si ça te chante. Tu es une femme libre.

Je me penche pour m'emparer de ses lèvres. Un soupir lascif lui échappe. J'attrape la protection en latex et m'équipe habilement. Comme quoi, je n'ai pas complètement perdu la main. Les cuisses de Valentine s'écartent un peu plus. J'entame une première poussée qui nous arrache des cris de pur plaisir. Je prie le ciel de ne pas connaître la même humiliation qu'un jeune puceau. Mes hanches se meuvent à l'unisson avec les siennes. Je suis maintenant complètement en elle. Ses ongles me lacèrent le dos, mon souffle balaye son beau visage transfiguré par l'extase.

Le point culminant est proche. Je serre les dents. Valentine se contracte et m'appelle. J'entends mon prénom, au loin. Les rivages de la jouissance se rapprochent aussi pour moi. Je la rejoins l'instant d'après.

Valentine s'est endormie. Elle remue. Ses longs cheveux bruns glissent sur son joli profil et m'empêchent de l'admirer. Alors, j'en dégage une mèche. Notre première fois a dépassé mes espérances. Je suis heureux que l'expérience ait été positive pour elle. À mon sens, c'était l'une des conditions pour entamer une relation sur de bonnes bases. À présent, nous nous savons compatibles à plus d'un titre, et c'est encourageant pour la suite.

Un grattement à la porte m'oblige à redresser le buste. J'avais totalement oublié Fous-moi le Camp. La voilà qui s'avance et grimpe sur le lit comme si elle y avait été invitée. Elle me jette un regard placide, puis s'allonge à nos pieds. Je tourne la tête vers Valentine. Un sourire se dessine sur ses lèvres gonflées par mes baisers. J'en dépose un dernier avant de sombrer moi-même dans le sommeil.

Chapitre 17

Le corps un peu lourd, je sens mon estomac me tirailler. J'ai faim, un appétit d'ogre ! Pourtant, mes bras refusent de bouger, et mes jambes… Je suis si bien qu'il me faut un moment avant de me souvenir de la raison de tout cela. Vincent. Ma respiration se bloque tandis que je revis les événements d'hier soir ou encore de cette nuit. J'oscille entre la gêne et l'envie puérile de crier ma joie tout en sautant sur mon matelas.

Avec le père d'Axel, nous étions jeunes, impatients et inconscients de l'importance du lendemain. Nous nous aimions et, pour nous, rien d'autre ne comptait.

Aujourd'hui, je me sens si nerveuse que l'envie de me cacher sous la couette en attendant un signe grandit en moi. Tant de courage ! Avec une petite moue, je réussis à m'extraire de mon cocon. J'enfile mon pyjama du moment : un T-shirt et un short qui ont connu des jours meilleurs.

À pas feutrés, je sors de la chambre et me dirige vers la cuisine, guidée par l'odeur de café chaud. Sur le seuil, je me fige. Vincent me tourne le dos et caresse Fous-moi le Camp assise sur le plan de travail à côté de lui. Elle ronronne et lui donne de légers coups de patte sur l'avant-bras pour l'encourager à poursuivre, quand il a le malheur de la délaisser.

— Peux-tu attendre deux secondes ? la réprimande Vincent avec un petit rire dans la voix.

Ma chatte lâche un miaulement, facilement interprétable comme un « non » ferme et définitif. Après la nuit magique que je viens de vivre, je la comprends de quémander toujours plus…

Nerveuse, je me mordille les ongles tout en admirant le spectacle. Comme Vincent ne porte qu'un boxer noir, j'ai une vue imprenable sur son dos, ses fesses et ses jambes. Si je craque comme une folle pour ses fossettes, le reste est loin de me laisser indifférente.

— Salut !

Surprise, je sursaute et m'aperçois qu'il est à demi tourné vers moi. Un sourire aux lèvres, il attend une réaction de ma part. Laquelle ? Comment agit-on, le lendemain ? Dois-je faire comme si de rien n'était ? Lui sauter au cou et lui demander un deuxième round ? Non, pas le deuxième, le… Mes joues s'échauffent au point que je ressens le besoin impérieux de me racler la gorge. Il n'y a aucun rapport, c'est vrai, mais c'est ça où fuir dans ma chambre et me planquer telle une gamine qui a vu le grand méchant loup.

Choix de mots malheureux, s'il en est… Une chance que je n'aie pas parlé à haute voix ! Je serais passée pour une empotée, une enfant qui tente de jouer dans la cour des grands.

— Valentine ?

Je lève la main pour le saluer, à moins que ce ne soit pour l'inviter à me laisser un peu plus de temps, afin de regrouper mes pensées. Ai-je réellement pleuré avant qu'il… ? Ma respiration s'accélère. Ce moment a été si chargé d'émotions que j'en ai versé quelques larmes. Quelle femme pleure alors qu'elle est sur le point de faire l'amour avec l'homme de ses rêves ?

— Ça va ? demande-t-il, intrigué.

— Je crois que je vais mourir de honte.

— Rien que ça ?

Il me rejoint. En deux enjambées, il est devant moi. Il pose les mains sur mes épaules, les fait glisser sur mes bras, puis au creux de mes reins, juste au-dessus des fesses.

— Puis-je savoir pourquoi tu entrevois une fin aussi tragique à 10 heures du matin un dimanche ?

Le regard dans le flou, je baisse le visage et réfléchis à une réponse qui ne trahirait pas le chaos émotionnel qui règne en moi. Bien sûr, je ne trouve rien. Mon cerveau est aux abonnés absents, d'autant que je me rends compte que je fixe son entrejambe. De plus en plus embarrassée, je relève la tête et m'écarte. Mon dos tape contre le montant de la porte.

— Et m…

Je pince les lèvres pour retenir un juron qui finirait de détruire l'illusion. Quelle illusion, d'ailleurs ? Il sait pertinemment que je suis plus jeune que lui, qu'il est le deuxième homme avec qui je couche et que… Ma gorge se serre. Que je n'ai que le baccalauréat, alors qu'il a fait de grandes études ainsi qu'une spécialisation en Afrique.

Un tel sentiment d'insécurité m'assaille, tout à coup, que j'hésite à le mettre moi-même à la porte avant qu'il m'explique que nous n'avons rien à faire ensemble. Je suis lamentable, digne d'un personnage de série B dotée du budget le plus ridicule de toute l'histoire du cinéma.

— Valentine, si tu parlais…

— Je ne sais pas quoi faire, avoué-je, honteuse, avant de m'en vouloir. Oublie ça ! Je…

Bafouillant quelques mots sans queue ni tête, je regarde autour de nous, à la recherche de l'illumination.

Rien. Pas la moindre idée pour me sortir de cette ornière.

Vincent m'attrape le menton avec délicatesse et me force à lever les yeux vers lui. Je fixe un point par-dessus son épaule et commence à réciter l'alphabet à l'envers pour tenter de recouvrer mon calme.

— Qu'est-ce que tu fais ? s'esclaffe-t-il.

Et zut ! Loin de me contenter de remonter du Z au A dans ma tête, je l'ai fait à haute voix. Il est temps pour moi de me faire une raison : je suis ridicule.

— Je panique, dis-je en croisant enfin son regard.

— Pourquoi ?

— Je ne sais pas comment réagir. Je n'ai jamais vécu…

Ma bouche se tord dans mon effort pour endiguer mes larmes.

— Tu aurais préféré que je ne touche pas à tes affaires ? demande-t-il en posant son front contre le mien.

— Non, ce n'est pas ça. Pourquoi aurais-je souhaité une telle chose ?

— Valentine, j'ai bien conscience que nous sommes chez toi et que je suis le premier homme à y avoir dormi.

M'apercevant que ce point ne m'a pas effleurée, je le repousse et reviens à ce qui me dérange.

— Je ne sais pas comment agir avec toi.

— D'accord.

Il recule et m'attire vers la table, sur laquelle il pose la cafetière fumante et un morceau de pain. Comprenant qu'il souhaite que nous déjeunions, j'ouvre le réfrigérateur et en sors le beurre, la confiture, la brique de lait. Dans un placard, je prends le miel, le sucre et les céréales pour compléter le tout. Un peu moins nerveuse, je m'assois et remplis sa tasse, tout en lui souriant gauchement.

Nous préparons nos tartines dans un silence confortable, après avoir fait griller le pain. Intérieurement, je suis dans un état lamentable. Je m'admoneste pour mon attitude empruntée et mon manque de conversation.

Saisie d'une impulsion subite, je l'interroge sur son ressenti au sujet de notre soirée. Si je pensais davantage à notre repas au restaurant, Vincent préfère parler de Clara.

— Elle est très sympa, et son sens de l'humour colle parfaitement au tien.

S'il savait !

— Je crois que j'ai reçu sa bénédiction.

— Comment ça ? demandé-je en prenant une cuillère de céréales.

— Disons que les préservatifs qu'elle m'a glissés discrètement dans la main m'ont mis la puce à l'oreille.

Les yeux ronds, je le fixe pour jauger de son sérieux. Clara ne peut pas… Si, elle en est largement capable !

— C'est pour ça que…, murmuré-je.

— Non, Valentine ! Ce n'est pas pour ça que je t'ai fait l'amour hier soir, et ce matin.

— Ce matin… ? répété-je.

Aurais-je loupé quelque chose ?

— On mange et on en rediscute…

Sa voix basse et grave a l'effet escompté sur mes sens. Ma poitrine se tend, et je sens chacune de mes terminaisons nerveuses se mettre au garde-à-vous, prête à accueillir le moindre effleurement de sa part.

Ses lèvres se retroussent légèrement, et une de ses fossettes se creuse.

— À moins que tu ne veuilles le faire tout de suite ?

La gorge nouée, je secoue la tête.

Attends ? Tu viens de dire non à quoi, Valentine ?

— Je me demandais une chose, poursuit-il.

Il boit un peu de son café, l'air malicieux, puis repose sa tasse avec infiniment de soin.

— Quoi ? grogné-je, pour l'encourager à accélérer.

— Est-ce que tu connais les avantages d'une chaise ?

— On peut ligoter quelqu'un dessus ?

Il hausse un sourcil et ne cache pas son amusement.

— On gardera ça pour une autre fois.

Il s'éloigne de la table et me tend la main. Je la prends avec précaution et le sens m'attirer près de lui. Décidée à lui faire confiance, je me lève et m'assois à califourchon sur ses cuisses, face à lui.

— Le premier avantage est que nous avons tous les deux nos mains de disponibles pour toucher l'autre. Aucun de nous n'a besoin d'être en appui.

Il me presse contre lui, collant mon entrejambe au sien. Son érection palpite sous moi, tandis que mon inexpérience me saute au visage. Jamais je n'ai fait l'amour ailleurs que dans un lit. C'était plus pratique, et nous avions moins de risque de nous faire surprendre par nos parents. Seulement, aujourd'hui, personne ne peut nous interrompre.

— Quels sont les autres avantages ? demandé-je en caressant ses joues du bout des doigts.

Sensuellement, je me frotte à lui et l'embrasse le long de la mâchoire.

— L'angle n'est pas le même, dit-il en jetant sa tête en arrière pour me laisser plus d'accès à son cou. La profondeur…

Il gémit, et ma dernière barrière s'effondre. Je suis avec lui, rien ne peut m'arriver. J'insère la main entre nos deux corps et me fraye un chemin sous son boxer. Je crois que je vais apprécier plus que jamais mon petit déjeuner…

À 17 heures, l'ambiance est bien moins câline. Nous avons récupéré les garçons juste après le déjeuner, et la pluie qui s'est abattue sur la région nous a interdit toute sortie. Ce qui est bien dommage, étant donné le niveau d'excitation. Je parle des enfants, pas des adultes. Quoique… Ma mère a dû les goinfrer de sucreries pour qu'ils soient aussi exaltés, et il n'est toujours question que des petits. Peut-être qu'en me le répétant un bon millier de fois, j'y croirai ? Non, parce que la matinée a été crapuleuse et qu'une petite voix perfide n'a de cesse de chantonner qu'une heure ou deux de plus nue avec Vincent n'aurait pas été de refus.

— J'ai gagné ! hurle Jonas en sautant.

Il écarte les bras et court dans le salon, à l'image d'un avion fou.

Pour nous occuper, nous avons organisé un tournoi de kart sur la télévision. Malgré mon entraînement certain avec Axel, il s'avère que je suis une quiche dès que Vincent pose un doigt sur moi. Et le doigt en question n'a pas besoin d'être licencieux pour ça…

— Premier, Jonas. Deuxième, moi. Troisième, Vincent. Maman, tu es dernière, déclare mon fils avec un grand sourire. On doit donc te donner un gage.

Mes yeux se plissent d'appréhension. La dernière fois, il a voulu que je lui fasse son gâteau préféré. Si c'était facile sur le papier, réunir tous les ingrédients un dimanche soir a été une autre paire de manches. J'ai dû faire appel à Clara et Blanche, qui ont profité de l'occasion pour manger avec nous.

— Vas-y, balance…

Jonas et Axel se concertent à l'autre bout du salon, me jetant régulièrement des coups d'œil. Si le second paraît sûr de lui, le premier n'est pas confiant.

— Axel Anielle, le préviens-je, je refuse de mettre ma vie en danger !

— T'inquiète pas, je ne te redemanderai pas de cuisiner une pizza, pâte incluse !

— Ai-je envie d'en savoir plus ? murmure Vincent en se penchant à mon oreille.

— J'ai juste mis le feu au four.

— Avec une pizza ?

J'acquiesce et hausse les épaules, défaitiste. Je n'ai aucune idée de ce qu'il s'est passé, mais la pâte que j'avais préparée avec amour, en suivant la recette dégotée sur Internet, a pris feu. Comme ça, sans prévenir. Par chance, j'ai réussi à stopper le début d'incendie avant que l'incident ait des conséquences fâcheuses. Enfin, autres que l'odeur de brûlé, qui a été difficile à faire disparaître.

— On a trouvé, déclare Jonas solennellement.

— Oui ! Tu devras porter ton déguisement jusqu'à l'heure du coucher, ajoute Axel.

— Mon déguisement ?

Je sens soudain le sang refluer de mon visage.

— Pas…

— Si ! réplique mon fils, sans me laisser le temps de terminer.

— Axel, c'est pour l'enterrement de vie de jeune fille de Blanche…

Cherchant du soutien auprès de Vincent, je me tourne vers lui.

— Je ne peux pas…

Amusé, ce dernier s'installe plus confortablement sur le canapé et croise les bras. Les deux petits monstres, comprenant qu'ils ont là un allié de choix, l'entourent pour le convaincre. Il n'en faut pas beaucoup pour qu'ils soient bientôt officiellement ligués contre moi.

— Ici, tu ne risques pas de le salir.

Comme si le salir était ma préoccupation première !

— C'est un déguisement pour l'enterrement de vie de jeune fille de Blanche, répété-je, dans l'espoir fou que Vincent change de camp.

— D'accord. Mais c'est ton gage.

Les garçons exultent de joie, sans m'entendre ajouter :

— Ce sera surtout un gage pour toi…

Je lui tapote la cuisse et me lève pour gagner ma chambre. J'ouvre ma penderie, prends la housse de mon déguisement, l'ouvre et dépose son contenu sur mon lit. Puis je me déshabille avec un petit sourire. Blanche s'apprêtant à épouser un vétérinaire, le thème a vite été trouvé. Tandis qu'elle sera une chatte tigrée magnifique, nous incarnerons d'autres animaux de compagnie. Toutes nos tenues sont composées de la même manière : un débardeur et un short assorti. Maryvonne a choisi le plus couvrant.

Bref, en moins de temps qu'il n'en faut pour le dire, je suis vêtue tout de blanc, un pompon sous les reins à la naissance des fesses. Me voici donc habillée en Bunny, à un détail près… J'extrais d'un petit sac un serre-tête avec deux oreilles de lapin. Le ridicule ne tue pas.

Le menton relevé, je les retrouve dans le salon, où les garçons ont entamé une nouvelle partie. Vincent est le premier à me voir. Il se redresse sur le canapé, et ses yeux naviguent sur mon corps avec gourmandise.

— Trop forte ! s'esclaffe Axel, bientôt suivi de Jonas.

Tous deux rient tellement qu'ils en oublient d'appuyer sur pause. Leurs personnages, lancés dans je ne sais quelle quête, finissent bêtement tués, tandis qu'ils se moquent de ma tenue. Ils la jugent à l'inverse de Vincent. Lequel se lève brusquement et me rejoint.

Ses doigts s'enroulent autour de mon poignet, et il intime aux garçons :

— Vous, restez là !

— Pourquoi ? demande Axel en s'apprêtant à nous suivre.

Jonas pose une main impérieuse sur son bras.

— À tous les coups, ils vont faire des trucs d'adultes, déclare-t-il avec une petite moue dégoûtée.

— Comme… ?

— Bah, s'embrasser !

Tous deux grimacent en chœur, tandis que Vincent m'entraîne vers la cuisine. Il ferme la porte et me colle contre lui. Ses lèvres rencontrent les miennes, et le baiser qui suit traduit tout son désir. Si j'ai présumé qu'une fois amants notre attirance s'amoindrirait, j'ai la preuve que c'est tout le contraire. Il est si difficile pour moi de tenir les mains loin de lui que je dois me faire violence pour ne pas ouvrir son pantalon et…

— On doit arrêter…, murmuré-je en tentant de m'écarter de lui. Les enfants…

Il grogne son assentiment et garde le visage caché au creux de mon cou.

— Tu savais… Tu savais que ça me ferait de l'effet !

— J'ai bien essayé de te le faire comprendre, dis-je en riant.

— Vous allez toutes être habillées de la sorte ?

— Non, Maryvonne a choisi de se déguiser en perruche. Elle nous a parlé d'un paréo qui rendra sa tenue décente. Blanche sera une chatte…

Je le sens sourire contre ma peau. Il se souvient certainement des vaccins de Fous-moi le Camp et de mes lapsus.

— Mais ses vêtements… enfin, son déguisement sera tout aussi court que celui-ci. Pierre-Emmanuel devrait apprécier…

— Je ne pense pas.

Interloquée par sa conviction, je le repousse pour l'observer et en apprendre plus.

— Je ne devrais pas dire ça, déclare-t-il, gêné, mais hier, c'était flagrant.

— Quoi ?

— Avant de rencontrer Blanche, Pierre-Emmanuel était en couple avec Christine. Ils sont restés des années ensemble, et leur séparation a surpris tout le monde. On s'attendait à un mariage, mais elle n'a pas voulu quitter Paris, alors que lui désirait revenir dans le Sud. Christine est tout l'opposé de Blanche.

Vexée pour mon amie, je m'éloigne et croise les bras.

— Valentine, ne t'énerve pas ! Tu as bien remarqué qu'ils n'avaient rien en commun ? Pim's embarque Blanche à des expositions ou des séances de cinéma qui ne plaisent qu'à lui. Ils ne sont jamais sur la même longueur d'onde, et…

— Et quoi ?

— Ce n'est pas à moi de le dire…

— Mais… ?

— Mais ils ne semblent pas faits l'un pour l'autre.

Heureuse qu'il en soit arrivé aux mêmes conclusions que moi, je lui vole un baiser. En voilà au moins un qui ne sera pas déçu, si les noces sont annulées. Seulement, comment réagira-t-il, s'il apprend que j'ai participé à la rupture ?

— Avec Christine, ils avaient des centres d'intérêt communs. Ils pouvaient discuter pendant des heures, ajoute Vincent tout en m'attirant de nouveau contre lui. Ils oubliaient tout ce qui les entourait.

Tout ? Aussitôt, mon esprit malade se met en alerte. Ne serait-ce pas une occasion à saisir ? Que se passerait-il, si cette Christine revenait dans les parages ? Autre question : comment la faire réapparaître dans la vie de P-E, et ce d'ici le mariage ?

J'ai trois semaines pour trouver LE truc, celui qui mettra fin à tout ça. Quelque chose me dit que je la tiens enfin, la solution à mon opération « On dézingue la meringue ».

Le lundi soir, je suis tendue. Axel est parti se coucher, et Blanche me regarde comme si une seconde tête venait de me pousser dans le dos. Je l'ai invitée ce soir sans lui en donner la raison. Comme elle était avec Pierre-Emmanuel au moment de mon appel, je suis restée évasive, mentionnant mon statut de témoin pour qu'elle vienne seule. Je doute néanmoins qu'il ait insisté pour se joindre à nous.

— Bon, si tu crachais le morceau, dit-elle en finissant son verre de vin cul sec.

Tout en lui faisant les gros yeux, je lui indique de baisser le ton pour qu'Axel puisse s'endormir ou, à défaut d'autre chose, qu'il ne nous entende pas.

— Valentine, dans deux semaines, nous célébrons mon enterrement et dans trois, mon mariage.

— Ton enterrement *de vie de jeune fille*, rectifié-je.

— Dis-moi que tu as eu l'idée du siècle.

— L'idée du siècle serait de pousser P-E à avouer ses sentiments à ton père.

Elle grimace et se sert un nouveau verre.

— Pitié, arrête ! Je suis bien trop sur les nerfs, en ce moment, pour que tu me mettes ce genre d'images en tête.

— Pourtant…

Son air revêche me freine net dans mes divagations.

— Que sais-tu de son ex ? demandé-je alors.

— Pourquoi tu me parles d'elle ?

Agacée qu'elle soit autant sur la défensive, je lève les yeux au ciel. Comprenant que je ne m'expliquerai pas tant qu'elle ne m'aura pas répondu, elle soupire.

— C'est une certaine Christine. Il s'est montré très évasif à son sujet.

— Si je te disais qu'au détour d'une conversation, j'ai appris qu'ils formaient le couple parfait, catégorie « bulle de protection ».

— Bulle de protection ? s'étonne Blanche. C'est quoi, ça, encore ?

— Genre, ils pouvaient parler des heures et en oubliaient les autres…

— Comment tu sais ça ?

— Si tu me demandes chaque fois comment j'ai appris telle ou telle chose, on n'avancera pas ! Tu m'as confié une mission, et je la prends très au sérieux.

Elle acquiesce et pose la main sur la mienne. Elle me raconte alors le peu qu'elle sait sur l'ex de P-E. Je note les informations susceptibles de me servir. Toute la journée, j'ai réfléchi à un plan d'action pour retrouver cette femme et la convaincre de venir ici avant le 26. J'ai même interrogé mes bénéficiaires, innocemment. Mais, mis à part les réseaux sociaux, je n'ai pas de moyen de la joindre.

— Ça peut ne mener à rien, dis-je en fixant mon papier.

— Mais ça se tente, murmure-t-elle.

Je hoche la tête et sors mon ordinateur de sa cachette. Il démarre lentement, trop. Je pianote sur mon genou, espérant un signe qui m'indique que je ne fais pas fausse route. Et si cette femme a refait sa vie ? Si avoir des nouvelles de Pierre-Emmanuel était la pire des choses pour elle ? À côté de moi, Blanche repousse ses cheveux derrière ses oreilles. Moi, je repousse mes scrupules : ma priorité, c'est elle.

Mon navigateur Internet s'ouvre enfin, et je vais au plus évident : Facebook. Pour ne pas risquer de bévue, je crée un compte au nom de Pierre-Emmanuel et remplis le strict minimum. Une fois connectée sous ce faux nom, je farfouille, cherche, par le biais de sa famille.

— Tu as vu le profil de Marie-Simone ? demandé-je, moqueuse.

— Si tu veux vraiment rire, lis ses posts. Elle parle de ses avancées auprès d'un homme « bien sous tous rapports ».

— Elle a quelqu'un en vue ?

— Valentine ! Je sais bien que tu es totalement hermétique au sexe opposé, mais Vincent a de quoi faire tourner les têtes des femmes célibataires du coin.

Vincent ? Mon Vincent ? Le mien ? Je déglutis et consulte son profil, où elle publie régulièrement. Son dernier statut en date me donne des sueurs froides.

> Voilà un article intéressant pour les belles-mères à propos de la relation qu'elles peuvent entretenir avec l'enfant de leur conjoint. (Il me tarde !)

Outrée, je m'apprête à cliquer sur le lien, mais me souviens de la raison de ma présence sur ce réseau social. Je clique donc sur l'onglet « amis » et me réjouis qu'elle n'ait pas rendu cette liste privée. Je survole les noms, remonte lorsqu'il me semble avoir manqué une ligne, puis reprends.

— Je l'ai !

Une certaine Christine de Monmoril. Aussi brune que Blanche est blonde. Sourire discret, expression avenante qui me paraît peu naturelle. Malheureusement, son profil est privé. Aucune information ne fuite, et je crains de faire erreur sur la personne.

Par-dessus mon épaule, Blanche contemple le portrait de celle qui la sauvera peut-être de cette union de malheur.

— C'est elle ? demandé-je doucement.

— Je ne sais pas.

D'un regard, nous nous accordons. J'envoie une invitation, puis un message. La fenêtre s'ouvre sous mes yeux, mais l'inspiration n'est pas au rendez-vous. Ne suis-je pas en train de faire une erreur en impliquant une personne étrangère à tout ça ?

— Explique-lui que Pierre-Emmanuel s'est créé ce compte pour lui parler en toute discrétion, suggère Blanche.

— Tu es sûre de toi ?

— Valentine, je ne veux pas l'épouser. Et je ne veux pas que mes parents me coupent les vivres. Cette femme est donc ma dernière chance !

Nous composons un message succinct et direct, à l'image de P-E. Après de nombreuses relectures, nous l'envoyons et attendons. Le film débute, se termine… Rien. Pas même l'acceptation de notre invitation.

Et si elle n'utilisait pas ou très peu Facebook ? Et si nous venions de lancer une bouteille à la mer, enfin, au beau milieu de l'océan Pacifique ?

Ce n'est qu'à minuit, alors que nous consultons une dernière fois l'ordinateur avant le départ de Blanche, que nous notons l'arrivée d'un message.

Bonsoir Pierre-Emmanuel,

Quel plaisir d'avoir de tes nouvelles après tout ce temps…

Chapitre 18

Samedi 19 juin
J-7 avant la cérémonie

Ce matin, au réveil, je me suis promis de faire de cette journée une réussite. Pour ça, j'ai mis en sourdine les sujets qui me taraudent ces derniers temps. Quels sont-ils ? La vie que je mène actuellement et la direction que je souhaiterais lui voir prendre à bientôt trente-cinq ans (je soufflerai mes bougies en octobre), le bien-être de mon fils, le bonheur de Valentine, celui d'Axel, enfin mes doutes sur le couple formé par Pierre-Emmanuel et Blanche. Quoique, dans leur cas, il s'agisse davantage d'un mauvais pressentiment. Cela dit, le fait que l'un des témoins remette en question le bien-fondé de cette union pourrait être mal perçu.

Je n'entrevois donc que deux solutions. Un : je m'en ouvre avec honnêteté à mon meilleur ami, quitte à ce qu'il se braque, ne serait-ce que pour le préserver d'un mariage malheureux. Deux : je la boucle, avec le risque de culpabiliser ensuite, si mes craintes s'avèrent exactes. Résultat, je ne suis toujours pas parvenu à un accord avec ma conscience au moment de rejoindre le groupe à la marina. L'activité du jour : l'EVG de Pierre-Emmanuel.

Entre l'Himalaya de travail au cabinet, l'Everest de tâches à la maison et les montagnes russes émotionnelles que j'expérimente aux côtés de Valentine, j'ai bien cru être enseveli sous l'avalanche de choses à gérer ce mois-ci.

L'enterrement de vie de garçon, quand bien même nous n'enterrons personne en définitive, est l'événement incontournable avant le fameux échange des vœux. Un événement qu'il revient aux témoins de planifier dans les moindres détails. Dans le cas de Pim's, l'honneur m'a échu. Pour Blanche, c'est Valentine qui s'y est collée, malgré les efforts de Pierre-Emmanuel pour promouvoir les talents d'organisatrice de Maryvonne.

Pour la petite histoire, j'étais avec Valentine lorsque Maryvonne l'a contactée pour lui proposer son aide. Une offre qu'elle a poliment déclinée entre deux fous rires – j'avais entrepris de m'occuper de son cas.

Je me gare sur le parking du cercle nautique et rejoins le propriétaire du bateau que j'ai privatisé jusqu'à 18 heures. Il est en pleine discussion avec Bruno, un cousin de Pierre-Emmanuel. Les autres ne devraient pas tarder. Quant au héros du jour, il est censé débarquer dans une limousine que nous avons louée pour l'occasion, une idée de Grégoire, son partenaire de golf.

Je serre la main des trois hommes, car Paul, le skipper, est également présent. Je conviens une nouvelle fois avec ce dernier de l'itinéraire de notre périple : balade autour des îles du Frioul et petit tour vers les calanques, afin de jouir d'un panorama d'exception pendant la fête.

J'aperçois au loin la camionnette du traiteur. Parfait ! Bon timing. Tout sera prêt avant l'entrée en scène de Pierre-Emmanuel.

Lors de sa descente de limousine, j'ai bien cru que Pim's allait agiter la main telle la reine d'Angleterre. Il a retenu son geste et glissé *in fine* les doigts dans sa chevelure blonde impeccablement coiffée. Il faut lui accorder qu'il a de l'allure, habillé tout en blanc.

J'ai eu beau spécifier que l'ambiance se voudrait détendue, tous les participants se sont présentés en pantalon et chemise. Je suis le seul, hormis Bruno, à être en short et T-shirt ; une tenue que j'estime bien plus adéquate sur un catamaran, en mer Méditerranée, par une chaude journée ensoleillée. Désolé, mais le costume trois-pièces, ce sera pour le soir… ou pas.

Nous quittons le Vieux-Port un peu avant 10 heures. À mesure que nous nous éloignons du Mucem, celui-ci rapetisse jusqu'à se transformer en modèle réduit, avant de disparaître. À bord, les haut-parleurs diffusent une playlist de Bob Marley. Sur la grande table du salon intérieur, du café, des viennoiseries… D'ici soixante minutes, ils seront remplacés par des bières et des mignardises salées.

Pierre-Emmanuel est radieux, entouré de tous ses amis et cousins. Depuis notre départ, il n'a pas cessé de nous remercier d'être là. Du coup, je n'ai pas le cœur de m'entretenir avec lui à propos de Blanche et de leur mariage. Ça attendra encore un peu.

Au cours du déjeuner, les discussions vont bon train.

— Tu verras, Pierre, le mariage, ça change un homme ! lance Ludovic en se tapant la bedaine.

Sauf qu'il n'a jamais eu la ligne, si j'en crois les anciennes photos que j'ai vues de lui pendant le montage de la vidéo pour les animations. Sa femme ou sa cuisine ont bon dos !

— Et toi, Vincent ? me demande Damien, un autre ami de Pierre-Emmanuel. J'ai cru comprendre que tu étais marié ?

— Veuf. Mais, effectivement, je suis passé par là.

Le compagnon de squash de Pierre-Emmanuel acquiesce et ajoute :

— Alors, des conseils à refiler à celui qui va bientôt se faire passer la corde au cou ?

Je hausse les sourcils, appuyant les paumes sur les cuisses.

— Pas spécialement, si ce n'est d'être bien sûr de son choix.

— Bah, le divorce, c'est pas fait pour les chiens ! s'esclaffe un autre participant prénommé Grégoire, si mes souvenirs sont bons.

Sa boutade déclenche les rires de l'assistance, même celui de Pim's. Je choisis donc d'endosser le rôle de l'avocat du diable.

— Ce serait avoir une vision dévoyée de l'engagement sincère et total que représente le mariage que de s'y engager en se disant que si ça ne marche pas, il reste le divorce. La séparation est la conséquence d'un échec de la communication dans un couple, ou bien d'un manque ou d'une absence complète de sentiments. À mon sens, son recours devrait être la dernière des solutions, et non la première. Il y a plusieurs manières d'envisager sa vie. Mais, à partir du moment où vous prenez la décision d'unir votre destin à celui d'une autre personne, vous abandonnez toutes ces options pour n'en conserver qu'une seule. C'est à la fois un sacrifice et le plus exaltant des paris, une formidable promesse en l'avenir, car vous partez du principe que ça va fonctionner, et non l'inverse. C'est ça, la signification de : « Ils vécurent heureux et eurent beaucoup d'enfants. »

Ma déclaration est suivie d'un bref silence méditatif, que brise Grégoire. Je le rebaptise aussitôt « Monsieur Professeur Lourdingue », puisqu'il est enseignant en sciences politiques à Aix-en-Provence. Je plains ses étudiants.

— Waouh ! Tu m'as convaincu, Vincent ! La première que je croise, en soirée, je lui roule une pelle et lui demande de m'épouser !

Sa blague provoque l'hilarité générale. Je suis consterné par cette bande d'abrutis, des hommes pour la plupart âgés d'une trentaine d'années, cadres, médecins ou ingénieurs hautement diplômés et… bêtes comme leurs pieds. En face de moi, Bruno secoue la tête, l'air atterré lui aussi.

Mon portable vibre. Je le sors de ma poche pour vérifier qu'il ne s'agit pas de Jonas, lequel se trouve avec Axel chez bonne-maman, la grand-mère de Valentine. J'avoue avoir été surpris par cette femme de caractère et par son apparence. Étant donné le nom que lui donne sa petite-fille, je m'attendais à découvrir une vieille dame. Eh non… Bonne-maman est une jeune mamie dynamique qui n'a pas du tout la langue dans sa poche : un trait de famille, sans aucun doute. Tout comme les parents de Valentine, elle a aussitôt accepté de s'occuper de Jonas, très probablement touchée par l'histoire d'un petit garçon privé trop tôt de sa maman. Au départ, je pensais faire appel à Cynthia, mais Axel et Jonas sont dotés d'une extraordinaire force de persuasion à laquelle il est presque impossible de résister et, puisque la présence de mon fils ne dérangeait pas, j'ai cédé.

Le message vient de Valentine.

Agent Val au rapport ! Tout se passe bien ici, et vous ?

Aucun noyé n'est à déplorer. L'agent Vince poursuit sa mission.

Reçu cinq sur cinq. Mais ne vous gênez pas pour larguer P-E par-dessus bord, surtout.

Elle est incorrigible ! Je souris en lisant son SMS. Un autre texto me parvient avant que j'aie eu le temps de rédiger ma réponse.

Je plaisante ! Quoique…

— Avec qui tu communiques, Vincent ? Laisse-moi deviner… Une femme ?

Mon regard délaisse l'écran pour se poser sur Grégoire. Je crois que c'est lui que je balancerais volontiers par-dessus bord, plutôt que Pierre-Emmanuel.

— En effet. J'ai des nouvelles de l'enterrement de vie de jeune fille. Tout se déroule à la perfection. Valentine s'est démenée pour que Blanche profite à fond de ce moment.

— C'est Maryvonne ? m'interroge Pierre-Emmanuel en agitant son verre de jus d'orange.

J'élude la question. Grégoire plisse les yeux et gratte son début de barbe.

— Valentine… Valentine… ça me dit un truc… Oui ! C'est pas cette nana que tu as essayé de te faire, Pierre ? Juste avant de craquer sur ta future femme ?

Je me fige. Si j'étais en train de boire, comme Pim's, j'aurais recraché ma gorgée sur mon short façon geyser. Qu'est-ce que l'autre énergumène sous-entend par « essayer de se faire Valentine » ? J'ai peur d'avoir mal compris.

Mon attention se reporte aussitôt sur Pierre-Emmanuel, qui paraît hésiter entre étrangler Grégoire (je l'aiderais avec plaisir) ou se jeter à l'eau pour créer une diversion.

Ses explications tardant à venir, je l'apostrophe :

— Pim's, tu m'expliques ?

— Je… non… Enfin, ce n'est pas comme ça que ça s'est passé, bafouille-t-il. J'ai…

— Ah bon ? le coupe Grégoire. Parce que je me rappelle que tu la trouvais à ton goût, cette fille. Brune, jolie, bien gaulée et pas farouche. C'est en ces termes que tu me l'as décrite. Je crois l'avoir vue, une fois, avec Blanche. Elles se baladaient à Aix. C'est vrai qu'elle n'est pas mal du tout. Je ne pensais pas qu'elles étaient toujours en contact. Elle a un gamin, c'est ça ?

J'acquiesce pour confirmer, tandis qu'une part de moi prend de la distance afin de mieux réfléchir.

— Arrête, Grégoire ! s'exclame Pierre-Emmanuel. C'était il y a longtemps, au début de ma relation avec Blanche. Oui, j'ai peut-être trouvé Valentine attirante dans un premier temps, mais c'était avant de mieux la connaître.

— D'autant que tu t'es rendu compte qu'elle était *plus farouche* que tu l'espérais, ricane le bien nommé Professeur Lourdingue.

Si j'en crois le regard que lui jette mon associé, leurs parties de golf vont progressivement s'espacer. Quant à moi, je reprends du poil de la bête après le choc de cette révélation, parce que j'ai désormais une réponse à la question : pourquoi Pierre-Emmanuel est-il aussi agressif avec Valentine ?

— Un râteau ! C'est parce qu'elle t'a mis un râteau que tu t'en prends à elle dès que l'occasion se présente ? m'exclamé-je. Même lorsqu'elle ne se présente pas, d'ailleurs !

Ma véhémence soudaine en surprend plus d'un, à commencer par le principal intéressé.

— M'enfin, Vincent ! Qu'est-ce qui t'arrive ? s'échauffe-t-il à son tour. On ne va tout de même pas se chamailler pour une fille ? Surtout celle-là ! On parle de Valentine, là.

C'est la goutte d'eau… Je me lève et lui demande de me suivre. S'il désire que le reste de la journée ne soit pas fichu en l'air, il sait qu'il n'a pas d'autre choix que de m'emboîter le pas.

Nous nous faisons bientôt face dans un silence pesant. Je l'ai entraîné dans l'une des trois cabines que compte le catamaran, afin de reprendre notre conversation à l'abri des oreilles indiscrètes et des remarques à l'emporte-pièce de Grégoire.

— Écoute, Vincent, ce n'est pas ce que tu crois.

— Vraiment ? Alors, explique-moi.

Son teint a viré au rouge vif, son regard est fuyant, et il ne tient pas en place. Il serait très embarrassé qu'il ne se comporterait pas autrement. Je refuse de l'épargner à la lumière de ces nouveaux éléments.

— Quand on est entre mecs, ça parle beaucoup… En plus, il arrive qu'après un verre ou deux, on fasse quelques blagues grivoises sur les femmes. Enfin, tu sais bien comment ça se passe, hein ?

— Justement, non.

Il souffle de dépit.

— Bon, d'accord. J'ai peut-être touché deux, trois mots de Valentine à Greg à l'époque, mais c'était pour plaisanter. Il n'y avait rien de sérieux.

— Il ne t'est jamais venu à l'esprit que ça ait pu contribuer à l'enfer qu'elle vit aujourd'hui ?

— Tu n'exagères pas un peu ?

— Non, pas du tout ! D'ailleurs, si tu te sortais la tête de ton cul de babouin, tu t'en rendrais compte ! Valentine est la meilleure amie de ta future épouse, et toi, tu te comportes avec elle comme un abruti de première catégorie ! Souviens-toi de la dernière fois, au restaurant… N'as-tu pas remarqué que Blanche n'avait pas l'air vraiment surprise d'y découvrir Valentine, après votre sortie ciné ?

— Quoi ? Me… Mais qu'est-ce que tu vas imaginer, mon vieux ? ricane-t-il.

— Peu importe. Si tu ne vois rien, c'est que tu ne veux pas voir !

Pierre-Emmanuel s'immobilise pour me fixer, ou plutôt m'étudier.

— Vincent, pourquoi tu te mets dans un état pareil ? Qui est-elle pour toi, franchement ? Il y a deux mois, tu ne la connaissais même pas. Ou alors…

Je pointe un doigt accusateur dans sa direction.

— Si tu l'accuses de m'avoir allumé ou je ne sais quoi d'autre, je te fous mon poing dans la gueule, Pim's ! Tu es mon ami. Malgré ton attitude parfois méprisable avec les autres, je t'apprécie et t'estime. Alors, pèse bien tes mots, vieux frère, dis-je pour le mettre en garde.

Il recule en levant les mains.

— Je vois. Très bien. Plus aucune parole désobligeante sur elle ne sortira de ma bouche. C'est bon ?

J'acquiesce sèchement.

— Ça me convient.

— Formidable ! On retourne à la fête, maintenant ? J'aimerais autant que mon enterrement de vie de garçon ne vire pas à la catastrophe pour ça.

— Je t'en prie. Tout ceci est pour toi, après tout, fais-je en désignant le pont du bateau.

Il paraît alors se souvenir du mal que je me suis donné pour lui offrir cette journée en compagnie de tous ses plus proches amis.

— Je te remercie, Vincent. Et je suis désolé si mon attitude a pu te décevoir. Moi aussi, je t'ai en la plus haute estime.

En guise de réponse, je me contente à nouveau d'un simple hochement de tête. Pierre-Emmanuel s'avance, nous marquons notre réconciliation par une accolade fraternelle.

Je ne le jetterai pas par-dessus bord, finalement. Valentine en sera certainement déçue.

Après la sortie en catamaran, nous nous rendons dans la villa qui nous accueillera durant le week-end.

En premier lieu, nous procédons à l'attribution des chambres, qui sont au nombre de cinq pour neuf participants. Étant le roi de la fête, Pierre-Emmanuel aura droit à sa chambre particulière, tandis que les autres et moi-même nous partagerons les quatre restantes. Les affinités jouant un rôle dans la décision, Bruno et moi dormirons ensemble. J'espère qu'il ne ronfle pas trop fort.

Une fois que nous avons installé nos affaires, nous déchargeons les courses du coffre de mon véhicule. Pour le frais, j'ai demandé à ce que l'on soit livré.

Les apéritifs et les boissons sont rapidement disposés sur la table de la terrasse, en face de l'immense piscine à débordement avec vue imprenable sur la Méditerranée. Dénicher un tel joyau sur la commune de Cassis m'a réclamé des heures de recherche. Je dois sa location au maître d'un de mes patients, les propriétaires de la maison sont un couple d'amis à lui. Sans surprise, l'habitation est d'un standing irréprochable. Aux exclamations de Pierre-Emmanuel, je gage qu'il apprécie l'endroit.

Le bassin étant chauffé, les shorts de bain et les tongs remplacent très vite les pantalons et les mocassins en cuir. L'ambiance est détendue, le ton à la rigolade.

Depuis l'accrochage sur le catamaran, plus aucun incident n'est à déplorer. Pendant que Bruno, Laurent et moi préparons le barbecue, les autres se perdent en conjectures quant au programme de la seconde partie de soirée. Je suis satisfait que le délire strip-teaseuse ait été abandonné. J'avais imaginé que l'on resterait à la villa, mais les autres ont l'air d'être de véritables oiseaux de nuit. Valentine m'avait prévenu et elle avait raison.

Pierre-Emmanuel se laisse convaincre de poursuivre les festivités dans un club privé assez select, dont le patron est un enfant du village. Valentine et Clara le connaissent peut-être ?

Pour en avoir le cœur net, je lui envoie un texto, auquel elle répond rapidement. Le nom du type lui dit vaguement quelque chose.

Je dors avec Bruno, ce soir, sinon. C'est le cousin de Pierre-Emmanuel.

J'ai de la peine pour toi. Moi, ce sera seule. As-tu de la peine pour moi ?

Sa réponse me fait sourire.

Si j'avais le choix, je préférerais être avec toi…

Et si c'était possible ?

À quoi tu songes ?

Rejoins-moi ! On sort en boîte, avec les filles. On pourrait se retrouver à notre retour ?

En discothèque ? Tu ne porteras pas ta tenue de Bunny, j'espère ?

Pourquoi ? Il paraît que le short me fait un cul d'enfer :p

Valentine…

Tu grognes ?

Comme un chien enragé !

Serais-tu en train de me faire ta première crise de jalousie ?

Je n'ai pas l'intention de le nier. Change-toi, STP, sinon c'est l'émeute !

Je V y réfléchir. Autant éviter d'attirer la meute ;)

On se tient au courant, pour le plan ?

Comment on le baptise ?

Chien en rut ?

Ha XD le chasseur et la lapine ?

Tu sais comment ça va se finir, ton histoire ?

La lapine rend dingue le chasseur avec son pompon ?

Oui. Et le chasseur fait sa fête à la lapine !

Que des promesses… Merde, M-S pète un câble. Je te laisse. Bisous.

Je range mon téléphone, l'esprit déjà obnubilé par l'opération « Le chasseur et la lapine »…

Au club, la situation menace de déraper complètement à cause du comportement des copains de Pierre-Emmanuel. Les gars sont déchaînés, et lui n'est pas en reste. À vrai dire, nous ne sommes que trois à conserver nos distances avec les femmes. Laurent et moi pour commencer. La raison ? Nous sommes tous les deux engagés, ce qui n'a pas l'air de déranger les autres hommes en couple du groupe, cela dit. Et puis Bruno, parce qu'il préfère la compagnie des mecs. J'ai appris qu'il avait effectué son *coming out* l'an dernier. Il n'a d'ailleurs pas caché sa joie de partager sa couche avec moi. Une raison supplémentaire de courir ventre à terre jusqu'à celle de Valentine, tout à l'heure, même si je trouve Bruno très sympathique.

Je lui ai confirmé notre arrivée sur place. Depuis, nous nous tenons informés de l'évolution de la soirée. Le chasseur que je suis est dans les starting-blocks pour décamper d'ici, le fusil au garde-à-vous. « Des promesses… » Attention, petite lapine insolente !

Mes yeux se posent sur Pierre-Emmanuel. Je n'aurais jamais cru ça de lui. Un peu éméché, il flirte avec une brune incendiaire et pulpeuse sur la piste de danse, alors qu'il est sur le point de se marier avec sa perle rare. Eh bien, il faut croire que ce n'est pas un frein suffisant pour le remettre dans le droit chemin.

J'ai eu beau lui répéter qu'il se comportait comme un sombre crétin, il persiste et signe en revenant avec elle s'asseoir à notre table. Je me renfrogne, passant pour le rabat-joie de service. Pour couronner le tout, la jeune femme dédaigne les places libres sur la banquette et s'installe sur les genoux de Pierre-Emmanuel, dont le nez termine entre les deux seins de sa conquête. Une conquête dont le T-shirt en dévoile bien plus qu'il n'en couvre.

Je suis gêné et écœuré par le spectacle. Que dire à Valentine, lorsqu'elle me demandera de lui raconter notre moment au club ? « Écoute, ma chérie, tu vas être ravie,

Pim's s'est étouffé avec le 90 D d'une inconnue contre qui il s'est frotté toute la soirée. »

J'avise soudain une femme qui s'approche de notre table. La façon dont elle dégage une mèche de cheveux de son visage me rappelle quelqu'un. Je continue de l'observer et la vois sortir de la poche arrière de sa jupe en jean un objet, mais le contact se perd à l'instant où la silhouette d'une autre femme s'interpose entre elle et moi.

— Vincent ? Quelle joie de te revoir ! Je n'étais pas sûre d'avoir indiqué la bonne adresse au taxi. Comment vas-tu ? Pierre-Emmanuel est avec toi ? Je ne le vois pas !

— Christine ?

L'ex-copine de Pierre-Emmanuel ? J'en demeure sans voix un bref instant.

Soudain, la fille assise sur les genoux de Pim's effectue un bond, comme brusquement éjectée. Puis, tel un ressort, il se lève à son tour et nous dévisage, Christine et moi.

— Christine ? Qu'est-ce que tu viens foutre ici ? s'exclame-t-il.

Je me pose la même question.

— Comment ça ? Mais c'est toi qui m'as suppliée de venir te rejoindre !

Ça par exemple !

Leurs retrouvailles virent à l'orage. Chacun soutient sa version auprès de l'autre. Voilà une chose demeurée intacte dans leur relation. Si j'ai le souvenir de leur ancienne complicité, je me rappelle également que Pim's a très mal vécu leur séparation.

Mon regard revient se poser à l'endroit où j'ai aperçu l'autre femme. Elle a disparu, me laissant avec mes doutes et mes questions quant à son identité.

À côté de moi, Pierre-Emmanuel et Christine continuent d'échanger des reproches, mais j'ai la nette impression que le ton s'est radouci. Grégoire et Damien se sont approchés pour ne rien manquer de la scène de ménage. C'est un tel bazar que je m'interroge sur l'opportunité de m'éclipser dès maintenant, avec en ligne de mire le déclenchement imminent de l'opération « Le chasseur et la lapine ». J'ai la chanson de Chantal Goya en tête. Valentine me fait vraiment perdre la boule…

Chapitre 19

Avec un soupir d'aise, je m'étire sur le transat où j'ai élu domicile après un déjeuner au restaurant de l'hôtel-thalasso où nous séjournons ce week-end. La matinée a été douce. Après une arrivée à 10 heures dans l'enceinte de ce magnifique établissement, nous avons eu droit à un soin corporel qui m'a privée de mes forces. J'aurais préféré un massage de Vincent avec « service après-vente », mais je ne peux nier les bienfaits de celui qui a suivi le gommage aux algues ou un truc du genre. Ce petit séjour loin de tout est exactement ce dont j'avais besoin. L'unique ombre au tableau est la menace d'un coup de téléphone de mon banquier pour me rappeler que je ne suis pas Crésus, encore moins l'une de ses descendantes.

— Ça fait du bien, ronronne Clara. Je crois qu'il y a un siècle que je n'ai pas posé les fesses quelque part sans avoir la tête bourrée de choses à effectuer.

Comme je la comprends ! Je ferme les yeux et me concentre sur la conversation qui se tient non loin entre Marie-Simone et Théodora, une de ses cousines. Si la première n'a pas abandonné son air revêche en enfilant son maillot deux-pièces, la seconde paraît s'ennuyer. Pour avoir discuté avec cette dernière quelques minutes ce matin, je la sais plutôt dans le même état d'esprit que Clara et moi que dans celui de la sœur de P-E.

— Avant de tenter quoi que ce soit avec lui, je tenais à me renseigner au maximum sur sa situation, pérore Maryvonne. Je ne peux trouver ma place auprès d'eux sans avoir mesuré au préalable les dommages du veuvage et de la perte d'un parent pour un enfant si jeune. Il serait inconsidéré de ma part de me lancer dans cette relation sans m'être assurée d'avoir choisi la meilleure approche.

— Je rêve ou elle parle de ton mec ? me murmure Clara à l'oreille.

Surprise de l'entendre de si près, j'ouvre les yeux et tombe sur son regard amusé. À pas de velours, elle a quitté son transat pour s'asseoir sur le mien.

— Il me tarde de voir sa tronche quand elle comprendra que tu es passée avant elle.

Quelque peu gênée par son choix de mots, je grimace.

— Quoi qu'elle fasse ou lise, elle n'a aucune chance de décoller la langue de Vincent de ton cul.

— Clara ! protesté-je en me redressant. Tu ne pourrais pas te montrer plus…

— Élégante ? Discrète ?

— Oui.

Je remonte nerveusement la bretelle de mon maillot de bain. Il est tellement vieux que je ne cesse de le remettre en place depuis notre arrivée.

— J'ai un deuxième bikini dans mes affaires, dit Clara avec un petit sourire en coin. Tu sais ce qui pourrait être drôle ? Porter quelque chose de plus sexy que ce truc immonde, prendre une photo suggestive et l'envoyer à ton mec, qui doit s'ennuyer comme un rat mort avec l'autre con.

Je dois lui accorder le point, d'autant que nous n'avons pas pu nous voir, hier soir. Vincent tenait à profiter un peu de Jonas avant le week-end. Et, ce matin, nous avons tous les deux déposé nos fils chez bonne-maman, mais chacun avec sa voiture.

— Valentine ?

— Je ne sais pas si je serai capable de faire ça…

— Toi, incapable de faire quelque chose ? s'esclaffe Maryvonne.

Théodora s'assoit sur le transat laissé vacant par Clara et lève les yeux au ciel. Elle a très vite compris que sa cousine en avait après moi, et qu'il était inutile de chercher à la raisonner.

— C'est marrant, mais dit comme ça, on penserait que tu crois en moi et en mes capacités, déclaré-je, sarcastique. Fais attention, ça pourrait passer pour un compliment !

— Par chance, tu me connais, réplique-t-elle en relevant le menton. Et moi aussi, je te connais.

Si le fiel ne suintait pas de chacune de ses paroles, j'aurais pu imaginer que nous menions une conversation sensée, entre adultes posées. Il n'en est rien…

Blanche nous rejoint alors, accompagnée d'amies de l'université avec qui elle discute joyeusement. Le stress commence à marquer son visage. Ses parents, loin de se douter qu'elle vit mal la perspective de cette union, n'y voient que le trac d'une future mariée à l'aube du « grand jour ». Je suis sûre qu'au Moyen Âge ils appelaient ainsi les jours où les criminels étaient exécutés sur la voie publique.

— Ce repas était divin ! s'exclame-t-elle avec un léger sourire.

Je ne peux qu'approuver. Tout est si délicat et raffiné, ici, que je ne m'y sens pas réellement à ma place. Je sais que j'en ai le droit, mais pas au point d'être à l'aise. Autour de nous, les femmes ont ce petit air supérieur qui n'est pas sans me rappeler le gang des mères parfaites. Leurs vêtements sont aussi immaculés qu'exempts de pli. Quant à leur coiffure… Je remonte à la va-vite mes cheveux en une queue haute ridicule, alors qu'aucune mèche ne dépasse de leurs chignons.

— Qu'est-ce que tu as prévu pour cet après-midi, Valentine ?

— La visite d'une église du XIIe siècle, répond Maryvonne à ma place.

Ah bon ?

— J'ai repéré un petit village avec des ateliers d'artistes, déclaré-je, ignorant l'intervention de Maryvonne. Sur le site de l'office du tourisme, ils vantaient bien sûr les différents artistes en résidence, mais décrivaient aussi les vieilles maisons et les parcs avec tant de passion que je me suis dit que ça nous occuperait.

— Nous pouvons y aller après la visite de l'église, insiste Maryvonne.

— Oui, réponds-je avec un sourire carnassier, je suppose que nous pourrons entrer facilement, avec nos déguisements… Un problème, Marie-Simone ? ajouté-je en la voyant froncer son nez.

— Tu ne peux pas être sérieuse deux minutes ! Tu crois vraiment que je vais m'abaisser à porter cette tenue ridicule devant tout le monde ?

— Simple curiosité, tu pensais que nous les mettrions quand ? demande Clara en se levant pour lui faire face.

— Après le dîner, dans la chambre de Blanche, quand nous nous retrouverons pour discuter.

Quel enterrement de vie de jeune fille de folie ! Médusée qu'elle puisse envisager un tel programme pour ce jour, je secoue la tête et me félicite une nouvelle fois de ne pas avoir eu à faire équipe avec elle. J'ai déjà dû refréner les ardeurs de Clara qui confondait enterrement de vie de jeune fille et fête sans limite d'alcool, entre autres choses.

Personne n'ose répondre à Maryvonne. Même les amies de Blanche détournent le regard pour ne pas se retrouver impliquées dans cette conversation. Il faut dire que, depuis ce matin, la sœur de Pierre-Emmanuel semble prendre un malin plaisir à tout critiquer, mon organisation en premier lieu.

— Si on allait enfiler quelque chose pour visiter ce petit village ? demande Théodora en se levant. Rendez-vous dans vingt minutes dans le hall.

— Ça me va, déclaré-je aussitôt, pour couper l'herbe sous le pied à notre rabat-joie.

Sans attendre, nous remontons dans nos chambres. Nous entrons dans celle que Clara et moi avons réservée pour nous deux. Elle soupire en refermant la porte et lance son sac dans un fauteuil déjà recouvert d'une multitude de ses affaires. Je ne pensais pas que partir pour un petit week-end nécessitait autant de robes, de pulls… et de maillots de bain.

— Regarde-moi ça ! dit-elle en me montrant un bikini noir.

Lequel se balance nonchalamment au bout de son bras, me défiant de l'enfiler. Une photo suivra, parce que le but ultime de cet essayage sera d'envoyer à Vincent un cliché de moi dans cette tenue. J'adorerais le faire, seulement je ne me sens pas à l'aise dans la peau d'une femme libérée. Est-ce mon caractère ou la réputation catastrophique que je me traîne qui me bride ainsi ? Je l'ignore. Mon unique certitude est qu'il ne l'utilisera pas contre moi, comme certains hommes le font maintenant en livrant en pâture des photos de femmes sur Internet.

— Laisse tomber, Clara !

Je repousse sa main et m'éloigne vers mon sac. J'en sors mon déguisement de lapine et le serre-tête qui va avec.

— Valentine, tu as un corps magnifique, et il est raide dingue de toi…

— Et moi, je m'emploie à détruire le mariage de son ami d'enfance.

Elle se tait et me contemple, l'air désolé. Je n'ai jamais approuvé l'opération « On dézingue la meringue ». Mille fois j'ai été tentée d'y mettre fin. Si Pierre-Emmanuel avait su se tenir, lors de notre premier dîner au restaurant, j'aurais abandonné. Seulement, non content de se montrer désagréable dès mon arrivée, il n'a cessé de chercher à m'évincer de la conversation afin que sa sœur ait les coudées franches.

— Tu penses que Vincent va mal réagir ? demande Clara en s'asseyant sur le lit.

— Il a une haute opinion du mariage et des engagements. Quand il l'apprendra…

— S'il l'apprend !

— Clara, si je tiens à avoir une relation saine avec lui, je devrai lui en parler.

— Même si ça échoue ?

Abattue, je m'installe à ses côtés et observe mes mains avec une grande attention. Je note les petites plaies causées par l'usage de gants pour travailler qui m'assèchent la peau, une griffure à la base de mon pouce gauche dont je suis incapable de retracer la provenance…

— Valentine ?

— Je ne sais pas, avoué-je. J'aimerais que ce soit différent.

Elle hoche la tête et se lève pour aller mettre sa tenue de souris. Une fois seule, j'écoute les bruits autour de moi, tout en cherchant un moyen de me sortir du guêpier dans lequel je me suis fourrée. Pourquoi ai-je accepté de l'embrasser, ce soir-là ? J'en avais envie. Je lui faisais confiance. Et c'est toujours le cas. Mais je n'avais pas pris en compte certains paramètres : ma mission pour Blanche, la réaction de notre entourage et plus particulièrement de Pierre-Emmanuel.

Jamais je ne réussirai à m'intégrer dans un milieu aussi… Refusant de me montrer mesquine, je saisis mon téléphone et me poste devant la fenêtre. Je consulte les photos de nos week-ends à quatre, ou encore de soirées. Jonas et Axel rient, sourient et plaisantent sur chacune d'elles. Et moi ? Je scintille. C'est bête à dire, mais cela fait des années que je ne me suis pas vue aussi heureuse.

Je referme la galerie et compose un court message que je veux humoristique :

Agent Val au rapport ! Tout se passe bien ici et vous ?

Ma bouche se relève en un sourire tordu. Mon moral s'assombrit à mesure que les secondes s'égrènent. Peut-être qu'il n'a pas son portable à portée de main, peut-être est-il loin de tout réseau. Peut-être n'a-t-il aucune envie de me parler…

Par chance, il me répond assez vite et un échange de textos s'ensuit, jusqu'à ce que Clara me crie :

— La place est libre !

Aussitôt, je m'enferme dans la salle de bains. Mon déguisement me rappelle le soir où les garçons ont voulu que je le mette comme gage. Les SMS de Vincent, une fois qu'il est rentré chez lui avec son fils, ont été incendiaires. Quant à moi, j'étais à deux doigts de me soulager en solo.

Mes joues s'échauffent à ce souvenir, et la Valentine dans le miroir m'apparaît comme une inconnue. Mes désirs, mes plaisirs, mes envies… tout est chamboulé par l'arrivée dans ma vie de Vincent et Jonas. Il me tarde que tout ça soit terminé, que je puisse voir ce qui ressortira des ruines. Parce que je ne me fais pas d'illusions, Vincent n'appréciera pas le rôle que j'aurai joué dans l'annulation de ce mariage.

— Valentine, tu sais que je t'aime ? me chuchote Blanche.

Assise sur l'une des banquettes de la boîte de nuit, elle tangue et se rattrape en posant la main sur ma cuisse.

— Tu es la meilleure amie de tous les temps ! continue-t-elle, avant de m'embrasser sur la joue.

Je lui souris et la repousse un peu, pour qu'elle ne tombe pas en avant.

Après une longue promenade dans le fameux petit village, nous avons dîné et pris un verre au bar de l'hôtel, avant de nous rendre ici, dans cette discothèque soi-disant branchée. L'unique point positif est que Maryvonne a préféré rester dans sa chambre. Arguant un mal de crâne, elle a vaguement tenté de nous convaincre de lui tenir compagnie. Elle a aussi parlé d'endroit de débauche où une future mariée ne devrait pas aller perdre son temps, mais je n'en suis pas sûre. Fatiguée de l'entendre tout remettre en question, j'ai cessé de l'écouter très tôt dans l'après-midi et je ne pense pas être la seule.

— Où est Clara ? demande Blanche. Elle a trouvé un mec à se mettre sous la dent ?

— Sans doute, dis-je de manière évasive.

Si elles sont toutes les deux mes meilleures amies, j'ai bien conscience qu'elles se supportent uniquement pour me faire plaisir. C'est à la fois adorable et embarrassant. J'aurais aimé les savoir complices, d'autant que Clara est bien décidée à m'aider dans mon opération « On dézingue la meringue ». Elle s'est elle-même chargée d'une mission de surveillance en apprenant que l'enterrement de vie de garçon de Pierre-Emmanuel se prolongeait dans un club privé, celui d'un gars du village avec qui nous sommes allées au lycée, Blanche et moi.

— Et toi, pourquoi tu ne te trouves pas un mec à te mettre sous la dent ? s'enquiert soudain Blanche. Tous les hommes se retournent sur toi, et toi, tu les ignores…

Son articulation pâteuse ne laisse aucun doute sur l'origine de son interrogatoire : l'alcool.

— Je n'ai pas la tête à ça, réponds-je simplement.

— Y a pas besoin de la tête, réplique-t-elle, avant d'éclater de rire. Si tu savais comme je m'ennuie avec Pierre-Emmanuel !

— Alors pourquoi avoir accepté de l'épouser ?

Ma question a fusé et, pendant un instant, je crains qu'on ne m'ait entendue. Heureusement, la musique se déverse toujours des enceintes à un volume indécent, et les personnes autour de nous ne se préoccupent nullement de notre conversation.

— Parce que, l'espace d'une seconde, j'ai cru que c'était ce que je voulais.

— L'espace d'une seconde, répété-je, abasourdie.

Les lèvres de Blanche se relèvent lentement. Elle secoue la tête et se penche, comme pour me confier un secret.

— Tu savais que « seconde » et tous ses potes sont les seuls mots de la langue française où le « c » se prononce « g » ?

Je hausse un sourcil, cherchant où elle veut en venir.

— Pierre-Emmanuel adore quand mon père parle des particularités de la langue française, grommelle-t-elle en prenant son verre.

Elle le boit cul sec et le repose avec force sur la table.

— C'est comme si j'épousais mon père !

Tout en fermant les yeux, elle se jette en arrière, rebondissant légèrement sur le dossier de la banquette. Loin de s'immerger en silence dans ses réflexions, elle m'en fait part. Elle crie, même, pour que je l'entende par-dessus la musique.

— Si tu les voyais, tous les deux…

Cinq minutes plus tard, je me demande si P-E ne ferait pas mieux de déclarer sa flamme à son futur beau-père. Je comprends mieux pourquoi Blanche est passée du stade « je suis amoureuse » à « merde, sortez-moi de là ! ».

— Ça va, les filles ? s'enquiert Théodora en nous rejoignant. Vous ne dansez pas ?

Présageant le pire, étant donné le niveau d'ébriété de ma meilleure amie, je secoue la tête et cherche un moyen de l'écarter. Il serait du plus mauvais effet qu'elle entende la fiancée déblatérer contre son cher et tendre.

— Je pense même que nous allons sortir…, dis-je en me levant. Un peu d'air nous fera le plus grand bien.

Blanche refuse, croisant ostensiblement les bras sur la poitrine. OK, sur ce coup-là, elle ne m'aide pas.

Je la pince, la tire, mais rien n'y fait. Mademoiselle a décidé qu'elle resterait là, en compagnie de la cousine de Pierre-Emmanuel, la dernière personne à qui elle devrait demander :

— Ton cousin, ce n'est pas un gay refoulé ?

— Bruno ? Non, il a fait son *coming out* l'an passé.

— On va vraiment y aller ! interviens-je avant que Blanche la détrompe en précisant qu'elle ne parle pas de Bruno mais de P-E.

D'un geste sec, je la force à se lever. Elle tangue et rit de la situation. Elle est totalement torchée !

Comprenant que son état signe la fin de la journée, je préviens Théodora que nous rentrons à l'hôtel. Elle acquiesce et me regarde batailler contre Blanche qui ne tient plus debout.

— Tu y es allée fort ! râlé-je.

Dans la rue, nous marquons de nombreuses pauses. Il faut dire que plus nous approchons de l'hôtel, plus j'ai l'impression de la porter à demi. Elle s'appuie contre les murs, sourit aux lampadaires qu'elle compare à des phallus. Pendant neuf ans, j'ai été abstinente sans que ce soit un problème. Et elle, elle est frustrée, alors qu'elle a un homme dans sa vie depuis maintenant deux ans. Comme quoi, être en couple ne fait pas tout !

Devant sa chambre, je la regarde chercher sa carte. Elle fouille son sac à main et la petite poche dans son déguisement. Soudain, elle lâche un cri de victoire et plonge dans son décolleté.

— Coquine ! s'exclame-t-elle en brandissant son passe.

Craignant qu'elle ne réveille tout l'étage, ou, pire, Maryvonne, je le lui prends et ouvre moi-même.

Dès que nous sommes entrées, je pousse un soupir de soulagement, vite remplacé par un frisson d'effroi. Blanche a eu un haut-le-cœur. Elle va vomir ! Alors que la scène de *L'Exorciste* me revient en mémoire, je l'imagine dans le rôle principal, sa tête tournant follement et projetant une substance aussi nauséabonde que visqueuse partout dans la pièce.

C'est à mon tour de sentir mon estomac se contracter méchamment. Je me suis montrée raisonnable sur la boisson pour être fraîche quand Vincent me rejoindra, mais là… je ne suis pas sûre de pouvoir quitter le chevet de la future mariée !

— Tu ne vas pas vomir, hein ? demandé-je à demi désespérée.

— Bien sûr que non, grommelle Blanche en se laissant tomber sur son lit. Mais dormir, oui.

J'acquiesce et, par mesure de prudence, attrape la poubelle de la salle de bains. Par chance, c'est le même modèle que la nôtre : elle pourra servir de réceptacle. Rien que l'idée me soulève le cœur ! Inspirant profondément, je tente de me calmer et de retenir le mal-être qui menace de m'envahir.

Pile au moment où je pense que la bataille est perdue, mon téléphone vibre.

Je suis là.

Vincent ! Avant de lui répondre, je caresse le front de Blanche. Gênée, elle se tourne sur le dos, et sa respiration passe de lourde à ronflante comme celle d'un camionneur. Voilà une chose qui me fascine toujours autant ! Elle, si propre sur elle et si discrète, devient une véritable locomotive quand elle prend une cuite.

3e étage. Ma porte sera entrebâillée.

Après un dernier coup d'œil vers le lit, je quitte la chambre de Blanche pour rejoindre la mienne.

J'en ai à peine franchi le seuil que deux mains se posent sur ma taille et me poussent un peu plus à l'intérieur.

— C'est le chasseur, murmure-t-il au creux de mon oreille.

Je ris. En l'espace d'une seconde, j'oublie tout. Mes doutes, mes craintes et l'endroit où je suis. La seule chose qui compte est cet homme qui se presse contre mon dos et dépose des baisers dans mon cou.

Je me cambre et lui agrippe la nuque pour l'encourager à continuer. Les sensations sont si intenses que je perds l'équilibre et me rattrape à la commode. Dans le mouvement, je fais tomber la lampe.

Honteuse de ma maladresse, je me dégage légèrement de l'étreinte de Vincent pour la ramasser. Je me penche et mes fesses frottent contre…

— Tu vas me tuer, grogne-t-il.

Il glisse son avant-bras sur mon ventre et me soulève. Amusée par l'urgence que je sens chez lui, je ris et me laisse faire quand il me dépose sur le lit. Dès qu'il m'a lâchée, je me retourne et envoie valser mon serre-tête dans la pièce. Il cogne contre un mur, avant de finir par terre.

— Ce short te fait vraiment un cul d'enfer, dit-il en ôtant son polo.

Troublée, je me mordille la lèvre, tout en parcourant son torse des yeux. Il est si beau, si… Mes joues s'échauffent tandis qu'il ouvre son jean d'un geste assuré.

— Tu devrais te déshabiller, Valentine.

— Tu parles d'un chasseur ! me moqué-je en sautant du lit. Il faut que ta proie fasse tout le travail…

Ses yeux s'étrécissent, tandis qu'il me suit du regard. Je m'éloigne, tout en me débrouillant pour le garder dans mon champ de vision.

— Chérie, ça fait des heures que je ne pense qu'à toi dans cette tenue. Et sans.

Je hausse nonchalamment les épaules et croise les bras sous la poitrine pour la faire remonter. Il observe mon décolleté, et je jurerais l'avoir vu passer la langue sur les lèvres.

D'un pas félin, il s'approche. Au dernier moment, je saute sur le côté, bousculant un fauteuil qui bascule sur ses pieds avant de revenir à sa position initiale.

— Viens par là ! s'esclaffe Vincent en tendant la main.

Je le feinte à nouveau, m'amusant tout autant que lui. Quand, à bout de souffle, il me plaque sur le lit, je n'ai plus la force de le repousser. Il m'enlève mon haut, puis mon soutien-gorge qui le rejoint vite sur le sol. Sa bouche s'écrase sur mon sein et le suçote avec tant d'application qu'un gémissement m'échappe. Tout en prodiguant les mêmes soins au second, il descend mon short sur mes hanches, mes cuisses… Offerte, je le regarde embrasser mon ventre, s'attarder sur mon nombril, puis continuer.

— Oh oui, murmuré-je en glissant la main dans ses cheveux.

La première fois, je n'étais pas très à l'aise. L'intimité que ça demande me paraissait au-dessus de mes forces. Maintenant, tout me semble si naturel avec lui que je me laisse faire en toute confiance.

Soudain, il s'arrête et finit de se dévêtir. Il jette son jean et remonte le long de mon corps. Il m'embrasse avec un mélange de tendresse et d'urgence, comme celui qui coule dans mes veines.

Alors, je me fais plus mutine. Je lui mordille le cou, dépose des baisers sur son torse, tout en caressant son sexe. Puis je prends celui-ci en bouche.

— Vas-y, chérie, grogne-t-il en serrant les poings sur la couette. Oh ! oui…

Encouragée, je m'efforce de le pousser dans ses derniers retranchements. Je suce, aspire, lèche… J'emploie tous les artifices possibles et récolte ma récompense.

Il m'écarte de lui et exige :

— Les préservatifs !

— Les… ? me moqué-je.

Il m'adresse un regard noir qui m'excite plus qu'il ne m'effraye. Nu et en érection, il se lève avec tant de vigueur que le lit tape contre le mur. Il ramasse son jean et fouille dans ses poches. La pochette est à peine entre ses doigts que deux coups retentissent à la porte.

Nous nous fixons, surpris. Et si c'était Blanche ? Peut-être a-t-elle vomi et cherche-t-elle de l'aide.

— Valentine ?

Ou alors… Maryvonne.

— Je sais que tu es là, déclare-t-elle au travers de la porte. Ouvre-moi !

Je grimace et m'enroule dans la couette. Vincent se cache derrière la porte que j'ouvre à demi, pour qu'elle ne puisse pas voir la pagaille que nous avons mise dans la chambre. Ses cheveux sont rassemblés en une belle natte qui repose sur son épaule. Son pyjama est d'un bleu pâle qui souligne son air aristocratique. À l'idée que je ne dois ressembler à rien, avec mes cheveux en pétard et mon visage trahissant mon désir, je serre les mâchoires.

— Tu as vu l'heure qu'il est ?

Supposant que cette question n'appelle pas de réponse, j'attends qu'elle poursuive pour retourner auprès de Vincent.

— Je dormais.

Ma couette bouge, dévoilant une épaule. Aussitôt, je sens une vague de chaleur me parcourir, et l'envie se fait trop forte. Je me tourne vers Vincent. Il fixe ce bout de peau nue.

— Puis-je faire quelque chose pour toi ? m'enquiers-je dans l'espoir qu'elle parte rapidement.

— Valentine, je sais que c'est beaucoup demander d'une femme telle que toi, mais ne pourrais-tu pas faire tes petites affaires sans ameuter tout l'hôtel ?

— Quoi ? murmuré-je, stupéfaite.

— Que tu couches avec le premier venu à l'enterrement de vie de jeune fille de ton amie, c'est cliché, mais pas surprenant. Si tu n'as aucune estime de toi, c'est ton problème, après tout. Seulement, tout le monde n'a pas besoin d'être au courant !

Déstabilisée par ses insultes à peine voilées, je ne trouve rien à lui répondre. Je suis bien trop « tendue » pour aligner deux pensées cohérentes. Quoique mon désir ait été légèrement douché. Je croise les bras, autant pour empêcher la couette de finir à mes pieds que pour me protéger de ses attaques perfides.

— Tu es mère, Valentine, il serait temps que tu grandisses.

Que je…

La porte se referme sur Maryvonne, poussée par Vincent. Deux bras me serrent contre un torse dont je reconnais l'odeur et la chaleur.

— Tu es parfaite, ma chérie, chuchote-t-il au creux de mon oreille.

Si seulement je parvenais à le croire…

Chapitre 20

Journal de bord : J-1 avant le grand jour

Nous sommes le vendredi 25 juin, et il est 11 heures. Le soleil brille, le mercure explose, les cigales s'en donnent à cœur joie, la Provence se prépare au débarquement de hordes de touristes, et… mon meilleur ami tire une tronche de trois pieds de long. Hormis le bruit de la route et le vrombissement du moteur, c'est le silence à l'intérieur de l'habitacle. Pierre-Emmanuel s'est muré dans un mutisme inquiétant pour un homme qui s'apprête à convoler en justes noces avec sa perle rare. C'est même très suspect, car je l'ai connu plus loquace à ce sujet.

Je tente une approche :

— Alors, à combien avez-vous vendu les droits de retransmission TV de la cérémonie à la BBC ?

Aucune réaction. Ma plaisanterie tombe à plat. Elle n'était pas non plus très drôle.

— Je suis certain que l'envolée de colombes, à la sortie de la chapelle, fera son effet. C'était ton idée ou celle de Blanche ?

Cette fois, je n'obtiens pour toute réponse qu'un vague « Hmm ». C'est mieux que rien.

Comme je suis quelqu'un de persévérant, je continue :

— Tu ne m'as toujours pas dit si vous aviez décidé de faire une offre pour cette maison qui te plaisait tant. À ce prix, c'est une très bonne affaire. Et puis, tu ne serais qu'à une demi-heure du cabinet.

— Hmm… oui.

OK…

— Pierre-Emmanuel, tu m'écoutes ?

— Oui, oui.

Très bien, je vais immédiatement vérifier. Je fais mine de me pencher pour observer un point, un peu plus loin sur la route.

— Tiens, c'est bizarre ! Tu as vu cet homme avec son string en dentelle rouge, sur le bas-côté ? On dirait Jacques, ton beau-père.

— Hmm, hmm… oui.

S'il ne réagit pas même lorsque je mentionne le nom de Jacques Vigneux, c'est que l'heure est grave. Je choisis d'en avoir le cœur net et quitte brusquement la départementale pour me garer sur la bande d'arrêt d'urgence.

Il semble enfin sortir de son état second. Il me dévisage comme si j'avais perdu l'esprit, tandis que je lâche le volant.

— Bon, maintenant, on va pouvoir discuter, toi et moi, dis-je fermement.

— Ce n'était pas précisément ce que nous étions en train de faire ? Pourquoi tu t'es arrêté ? On va être en retard à la répétition du mariage.

— Si tu persistes à faire la gueule et que tu te présentes ainsi devant le maire, il n'y aura pas de mariage du tout, Pim's.

J'ai droit à son regard le plus noir, mais ne me démonte pas pour autant. Il ne va pas bien, depuis quelque temps. Une semaine, pour être précis. Un état qui coïncide étrangement avec son enterrement de vie de garçon. D'ailleurs, il n'est pas le seul à avoir mal vécu le week-end dernier. Valentine a beau prétendre le contraire, je soupçonne que les propos perfides et infondés de Maryvonne ont laissé des traces en elle. Toute la semaine, j'ai essayé de la rassurer, afin qu'elle se sente suffisamment à l'aise pour s'en ouvrir à moi. Je n'ai pas rencontré de franc succès.

Et maintenant, voilà Pim's qui fait la gueule, alors que nous roulons en direction du domaine où l'attend sa fiancée !

Au programme du jour figurent la répétition de la cérémonie au sein de la chapelle du grand domaine et la vérification de l'avancée des derniers préparatifs. Au milieu de tout ça, on ne m'ôtera pas de la tête que quelque chose cloche avec ce mariage.

— Écoute, Emmanuel, tu ne vas pas bien. Ça se voit comme le nez au milieu de la figure, depuis lundi matin. Tu as débarqué au cabinet avec une mine patibulaire qui n'a pas quitté ton visage. Il faut que l'on règle ça avant que ça devienne embarrassant. C'est à cause de Christine ?

Il tourne vers moi un regard où la lassitude le dispute à l'égarement. Il ressemble à un gamin perdu.

— Ce n'est pas Christine, non. Enfin, si, un peu. C'est… je pense… non, j'en suis convaincu… Une personne de mon entourage essaye de compromettre mon union avec Blanche.

— Qu'est-ce qui te fait dire ça ?

— Christine, pour commencer. Elle affirme que c'est moi qui lui ai demandé de me rejoindre à ce club privé.

— J'ai entendu cette partie de votre conversation et je t'ai aussi entendu la traiter de menteuse.

— C'est la vérité. Je n'ai pas eu de contact avec elle depuis plus de quatre ans, maintenant. Depuis qu'elle a refusé de s'installer dans le Sud avec moi.

— Et, aujourd'hui, elle est là. Tu crois qu'elle a pu te suivre à la trace et inventer cette histoire de messages ?

Il secoue la tête, puis sort son portable de sa poche de pantalon. Je l'observe tandis qu'il pianote sur l'écran, qu'il finit par tourner vers moi. Je parcours rapidement la conversation. Christine a partagé l'échange qu'ils sont censés avoir eu, afin de prouver sa bonne foi. Je saisis mieux le trouble de Pim's devant ces nouvelles preuves. Quelqu'un a effectivement usurpé son identité afin d'attirer son ex-petite amie à cette soirée. Dans quel but ? Il faudrait bien plus qu'un moment de retrouvailles pour rompre l'engagement de Pierre-Emmanuel envers Blanche. Ce n'est pas bien judicieux, mais certainement très retors.

— Je suppose qu'elle n'a aucune idée de la personne à l'origine de cette mauvaise blague ?

Un ricanement s'échappe de ses lèvres entrouvertes.

— Le hasard a voulu qu'elle habite à présent dans la région. Elle vient tout juste de s'installer à Toulon. Et tu ne devineras jamais quel genre d'entreprises elle y a ouvert.

Je hausse les sourcils en soupirant.

— Je m'attends à tout. Vas-y…

— *Wedding planner* ! Une chance que Blanche et moi ne l'ayons pas contactée pour préparer le nôtre !

— Étant donné les informations que contiennent ses messages, je dirais que celui ou celle qui s'est fait passer pour toi te connaît bien. En tout cas, Christine ne peut pas être seule dans le coup, sinon elle aurait effectué de sacrées recherches sur ton compte et, dans ce cas, ce n'est pas une agence dans l'événementiel qu'elle devrait diriger mais Scotland Yard.

— Si ce n'était que ça ! Tu te souviens sûrement de ce coup de fil, au cabinet, à propos de ce site immonde ? Un profil à mon nom avait été créé pour ça. Quelqu'un en a après moi, c'est certain.

— À qui tu penses ?

Il pince les lèvres, paraissant hésiter à se confier à moi.

— Ne me dis pas que je fais partie des suspects ?

Il se tourne vers moi, les yeux ronds de stupéfaction.

— Non, jamais ! Pas toi, Vincent. Tu es la personne la plus bourrée de principes que je connaisse.

Je tique un peu et décide de prendre cette indélicatesse pour un compliment.

— J'ai cru un temps que… non, laisse tomber, soupire-t-il.

— Si, c'est peut-être une piste à ne pas négliger.

— Valentine, lâche-t-il alors.

— Valentine ? Ne…

— Je sais, elle n'y est pour rien. Je t'épargne la plaidoirie pour sa défense. J'ai longtemps songé à elle comme coupable. La vacherie du site avec la photo de profil et le texte de présentation me décrivant comme un fétichiste des pieds à six orteils lui ressemblaient assez.

— Mais… ? Je sens à ta façon de t'exprimer qu'il y en a un.

— Elle n'avait aucun moyen de savoir, pour Christine.

Pas tout à fait, si l'on se souvient de ce que je lui ai confié, à savoir que le couple qu'il formait avec son ex était mieux assorti que celui qu'il forme avec Blanche.

Dans la mesure où je suis convaincu de son innocence, en plus du fait que je n'ai jamais mentionné le nom de famille de Christine lors de cette discussion, je ne juge pas utile d'en informer mon ami.

— Qui d'autre ? dis-je.

Pierre-Emmanuel se frotte le visage. Il est las, et l'affaissement de ses épaules me cause une peine immense. À vingt-quatre heures seulement de son mariage, il devrait être le plus heureux des hommes. Or, force est de constater que nous sommes loin d'un tel état de grâce.

— Nous serons vigilants, le rassuré-je. Si cette personne souhaite voir échouer tes noces avec Blanche, elle sera obligée d'intervenir avant demain après-midi. Le timing la poussera à prendre des risques. Nous la confondrons à ce moment-là.

Il acquiesce, l'air pensif. Je le sens enfin reprendre du poil de la bête.

— Je te remercie, Vincent. Tu es un véritable ami, un des rares qui m'acceptent tel que je suis, et qui a toujours été là pour moi. Tu ne peux pas savoir comme ton soutien m'est précieux, surtout en ce moment.

— Parce que, quels que soient nos défauts, il n'y a jamais eu de jugement entre nous. Toi aussi, tu as été là quand le malheur m'a frappé. Je n'oublie pas que tu as été le premier à débarquer à l'hôpital, quand Sandra a rendu son dernier souffle.

Mon regard, comme le sien, est légèrement humide. À force de remuer le passé, nous allons terminer en pleurs dans ma voiture.

Je me détourne le premier et consulte ma montre.

— Bon, si on ne reprend pas la route, notre mystérieux saboteur de mariage n'aura plus rien à démolir. Ta fiancée ne te pardonnera pas de te pointer en retard à la répétition.

Il éclate de rire, un son auquel il m'a peu habitué depuis dimanche dernier.

Nous nous garons sur le parking du vaste domaine de Chante Perdrix, constatant que tout le monde est déjà là. À notre descente de voiture, nos bruits de pas sont couverts par les « Vous voilà enfin ! » et autres « Nous vous attendions ! ». Je me retiens de rétorquer que nous avions un fiancé à remotiver.

Alors que je salue mon parrain et les parents de Blanche, j'aperçois enfin Valentine. Elle est aux côtés de Blanche. Toutes deux se tiennent à l'extrême opposé de Maryvonne et de sa mère. Je constate non sans étonnement que la future mariée ne manifeste guère d'empressement à rejoindre son promis. Bah ! Ce ne serait pas la première bizarrerie liée à cette union, et certainement pas la dernière, je le crains.

Le père Jean-François – un ami de la famille Vigneux, si j'ai bien compris – nous accueille au sein de la chapelle. Il a accepté de se déplacer pour unir les jeunes mariés, arguant qu'il était impensable pour lui de ne pas répondre à la demande de fidèles paroissiens et généreux donateurs de l'Église.

À plusieurs reprises, j'essaye d'établir un contact au moins visuel avec Valentine, sans succès. À croire que Blanche et Pierre-Emmanuel lui ont communiqué leur morosité.

Suis-je réellement le seul à remarquer à quel point tout ceci ne ressemble en rien à une ambiance de fête ? Mon mariage avec Sandra n'avait pas le quart du faste prévu pour demain, pourtant ce fut l'un des jours les plus heureux et les plus beaux de ma vie, après celui de la naissance de Jonas. Là, j'ai l'impression que l'on vient d'annoncer que la grand-mère d'un des époux est morte le matin même. C'est incompréhensible.

À la fin de la répétition, je laisse les fiancés et leurs familles à leur discussion avec la *wedding planner*, laquelle a débarqué avec son armée de décorateurs et les fleuristes afin de transformer le domaine.

Je rejoins le régisseur des lieux et Valentine, en pleine conversation.

— Quel endroit magnifique ! On se croirait dans un décor de film romantique, déclare cette dernière.

— Je vous remercie. Si vous voulez tout savoir, nous avons accueilli quelques tournages de films, ici. Il est vrai que le cadre est exceptionnel, tout comme la région, se félicite l'homme.

— Les fiancés ont eu de la chance de dénicher un endroit pareil en si peu de temps, dis-je en parvenant à leur hauteur.

— Si l'on ose appeler chance l'annulation d'un couple avant eux. Selon la rumeur, la future mariée aurait changé d'avis.

Le type et moi nous retournons dans un même mouvement. Valentine a soudain été prise d'une violente quinte de toux. Je lui tapote légèrement le dos pour l'aider, ne sachant quoi faire d'autre. Elle se redresse, le regard baigné de larmes. Ses paupières papillotent furieusement tandis qu'elle recouvre son calme.

— Ce… ce n'est rien. J'ai avalé de travers. Excusez-moi.

— Des rafraîchissements ont été servis dans le grand salon. N'hésitez pas à vous désaltérer. Le traiteur va bientôt servir les amuse-bouches qui vous seront proposés demain. Ils ont l'air fameux.

Le régisseur tourne alors les talons et s'éloigne. Valentine et moi sommes enfin seuls. Je m'approche d'elle. Elle recule. Son geste me déstabilise, et j'en viens à regretter de m'être levé ce matin. Je glisse la main dans mes cheveux.

— Maryvonne est au téléphone juste à quelques mètres de nous, m'indique-t-elle.

Je suis soulagé, pas par la proximité de la sœur de Pierre-Emmanuel, mais parce que l'attitude distante de Valentine ne signifie pas qu'elle fuit mon contact.

— Axel et toi allez bien ? lui chuchoté-je.

— Oui, très bien, merci. Et vous ?

— J'ai déposé Jonas à l'école. Il avait hâte de décrire à Axel sa dernière trouvaille sur *Animal Crossing.*

La nouvelle lui arrache un sourire.

— Tu n'as pas répondu à mon texto, hier soir. Un problème ? lui demandé-je.

— Je suis désolée. Je me suis endormie sur le canapé sitôt après avoir couché Axel. La semaine a été longue et le boulot fatigant. J'aime ce que je fais, m'occuper du bien-être de mes bénéficiaires. Seulement, j'en ai marre de la considération au ras des pâquerettes de ma cheffe et des familles.

— Et ton projet de reprendre tes études et de devenir infirmière ?

— C'est compliqué, il y a de nombreux paramètres à prendre en compte.

— Tu n'es pas seule, Valentine.

— J'en demande déjà beaucoup à mes proches.

— Je ne songeais pas à eux. Je suis là, maintenant, et j'aimerais t'apporter mon soutien.

Je lui souris, un peu gêné. Elle me sourit également.

— Tu es adorable.

— Tu m'as manqué.

Elle rougit, et son regard rivé au mien se fait plus coquin. Nos deux corps s'appellent, ils ont trop longtemps été privés l'un de l'autre.

— Toi aussi.

Il fait chaud, mais je m'embrase pour une tout autre raison que l'affolement du thermomètre.

— Je te proposerais bien qu'on s'accorde un petit moment en tête à tête, après le déjeuner, mais je sais que Pierre-Emmanuel et toi devez repartir ensemble.

Je pousse un profond soupir de dépit en tendant la main vers elle. J'en profite pour replacer derrière son oreille une mèche de ses longs cheveux échappée de son chignon.

— Nous avons fermé la clinique pour quelques heures seulement, le temps de venir ici. Si je n'avais pas une montagne de travail qui m'attend, cet après-midi, j'aurais renvoyé Pim's et sa belle-famille au village pour rester avec toi. Dimanche, peut-être ?

— Vous pourriez passer à la maison, ce soir, avec Jonas ?

— Ma famille débarque à 18 heures. Enfin, l'avion d'Élise atterrira une vingtaine de minutes avant celui de mes parents.

— Élise, c'est ta sœur ?

J'acquiesce.

— Dommage. J'avais oublié que tes parents étaient proches de ceux de P-E et qu'ils seraient présents.

— Mon père et le sien, c'est comme Pierre-Emmanuel et moi : une amitié qui résiste au temps et aux petits accrochages.

Les bruits de pas sur les graviers et les voix se rapprochant nous indiquent que les mariés et leurs parents en ont terminé avec la *wedding planner.* Valentine et moi suivons le groupe jusqu'à la terrasse du grand salon, où les rafraîchissements ont été servis. Notre progression se fait sous l'œil attentif de Maryvonne. Ça promet !

Plus tard, entre deux consultations au cabinet, je me repasse en boucle le repas de midi. Plusieurs détails me turlupinent. L'humeur de Blanche, comme l'entrain surjoué de Pierre-Emmanuel. Le regard fuyant de Valentine, chaque fois que j'ai tenté d'établir un contact visuel avec elle. L'absence de dispute entre Pim's et elle, comme si chacun d'eux était trop préoccupé pour se soucier de l'autre. Enfin, l'insistance de Maryvonne pour que je m'installe à côté d'elle.

La suite n'a été qu'enfer et damnation : elle m'a tenu la jambe au sujet de mon fils et de notre vie à deux dans une maison sans présence féminine. J'admets avoir été lent à la détente, et il a fallu sa grossière tentative pour savoir si la place était toujours vacante dans mon lit, un peu avant qu'on entame le plateau de fromages, pour que je percute ; mieux vaut tard que jamais. À partir de là, je me suis employé à doucher ses espoirs, disons même que je les ai noyés, si bien qu'au moment de se quitter elle m'a à peine souhaité un bon après-midi. Mon manque d'enthousiasme à m'occuper de son chat l'a vexée… ainsi que mon absence de diplomatie. Je n'ai pas encore digéré la façon dont elle s'est adressée à Valentine, samedi dernier.

Un autre détail m'a également perturbé, un SMS envoyé par Clara. Je suis tombé dessus, par hasard, tandis que Valentine avait laissé son portable sur la table en s'éclipsant aux toilettes. En substance, son amie s'inquiétait de la suite de l'opération « On dézingue la meringue » pour le lendemain.

« Demain ? » Comme le mariage de Blanche et Pierre-Emmanuel ? Et quid du terme « opération » ? Et que vient faire une meringue là-dedans ? J'ai eu beau chercher, j'ai séché, et l'heure n'est plus au brainstorming.

Aux alentours de 18 heures, Jonas et moi récupérons Élise à l'aéroport, une bonne demi-heure avant mes parents. La première chose qui me choque, en la revoyant, est son nouveau look. Ma sœur a plus changé de coiffure au cours des douze derniers mois que durant mes six années en Afrique. Là, c'est carré *weavy* court, et son châtain d'origine s'est transformé en blond vénitien, ce qui lui va à ravir et rehausse ses yeux d'un bleu océan. Comme d'habitude, elle n'a pu s'empêcher d'apporter un cadeau pour Jonas qu'elle gâte bien trop depuis la disparition de Sandra. C'est sans doute le seul point commun entre nos parents et elle, cette propension à chouchouter mon fils.

Pour être honnête, tous trois ont des difficultés à se comprendre depuis que la communication est devenue difficile entre eux. La raison en est le choix de ma sœur de s'installer avec un homme qu'ils désapprouvent, et l'intention assumée du couple de ne pas avoir d'enfants ; un affront à la lignée des Agniel, selon notre père. Ce à quoi Élise a rétorqué qu'avec la naissance de Jonas, celle-ci était assurée, alors qu'on lui foute la paix. Un langage grossier aussitôt réprimandé par un regard sévère de notre mère et une remarque sur la mentalité « d'écolo extrémiste » de Gaël, mon beau-frère, pisciculteur de profession et grand coupable de l'exil de ma sœur au « fin fond » de la Bretagne.

Cela dit, dans la mesure où Gaël et Élise ne sont pas mariés aux yeux de « notre Seigneur », on ne saurait lui attribuer le titre de gendre ou beau-frère. Une subtilité dont je me moque éperdument, puisque j'apprécie l'homme qui a su rendre ma petite sœur heureuse. Je regrette qu'il n'ait pas pu se libérer, tout en étant le premier conscient de l'exigence de certains métiers.

En définitive, Gaël ou Sandra, c'est le même combat, avec nos parents. Les deux ne seront jamais assez bien à leurs yeux. L'un comme l'autre rêvait d'un grand mariage pour chacun de nous, à l'image de celui auquel nous assisterons demain. Dans le fond, qu'est-ce qui importe le plus : la simplicité d'un vrai bonheur ou le grandiose d'une union tronquée ?

Je m'interroge, au vu du spectacle d'aujourd'hui.

À table, devant les plats que j'ai eu la présence d'esprit de commander chez le boucher-traiteur du village, les banalités entre adultes succèdent au bavardage de Jonas. Quant à moi, j'ai l'esprit ailleurs. Je reste taraudé par le message mystérieux à propos de cette meringue à dézinguer. Quant à l'attitude plus qu'étrange de Valentine face à des mariés évoquant davantage des condamnés en route vers la potence plutôt que vers l'autel, elle me dérange.

Je n'y tiens plus et me lève de table. Tous les regards se braquent sur moi. Ma mère repose lentement sa fourchette dans son assiette encore pleine. Élise relève un sourcil, et ses lèvres esquissent un sourire en coin.

— Que t'arrive-t-il, mon cher frère ? Je te sens préoccupé depuis que nous sommes revenus de l'aéroport. Une annonce à nous faire ?

C'est au tour de mon père de lever un sourcil si haut que celui-ci menace de sortir du cadre de son visage.

— Non, j'ai… je me suis simplement rappelé que j'ai une dernière chose à voir avec l'autre témoin. Je n'en aurai pas pour très longtemps.

— Tu vas chez Valentine et Axel, papa ? Je peux venir avec toi ? demande Jonas.

— Non, mon chéri. Je ne sais même pas si Axel est chez eux ou chez bonne-maman.

— Bonne-maman ? s'exclame ma mère. Comme c'est charmant, comme surnom ! Et qui est donc cette Valentine ?

— La témoin de Blanche et une amie. Son fils et Axel sont scolarisés au sein du même établissement.

— C'est mon super copain ! ajoute Jonas. Au début, on s'entendait pas très bien, parce que d'autres garçons l'embêtaient en racontant des bêtises sur sa mère, mais…

— Quelles bêtises ? l'interroge mon père.

— Jonas, tu ferais mieux de terminer de manger, lui recommandé-je.

Puis je m'adresse à mes parents :

— Valentine est une amie, aucun propos déplacé ne sera tenu sur elle dans cette maison, est-ce clair ? Cette conversation s'arrête là.

Ma sœur acquiesce. Mes parents l'imitent. Il n'empêche, les propos de Jonas ont titillé leur curiosité. Le « Très bien » guindé de ma mère m'accompagne, tandis que je récupère mes clés de voiture et mon portefeuille dans l'entrée.

Devant l'immeuble de Valentine, je croise deux de mes patients, tenus en laisse par leurs maîtres. J'avais oublié qu'il était l'heure de la balade du soir.

Je compose le code de la porte et m'engouffre dans le hall. Je frappe ensuite à celle de l'appartement qui m'intéresse. La locataire des lieux a un léger hoquet surpris en me découvrant sur le palier. J'imagine qu'elle me pensait à table avec ma famille, chose vraie il y a encore dix minutes.

— Vincent ? Je te croyais avec tes parents.

— Je suis désolé de débarquer à l'improviste. Je te dérange ?

Se rendant compte que nous sommes toujours à moitié dans le couloir, elle se décale pour m'inviter à entrer. Je salue Axel installé devant la télévision, un plateau-repas sur les genoux.

— Je vous ai interrompus pendant que vous regardiez un film. Pardon.

— Ce n'est pas grave. Je suis contente de te voir, au contraire. Où est Jonas ? Un problème avec ta famille ?

— Non, rassure-toi, ça n'a rien à voir. Je voulais simplement te parler d'un truc qui me chiffonne depuis le déjeuner.

Elle en perd intensément le sourire, avant de se recomposer une expression plus neutre. Je suis de plus en plus convaincu qu'elle me cache quelque chose.

— Oui, je t'écoute.

Je prends une profonde inspiration.

— Eh bien, voilà… J'ai aperçu le contenu d'un message sur ton téléphone. Tu l'avais laissé sur la table en partant aux toilettes. Je n'ai pas spécialement cherché à le lire, mais j'ai vu le nom de Clara, et elle se demandait ce que tu avais prévu pour « dézinguer la meringue ». Tu avoueras que c'est perturbant.

Je baisse les yeux. Valentine se martyrise les doigts. Elle en prend conscience et s'interrompt.

— Vincent, j'ai…

Elle hésite, c'est évident.

— Tu veux qu'on arrête de se fréquenter ? Tu envisageais de me l'annoncer demain ? C'est moi, la meringue ? Tu me trouves trop coincé ?

Elle se redresse vivement. J'en sursaute presque. Son visage s'éclaire, tandis que je lui expose les raisons de mon désarroi.

— Absolument pas, non ! Je ne te considère pas comme quelqu'un de coincé. Je pense que ce qu'il y a entre nous quand les garçons ne sont pas là le prouve, marmonne-t-elle pour éviter qu'Axel ne l'entende. Non, je me sens bien avec toi. J'ai envie qu'on reste ensemble, seulement j'ai peur.

— De quoi ?

— Ben, de ne pas coller avec le décor, de déplaire à tes parents, qu'on ne me juge pas assez bien pour toi, que cette fausse réputation qui me colle au c… à la peau me pourrisse l'existence indéfiniment, et que tu m'abandonnes, toi aussi…

Elle débite ses craintes avec un tel affolement que j'en perds le fil. Tout ce que je retiens, c'est que son statut de mère adolescente et les ragots ont terriblement mis à mal l'image qu'elle a d'elle-même et sa confiance en elle. Elle a beau renvoyer l'apparence d'une guerrière prête à affronter la terre entière et ses hordes de commères assoiffées de potins, elle n'en demeure pas moins une jeune femme qu'un crétin a larguée au moment où elle avait besoin d'un homme qui endosse ses responsabilités. Elle a été la seule à porter le fardeau que représentent les coups d'œil hostiles et les chuchotements qui les accompagnent. Heureusement, elle a pu compter sur le soutien sans faille de sa famille, mais preuve en est que ça ne suffit plus.

— Demain, on ira ensemble à la cérémonie, décidé-je. Peu importe les commérages, je serai honoré d'être ton cavalier et de me présenter avec toi à mon bras. Si tu le veux, évidemment.

— Tu n'es pas obligé, Vincent.

— Je ne le fais pas par obligation. Tu rencontreras mes parents, mais ne te sens contrainte à rien. Ça fait bien longtemps qu'ils n'ont plus leur mot à dire sur la façon dont je mène ma vie. Pour la petite histoire, ils n'ont jamais vraiment accepté Sandra, parce qu'elle était différente et qu'ils ne la comprenaient pas. Ma sœur rencontre les mêmes difficultés avec son compagnon, mais elle le vit très bien. Donc, aucune pression. OK ?

Elle acquiesce.

— Quant à ce qui m'a amené ici, je me suis trompé, visiblement. Je te demanderais bien qui est cette meringue, mais ça ne me concerne pas.

Je lui décoche un clin d'œil, avant de déposer un baiser sur ses lèvres et de saluer Axel.

Alors que je m'apprête à ouvrir la porte, Valentine m'arrête dans mon geste.

— Tu n'as pas trouvé l'ambiance bizarre, au déjeuner ?

— Si. Les deux futurs époux avaient l'air aussi joyeux que des condamnés à mort, et personne n'a paru s'en soucier. Même la perspective de devenir le gendre de Jacques Vigneux ne semble plus suffisante pour mettre en joie Pierre-Emmanuel. Peut-être que tout est allé trop vite. Pim's a fait sa demande mi-mars, au moment de fêter l'anniversaire de leur rencontre. Ensuite, ils ont été pris dans le tourbillon des préparatifs. Plusieurs facteurs pourraient expliquer cette sensation de gueule de bois à la veille du jour J.

— Et s'ils faisaient une erreur ? S'il ne fallait pas qu'ils se marient ?

— Qu'est-ce que tu insinues ? Qu'on devrait les en empêcher ?

— Je dis que si on s'en rend compte, c'est que le fossé entre eux doit être grand.

— J'ai bien essayé d'aborder le sujet avec Pim's, seulement, l'unique chose qui le préoccupe n'est pas de savoir si Blanche l'aime assez pour l'épouser, mais de découvrir qui tente par tous les moyens de saboter son mariage avec elle.

— Que… Ah bon ? C'est lui qui te l'a dit ?

Je hausse les épaules et jette un coup d'œil derrière Valentine pour m'assurer que les jeunes oreilles d'Axel sont toujours à distance.

— La réapparition soudaine de son ex-petite amie sur la base d'une prétendue correspondance, associée à cette blague sur son supposé profil sur le site adopte-un-BDSM.com, laisse penser que quelqu'un s'escrime à ternir sa réputation, en plus de l'éloigner du chemin de la mairie. Raison pour laquelle je lui ai promis d'ouvrir l'œil, demain. Le reste n'est pas de mon ressort. Bonne soirée, ma chérie. J'ai hâte de t'admirer dans ta jolie tenue !

Je me penche pour capturer les lèvres de Valentine et m'en vais, serein. Tout ira bien.

Le lendemain, je suis contraint de réviser mon jugement. Plusieurs signaux éveillent mes soupçons dès le moment où nous rejoignons les autres, sur le parvis de l'hôtel de ville. Si Valentine se présente, éblouissante, dans une robe lilas, la mariée tarde à faire son apparition. Lorsqu'elle arrive enfin dans la voiture de son père sur le parking, nous attendons encore qu'elle exécute son entrée dans la salle des fêtes de la mairie.

Valentine s'éclipse. J'intercepte son échange de regards avec Clara, assise au milieu des convives. Un mauvais pressentiment m'assaille. Je choisis de la suivre et m'excuse auprès d'un Pierre-Emmanuel sous pression.

En chemin, j'ignore les tentatives de Clara d'empêcher ma progression. J'en comprends la raison une fois dans le couloir. Valentine a la main sur le bouton de l'alarme incendie.

— Valentine, ne fais pas ça !

Chapitre 21

Le regard perdu, je ne prête aucune attention à ce qui se déroule à l'écran. Le film n'a pas su capter mon intérêt, malgré le personnage principal qui n'hésite pas à se promener torse nu. Depuis quand les super-héros étalent-ils ainsi leurs muscles ? Est-ce pour les enfants ou pour les mères ?

— Maman…

— Oui, mon poussin ?

Axel grogne pour la forme et me demande une nouvelle portion de pâtes. Ma semaine a été si intense que je n'ai pas eu le courage de cuisiner plus qu'un plat de coquillettes avec des lardons, de la sauce tomate et un peu de gruyère râpé. En gros, les restes qui traînaient dans notre réfrigérateur.

J'en suis réduite à commander un *drive* pour demain matin, juste entre le rendez-vous chez le coiffeur et le moment d'enfiler ma robe. Mon humeur en prend un coup, si tant est qu'elle puisse être plus morose. Mon opération « On dézingue la meringue » est un fiasco du début à la fin. Certes, je n'y ai pas mis beaucoup de conviction. Pauvre Blanche ! Elle va croire qu'elle ne peut pas compter sur moi, et elle n'aura pas tort. Dès qu'elle m'en a parlé, je n'ai vu que les inconvénients à se lancer dans une telle entreprise. Pourtant, je ne suis pas parvenue à la faire renoncer à ce projet et discuter avec Pierre-Emmanuel.

— Maman, on a frappé !

— Comment ?

— On a fr…

Deux nouveaux coups se font entendre. Qui cela peut-il bien être ? Blanche ? S'est-elle enfin décidée à mettre un terme à cette comédie ridicule ? Pleine d'espoir, j'ouvre et me fige.

Vincent…

Convaincue que Blanche viendrait m'annoncer la nouvelle que je souhaite entendre, je n'ai pas songé qu'il pourrait lui aussi me rendre visite, d'autant plus que je le croyais avec ses parents. Je n'envisage donc qu'une seule raison à sa présence : il sait… Il a compris que je suis derrière le retour de Christine.

Même si ça n'a en rien contrecarré le mariage, Blanche a bien noté que Pierre-Emmanuel était moins… disons… plus souvent dans la lune et moins en train de discourir sur M. Vigneux.

Mes craintes se confirment lorsque Vincent mentionne le message de Clara, entrevu sur la table, quand je me suis éloignée pour aller aux toilettes.

Comment lui expliquer la situation ? Comment faire pour qu'il mesure à quel point je suis loyale à Blanche ? Enfin, non, il s'en doute bien. Il faut avoir une confiance aveugle en quelqu'un pour le charger de saboter son mariage. Mais jamais je ne pourrai rembourser la dette que j'ai auprès de mon amie.

Des sueurs froides glissent le long de mon échine. Je vais le perdre. Même si c'était couru d'avance, une infime partie de moi pensait qu'un happy end demeurait possible.

— Tu veux qu'on arrête de se fréquenter ? Tu envisageais de me l'annoncer demain ?

Quoi ?!

Je relève la tête et rencontre son regard empli de crainte.

— C'est moi, la meringue ? Tu me trouves trop coincé ?

Je lui rirais bien au nez si le moment n'était pas aussi important. C'est avec un sourire presque douloureux que je le rassure à voix basse pour qu'Axel ne surprenne pas notre conversation. Et que je lui fais part de mes propres peurs, celle de ne pas coller avec le décor, celle de déplaire à sa famille, celle qu'il m'abandonne…

Résultat, il me propose que demain nous nous montrions au grand jour pour ce que nous sommes : un couple.

Je déglutis difficilement en songeant que je tiens là une bonne raison pour ne plus interférer. Venir avec lui et poursuivre ma mission serait malhonnête. Je dois faire un choix, Blanche comprendra parfaitement. Oui, il faut qu'elle comprenne.

Enhardie, j'ose alors exprimer mes doutes sur l'état d'esprit des futurs mariés. Il convient qu'il ne les trouve pas très enthousiastes, lui non plus, et que, peut-être, les choses sont allées un peu vite. Puis il ajoute que Pierre-Emmanuel a découvert que quelqu'un cherchait à saboter son mariage.

Toute chaleur quitte mon corps. Je bredouille un vague :

— Que… Ah bon ? C'est lui qui te l'a dit ?

J'ai l'impression qu'un panneau lumineux clignote sur mon front pour crier au monde entier que je suis la coupable.

Mais il énumère les faits qui ont mis la puce à l'oreille de P-E, sans paraître me soupçonner. À aucun moment.

Lorsqu'il se décide enfin à partir, me gratifiant d'un « Bonne soirée, ma chérie », je prends conscience de la mauvaise personne que je suis. Une usurpatrice. Une menteuse. Même son baiser me donne la nausée, tant je me sens mal de le tromper de la sorte.

Longtemps après qu'il est sorti de l'immeuble, je continue de fixer la porte. Je dois trouver une solution pour m'extirper du guêpier dans lequel je patauge. Je ne veux pas le perdre, il est pour moi et à moi.

En rejoignant Axel devant la télévision, je décide de téléphoner à Blanche. L'opération « On dézingue la meringue » est un fiasco, elle va devoir agir en son nom. Quelles que soient les conséquences, je serai là pour elle.

Quant à Vincent…

— Il voulait quoi ? s'enquiert mon fils, sans quitter l'écran des yeux.

— Il avait quelque chose à me demander pour demain.

Arrêter de le fréquenter ? Il pensait sérieusement que je pourrais rompre avec lui ! S'il savait à quel point je l'ai dans la peau… Nous ne nous connaissons pas depuis longtemps et sommes ensemble depuis à peine un mois, pourtant je dois me faire violence pour ne pas lui crier que je l'aime. Ce sentiment si beau et si noble me tord les entrailles dès qu'il entre dans mon champ de vision ou que j'entends sa voix. Je l'aime, tout en trahissant l'un de ses principes, l'honnêteté.

— Dépêche-toi d'aller dormir ! dis-je avec un petit sourire.

— S'il te plaît, laisse-moi…

Je secoue la tête. Ce soir, je serai intransigeante parce que, en plus de convaincre Blanche de me libérer de ma parole, je dois décider comment révéler à Vincent les coups fourrés que j'ai enchaînés ces derniers temps pour nuire au mariage.

Tu vas te retrouver seule. Il va t'abandonner...

Peut-être, mais il saura la vérité.

Le lendemain, je me sens presque sereine. Blanche a fini par se ranger à mon avis. Il est maintenant trop tard pour que j'intervienne, elle seule a le pouvoir d'y mettre fin.

Heureuse, je sors de la voiture de Vincent qui n'a eu de cesse de me complimenter depuis que Jonas et lui sont passés nous chercher à la maison. Ce dernier a même ajouté son petit grain à l'édifice, avec les joues rouges et la voix enrouée. Sa timidité soudaine m'a émue et bien plus touchée que les mots de son père.

— Coucou, grand frère ! roucoule une femme blonde.

Son regard ne me quitte pas et m'examine avec bienveillance et un brin de surprise.

— Je suis Élise. Valentine, c'est bien ça ?

— Exactement.

Je lui tends la main avant de comprendre l'absurdité de mon geste. Loin d'être dupe, elle doit se douter que Vincent et moi sommes plus que deux témoins préparant la noce de leurs amis. La paume de mon compagnon au creux de mes reins donne la mesure de notre niveau d'intimité. Alors, serrer la main de sa sœur… Tout aussi stupide que de vouloir lui faire la bise sans chercher à la connaître plus. Mon Dieu, pourquoi les relations sont-elles aussi compliquées ? Pourquoi faut-il toujours que des éléments extérieurs puissent tout gâcher ?

— Les parents vous attendaient pour entrer à la mairie, déclare-t-elle en reportant enfin son attention ailleurs. Pierre-Emmanuel est déjà là. Il est arrivé un peu avant nous.

— Et la mariée ? demandé-je, nerveuse.

Élise hausse les épaules et jette un coup d'œil derrière elle, vers un couple à l'allure distinguée. Je sais que Vincent appartient à une famille tout aussi huppée que Pierre-Emmanuel ou encore Blanche. Seulement, en avoir la preuve sous les yeux ne m'aide pas à me détendre.

Une main se glisse dans la mienne. Axel, mon petit homme. Il est si beau dans son costume sombre et sa chemise blanche ! Il tenait à porter une cravate, mais Vincent et moi avons réussi à convaincre les garçons que ce serait inconfortable et potentiellement dangereux, s'ils venaient à jouer au foot, par exemple.

Quand je relève les yeux vers Élise, je vois sa surprise, mais aucun jugement. Voilà une bonne chose de faite. Autre réaction côté Agniel seniors. La mère me regarde avec un sourire torve, tandis que le père se montre tout juste correct en feignant presque de ne pas m'avoir vue. Heureusement que Vincent m'a prévenue, hier soir.

Préférant me taire plutôt que de risquer une bévue, je les accompagne jusqu'au parvis de la mairie, où la plupart des invités patientent en discutant.

Un peu à l'écart, je repère Clara qui fume une cigarette tout en observant une femme non loin d'elle. Même si elles sont loin d'être les meilleures amies du monde, elle et Blanche s'entendent assez pour passer du temps ensemble et s'entraider quand c'est nécessaire.

Discrètement, j'attire l'attention de Vincent et lui indique que je vais la retrouver.

— Je reste là, maman, déclare Axel en désignant Jonas de la tête.

J'acquiesce et rejoins ma meilleure amie, qui me détaille de la tête aux pieds.

— Tu es magnifique, murmure-t-elle.

Les joues rouges, je caresse ma robe lilas. Blanche a insisté pour me payer une tenue de rêve à l'occasion de ce qui ressemble à son exécution. L'ironie est flagrante pour moi, pour Clara aussi, mais pas pour le reste des personnes présentes.

— Qu'est-ce que tu vas faire, aujourd'hui ? me demande-t-elle.

— Rien.

— Et ton opération « On dézingue la meringue » ?

Un homme se tourne vers nous, puis fronce les sourcils, avant de juger que nous ne valons pas la peine qu'il gâche le botox qu'il s'est infligé pour paraître un an et demi plus jeune sur les photos.

— Blanche a accepté de se charger du final, dis-je tout bas. Vincent se doute de quelque chose, et…

Je porte la main à mes lèvres en quête de la chaleur du baiser que nous avons échangé un peu plus tôt.

— Il est amoureux, Valentine…

— Tu ne peux pas dire ça, grommelé-je.

— Ça se voit comme le nez au milieu de la figure !

— D'un, il ne me l'a jamais dit. De deux, quand il apprendra…

— Tu comptes le lui avouer ?

— L'honnêteté…

Sur le point de lui expliquer combien cette qualité est importante pour Vincent, je suis interrompue par Pierre-Emmanuel, qui invite tout le monde à entrer.

— Elle arrive ! répète-t-il, sans exprimer la moindre émotion.

Si je ne le connaissais pas, je dirais qu'il est très élégant dans sa tenue. Il est l'archétype du futur marié, celui qu'on croise dans tous les magazines sur le mariage. Son costume tombe parfaitement sur ses épaules. Quant à ses chaussures, elles sont si lustrées que nous pourrions y voir notre reflet.

Je suis les invités à l'intérieur, envoyant un sourire à Vincent, qui m'adresse en retour un clin d'œil. Notre connivence est palpable, et le sourire de sa sœur confirme que tout le monde en est témoin.

Dans la salle, je me place près de la grande table derrière laquelle se tient le maire. Debout, j'observe les gens qui s'installent sur les chaises mises à leur disposition. Les derniers arrivés restent dans le fond, contre les murs.

Nous patientons dans un joyeux brouhaha né des conversations qui se déroulent çà et là. Nous patientons un peu. Nous patientons beaucoup. Vincent discute avec les parents de Pierre-Emmanuel et les siens, assis juste derrière. À côté de ces derniers, Jonas et Axel chuchotent tout en riant. Ils se sont bien trouvés et sont inséparables. Jamais je n'aurais espéré une telle entente entre eux. Tout comme je ne pensais pas que Jonas puisse se rapprocher de moi, surtout après nos débuts chaotiques.

Soudain, mon téléphone vibre dans ma pochette. Craignant le pire, je me retourne par discrétion pour consulter le message.

Je ne vais pas y arriver. Fais quelque chose, STP. Un dernier petit truc.

Blanche…

Ma gorge se serre. Oppressée, je cherche une solution et croise le regard de Clara. Elle fronce les sourcils, puis comprend, enfin, je pense. Son visage s'éclaire et, aussitôt, elle secoue la tête. Seulement, je suis déjà en route vers la sortie. Mes jambes me portent à peine. Dans le couloir, je pose la main sur le mur. C'est l'heure du grand choix : Blanche ou Vincent ?

Mes doigts rencontrent quelque chose de dur. Une alarme incendie. Si je tire dessus…

— Valentine, ne fais pas ça !

Vincent !

— Non ! Ce n'est pas…

Je suis son regard. Ma main. Elle est toujours sur l'alarme incendie. Comment me défendre, alors que tout semble contre moi ?

— C'était donc toi ? demande-t-il, l'air profondément déçu.

Avant que je puisse lever le malentendu, il enchaîne :

— Quand je pense que je t'ai défendue ! Ils avaient raison.

Sa dernière phrase me glace. Mes bras retombent le long de mon corps, tandis que je dresse la liste de toutes les rumeurs qui courent sur mon compte. Mes différentes relations sentimentales, mes aptitudes, mon incapacité à être une bonne mère, une femme accomplie…

— Pierre-Emmanuel et Maryvonne se doutaient que tu serais susceptible de saboter les noces, mais je t'ai toujours défendue.

Légèrement soulagée, je me redresse et attends la suite.

— Tout ceci ne te concerne pas, Valentine ! De quel droit te mêles-tu des affaires de ce couple ?

— Ils ne sont pas heureux, murmuré-je.

— Ce n'est pas à toi de décider ! s'exclame-t-il sèchement.

Ce n'est pas moi !

Seulement, je ne peux lui en parler. Avouer que la future mariée est ma commanditaire, voilà bien la dernière chose à faire.

— Supporterais-tu que quelqu'un décrète que nous n'avons rien à faire ensemble ?

— Tout le monde s'y emploie, répliqué-je. C'est même pour ça que nous avons tenu à garder le secret.

— Peut-être, mais il n'y a que moi pour dire que tout ça est allé trop loin. Comment veux-tu que je te fasse confiance, après ça ?

Mon cœur se serre tandis que je comprends la portée de cette simple phrase. C'est la fin, le terminus. C'était inévitable, pourtant le choc me bloque la respiration.

Je fais un pas dans sa direction.

— Un problème ? demande soudain Élise, apparaissant derrière son frère.

— Non, Valentine s'apprêtait à partir.

— Ah bon ?

Elle se tourne vers moi, attendant ma confirmation. Que je lui donne d'un bref mouvement de tête. Puis, comme un automate, je gagne la porte menant au parvis. Le corps douloureux, je localise la voiture de collection louée spécialement pour l'occasion. Celle prévue pour emmener les mariés sur le domaine où aura lieu l'échange de vœux dans la chapelle. À l'intérieur, Blanche est plongée dans ses pensées. Qu'ai-je fait ? J'ai ruiné mon couple sans la sauver d'un mariage catastrophique.

Mes enjambées se font plus longues, bientôt je cours pour la rejoindre. La portière est à peine ouverte que je me jette contre elle, ne contenant plus mes larmes.

— Je suis désolée, répété-je à foison.

Pas question de la perdre elle aussi à cause de mon incompétence chronique. Au bout de la dixième fois, ma voix se brise. Ils ont raison, je suis une incapable.

— Valentine, que se passe-t-il ?

— Vincent me déteste.

Elle me caresse les cheveux, prenant soin de ne pas réduire à néant ma coiffure. L'instant est si chargé d'émotion que je lui raconte tout. Notre première rencontre, les suivantes… Ce bouquet de persil qui restera un élément important de ce quelque chose que nous avons amorcé tous les deux alors que, déjà à l'époque, je sapais mes chances d'une fin heureuse.

— Tu aurais dû me le dire.

Oui. Avec le recul, je comprends qu'elle a raison. Mais j'avais enfin un moyen de lui renvoyer la pareille, après toutes ces années. En la tirant du mauvais pas dans lequel elle s'était fourrée, j'espérais ne plus me sentir redevable.

— Il te pardonnera, Valentine.

— Non.

Vincent est comme ça, c'est un homme de principes. Je l'ai déçu et le payerai toute ma vie. Peut-être tenterai-je de m'expliquer, quand la tempête sera passée. Cela me laisse quelques jours pour affûter ma défense. Ou pas. Est-ce vraiment utile de me ridiculiser en le suppliant ?

Décidée à sortir de mon marasme, je me redresse et m'essuie les joues.

— Je ressemble à un panda ?

— Non, à une femme amoureuse, répond-elle.

— Et avec le cœur brisé.

Nous échangeons un pauvre sourire.

— Et toi, tu ressembles à quelqu'un qui va à l'échafaud, ajouté-je avec un petit rire sec.

Elle hoche la tête et me serre la main.

— Mais nous sommes ensemble.

J'acquiesce et rouvre la portière. J'aperçois ses parents, en compagnie de Vincent et Pierre-Emmanuel. Depuis le parvis de la mairie, ils nous regardent avancer dans leur direction.

Lorsque nous sommes parvenues à leur hauteur, je me place un pas derrière ma meilleure amie.

— Que faisais-tu ? demande M. Vigneux en lui attrapant le bras. Tout le monde s'impatiente !

Malgré son menton relevé et l'assurance qu'elle paraît dégager, Blanche bafouille. Elle se tourne vers moi.

— Vas-y, lui soufflé-je.

— Valentine, pourquoi ne suis-je pas étonné de te découvrir derrière toute cette affaire ! s'écrie Pierre-Emmanuel en se dirigeant vers moi. Je suppose que tu as tenté de la convaincre que je n'étais pas fait pour elle, que tu savais mieux que ses parents.

Pas surprise d'être prise à partie, je carre les épaules. La meilleure des défenses est toujours l'attaque… Après un rapide coup d'œil à Vincent, je me décide à entrer dans l'arène, où se signera l'arrêt de mort de mon couple avec l'homme que je n'ai jamais mérité.

— Vous n'êtes pas faits l'un pour l'autre, P-E. Il n'y a qu'à vous voir ensemble pour comprendre que rien ne vous lie. Vos passions, vos goûts, vos loisirs… Vous n'avez rien en commun !

— Et… ? rétorque-t-il. Un couple est basé sur les concessions. Notre différence d'âge explique nos divergences, mais je ne doute pas que Blanche finira par se ranger à mes goûts.

— Tu ne lui demandes que d'être une poupée parfaite que tu exhibes devant les abrutis qui te servent d'amis. Sais-tu qu'elle rêve d'effectuer un saut à l'élastique, pour ses vingt-cinq ans ?

— Bien sûr que non ! s'exclame-t-il en s'approchant plus encore de moi. Tu es bien la seule à te conduire de manière aussi inconsidérée.

Ravalant la rage qui m'étouffe et menace de faire plus de dommages, je lève les mains et recule. Ce combat est perdu d'avance pour moi, seule Blanche pourra en venir à bout.

— Ma chérie, tu dois te ressaisir, déclare Mme Vigneux en rejoignant sa fille. Ce mariage, c'est tout ce que tu voulais. Tu ne dois pas te laisser influencer par des envieuses qui cherchent à piétiner ton bonheur.

Un silence. Long. Trop long. Blanche est en train de peser le pour et le contre. Je la connais, elle réfléchit pour ne blesser personne, quitte à s'oublier, une nouvelle fois.

— Tu as raison, maman.

L'idée qu'elle puisse aller jusqu'au bout de cette farce me glace. Elle ne peut pas. Elle ne doit pas.

Avant d'avoir songé à ce que je pourrais encore lui dire, je pose la main sur son bras. Elle me sourit.

— Tu ne me laisses pas tomber, hein ?

Je secoue la tête.

— À la vie, à la mort.

Mon destin est scellé. Je vivrai donc entourée de chats qui grignoteront mon cadavre, pendant que mon fils fera sa vie loin de sa mère célibataire endurcie, au cœur définitivement brisé. Et dire que je ne voulais même pas de Fous-moi le Camp !

Chapitre 22

Je flotte dans un demi-brouillard. Tout ceci n'est pas réel, ce n'est qu'une saleté de cauchemar dont je ne vais pas tarder à me réveiller.

Sur le papier, nous sommes rassemblés ici pour célébrer un mariage. Une fête grandiose est censée suivre, or j'ai la vague intuition que nous ne sommes pas au bout de nos surprises. Pour ma part, j'ai déjà reçu le premier coup de massue il y a moins de dix minutes, en découvrant Valentine la main sur le système de l'alarme incendie.

On pourrait objecter que je ne lui ai pas laissé l'opportunité de se défendre. Un argument auquel je répondrais par ceci : la culpabilité transparaissait dans son regard et son attitude. J'ai tout de suite senti, dans cette salle, au milieu de l'agitation, le changement qui s'est opéré en elle ; sa façon mécanique de se déplacer, comme obéissant à des instructions. Puis il y a eu cet échange non verbal avec Clara, qui m'a convaincu qu'un coup se tramait. J'aurais voulu avoir tort, me fourvoyer, tomber sur une autre scène que celle à laquelle j'ai assisté. Mais non, Valentine est bien la personne qui a tenté à plusieurs reprises de faire capoter le mariage de nos deux amis.

C'est à peine croyable !

Cet appel au cabinet vétérinaire, le faux profil sur ce site de rencontres au nom racoleur, la présence de Christine à la discothèque et, maintenant que j'y pense, ce prospectus de club de strip-tease avec lequel je l'ai surprise, devant la voiture de Pierre-Emmanuel. Ce n'était pas un hasard, les forces cosmiques n'étaient qu'un alibi pour parvenir à ses fins.

À bien y réfléchir, c'est sans doute moi qui ai conduit Christine jusqu'à nous. Sans imaginer l'usage qu'elle allait en faire, j'ai communiqué suffisamment d'éléments à Valentine pour qu'elle mette son plan à exécution.

Je deviens paranoïaque et épluche tous les moments que nous avons partagés. N'ai-je été qu'un pion sur son échiquier ? Un moyen d'atteindre au plus près sa cible, Pierre-Emmanuel ? Une mine de renseignements possédant assez d'attrait pour être invitée dans son lit ?

Non, malgré ma déception, aussi grande que les espoirs que j'avais placés en ce « nous » qui a volé en éclats, je ne peux me résoudre à voir en elle cette femme que les autres caricaturent par méconnaissance ou méchanceté. Quelle que soit ma peine, je ne tomberai pas dans ce travers.

Je reprends pied dans la réalité. Ma sœur échange quelques mots avec Pierre-Emmanuel, qui fond ensuite sur moi. Je ne suis pas d'humeur à jouer les conciliateurs entre les partis. S'il ne tenait qu'à moi, je prendrais mon fils par la main et déguerpirais d'ici. Je suis émotionnellement épuisé !

— Que se passe-t-il, Vincent ?

Je soupire et me décide à le regarder franchement.

— Il va falloir trouver un autre témoin, si la mariée daigne enfin se présenter devant le maire.

— Comment ça ? Où sont Blanche et Valentine ?

— Au mieux, la première est encore dans la voiture, et la seconde est partie.

Ses yeux sont tellement écarquillés qu'ils menacent de sortir de leurs orbites.

— Partie où ça, nom de Dieu ? La cérémonie devrait avoir commencé depuis dix minutes !

— Je n'en sais foutre rien, Pim's ! Voilà, tu es content ? J'en ai ma claque ! La femme que j'aime vient de trahir ma confiance, et celle censée vouloir t'épouser n'a pas l'air pressée de se présenter devant l'autel. Que veux-tu que je te dise de plus, à part que c'est un merdier pas possible ?

Ça y est, je craque ! En plus, je viens officiellement de reconnaître devant témoins être tombé amoureux d'une femme qui s'est probablement foutue de moi de A à Z.

En face de moi, Pierre-Emmanuel est abasourdi. Il n'a pas le temps de me cuisiner à ce sujet – étant donné la situation, il y a plus urgent à régler –, car ses parents et ceux de Blanche déboulent en réclamant des explications.

Pim's leur emboîte le pas afin de les suivre à l'extérieur, puis, avisant mon immobilité, revient en arrière et m'attrape le poignet.

Au moment de quitter le hall de la mairie, je croise le regard inquiet de ma sœur, à qui j'adresse un signe afin qu'elle retourne auprès de Jonas et Axel.

Depuis le parvis de l'hôtel de ville, nous apercevons Valentine et Blanche qui descendent de voiture et s'approchent. Le père de la fiancée perd son calme et lui saisit durement le bras, comme il le ferait avec un garnement récalcitrant. Des paroles blessantes sont prononcées, sans empathie ni égard pour la personne qui les reçoit. J'entends des arguments qu'une simple observation du couple pourrait réfuter, quand d'autres pourraient sortir de ma propre bouche.

Dans le fond, Valentine a raison. C'est sur la forme que nos points de vue divergent. J'ai pour habitude de ne pas interférer dans la vie d'autrui, quand bien même il serait question d'un de mes proches, parce que je ne supporterais pas qu'on agisse ainsi avec moi. Mon entourage m'a souvent reproché ces principes auxquels je m'accroche, mais que serions-nous, sans la liberté d'être, de devenir et de commettre nos propres erreurs ? J'ai tendance à affirmer que je préfère un véritable méchant qui s'assume à une personne fourbe se faisant passer pour ce qu'elle n'est pas. Au moins, avec le premier, on sait à quoi s'en tenir. Voilà pourquoi je travaille entouré d'animaux, eux ne mentent pas sur leur véritable nature.

Je me tiens en retrait, alors que j'ai envie de hurler que tout ceci commence à me rendre fou. Il m'apparaît clairement que Blanche ne désire plus ce mariage, pourtant ses paroles indiquent qu'elle compte entrer dans la mairie.

Le cortège funèbre entame alors sa procession vers la salle, où je suis le premier à pénétrer. Derrière moi, des bruits de pas, ceux de Valentine et des autres.

Je repère Clara dans l'assistance, elle a les yeux humides. Je reprends ma place avec l'enthousiasme d'un arbitre de cricket et m'astreins à adopter une attitude détachée. La tâche s'annonce ardue tant j'ai une conscience aiguë de la proximité de Valentine. J'ai peur de la regarder et de sentir mon cœur se morceler. Quelques mètres à peine nous séparent mais, la situation étant ce qu'elle est, nous pourrions aussi bien nous trouver sur deux rivages séparés par un océan d'incompréhension.

Pierre-Emmanuel revient à son poste. Il est raide comme un piquet, et son visage ne reflète plus aucune émotion, pas même lorsque le *Canon* de Pachelbel retentit dans les haut-parleurs afin d'annoncer l'arrivée de la mariée.

Cette union est vouée à l'échec. Comment pourrait-il en être autrement ? L'image de la main de Valentine sur le dispositif d'alarme s'impose à moi et, c'est horrible de l'admettre, mais j'en arriverais presque à regretter de l'avoir interrompue. Je fixe Blanche. Elle seule détient encore le pouvoir d'éviter la catastrophe. L'envie de l'attraper par les épaules et de la secouer comme un prunier pour qu'elle se réveille me démange. Si elle avait osé s'exprimer plus tôt, Valentine ne se serait pas sentie obligée d'intervenir aujourd'hui.

Soudain, un changement d'expression s'opère sur le visage de Blanche. Elle a fini de remonter l'allée au bras de son père. Son attitude est presque celle d'un boxeur prêt à combattre sur le ring.

L'heure est grave. Je retiens mon souffle.

Le maire entame le discours de circonstance, rappelant aux deux futurs époux le sens de l'engagement qu'ils s'apprêtent à prendre l'un envers l'autre. Je l'écoute à moitié, cherche Jonas et Axel du regard. Je leur souris lorsqu'ils me saluent d'un petit signe de la main. Ils sont tout excités. Moi, j'ai des aigreurs d'estomac.

Je reporte mon attention sur Valentine. Je ne dois pas avoir meilleure mine qu'elle, les témoins sont à l'image de la journée : déprimants. C'est terrible !

L'air est-il vraiment suffocant, ou est-ce que ce sont mes regrets qui m'étouffent ?

En la découvrant si belle dans sa robe, j'ai failli lui avouer mes sentiments. À la place, j'ai préféré lui parler de ma fierté d'être son cavalier. Maintenant, j'en suis au stade où j'ignore comment réparer ce qui a été détruit. Envisager notre quotidien sans elle et Axel m'est impossible. C'est ainsi, ça ne s'explique pas. Peu importe que nous nous fréquentions depuis deux mois seulement, la force des liens ne se mesure pas à la quantité des moments partagés, mais à leur qualité.

Dans ces conditions, qu'est-ce qui me retient de me précipiter à ses pieds ? J'ai besoin de savoir si elle a été sincère avec moi. J'ai l'espoir que, tant qu'il reste les fondations, le bâtiment peut être reconstruit. La vie m'a pris Sandra, mais pas mes rêves de seconde chance.

Le « Oui » neutre de Pierre-Emmanuel m'extirpe de mes pensées. Je me prépare à sortir les alliances de ma poche. L'édile se tourne ensuite vers Blanche, dont le teint est idéalement assorti à son prénom et à sa robe.

— Non.

Un vent de stupeur balaye l'assistance. Je me retiens de soupirer de soulagement. De son côté, Valentine en manque de lâcher le bouquet que lui a remis son amie au moment de s'asseoir. Le maire lâche un rire crispé. Le pauvre croit à l'erreur, à l'émotion de la mariée. Je dirais qu'au contraire elle n'a jamais été aussi lucide. Par conséquent, le second « Non », prononcé d'une voix encore plus ferme, sonne comme le glas de cette farce.

Passé le premier moment d'effroi, Pierre-Emmanuel recouvre la parole et réclame des comptes.

— Blanche ! Qu'est-ce que ça signifie ?

— Que je ne souhaite pas t'épouser. Je suis vraiment désolée, Pierre-Emmanuel, mais c'est au-dessus de mes forces.

Vexant…

Mon ami se décale et se place en position de s'adresser directement à Valentine. Je suis prêt à intervenir, cette fois. Ma relation avec elle est peut-être à conjuguer au passé, mais je refuse de rester les bras ballants tandis qu'il invective une innocente.

Mais c'est Blanche qui l'arrête.

— Elle n'y est pour rien. C'est moi, Pierre. Je me suis rendu compte que je ne t'aimais pas assez pour devenir ta femme. Tout est allé trop vite. La demande, les préparatifs, nos familles… Je ne peux pas. Je suis désolée, désolée pour tout ça, répète-t-elle en englobant la salle d'un geste. J'aurais dû réagir avant, mais j'en ai été incapable. Pardon.

Sur ces derniers mots, elle s'enfuit en courant.

Près d'une centaine de paires d'yeux suivent sa progression vers la sortie. Son voile s'envole et échoue aux pieds d'une invitée, qui le ramasse avec hésitation.

Je pivote vers Pierre-Emmanuel. Il semble au bord du malaise. Valentine n'est plus là. Je parcours la salle du regard et l'aperçois plus loin. Elle est auprès de Clara et lui chuchote quelque chose à l'oreille, avant d'emprunter le même chemin que Blanche.

La fête est finie avant même d'avoir commencé.

Il est presque 20 heures lorsque je regagne mon domicile. Ma sœur m'ouvre la porte sans que j'aie à frapper. À tous les coups, elle guette mon retour depuis des heures.

— Comment va-t-il ?

— Comme un homme que sa fiancée a plaqué devant l'autel.

Sa petite tape sur mon épaule, destinée à me réconforter, manque de me faire perdre l'équilibre. Je suis vidé de mes forces. Mes clés de voiture volent en direction de la coupe sur le meuble de l'entrée.

Au lieu de porter un toast au bonheur des mariés, j'ai consacré mon après-midi à empêcher mon meilleur ami de se siffler une bouteille entière de single malt, une folie que sa gueule de bois carabinée lui aurait assurément fait regretter demain.

— Tu veux que je te prépare quelque chose ? Je suppose que tu n'as rien avalé depuis ce matin ?

— Tu supposes bien mais non, merci. Je n'ai pas faim. Où sont Jonas et les parents ?

— Ils l'ont emmené à la mer, puisqu'il n'y avait plus rien à célébrer, après le départ de chacun. Ils m'ont appelée un peu avant que tu arrives pour me prévenir qu'ils dîneraient au restaurant et qu'après, ce serait cinéma. C'est ton fils qui a décidé du programme.

La précision me décroche un sourire qui se fane à la minute où les derniers événements me reviennent en mémoire. Je me frotte le visage des mains en prenant appui sur l'accoudoir du fauteuil.

— J'imagine que Pim's est dans tous ses états ? poursuit ma sœur.

— C'est un mal pour un bien.

— Est-ce que ça a un rapport avec la scène que j'ai surprise dans le couloir de la mairie ? Tu paraissais furieux.

— À ce point ?

— Tu te mets rarement en colère, mais quand c'est le cas, ce n'est pas beau à voir, je te le garantis ! Tu veux en parler ?

Je pousse un soupir et m'affale sur les coussins. Élise soulève mes pieds pour s'installer à côté de moi et les repose sur ses cuisses.

— Allez, instant confession entre frère et sœur. Je suis tout ouïe !

— J'ai l'impression d'être reporté plus de vingt ans en arrière.

— On a l'air de deux vieux schnocks, quand tu t'exprimes comme ça. Mais c'est vrai que tu es plus lourd. Change de position, que je m'occupe de ton p'tit crâne qui chauffe trop.

Je m'exécute en ricanant.

— Je me sens comme un vieux schnock, en tout cas, avoué-je en m'allongeant. Je savais que ce mariage était une erreur.

— Tu avais essayé d'en discuter avec Pim's, avant aujourd'hui ?

— Oui, sans succès. À plusieurs reprises, j'ai tenté de lui ouvrir les yeux…

— Mais cet imbécile buté n'a rien voulu entendre. Hmm… Tu sais quoi ? On devrait les mettre papa et lui dans une même pièce fermée à double tour, ce serait marrant.

— Inutile, il a le même père que nous.

— Ah oui, c'est vrai.

Si mon esprit n'était pas si torturé, je ronronnerais de bien-être avant de m'endormir grâce à ce massage. Je ressemble à Fous-moi le Camp. Le visage de Valentine apparaît derrière mes paupières closes. Ma poitrine est douloureuse.

— Et ton amie, qu'a-t-elle à voir avec tout ça ?

— Elle a essayé de saboter le mariage, et plus d'une fois.

La main d'Élise s'immobilise, traduisant sa surprise. J'entreprends donc de lui raconter toute l'histoire. Lorsque j'ai terminé, son absence de réaction me laisse soupçonner qu'elle se range du côté de Valentine. Elle ne l'admettra pas, cependant, afin d'éviter d'enfoncer le couteau dans la plaie.

— Je sais ce que tu penses, Lise.

— Ah oui ? Tu devrais partager tes lumières avec ma chère moitié, parce que, parfois, il est à côté de la plaque !

— C'est un homme.

— Pas toi ?

— Disons que j'ai été à bonne école, avec Sandra.

— Une dresseuse de fauves peu commune…

Son ton nostalgique m'oblige à ouvrir un œil pour l'observer.

— Tu l'appréciais vraiment beaucoup.

— Frérot, j'accueillerai à bras ouverts quiconque te rendra heureux, me confie-t-elle avec un haussement d'épaules.

— C'est exactement ce que j'ai rétorqué aux parents à propos de Gaël, dis-je en reprenant ma position sur ses genoux.

Elle reprend ses papouilles sur ma tête.

— Et c'est précisément ce que je me préparais à te dire à propos de Valentine.

Intrigué, je me redresse et m'écarte pour mieux la dévisager.

— Va droit au but, Élise, s'il te plaît.

— OK. Cette fille avait l'air dévastée, pendant que vous vous disputiez. Quoi qu'elle ait pu faire, il est évident qu'elle a agi dans l'intérêt de son amie, et non contre toi. D'ailleurs, ça ne te concernait même pas !

— Elle m'a menti !

— Oui, et alors ? Son intention était de faire capoter le mariage. Si elle te connaît aussi bien que moi, que crois-tu qu'elle se soit dit ?

La bouche grande ouverte, je reste planté devant elle, sans argument valable à lui exposer.

Je n'ai pas le temps d'en trouver qu'on frappe à la porte. Nous échangeons un regard étonné.

— Je n'attends personne, précisé-je.

Elle se lève.

— Je monte à l'étage pour que vous puissiez discuter tranquillement.

Ma sœurette si perspicace est persuadée qu'il s'agit de Valentine. La main sur la poignée, je fais taire mes doutes et ouvre. La déception se mêle à la vive inquiétude de découvrir l'ex-fiancée de Pim's sur mon perron.

— Blanche ?

— Salut, Vincent. J'espère que je ne te dérange pas ?

— Non, j'ai… je ne m'attendais pas à te voir, pour être franc. Du moins, pas ce soir. Entre, je t'en prie.

Je me décale pour lui permettre d'avancer. Elle me jette un coup d'œil incertain avant d'esquisser un premier pas.

— Tu es seul ?

— Ma sœur est montée dans sa chambre. Jonas et mes parents sont de sortie. Je t'offre à boire ?

— Non, merci. C'est gentil, mais je souhaite juste te parler.

Elle marque une pause. J'évite de l'étudier trop directement pour ne pas l'embarrasser davantage. Je note néanmoins qu'elle a troqué sa jolie robe de mariée contre un top à bretelles et un jean. En un après-midi, la perle rare a changé de look. Elle a également libéré ses cheveux blonds du chignon qui les retenait prisonniers. Tout comme elle s'est elle-même libérée d'un « non » ferme et définitif.

Je l'invite à s'asseoir sur le canapé, elle me remercie.

— Tu souhaites me dire quelque chose ? Très bien, je t'écoute.

Visiblement mal à l'aise, elle promène le regard un peu partout, puis se racle la gorge.

— Je suis vraiment navrée pour… le mariage, le mal que vous vous êtes donné, avec Val, pour les animations, les dîners avec nos parents, tout. On ne se connaît pas encore très bien, tous les deux, mais je sais que Valentine t'aime beaucoup. Et je ne voudrais pas que cette histoire vous empêche d'être ensemble.

— Je ne te juge pas, Blanche. Même si Pierre-Emmanuel est bouleversé, il s'apercevra rapidement que tu as agi pour le mieux. Ça n'aurait pas marché, ça ne pouvait pas marcher.

Elle acquiesce en se mordant la lèvre. Les mains jointes sur les cuisses, le visage baissé comme si elle contemplait exagérément ses ballerines, elle ressemble à une petite fille désorientée. Sa différence de maturité avec Valentine n'en est que plus criante. Jamais je n'aurais pu entretenir une relation avec une fille comme elle, alors que…

— J'ai surpris Valentine, alors qu'elle s'apprêtait à activer l'alarme incendie pour interrompre la cérémonie.

Blanche relève la tête et rive son regard au mien.

— C'est moi qui le lui ai demandé. Ainsi que toutes les autres choses qu'elle a pu faire. Le but était d'empêcher le mariage. Je sais, c'est n'importe quoi, mais j'étais larguée.

Ma stupéfaction est telle qu'elle me prive momentanément de mes capacités cognitives.

— J'étais dans la voiture de mon père et j'ai paniqué. Alors je lui ai envoyé ce texto. J'étais réellement désespérée.

— Pourquoi ne pas t'être confiée à tes parents ?

— Parce qu'ils tenaient à ce que ce mariage ait lieu ! Mon père a été clair : soit j'épousais Pierre-Emmanuel, soit il me coupait les vivres.

— Les vivres ?

— Oui. Je poursuis mes études, comme tu le sais. Je ne suis donc pas encore indépendante financièrement. Ma mère et lui ont pris mes hésitations pour des caprices de gamine gâtée.

J'acquiesce, me pinçant l'arête du nez entre le pouce et l'index.

— Quel sac de nœuds, soufflé-je.

— J'ai placé Valentine en porte-à-faux vis-à-vis de toi. J'ignorais que vous étiez ensemble. Je ne l'ai su qu'après votre dispute.

— J'aurais préféré qu'elle me dise que l'idée venait de toi.

— Je lui avais fait jurer de ne rien révéler, et…

Tout s'explique.

— Et jamais Valentine ne trahirait quelqu'un qu'elle aime. Elle est comme ça, conclus-je à sa place.

J'ai les coudes sur les cuisses et la tête entre les mains.

— Tu comprends maintenant qu'elle n'a jamais voulu te trahir ?

Je me redresse.

— Valentine ne m'ai…

Le sourire narquois de Blanche me réduit au silence.

— Elle et moi… on n'en a jamais discuté.

— Inutile de discuter de ce genre de choses, Vincent. On le rejette ou on l'accepte. À toi de décider ce qui te convient le mieux.

La perle rare est finalement plus mature que je ne le pensais.

Je me lève, comme monté sur ressorts. Ma sœur se matérialise dans le salon. Son air surexcité m'indique qu'elle a tout entendu, la sale petite espionne !

Je prends congé des deux femmes si vite que j'en oublie mes clés de voiture sur le meuble de l'entrée. Je reviens sur mes pas et repars sous leurs rires.

Au moment où Valentine m'ouvre, je suis toujours à la recherche des mots adéquats pour lui demander de me pardonner. Pardonner mon empressement à la condamner, ma rigidité, ma connerie aussi, comme dirait Élise. Je ne suis qu'un idiot, voilà.

— Vincent…

Elle a murmuré mon prénom. Un frisson me parcourt. Je comprends qu'à trop réfléchir je ne ferai rien de bon. La voix de Sandra me souffle de m'exprimer avec le cœur. C'est son dernier cadeau : ma vie d'après, celle que je désire mener avec la femme qui me fait face.

— Blanche est venue chez moi. Elle m'a tout raconté. Je comprends ton dilemme et ton silence. J'aurais sans doute agi comme toi.

— Non, tu ne l'aurais pas fait, parce que tu es une meilleure personne que moi, parce que…

D'une enjambée, je réduis la distance entre nous. Je prends son visage en coupe. C'est plus fort que moi, je caresse sa peau veloutée du bout du pouce.

— Il faudra t'ôter ce type de commentaires stupides de la tête, ma chérie. Ce que tu étais prête à faire pour Blanche, peu de gens l'auraient fait. Tu es d'une loyauté sans faille, en plus d'avoir une parole en béton. Je suis au courant, pour la promesse de ne rien dire. Je comprends tout. Ça a dû être difficile de porter ce secret sur les épaules. Blanche n'aurait jamais dû t'infliger un tel fardeau.

— C'est mon amie, Vincent. Elle a été là quand tout le monde me tournait le dos.

— Je sais, mon amour. Et je crois qu'elle a compris que tu seras toujours là pour elle, quoi qu'il arrive.

Ses doigts glissent sur mon bras.

— J'ai failli tout t'avouer plus d'une fois.

— Et tu aurais trahi la confiance de Blanche.

— Oui, mais j'ai perdu la tienne.

Je secoue doucement la tête, sans la quitter des yeux. Elle m'attire à l'intérieur de l'appartement.

— Quand on s'aime vraiment, on ne perd jamais la confiance de l'autre.

Elle se fige. Mon sourire s'agrandit. Je lis dans ses yeux la question qu'elle brûle de me poser. Je lui épargne cet effort.

— Je t'aime, Valentine. Ce n'était pas prévu, mais c'est arrivé. Je t'aime, toi, ainsi que ton fils et la famille recomposée que nous formons tous les quatre, avec Jonas. Ni ce qui a pu se produire ni ce que le village entier pourra en penser n'y changera rien. Maintenant, qu'en est-il de ton côté ?

Elle se mord la lèvre. J'ai soudain la furieuse envie de partir à l'assaut de sa bouche.

— Je ne désire rien d'autre que vivre tranquillement avec les enfants et toi. Tous les quatre. Moi aussi, je t'aime, Vincent. Tu m'as redonné foi en l'amour.

— Et toi, tu m'as redonné le goût de vivre.

Sur ce, nous nous embrassons.

J'enlace fermement Valentine pour éloigner la peur que j'ai de la perdre. Ses jambes s'enroulent autour de ma taille. D'une main, je soutiens ses fesses, tandis que l'autre se faufile sous son T-shirt. J'ai tout juste le temps d'atteindre le canapé, avant que notre étreinte se transforme en corps à corps endiablé.

— Où est Axel ?

Les boutons de ma chemise ne résistent pas à sa volonté. Elle me répond, le souffle court :

— Je l'ai déposé chez ma mère pour déprimer seule.

— C'est vrai que tu as l'air déprimée, là, tout de suite, la taquiné-je.

— Qu'est-ce que t'attends pour me redonner le sourire, docteur Love ?

— Docteur Love ?

— Le surnom qu'on t'a trouvé, avec Clara.

Un sourire coquin lui étire les lèvres. Elle sème des baisers sur mon torse. Je l'observe qui s'aventure en soutif et culotte toujours plus bas. Mon pantalon et mon caleçon n'y résistent pas. Je suis complètement nu, et elle en amazone sur moi.

Mon cœur pourrait lâcher à cette vue. Mes paupières se ferment. Un gémissement de pure extase m'échappe, tandis que sa bouche m'offre l'étroitesse d'un fourreau exquis. J'en perds tout contact avec la réalité. Mon monde ne se résume plus qu'à elle et à l'immense plaisir qu'elle me procure.

Soudain, j'en veux plus. Je la veux, *elle*. Je l'attire à moi avec l'objectif affiché de lui procurer autant de sensations.

Ses cris retentissent dans la pièce et m'emplissent le crâne. Ma langue plonge en elle, et mes doigts s'entremêlent aux siens. Je suis les soubresauts de ses hanches et ne lui accorde aucun répit.

— Vincent !

L'orgasme la fauche, et ses ongles se plantent dans mes épaules. Je reviens m'allonger sur elle. Son regard est flou, ses pupilles dilatées à l'extrême, son sourire lascif. Cette femme est magnifique, un diamant à l'état brut qui s'ignore, et moi, je suis un homme chanceux.

Je me positionne entre ses cuisses ouvertes. Elle est prête à m'accueillir et manifeste son impatience par des mouvements du bassin. Je prends mon temps et la contemple, attrapant une mèche de ses cheveux que j'enroule autour de mon index.

— Donc, à partir de maintenant, c'est ensemble contre le reste du monde ?

Ses yeux pétillent comme deux joyaux.

— Axel, Jonas, toi et moi, contre le reste du monde, me lance-t-elle.

La morale de notre histoire, c'est que j'ai beau lui avoir dit que je n'étais pas préparé à la rencontrer, lorsqu'elle m'a invité à reluquer ses fesses pour qu'on soit quittes, je suis à présent convaincu que les forces cosmiques ne se sont pas trompées en me conduisant dans cette file d'attente, pour ce stage de foot.

Chapitre 23

Un an plus tard

Amusé, M. Ponelli m'observe, tandis que je me bats contre une tache incrustée dans l'évier de la cuisine.

— J'aurai ta peau ! grogné-je en frottant un peu plus.

— Ma chère Valentine, il ne sert à rien de vous énerver.

Sur le point de lui lancer le regard de la mort qui tue, en gros, l'œillade qui fait filer droit les garçons, Vincent y compris, je me reprends et concentre mon agacement sur mon éponge.

— Oserais-je vous demander pourquoi vous paraissez à ce point sur les nerfs ?

Je serre douloureusement les mâchoires. Pas question de lui parler du concours que j'ai préparé ces derniers mois, tout en travaillant d'arrache-pied pour m'assurer des heures supplémentaires qui seront autant d'argent en avance si…

— Valentine ?

— J'attends une réponse.

Il hoche la tête, mais ne se montre pas plus curieux.

— Je maintiens que vous pouvez laisser cette tache là où elle est.

Vaincue, je jette l'éponge et les gants d'un geste un peu trop sec. Dans le mouvement, je m'éclabousse légèrement.

J'écarte mon T-shirt de ma peau, priant qu'il ne soit pas transparent.

— Vous devriez y aller, déclare-t-il alors avec un sourire bienveillant.

J'acquiesce et finis de tout remettre à sa place. Je le salue, puis regagne ma voiture, dont j'ouvre les deux portières avant pour rafraîchir l'habitacle, si tant est que ce soit possible avec les températures caniculaires que nous rencontrons en cette fin de mois de juin.

Mon téléphone vibre, m'annonçant l'arrivée d'un SMS.

Alors ?!?!

Peu surprise par la ponctuation de Clara, je lui envoie une émoticône qui illustre mon état, et surtout le fait que je n'ai pas encore les résultats des concours. Tout mon entourage est sur le qui-vive. Mes parents m'ont promis de ne m'appeler que ce soir. Ce doit être un vrai défi pour eux de se retenir.

Avisant l'heure, je referme tout et file en direction de l'école. À la rentrée, nous avons demandé à ce que les garçons soient dans la même classe. Sur le moment, Vincent n'a pas été convaincu que ce soit une bonne chose. Axel et Jonas passent tant de temps ensemble qu'il aurait pu être profitable pour eux d'être séparés sur le temps scolaire. Malheureusement, nous avons fait preuve de faiblesse et craqué devant leurs airs de chiots emplis d'amour.

Contente d'arriver un peu en avance, je consulte mes mails et les sites où les résultats sont susceptibles d'être publiés.

Rien.

Mais que font-ils ?

— Valentine, grommelle une voix que je reconnais aussitôt.

— Amandine, comment vas-tu, depuis ton dernier lifting ?

Elle ronchonne, mais ne rebondit pas.

— Tu n'as toujours pas appris à te comporter correctement en société…

À ma décharge, j'ai essayé d'agir comme une adulte digne de ce nom… enfin, comme la caricature à laquelle beaucoup aimeraient que je ressemble. Ça n'a pas duré longtemps, un jour ou deux… Je fronce les sourcils, cherchant à me remémorer ce que j'ai fait pour me couler dans le moule.

— Vincent a une bonne position, si tu tiens à votre couple…

— Par position, tu parles du *Kāma Sūtra* ? l'interromps-je.

— Tu devrais cesser ce genre de réflexion, par exemple. Et museler ton caractère fantasque.

— OK.

Je marque une légère pause et ajoute :

— Je m'en bats l'œil avec une queue de crevette.

— Comment ? s'exclame-t-elle, offusquée.

Je répète l'expression de Mme Tutti avec un sourire en coin qui l'agace un peu plus. En un an, elle n'a toujours pas digéré que Vincent et moi soyons ensemble. D'autant qu'elle nous voit régulièrement au stade de football, où les garçons s'entraînent tous les mercredis avec son monstre, euh, fils, ou encore les dimanches, lors des matchs.

— Je ne sais pas pourquoi je perds mon temps avec toi, grommelle-t-elle en s'éloignant.

Amusée, je reporte mon attention sur les grilles de l'école. Le maître de CM1 apparaît et lâche ses élèves, tout en s'assurant qu'un adulte est bien là. Sans discrétion, j'agite la main. Jonas me repère et entraîne Axel dans son sillage.

— Alors ? demande le premier, sans s'encombrer d'un bonjour.

— Bonjour, comment s'est passée votre journée ? répliqué-je pour lui rappeler les bonnes manières.

Mon fils lève les yeux au ciel et consent à un résumé minimaliste :

— Corentin est un abruti. J'ai du mal avec les mathématiques et déjà lu le livre pour le français.

— Corentin est un pauvre type, déclare Jonas à son tour. J'ai compris les mathématiques, et le livre ne me dit rien. Oh ! et… je dois faire un exposé sur l'inutilité de la violence.

Surprise qu'il soit puni, je croise les bras et attends qu'il m'en détaille les raisons.

— Je te l'ai dit, Corentin est un pauvre type.

— Si ça peut te rassurer, il a eu la honte de sa vie, ajoute Axel avec une pointe de fierté.

Consciente que je ne dois pas les encourager, même si les voir en remontrer à Corentin a un côté jouissif, je secoue la tête et tente de prendre mon air le plus revêche.

— Maman, je lui ai raconté pour la grenouille. Tu sais, dans le sac de Louane.

— Elle l'avait cherché ! me défends-je.

— Lui aussi, conclut Jonas.

Il a certainement raison.

Décidée à en discuter avec Vincent ce soir, je m'apprête à partir, quand le maître des garçons m'interpelle. Dans son sillage, je repère Amandine, prête à en découdre avec la terre entière.

— Madame Anielle, me salue-t-il. J'aurais aimé parler avec le père de Jonas. Savez-vous quand il serait possible de le rencontrer ?

— Est-ce à cause de la déculottée qu'ils ont mise à Corentin aujourd'hui ? demandé-je d'une voix ferme.

— Exactement ! Baisser le pantalon d'un camarade est une atteinte à son intégrité physique que l'école ne peut tolérer.

Surprise d'être tombée juste, je me tourne vers le coupable, qui ne montre aucun remords.

— Tu y as été fort, dis-je, abasourdie.

— Mon fils vit très mal l'humiliation dont il a été victime. Valentine, tu as décidément une mauvaise influence sur ce jeune garçon qui était si adorable, l'an dernier.

Touchée, je garde néanmoins le sourire et interroge Jonas, qui n'a pas l'air d'apprécier ce qu'il vient d'entendre.

— Pourquoi as-tu fait ça ?

— Yony, l'élève autiste de notre classe. Corentin lui a fait la même chose, à la cantine. À la récréation de l'après-midi, il a voulu recommencer, mais j'ai été plus rapide.

— OK. Donc, ce soir, attends-toi à un sermon sur le thème « On ne fait pas justice soi-même ».

Le petit sourire d'Axel ne m'échappe pas, alors j'ajoute en faisant les gros yeux :

— Ton père sera ravi de t'expliquer tout ça, et toi, Axel, tu écouteras…

— Mais j'ai rien fait ! se défend-il.

Je hausse un sourcil. Cela suffit pour qu'il avoue le reste de l'histoire.

— J'ai juste appelé quelques copains que Corentin a l'habitude d'embêter !

— Pas loin de toute la classe a été témoin de la scène, précise le maître.

— Vous étiez où, quand Yony s'est fait agresser ? demandé-je sèchement.

— Durant le temps de cantine, les élèves ne dépendent plus des professeurs. Les garçons, vous auriez dû venir m'en parler.

Tous deux hochent la tête dans un bel ensemble, alors qu'Amandine serre son rejeton contre elle. Pas besoin d'être médium pour comprendre que cette affaire va s'arrêter là. Ou pas… Demain, je me ferai un plaisir d'aller voir la mère de Yony pour lui raconter l'histoire. Je ne sais pas si son fils lui en aura parlé, mais elle doit être au courant.

— Mes fils seront privés de jeux vidéo et auront un sermon en bonne et due forme, déclaré-je. Bien sûr, tout ceci n'apparaîtra pas dans leur livret scolaire, sinon, je me ferai une joie de ressortir les preuves en ma possession sur les agissements du garnement qui se planque actuellement dans les jupons de sa mère et qui a été assez filou pour ne pas être pris sur le fait.

— Je vais en effet plaider la cause de Jonas, affirme le maître, avant de s'en retourner vers l'école.

— Tu n'es pas sa mère, lance Amandine avec une fureur contenue.

— Bien plus que vous ! rétorque Jonas en s'approchant d'elle. Au moins, Valentine m'apprend à respecter les autres.

Émue, je lui attrape la main et l'entraîne vers la voiture.

Si l'année scolaire a été relativement calme en matière de conflits avec Corentin et sa bande, il semblerait que l'arrivée de l'été sonne le glas de la paix. Tout en analysant les derniers événements, je me demande comment présenter la situation, pour éviter aux garçons une lourde punition. Vincent et ses principes vont encore en prendre un coup.

Ce n'est qu'en entrant dans mon appartement que Jonas brise le silence par un retentissant « Papa ! ». Surprise, je passe la tête dans la cuisine et découvre mon fantasme vivant assis à table, devant son ordinateur.

Il se lève, ébouriffe les cheveux des deux plus jeunes, avant de me serrer contre lui.

— Je vous ai préparé votre goûter dans le salon, déclare-t-il.

— Alerte bisou ! hurle Axel en quittant la pièce.

— Mes yeux ! l'imite Jonas.

Amusée, je me colle contre Vincent et profite de cette sensation si agréable d'être à la maison.

— Tu ne devais pas rentrer si tôt. Non que ça me dérange, ajouté-je aussitôt.

— J'ai demandé à Pierre-Emmanuel de s'occuper des rendez-vous que je ne pouvais pas annuler.

— Charmant…

Si mes relations avec son meilleur ami sont loin d'être au beau fixe, elles sont tout de même bien plus détendues. Plus de piques, de sales coups… P-E a fini par comprendre que je n'étais pas la femme stupide et immature qu'il pensait. De mon côté… bah, je le trouve toujours aussi snob et coincé du rectum, mais il ne menace plus ma meilleure amie du pire mariage du siècle. Le fiancé largué devant l'autel s'est finalement consolé dans les bras de Christine, avec qui il est bien plus assorti. Quant à Blanche, elle s'est décidée à prendre une année sabbatique pour voyager. M'est avis qu'après sa dernière année d'études elle éprouve le besoin de se recentrer sur elle-même.

— Il m'a demandé de le prévenir dès que nous aurons les résultats, dit Vincent.

J'acquiesce et presse mes lèvres contre les siennes pour un baiser chaste, mais empli d'amour.

— J'ai quelque chose à te proposer, dit-il en m'entraînant vers son ordinateur.

Assise sur ses genoux, j'observe les photos sur l'écran.

— C'est le propriétaire d'un de mes patients qui met sa maison en location. Elle se trouve à vingt minutes de l'école des garçons.

D'un clic, il affiche le plan du rez-de-chaussée. Un grand salon, une cuisine ouverte et une suite parentale avec dressing. Nouveau clic. Premier étage, deux chambres séparées par une salle d'eau, une seconde salle de bains et deux autres pièces.

— C'est immense ! murmuré-je en prenant la souris pour afficher les photos en plein écran.

Le jardin est entretenu et comporte…

— Une piscine ?

Vincent confirme, tout en me caressant la nuque. Ce n'est qu'à ce moment-là que je me rends compte que quelque chose cloche. S'il compte louer ce paradis pour les vacances, pourquoi avoir précisé : « À vingt minutes de l'école des garçons » ?

— Qu'est-ce que…

— Nous pourrions y emménager en août, déclare-t-il en posant son menton sur mon épaule.

— Je n'ai pas les moyens. Encore moins si…

— Le loyer équivaut à celui d'ici plus le mien. Sur le principe, nous ne ferons pas d'économies.

Je me tourne lentement vers lui et lui rappelle que mes économies ne dureront pas longtemps.

— Je devais aller chez mes parents…

— Laisse-moi prendre soin de notre famille, m'interrompt-il. Je t'aime, Valentine.

— Moi aussi, mais…

Je déglutis et lui confie la première chose qui me vient à l'esprit :

— Les autres vont penser que je profite de toi.

— Et j'ai bien l'intention de profiter de toi, moi aussi, réplique-t-il avec un petit sourire en coin. Je vais même commencer dès ce soir…

Son baiser est langoureux, intense… Mon cerveau se noie dans une brume de sensations toutes plus agréables les unes que les autres.

— Donc, comme je te le disais, j'ai une proposition…

Je cligne des yeux pour reprendre contact avec la réalité. Emménager ensemble n'était donc pas sa « proposition » ?

— Comme tu l'as remarqué, nous aurions deux pièces supplémentaires. L'une pourrait être ton bureau, pour que tu aies un espace de travail à toi, au moins le temps de ta formation. Pour l'autre, je serais tenté d'en faire une chambre d'enfant.

— Hein ?

— On attendrait que tu sois diplômée pour lancer la deuxième fournée, bien sûr.

Heureuse, je lui vole plusieurs baisers. Cette année, j'ai pu compter sur lui à chaque instant. Nous avons trouvé notre rythme entre les deux maisons, nous réservant des moments en tête à tête avec nos fils respectifs. Il m'a épaulée lors de mes révisions, des épreuves… Il a géré de main de maître, sans jamais me faire le moindre reproche. Il est exactement l'homme dont je rêvais.

— Tu sais que je t'aime ? chuchoté-je contre ses lèvres.

— Je ne suis pas contre une piqûre de rappel cette nuit.

Souriante, je quitte néanmoins notre position pour vérifier mes mails et les sites. Les résultats sont en ligne et j'ai réussi. Je suis admise à plusieurs concours. Je vais avoir le choix ! Je pousse un grand cri libérateur qui alerte les garçons. Ils entrent dans la pièce et exultent en comprenant que notre vie à tous les quatre est sur le point de changer. En mieux.

REMERCIEMENTS

Ce livre ne serait rien sans notre entourage bien-aimé, sans nos amies à l'esprit aussi retors que les nôtres, et qui ont su nous conseiller pour détruire un futur mariage. Nous avons apprécié toutes vos idées, même si certaines étaient flippantes (on vous l'a dit plus d'une fois, on est heureuses d'être déjà mariées, sinon, on aurait craint pour nos noces…).

Un grand merci à nos enfants qui, loin de nous inspirer Jonas et Axel, ont laissé leur facette machiavélique s'exprimer. (N'acceptez jamais un gâteau de Princesse Bubulle, elle tenait absolument à ce que la pièce montée contienne des vers de terre, et méfiez-vous des Gremlins, qui suggéraient de jeter les alliances dans les toilettes…) L'écriture de ce livre nous a prouvé que la folie douce qui nous habite est héréditaire.

Pour ne rien arranger, nos bêtalectrices ont fait un travail de dingue (à prendre dans tous les sens du terme pour certaines), afin de nous maintenir sur la voie que nous nous étions tracée. Julia, Gwenlan, Caro et Alex, vos commentaires ont encore une fois été précieux.

Chères lectrices, nous tenons à conclure ces remerciements par des excuses sincères (ou pas) pour toutes ces scènes où vous avez dû vous retenir de rire afin de ne pas gêner les gens autour de vous. (La prochaine fois, allez-y franchement, ce son est le plus communicatif au monde et le meilleur pour la santé.) Pardon également pour toutes les fois où vous avez failli recracher votre café/thé/vodka du matin, à cause de ce roman. On vous promet qu'on voulait juste vous communiquer notre bonne humeur, pas tenter de vous étouffer.

Déborah et Mily
Toujours prêtes

Découvrez également

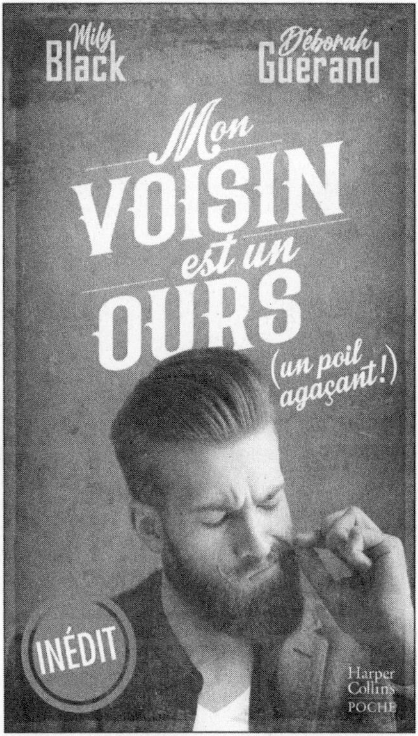

Harper Collins POCHE